Unterm Messer

Für Eleonore,

... für immer jung....

(du sowieso!!!)

[illegible]

[illegible] September 2011

Eva Rossmann

Unterm Messer

Ein Mira-Valensky-Krimi

Folio Verlag

ISBN 978-3-85256

Lektorat: Eva Maria Widmair

Grafische Gestaltung: Dall'O & Freunde
Druckvorbereitung: Typoplus, Frangart
Printed in Austria

ISBN 978-3-85256-575-0

www.folioverlag.com

[1.]

Essigsäure. Ich merke, wie meine Handflächen feucht werden. Ich versuche, ruhig zu atmen. Die Frau ist der Ohnmacht nahe, nicht imstande, sich zu wehren. Ich sehe den Behälter wie in Großaufnahme: braunes Glasgefäß, es fasst vielleicht einen Liter. Ich kann nichts, ich darf nichts unternehmen. Ich starre durch die Scheibe. Vorsichtig taucht er ein Stäbchen in die Säure. Nein, bitte nicht! Nahezu liebevoll verätzt er ihr das Gesicht. Zuerst die linke Wange, die Frau zuckt, ob sie auch stöhnt, kann ich von hier aus nicht hören. Ich will wegschauen, aber ich sehe gebannt hin. Dann die Nase. Ich bin nahe genug, um zu erkennen, dass die Haut der Frau bleich, fast weiß wird. Jetzt liegt sie ruhig, zu ruhig. Ich muss raus hier! Ich habe Professor Grünwald nicht kommen gehört. Ich sehe ihn voll Panik an. Ich sollte ruhig bleiben. Dann hätte ich eine bessere Chance …

„Trichloressigsäure“, murmelt er mir zu und beobachtet ungerührt, was sich hinter der Scheibe abspielt. „Wir können es natürlich auch mit Phenollösung machen, das geht dann tiefer.“

„Sie ist ganz bleich“, antworte ich und versuche meinen Atem unter Kontrolle zu halten.

„Das ist gut so“, erwidert der Professor und sieht mich forschend an. „Wie wäre es mit Ihnen?“

Ich schüttle den Kopf, will lächeln, es misslingt. Wie komme ich hier ohne Gesichtsverlust raus? – Ohne Gesichtsverlust: Wie passend, Mira.

„So ein mitteltiefes Peeling tut reifer Haut ausgesprochen gut“, fährt der Professor fort.

„Sie ist ganz weiß geworden und bewegt sich nicht mehr.“

„Das nennt man ‚Frosting'. Die behandelten Hautpartien verfärben sich. Wir haben sie in einen leichten Dämmerschlaf versetzt. – Ist Ihnen nicht gut?"

Zwei forschende allzu blaue Augen nähern sich meinem Gesicht.

Ich schüttle den Kopf, der Raum dreht sich mit mir. „Ich brauche nur etwas frische Luft." Es hört sich für mich an, als redete ich aus einer Röhre. Ich gehe zur Tür, öffne sie. Niemand hält mich auf. Ich stehe in einem blitzend hellen Gang mit Marmorboden und weißen Wänden. Dort hinten muss die Toilette sein. Eine weiße Tür ohne Aufschrift. Abgesperrt. Vielleicht bin ich in die falsche Richtung … Ich eile zurück, vorbei am Behandlungszimmer, keiner zu sehen. Zum Glück. Da. Jetzt aber wirklich. Toilette. Ich stürme hinein, drehe das kalte Wasser auf, lasse es über meine Hände rinnen, dann über mein Gesicht. Ich sehe in den Spiegel. Nasse Spuren auf den Wangen, erschrockene Augen, heute eher grau als blau. Zwischen Mundwinkel und Nase auf beiden Seiten eine Falte. Die Augenlider leicht angeschwollen, etwas hängend. Zwei feinere Falten auf der Stirn. Die Haare immer noch dicht und kurz und fransig geschnitten, ein wenig struppig. Am Hals Wassertropfen. Und einige Falten. Ein Fall für Professor Grünwald, den Meister seines Fachs, den Helden von Talkshows und Society-Events, den Besitzer eines Maserati. Wie hat er das Gesichtverätzen genannt? „Mitteltiefes Peeling". Dann lieber Falten. Ich trinke gierig aus der hohlen Hand. Beruhige mich etwas. Ich habe eben zu viel Fantasie. Und ich bin ein Riesenfeigling, wenn es um Ärzte geht. Zahnarzt: Da packt mich regelmäßig schon im Wartezimmer die Panik. Impfungen: Spritzen lasse ich mir nur geben, wenn es unvermeidlich ist. Dass jemand meine vielleicht nicht mehr ganz taufrische, aber immerhin gesunde Haut verätzt, damit sie angeblich jünger und glatter nachwächst, passt einfach nicht zu meinem Lebenskonzept. Oder zu meiner Feigheit. Gar nicht zu reden von anderen „Wohltaten" wie Fettabsaugung oder Lifting. Aber ich bin ja auch nicht hier, um mich verjüngen zu lassen. Ich bin hier, weil ich an einer Reportage über „Ästhetische Chirurgie" arbeite. Und Professor Grünwald ist eben DER Star unter den vielen, die uns neue Schönheit und neues Glück und neue Jugend versprechen.

Es klopft. Ich zucke zusammen. Wer klopft schon an die Tür einer öffentlich zugänglichen Toilette? Eilig wische ich mir mit einem

Papierhandtuch die Wasserspuren aus dem Gesicht. Ein wenig Puder aufzulegen könnte nicht schaden. Tut nicht einmal weh.

„Frau Valensky?" Eine weibliche Stimme. Die Tür geht auf. Ein engelgleiches Wesen sieht mich an. Blonde Locken, zierlich, keine fünfundzwanzig, schlichtes weißes Kleid. Sehe ich da etwa schon ein Resultat von Professor Grünwalds Künsten? Wer weiß. Wo sich heutzutage angeblich bereits Sechzehnjährige eine neue Nase zum Geburtstag wünschen. „Geht es Ihnen gut?", fragt der Engel besorgt.

„Ja, danke. Und Ihnen?"

„Ähhh." Der blonde Engel scheint nachzudenken. „Danke", lächelt das Wesen dann. „Der Herr Professor hat sich Sorgen gemacht. Soll ich Sie auf Ihr Zimmer bringen?"

Jedes Gästezimmer in einer der umliegenden Pensionen wäre mir lieber als der elegante Raum, in dem ich hier wohne. Doch ich nicke. Ich bin Journalistin. Chefreporterin. Von ein wenig Gesichtspflege mit Säure lasse ich mich nicht unterkriegen. Zumal ja nicht ich auf dem Behandlungstisch gelegen bin. Orientierung ist ohnehin nicht meine Sache. Die „Beauty Oasis" ist ganz schön weitläufig, halb in einen Hügel hineingebaut. Wir betreten den Lift. Spiegel gibt es hier drinnen keinen. Wahrscheinlich fahren auch diejenigen mit dem Aufzug, die gerade ein Säureattentat hinter sich haben. Oder einen Verband um die Nase tragen. Die Kabine ist mit Klimt-Reproduktionen ausgekleidet. „Der Kuss", „Adele". Das dritte Bild kenne ich nicht, es zeigt eine junge Frau in weißem, kniekurzem Kleid und es gefällt mir am besten.

„Ich muss zur Rezeption", sage ich zu meinem Begleitengel und ernte einen misstrauischen Blick. „Mein Schlüssel!" Sie nickt und wirkt erleichtert. Wäre wohl nicht so fein, wenn die Journalistin vom „Magazin" abreisen würde, nur weil sie von der gefrosteten Frau nicht eben begeistert war. Wir fahren ein Stockwerk nach oben, ich bedanke mich und gehe vor zur Rezeption. Nichts deutet darauf hin, dass hier Menschen operiert werden. Ich bin in der Lobby eines Luxushotels. Weißer Marmorboden auch hier, ein großer weinroter Teppich, der teuer aussieht. Eine junge Frau und ein junger Mann blicken mich lächelnd über das Empfangsdesk hinweg an. Ich komme mir vor wie in einer Fernsehshow. „So, nun musst du dich entscheiden: Nimmst du die junge Frau mit dem bittenden

Blick und den verheißungsvollen rosa Lippen oder entscheidest du dich für den jungen Mann mit den Grübchen in den Wangen, der dir jeden Wunsch von den Augen ablesen will?"

„Zimmer 301", sage ich zwischen den zwei Augenpaaren hindurch. Die junge Frau ist schneller. Sie reicht mir den Schlüssel. „Kann ich sonst noch etwas für Sie tun?", fragt sie. „Haben Sie unser heutiges Wellnessprogramm schon gesehen oder sind Sie … in Vorbereitung?"

Ich schüttle den Kopf. Nein, keine Vorbereitung. Sehe ich etwa aus, als ob ich eine Schönheitsoperation nötig hätte? Sie deutet meine Reaktion anders und reicht mir eine dünne Mappe. „In einer Viertelstunde haben wir im Hallenbad Gruppenenergetik. Und auf der Wiese gibt es um 18 Uhr Atemyoga bis Sonnenuntergang." Atmen kann ich schon. Und das seit achtundvierzig Jahren.

Das Einzige, was in meinem Zimmer an eine Klinik erinnert, sind die Notfall-Klingelknöpfe und das Bett, das etwas höher ist als übliche Hotelbetten. Ansonsten: helles Holz, fröhlich bunter Teppich, zartgrüne Vorhänge. Und ein Balkon, von dem man über die Hügel des Steirischen Vulkanlandes sieht. Ich schnappe mir das Mobiltelefon, setze mich in den ausladenden Rattansessel, beobachte eine Elster, die wiederum mich zu beobachten scheint, und rufe Vesna an. Meine Freundin hat einen etwas pragmatischeren Zugang zu Schönheitsoperationen als ich. „Wenn es hilft", hat sie gesagt, als ich ihr vom Thema meiner Reportage erzählt habe. Die Frage ist nur, ob so etwas hilft. Und wem. Geld lässt sich damit sicher eine Menge verdienen.

„Du hast es gut", sagt Vesna jetzt anstelle einer Begrüßung. „Sitzt in Luxusoase und alle passen auf, dass sie nett sind zu dir. Wollen ja, dass du freundliche Geschichte über Schönheitsparadies schreibst."

„Ich hab ein Säureattentat miterlebt", widerspreche ich.

„Während ich hier sitze in Büro und habe Sack voller verrückte Flöhe. Slobo will nicht weiter auf Frau von Firmenboss aufpassen. Er sagt, sie ist hysterisch, es gibt niemand, der sie entführen will. Und Draga kann nicht putzen, weil sie glaubt, sie hat Stauballergie. Hat sie Arbeitallergie. Und Kata will, dass ich ihr fixen Job gebe. Aber nicht in Putzabteilung, sondern in anderer Abteilung mit

Nachforschungen. Kann aber nichts außer neugierig sein, und das ist für Detektivjob lange nicht genug. Jana hat zu viel auf Uni zu tun. Und die anderen sind eingeteilt. Und ich soll mit Valentin zu Benefizabend."

Sie hat offenbar nicht einmal wahrgenommen, was ich ihr erzählt habe. „Irgendwann kriegst du einen Herzinfarkt", warne ich sie.

„Dann ich bin wenigstens nicht in Schönheitsklinik, sondern in richtigem Krankenhaus. Außerdem mein Herz ist gut. Du solltest auch joggen gehen, Mira. – Was ist mit Säure? Hat wer sich an Professor gerächt, weil die Nase nachher mehr schief war als vorher?"

Ich erzähle ihr kurz von der „Behandlung", die ich beobachten durfte.

„Wir putzen auch mit Säure manchmal. Vielleicht sollte ich neben ‚Sauber! Reinigungsarbeiten aller Art' und Nachforschung noch dritte Branche überlegen?"

„Hätte gerade noch gefehlt."

„Da läutet anderes Telefon. Vielleicht ist neue Mitarbeiterin und sie kann heute zu Notar fahren. Ist allerdings bester und ältester Kunde. Wahrscheinlich ich sollte selbst. Bis bald." Und schon hat sie aufgelegt. Ist so ihre Art.

Ich schaue über die Landschaft. Die Sonne steht schon ganz flach über den Hügeln, die Schatten werden lang. Welliges Grün, goldgesprenkelt. Kaum vorstellbar, dass hier vor drei Millionen Jahren vierzig Vulkane gleichzeitig aktiv waren. Damals gab es noch keinen Flugverkehr. Und die Flugsaurier, die waren schon ausgestorben. Als dieser isländische Vulkan ausgebrochen ist, war ganz Europa irritiert. Aschewolke, und das mehrere Tage lang. Fand ich irgendwie ganz witzig, dass alle in die Luft geschaut haben, um dort eben keine Flugzeuge zu sehen.

Von einer der weitläufigen begrünten Terrassen dringt leise Musik herüber. Irgendwas indisch Angehauchtes. Wohl Teil des Atemyogatrainings. Die „Beauty Oasis" war ursprünglich ein Wellnesshotel, sehr schick, und wenn man dem Internet glauben darf, auch ziemlich gut gebucht. Und trotzdem haben die Besitzer schließlich an Grünwald verkauft. Ist das Hotel doch nicht so gut gegangen? Hat Grünwald so viel bezahlt? Wie reich ist er eigentlich? In den Hochglanzprospekten ist nur davon die Rede, dass dieser Platz ideal für sein Konzept des „Wohlbefindens für Geist, Körper und Seele" sei. Operationen kommen in diesen Broschüren nur ganz am Rande vor, dafür aber mit genauer Preisliste. Selbst einige Nonnen vom nahe gelegenen Kloster hat Grünwald angeheuert. Zwei dieser „Hildegard-Schwestern" habe ich schon gesehen: dunkelblaues langes Kleid, schwarze Kopfbedeckung mit weißem Rand. Sind sie für die Abteilung „Seele" zuständig? Warum wohl machen sie bei so etwas mit? Ich werde mit der Oberin reden. Denken die Klosterfrauen wirklich, dass es hier ums „Wohlbefinden der Seele" geht? Ist es mit dem katholischen Glauben vereinbar, dass an gesunden Körpern herumoperiert wird? Ich sollte Oskar anrufen. Ich sehe auf die Uhr. Die letzten Sonnenstrahlen verschwinden hinter einem der Hügel. Zehn vor sieben. Um halb acht geht das wöchentliche „Professor's Dinner" los. Hat er sich wohl bei einer Kreuzfahrt abgeschaut. Angeblich kommen fast alle Gäste, die momentan in der „Beauty Oasis" sind. Dann treffe ich endlich Frauen, die sich tatsächlich haben operieren lassen. Ob sie mit mir reden wollen? Meine Fotografin darf jedenfalls nicht dabei sein, hat mir das Büro des Professors mitgeteilt. Irgendwie verständlich. Frau zieht sich nicht ein paar Wochen zur Runderneuerung zurück, um dann im Larvenstadium im „Magazin" abgedruckt zu sein. Eigenartig, dass mir bisher keine von ihnen begegnet ist. Aber ich bin ja auch erst einige Stunden hier. Die meisten bleiben tagsüber wohl lieber auf dem Zimmer. Langweilig wird mir heute Abend jedenfalls nicht. Ich kann das Vorher-oder-nachher-Spiel spielen. Wer ist schon unter dem Messer gewesen, wer kommt erst dran? Wer hat sich was machen lassen? – Hm. Und was soll ich schreiben? Da bin ich mir noch gar nicht sicher. Wer bin ich eigentlich, um den Wunsch anderer nach einem besseren Aussehen zu bespötteln? Oder dem, was sie eben dafür halten? Warum sollte der Professor damit kein Geld verdienen dürfen? Nur weil ich selber viel zu feige wäre und mich sogar vor einer Spritze fürchte? Andererseits: Was ist das für eine Welt, in der man sich freiwillig unters Messer legt, nur um irgendeinem Schönheitsideal zu entsprechen? – Keinen Zeigefinger erheben, Mira. Das steht dir nicht. Und dem „Magazin" auch nicht. Es läutet. Oskar. Ich habe ein schlechtes Gewissen, weil er meinem Anruf zuvorgekommen ist. Ja, es gehe mir gut. Der Professor sehe aus, wie wenn er sich selbst ein wenig zu oft operiert hätte. Keine Falte, auffallend gerade Nase, braun gebrannt, zu blaue Augen, unmöglich, sein Alter zu schätzen. Oskar sagt, er sei noch in der Kanzlei und werde dann mit einem Kollegen essen gehen.

„Mit einem Kollegen?", frage ich nach.

Ich sehe Oskar grinsen. „Ja, einem Kollegen. Männliches Geschlecht. Sonst wäre es eine Kollegin. Habe ich längst von dir gelernt, auf diese sprachlichen Feinheiten zu achten."

Ich seufze, ich gäbe viel darum, jetzt mit meinem Oskar essen zu gehen. Oder ihn hier zu haben. Zu zweit macht Lästern viel mehr Spaß.

„Lass dir ja nichts wegschnipseln", sagt er. „Ich mag dich, so wie du bist!"

Wenig später betrachte ich mich nackt im Spiegel. Die Oberschenkel sind zu dick. Der Bauch ist nicht mehr ganz straff. Der Busen ist okay. Der Speck an den Hüften sollte dringend weg, ich bin aus dem Babyalter schon siebenundvierzig Jahre heraus. Was heißt: „Ich mag dich, so wie du bist"? Dass es zwar andere gibt, die viel attraktiver sind, aber er, Oskar, einfach großzügig darüber hinwegsieht? Es heißt, er nimmt wahr, dass ich nicht mehr so top in Schuss bin. Es heißt … Stopp. Er mag mich. Das heißt es. Und ich sollte nicht herumfantasieren, sondern mich dringend anziehen und in den Festsaal eilen.

Meine Überlegung, ob es in so einer Beauty-Oase auch Alkohol gebe, hat sich gleich beim Eingang erledigt. Servierpersonal bietet Champagner, Aperol Sprizz, Fruchtsaft aus der Gegend und Wasser an. Ich entscheide mich für Champagner, halte mich am Glas fest, gehe weiter und sehe mich um. Die Frauen sind hier zwar in der Überzahl, aber es sind auch etliche Männer da. Begleiter? Penisverlängerungen mache er keine, hat mir Professor Grünwald bei unserem Begrüßungsgespräch heute Mittag erzählt und dabei dreingesehen, als rede er vom Normalsten der Welt. Ich habe versucht, ein pubertäres Kichern zu unterdrücken. Ich weiß nicht, warum ich bei so etwas zum Kichern neige. Verlegenheit? Glaub ich eigentlich nicht. Und: Genau betrachtet ist die Vorstellung, dass ein Mann glaubt einen größeren Pimmel zu brauchen, ja auch zum Lachen.

Im Festsaal stehen runde Tische, jeder für sechs Personen. Ein hübscher junger Mann in schwarzem Anzug – er kann nicht älter als achtzehn sein – fordert mich auf, meine Platznummer zu ziehen. Der Professor handhabe das so, damit man neue Leute kennenlerne. Tisch sieben, Platz vier. Ich hasse so etwas für gewöhnlich, aber hier kenne ich ohnehin niemanden, also ist es egal. Oder … Ich sehe eine Frau um die sechzig vorbeigehen, offenbar sucht auch sie den ihr zugewiesenen Stuhl. Die kenne ich doch. Das ist eine Schauspielerin … Wie heißt sie bloß gleich … Dass ich so ein mieses Personengedächtnis haben muss … Und dort. Den kenne ich auch. Das ist Opernverbunddirektor Hochner. Er ist ganz schön voluminös. Fettabsaugung bei Männern … soll ja immer häufiger werden. Sein Kinn ist gerötet. Ich habe ihn erst vor Kurzem interviewt. Da hat sein Hals noch anders ausgesehen, ist beinahe nahtlos in das Gesicht übergegangen. Kann es wirklich sein, dass er sich das Doppelkinn hat verkleinern lassen? Wird ihm kaum gefallen, mich hier zu sehen. Ich werde angerempelt, drehe mich um und sehe einer Frau mit seltsam starren Zügen ins Gesicht. Vielleicht sind irgendwelche Nerven bei irgendeiner Straffung beleidigt worden. Sie entschuldigt sich und ich schaue, wo mein Opernheld geblieben ist. Ich kann ihn nicht mehr entdecken. Vielleicht hat er mich ja auch gesehen und ist abgetaucht.

Meine Tischnachbarn sind eine junge Frau mit einem gewaltigen Pflaster auf der Nase, ein Mann, der mir sofort versichert, der Steuerberater von Grünwald zu sein und ganz gerne bei diesen Dinners „vorbeizuschauen", zwei reifere Damen, die aussehen wie zwei reifere Damen (werden sie erst operiert oder sind es Achtzigjährige, denen Professor Grünwald den Körper von Fünfundsechzigjährigen verpasst hat? Und: Was haben sie dadurch gewonnen?), und ein Mann um die fünfzig, dessen Gesicht wirkt wie nach einem verlorenen Boxkampf. Wir stellen uns vor und die junge Frau flüstert mir zu, dass sie zum 20. Geburtstag eine „urschöne" Nase bekommen habe und „total happy" sei.

Professor Grünwald hat seinen Platz eindeutig nicht per Los gezogen, er sitzt am Tisch auf der Stirnseite des Saales, mit bestem Blick über seine Schäfchen – oder sollte ich „goldene Kühe" sagen? Sei nicht so missgünstig, Mira. Er steht auf, schlägt einen Gong und spricht mit raumfüllender Stimme. Eindeutig mikrofonverstärkt. Nur dass man das Mikro nicht sieht. Er erzählt, dass er ebendiesen besonderen Gong als Dank für eine seiner ersten Operationen in

Bangkok bekommen habe, er erzählt von seiner Freundschaft mit den internationalen Größen der „Ästhetischen Chirurgie“ in Asien und in Lateinamerika, von seinen Studienaufenthalten dort in jungen Jahren, dass seine patentierten Nasen und Wangen gerade in diesen Teilen der Welt unendlich beliebt seien und von seinem Konzept der allumfassenden Schönheit. Er lächelt die rund hundert versammelten Dinnergäste liebevoll an. „Mit meiner ‚Oasis‘ im Steirischen Vulkanland setze ich um, was uns das Land gibt. Aus gewaltigem Feuer, aus Asche und Lava sind liebliche Hügel entstanden. Für Metamorphosen ist es nie zu spät und in keinem Fall zu früh. Geist, Seele und Körper sind eins und werden hier …“ – er macht eine Kunstpause – „… schön.“

Heftiger Applaus, Grünwald setzt sich. Neben ihm die Schauspielerin, deren Name mir immer noch nicht einfällt, auf der anderen Seite der Opernverbunddirektor. Zufall? Oder entscheidet bei den prominenteren Gästen doch nicht das Los darüber, wo sie sitzen?

Das Essen erweist sich leider als mittelprächtig. Das Lachsfilet ist viel zu lange gebraten und schmeckt tranig, Broccoli sind zwar angeblich gesund, aber ob das auch für zu Tode gedämpfte Exemplare gilt, weiß ich nicht. Dafür schmeckt der Wein ausgezeichnet. Er komme aus der Gegend, hat mir der „Oasis“-Steuerberater erzählt. Über Grünwalds Schönheitsimperium will er hingegen nicht sprechen. „Der Professor gehört zu den ganz wenigen wirklich seriösen Schönheitschirurgen“, lässt er mich wissen. Ich langweile mich ein wenig und nehme noch ein Glas Wein. Die junge Frau mit der „urschönen“ eingebundenen Nase hat sich an einen anderen Tisch verzogen und redet auf eine in etwa Gleichaltrige ohne Gesichtsverband ein. Der Mann mit dem Boxergesicht schweigt in seinen Teller. Die beiden reiferen Damen flüstern miteinander. Geht es um die Vorzüge der Oberarmstraffung? Um die Entscheidung zwischen Lifting und chemischem Peeling? Oder tauschen sie bloß ihre Lieblingsrezepte für Marillenmarmelade aus? Und was macht mich hier so durstig? Ich greife nach der Wasserflasche, wohl besser, ich trinke keinen Alkohol mehr, wenn ich mein Zimmer in diesem weitläufigen Schönheitsareal wiederfinden und aufrecht betreten möchte. Aber die Wasserflasche ist leer. Schicksal. Ein kleines Glas Wein geht schon noch.

Das Servicepersonal serviert die Nachspeise ab. Ich habe vom „Himbeerschaum auf Brombeerspiegel“ nur gekostet. Zu süß. Aber ich steh ohnehin nicht auf Desserts. Kleine Teller auf großen Tabletts werden gebracht. Etwas Käse? Das wäre fein. Aber es sind drei Schokobonbons, die vor jedem von uns landen. „Die sind ebenfalls aus der Gegend“, klärt mich der Steuerberater auf. Auch er scheint sich zu langweilen, andererseits aber nicht zu wissen, was er mit mir reden könnte, ohne zu riskieren, Interna der „Beauty Oasis“ auszuplaudern, die keine Journalistin etwas angehen. Ich nicke. Beinahe jeder kennt die Schokomanufaktur im Vulkanland. Gegen ihre ganz dunklen Schokoladen bin nicht einmal ich immun. Ich stecke mir das erste der viereckigen Bonbons in den Mund und zerdrücke es langsam am Gaumen. Mhm, irgendetwas mit Nuss. Das nächste hat mit duftendem Espresso zu tun, das dritte ist zu meiner Freude eindeutig eine Kombination von Ingwer und Schokolade. Die Schokowerkstätte samt angeschlossenem Laden ist inzwischen eine der Hauptattraktionen der Umgebung geworden. Keine Schulklasse, keine Seniorenrunde, die nicht schon einmal dort gewesen wäre. Vielleicht kann ich das irgendwie in meine Story einbauen? Schokolade statt Schönheitsoperation? Schokolade macht glücklich, sagt man. Wahr ist, dass die drei Bonbons meine Stimmung deutlich aufgehellt haben. Und sie machen mich ein wenig übermütig. – Oder ist das der Wein?

„Wie oft ist Professor Grünwald selbst schon operiert worden?“, frage ich laut in die Runde. „Jeder gibt einen Tipp ab, dann geh ich rüber und frag ihn. Und wer am nächsten dran ist, der hat gewonnen.“ Der Steuerberater sieht mich fassungslos an. Der Mann mit dem Boxergesicht taut auf und grinst. Die beiden älteren Ladys scheinen zu überlegen.

„Natürlich ist er nicht operiert“, sagt Grünwalds Berater in Steuerangelegenheiten.

„Ich weiß nicht“, flötet die eine der Damen, „aber ich glaube nicht, dass es sich gehört, ihn das zu fragen.“

„Sicher öfter als ich“, sagt der bisher so ruhige Boxergesichtige. „Das war meine erste und letzte Operation.“

Na sieh an, jetzt endlich kommt ein interessantes Gespräch in Gang.

„Ich bin bloß zur Entspannung da. Das Wellnessprogramm ist

einmalig. Und ich liebe diese Hildegard-Nonnen", gibt Dame zwei bekannt.

Wer es glaubt. – „Was haben Sie sich machen lassen?", frage ich ins Boxergesicht.

„Tränensäcke entfernen und Oberlider liften. In meiner Branche sollte man nicht zu alt aussehen. Aber es hat mir keiner gesagt, wie sauweh das tut. Und dass einem danach das ganze Gesicht anschwillt."

„Also bei den Oberlidern hab ich gar keine Probleme gehabt", schüttelt Dame zwei den Kopf.

Gerade noch hat sie behauptet, sie sei nur zum Wellnessen da!

„Also doch ein kleiner Eingriff!", bemerkt Dame eins mit gespitztem Mund.

„Das war schon vor einem Jahr", kontert Dame zwei.

„In welcher Branche sind Sie denn tätig?" Wie ein Schauspieler sieht der Mann nicht aus, Fernsehentertainer scheint er auch keiner zu sein, jedenfalls nicht in einem Sender, den ich sehe.

„Vertreter. Ich führe Mehrzweckküchenhobel und Ähnliches vor. Die Konkurrenz schläft nicht. Wenn ich mich nicht anstrenge, dann kriegen jüngere Kollegen die großen Messen und ich tingle auf Wochenmärkten in Kuhdörfern herum. Oder ende, wie ein Kollege von mir, in der Versandabteilung. Wenn sie mich nicht überhaupt rausschmeißen. Die fragen heutzutage nicht mehr nach Erfahrung."

„Ich hatte einen Hobel, mit dem ich mich andauernd geschnitten habe", wirft Dame zwei ein.

„Sie hätten den Schutz benutzen sollen, alle guten Hobel haben einen Handschutz. Ich sage das den Damen immer und immer wieder: Niemals ohne Schutz arbeiten! Unsere Hobel sind wahre Hochleistungs…"

Ich habe gar nicht bemerkt, dass Professor Grünwald unseren Tisch angesteuert hat. Jetzt steht er da und Dame eins meint aufmunternd in meine Richtung: „Jetzt fragen Sie ihn doch!"

„Wir haben ja noch gar nicht getippt", murrt Dame zwei.

Professor Grünwald schenkt uns ein strahlendes Lächeln. Wie alt ist er wohl? Ich habe in keiner seiner Biografien das Geburtsdatum gefunden. „Was wollten Sie mich fragen?", sagt er und sieht mich an wie der freundliche Onkel von nebenan.

„Na wie viele Operationen Sie schon gehabt haben", antwortet Dame eins. Sie hat offenbar auch ein wenig zu tief ins Glas geschaut. Meine Güte, wie peinlich.

Grünwald wirft mir einen kurzen scharfen Blick zu und antwortet dann in die Runde: „Wahre Schönheit, das sage ich immer, kommt von innen. Und daran will ich mein Leben lang arbeiten."

„Aber Ihre Nase ...", insistiert Dame eins. „Sie müssen sich ja vor uns nicht genieren ..."

Grünwald wirft seinem Steuerberater einen Blick zu, den ich interpretiere als: „Wozu zahle ich dir viel Geld, wenn dir in dieser Situation nichts einfällt?" Dann lächelt er. „Ich hoffe, das Dinner hat Ihnen geschmeckt. Und da ich an Eingriffen zur Unterstreichung der Schönheit des inneren Ichs nichts Schlechtes finde: Die Nase hat einer der von mir ausgebildeten Kollegen modelliert, es war quasi sein Meisterstück. Er hat inzwischen eine ausgesprochen gut gehende Praxis bei St. Moritz. Meine Oberlider haben, wie bei den meisten Menschen ab einem gewissen Alter, die ein arbeitsintensives Leben führen, zu hängen begonnen und mein Gesichtsfeld verkleinert. Bei einer solchen gesundheitlichen Indikation zahlt sogar die Krankenkasse."

„Und das Faltenunterspritzen? Was nehmen Sie für sich selbst, Herr Professor? Eigenfett? Polymilchsäure?", will Dame eins wissen.

„Ich teste gerade eine neue Hyaluronsäurekombination. Natürlich können wir solche Tests nicht an unseren Gästen machen."

„Sieht gut aus", meint Dame zwei und sieht ihm neugierig ins Gesicht.

„Na ja", ergänzt Dame eins. „An den Tränensäcken könnte man noch etwas tun."

„Apropos Augenlider: Dazu würde ich auch Ihnen raten. Unser Kalender ist voll, aber irgendwie könnte ich Sie morgen einschieben", sagt Professor Grünwald in meine Richtung.

Ich schüttle den Kopf und lächle. „Ich stehe zu meinem eingeschränkten Gesichtsfeld."

„Ein eingeschränktes Blickfeld kann sehr gefährlich sein", kontert Grünwald, es klingt wie eine Drohung. Er dreht sich um und geht davon, zum nächsten Tisch.

„Wir hätten wohl doch nicht fragen sollen", sagt Dame zwei.

„Ich dachte, zum Faltenaufspritzen nimmt man Botox", erwidere ich.

Die beiden und auch der Vertreter schütteln den Kopf. „Botox nimmt man, um Mimikfalten ruhigzustellen", erklärt Dame eins.

Ich finde, ich habe genug gelernt für heute. Außerdem möchte ich, wenn irgendwie möglich, Professor Grünwald in den nächsten Stunden aus dem Weg gehen. Morgen sieht alles wieder anders aus. Da kommt meine Fotografin. Fotografiert zu werden gefällt ihm, da bin ich mir sicher. Ich werde mit einer der Nonnen reden und wenn möglich mit dem Vertreter und einer der beiden reiferen Damen und vielleicht noch mit der jungen Frau mit der „urschönen" Nase. Eigentlich sollte ich gleich heute mit ihnen einen Termin vereinbaren, wo ich sie alle hier versammelt habe. Aber ich will nicht mehr. Mir ist ein wenig schwindlig. Hat mir Grünwald tatsächlich gedroht oder hat sich das in dieser seltsamen Umgebung für mich bloß so angehört?

Ich habe mich freundlich verabschiedet, abgesehen vom Steuerberater scheinen alle am Tisch ganz froh über meine Einlage gewesen zu sein, hat etwas Leben in den Jungbrunnen gebracht. Ich stehe in der Lobby vor dem Festsaal und überlege: Die Rezeption liegt einen Stock höher oder sind es zwei? Um zum Lift zu kommen, muss ich durch die Halle, dann an ein paar Behandlungsräumen vorbei. Direkt unter uns ist das Hallenbad. – War da nicht auch ein Lift? Der müsste dann gleich hier irgendwo sein, vielleicht im Gang links. Der Steuerberater kommt aus dem Saal und sieht mich sinnend da stehen. Ich werfe ihm ein Lächeln zu, gebe mir einen Ruck, gehe zielstrebig los und tue so, als wüsste ich, wohin. Ich fühle mich weich in den Knien, machen das die dicken Teppiche? – Gewonnen! Da ist wirklich ein Lift! Dein Orientierungssinn ist gar nicht so übel, Mira!

Auch in diesem Lift ist kein Spiegel, hier gibt es auch keine Klimt-Bilder, er ist einfach mit edlem Holz verkleidet. Zwei Stockwerke zur Rezeption. Alles geht hier irgendwie bergauf oder bergab, hat wohl damit zu tun, dass das Hotel als Terrassenanlage in den Hang hineingebaut ist. War vermutlich auch ein Vulkan, dieser Hügel, vor Urzeiten. Wie eruptiv ist Grünwald? Ich schwebe nach unten und steige aus. Irgendwas ist da falsch. Kein Marmor. Keine

Teppiche. Liebe Güte, ich hätte nach oben und nicht nach unten fahren müssen. Bin ich bei den Personalzimmern? Wäre spannend, mit einigen Mitarbeitern von Grünwald zu sprechen. Nicht jetzt. Es ist nach Mitternacht. Nimm den Lift und fahr nach oben. Das Licht ist schummriger als im Gästetrakt. Ich tapse langsam den Gang entlang, Zimmertüren in Eiche, keine Beschriftung. Dann eine schwere Brandschutztür. Ob sie sich öffnen lässt? Was ist dahinter? Ich drücke dagegen. Ich sollte umdrehen. Oh nein, heut Nacht will Mira wissen, was in den Eingeweiden der Klinik von Professor Grünwald los ist. Ich drücke noch einmal an, fester, mit einem Ächzen geht die Tür auf. Weitere Eichentüren, dasselbe schummrige Licht. Ich tappe vorwärts. Eine Doppeltür mit Milchglas und der Aufschrift: „Wellnessbereich". Seltsam, den Wellnessbereich habe ich doch schon gesehen. Er ist einen Stock höher und beim Swimmingpool. Oder waren es zwei Stockwerke? Du solltest nicht so viel Wein trinken, Mira. Ob Grünwald hier einen eigenen Verwöhnbereich für seine Angestellten hat? Nobel, nobel. – Da war ein Schatten. Und ein Lichtschimmer. Grünwald. Was, wenn er mir hier auflauert? Nur weil ich wissen wollte, wie oft er selbst operiert wurde? Er hat mir gedroht. Unsinn. Wenn er jede kritische Journalistin überfallen würde ... Ich denke an die Frau mit der verätzten Haut und atme schneller. Idiotisch. Da ist jemand nach der Spätschicht noch in der Sauna. Bei der Außentemperatur? Wir haben heute dreißig Grad gehabt. Macht keinen guten Eindruck, wenn man mich hier findet. Wirkt, als ob ich herumspionieren würde. Dabei ist es bloß mein schlechter Orientierungssinn ... Die Tür wird so abrupt aufgestoßen, dass mir der eine Flügel gegen die Schulter knallt. Eine alte Frau in einem blauen, langen Kleid sieht mich entgeistert an.

„Ich hab sie gefunden", keucht sie. „Ich weiß nicht, was ..."

Erst jetzt begreife ich, dass es sich bei der Frau um eine der Nonnen handelt. Ihre Kopfbedeckung ist in den Nacken gerutscht.

„Ich muss die Polizei verständigen."

Die Luft um mich wird seltsam heiß. Ich sehe durch die offene Tür. Fliesen, Spiegel, Umkleidekabinen. Vielleicht hatte die Nonne eine Vision.

„Gehen Sie nicht hinein", sagt die Frau. „Die Sauna war aufgedreht. Ich weiß nicht, wie lange. Da ist sonst keiner. Sie liegt drinnen."

„Sie?“

„Schwester Cordula.“

Schritt für Schritt gehe ich durch den Eingangsbereich, betrete einen ovalen Raum mit blauen Fliesen, einem Tauchbecken ohne Wasser, einer kleinen Bar, die wirkt, als wäre sie schon sehr lange nicht mehr in Betrieb. Die heiße Luft kommt von der halb geöffneten Saunatür her. Ein Holzbrett am Boden. Ich steige darüber und sehe in die Saunakabine. Im Dämmerlicht eine nackte Frau. Sie liegt auf dem Boden, das Gesicht Richtung Tür. Ihre Haut hat einen ungesunden rosaweißen Ton. Oder ist das bloß, weil Nonnen dauernd lange Gewänder tragen und nicht in die Sonne gehen? Woher weiß ich das? Wer sagt, dass das wirklich eine Nonne ist? Sie sieht nicht danach aus. Zu jung. Ich merke, dass die deutlich ältere Nonne hinter mir steht.

„Wie alt war Schwester Cordula?“, frage ich, ohne den Blick von der nackten Frau zu wenden.

„Achtunddreißig.“

Irgendetwas tropft von meiner Stirn auf den Boden. Ich merke, dass ich klatschnass bin, versuche mir den Schweiß aus der Stirn zu wischen.

„Sie war die Jüngste“, flüstert ihre Mitschwester. „Was hat sie da gemacht? Der Trakt ist stillgelegt.“

„Und warum …“

Die alte Nonne schüttelt den Kopf. „Ich weiß es nicht, ich habe keine Ahnung.“

Der Schweiß tropft, es ist, als würde mir das Hirn ausrinnen. Ich stehe nur da, unfähig, etwas zu tun. Wach auf, Mira. Mit dem Schweiß geht auch der Alkohol aus dem Kopf. Denk nach. Sofort. Mit einer raschen Bewegung schalte ich die Saunaheizung aus. Dann drehe ich mich zur Nonne um: „Und warum haben Sie dann hier nach Schwester Cordula gesucht?“

Sie schüttelt den Kopf. „Nicht hier, ich habe überall nach ihr gesucht. Sie war seit drei Tagen verschwunden. Wir haben gedacht, sie ist weggegangen, sie war nicht mehr sehr zufrieden mit dem Leben hier. Aber sie hatte gar nichts mitgenommen. Wir sind zur Armut verpflichtet. Und doch gibt es Dinge, die man mitnimmt, wenn man geht. Und sie hätte sich auch verabschiedet. Hoffe ich.“

„Seit drei Tagen? Das heißt, sie ist vielleicht seit drei Tagen …“

Die alte Nonne nickt. Dann wird ihr Blick wachsam: „Und was machen Sie eigentlich hier?"

„Ich habe mich verirrt", erwidere ich und bin ganz sicher, dass das stimmt.

Es ist die Nonne, die die Polizei verständigt. Zu meinem großen Erstaunen hat sie aus der Tasche ihres Kleides ein Mobiltelefon gezogen. „Schwester Gabriela von den Hildegard-Schwestern", sagt sie und beschreibt dann sehr klar und knapp, wo wir sind und was wir sehen. Auf meine Frage, ob wir nicht auch ihren Chef verständigen sollten, meint sie bloß: „Der ist zu weit fort und weiß es ohnehin." Schwester Gabriela hat sich im Vorraum auf einen niedrigen Schemel gesetzt, es wirkt fast, als würde sie knien. Sie hat die Hände gefaltet und murmelt Gebete. Gar keine üble Art, sich nicht von mir ausfragen lassen zu müssen. Ich habe mich auf eine der beiden spinnwebenüberzogenen Saunaliegen gesetzt. Hier war wohl tatsächlich schon länger keiner. – Warum dann Cordula, die jüngste der Hildegard-Schwestern? Aber ich traue mich nicht, die betende Nonne anzusprechen.

Die Hitze lässt nur ganz langsam nach. Ich bin immer noch klatschnass. Ich höre den Lift und fahre aus einer Art Dämmerzustand auf. Ich hätte den Tatort inspizieren sollen. Vor Kurzem habe ich einen deutschen Profiler interviewt, der ein hoch spannendes Buch geschrieben hat. Der Tatort erzählt eine Menge. Ich sehe mich rasch um. Alles wirkt wie seit Monaten unberührt. Kein Glas auf der Theke. Kein Handtuch. Staub. Und doch hat jemand die Sauna eingeschaltet und die Nonne darin eingesperrt. Die Tür offenbar mit einem Brett zugenagelt. Rasche Schritte und dann sind sie da. Der Chefinspektor vom Bezirkskommando Feldbach heißt Knobloch und ich will ihn schon fragen, ob ein eigenartiger Nachname Berufsvoraussetzung für den gehobenen Polizeidienst sei und ob er Zuckerbrot, den Leiter der Wiener Mordkommission 1, kenne, aber dann kommt Professor Grünwald und starrt uns beide an.

„Was machen Sie hier?", sagt er scharf zu mir.

„Sie ist mir begegnet, als ich in höchster Not war", antwortet die Nonne und sieht ihn nicht eben demütig an.

„Die Fragen stelle ich", sagt Chefinspektor Knobloch.

Ein Trupp der Spurensicherung kommt näher. „Verdammt, ist es hier heiß“, murmelt eine kräftige Frau im weißen Spurensicherungsanzug.

Ein Mann mit halblangen lockigen braun-grauen Haaren und einer Tasche betritt den ehemals so stillen Wellnessbereich. „Wo ist sie?“, fragt er.

Schwester Gabriela deutet auf die Sauna.

Mir dämmert etwas. Wenn die Frau tatsächlich drei Tage in der eingeschalteten Sauna gelegen ist … „Nicht anfassen!“, schreie ich.

Der Mann dreht sich zu mir um. „Ich darf. Ich bin der Gerichtsmediziner. Karl Simatschek.“

Ich schüttle den Kopf, weiß nicht, wie ich mich so schnell am besten ausdrücken soll, mir fällt nur das ein, was ich aus Billys Küche und diversen Kochbüchern weiß. „Sie ist niedertemperaturgegart!“

„Niedertemperaturgegart?“, sagt der Gerichtsmediziner einigermaßen verblüfft. „Sie meinen, bei geringer Hitze über eine lange Dauer gar gezogen?“

Er scheint etwas vom Kochen zu verstehen. Ich nicke erleichtert. „Und wenn man sie angreift …“

Er nickt. „… könnte das Fleisch von den Knochen fallen.“

Grünwald sieht aus, als könnte ihm keine Schönheitsoperation der Welt mehr helfen. Ältlicher Mann, leicht deformiert, schwitzend in einem gar nicht mehr korrekt sitzenden dunklen Abendanzug.

[2.]

Der Wecker meines Mobiltelefons läutet, als ich gerade von schmelzenden Nonnen träume. Es sind solche wie in den alten Louis-de-Funès-Filmen, mit ausladenden Hauben, aber aus Schokolade, wie Osterhasen oder Weihnachtsmänner. Ich fahre auf, wundere mich über die strahlende Sonne. Es kann noch nicht Morgen sein. – Was war gestern? Die nackte Nonne in der Sauna … Es ist bereits acht. Ich muss dringend noch einmal mit Schwester Gabriela reden. Wir haben im Vorraum der Wellnesslandschaft darauf gewartet, unsere Aussage machen zu können. Bewacht von einem Kriminalbeamten, der gar nicht erbaut darüber zu sein schien, mitten in der Nacht dem Tod einer Nonne nachgehen zu müssen. Zur Aussage wurden wir dann in ein Zimmer hinter einer der dunklen Holztüren gebracht. Es dürfte ein kleiner Seminarraum gewesen sein, seit längerer Zeit allerdings unbenutzt. Wohl ein Überbleibsel vom Vorgängerhotel. Chefinspektor Knobloch hat nicht allzu viel von mir wissen wollen. Vielleicht war er einfach müde. Oder er wollte sich eine Überraschungsattacke aufheben. „Kann sein, dass wir noch einmal miteinander sprechen müssen“, hat er gemeint. Er macht einen ziemlich kompetenten Eindruck. Warum auch nicht? Ich habe doch noch nie geglaubt, dass die Klügeren in Wien sitzen. Der Gerichtsmediziner schien es geschafft zu haben, die Leiche im Ganzen abzutransportieren. Gesehen habe ich sie allerdings nicht mehr. War mir auch recht so. Als Simatschek an mir vorbei ist, hat er mir zugeflüstert: „Ein Hinteres Ausgelöstes vom Galloway, vierundzwanzig Stunden bei siebenundsechzig Grad gegart, ist mir lieber.“

Ich hab ihn erstaunt angesehen, er ist tatsächlich rot geworden und hat gestottert: „Nicht dass Sie mich für pietätlos halten … nein

… ist nur meine Art, mit absurden Situationen umzugehen … Der Tod an sich ist das Absurdeste von allem … Sorry, ich weiß nicht, was ich für einen Unsinn rede …“ Ich bin mir nicht sicher: Hab ich ihn angelächelt? Hab ich genickt? Schwester Gabriela war jedenfalls plötzlich weg. Dafür ist Professor Grünwalds Anwalt aufgetaucht. Er ist ungefähr so alt wie Grünwald und hat noch etwas angeschlagener gewirkt. Gut, es war zwei in der Nacht. Grünwald hat doch ohnehin keiner verdächtigt, oder doch? Auf alle Fälle hat mir der Anwalt klarzumachen versucht, dass ich nichts über das „Unglück“ schreiben dürfe. „Unglück“ – als ob sich die Nonne selbst eingesperrt und über die Saunatür ein Brett genagelt hätte. Wunder gibt es immer wieder … Dem Gerichtsmediziner ist zu diesem Zeitpunkt jedenfalls klar geworden, dass ich Reporterin bin. Wohl nicht so gut fürs Gesprächsklima. Oder doch? Er hat mir einen interessierten Blick zugeworfen. Na ja, so hab ich ihn jedenfalls interpretiert. War ja schon spät. Ich gähne. Ich muss die Redaktion verständigen. Über die gegarte Nonne in der Schönheitsoase zu schreiben, lasse ich mir sicher nicht verbieten – auch wenn es vielleicht nicht gerade die Story ist, die die Geschäftsführung des „Magazin“ wollte. Eine nackte Nonne. Okay, in der Sauna sind wohl auch Nonnen nackt. Wer war sie? Schwester Gabriela hat in der ersten Aufregung gesagt, dass Schwester Cordula weg wollte. Weg von der „Beauty Oasis“ oder weg vom Kloster? Vielleicht steckt ein Mann dahinter. – Einer, von dem sie sich zu viel erträumt hat? Den sie falsch eingeschätzt hat? Was, wenn das Kloster sie nicht gehen lassen wollte? Weil sie etwas wusste, das nicht an die Öffentlichkeit durfte? Kann es sein, dass ich Schwester Gabriela in Wirklichkeit beim Abtransport der Leiche gestört habe? Sie wirkt sehr kontrolliert. Sie ist deutlich über siebzig. Kann man in so einem Alter nicht mehr morden? Als wir in der Tür zusammengestoßen sind, hat sie gar nicht gefasst ausgesehen. Ich tappe ins Bad, stelle mich unter die Dusche. Sie ist noch nass von heute Nacht. Diese idiotischen Regenschauerduschen! Mildes Getröpfel von oben. Was ich bräuchte, ist ein scharfer Duschstrahl. Aber vielleicht ginge dann bei manchen der Gäste die neue Haut ab. Das Handtuch ist auch noch feucht. Darum geht es jetzt nicht, Mira. Ich werde auf das Frühstück verzichten, Hunger habe ich ohnehin keinen. Ich werde zum Kloster hinüberwandern. Und ich werde die Nummer des Gerichtsmediziners in Erfahrung bringen. Wir könnten über niedertemperaturgegarte Gerichte plaudern, die sind momentan ja en vogue. Er scheint mich zu mögen. – Aber ob er mir auch etwas erzählt?

Meine Kleidung von gestern kann ich vergessen. Es ist, als wäre ich damit in den Pool gesprungen. Ich schlüpfe in Jeans und T-Shirt. Beide sind zu warm. Es ist Mitte August und es soll wieder dreißig Grad kriegen. An sich eine Temperatur, die ich liebe. Aber momentan … Wie muss es sich anfühlen, bei neunzig Grad in der Sauna eingesperrt zu sein? Ich muss herausfinden, wer in diesem stillgelegten Trakt noch unterwegs ist. Was hinter den anderen Türen ist. Sind es lauter unbenutzte Seminarräume? Ich greife nach meiner Tasche, selbst sie ist feucht, schnappe die Keycard und drücke energisch auf die Zimmertürschnalle. Die Tür geht nicht auf. Ich muss irgendein Sicherheitsschloss aktiviert haben. Ich schiebe die Keycard zurück in den Energiesteckplatz, nehme sie wieder heraus. Nichts. Die Tür bleibt zu. Meine Güte, war das bequem, als es noch Zimmerschlüssel gab. Offenbar spinnt die dumme Keycard. Ich rufe einigermaßen erbost an der Rezeption an. Ich hatte vorgehabt, mich möglichst unbemerkt aus dieser eigenartigen Oase zu schleichen.

Wenige Minuten später klopft es an meiner Tür. „Kann ich reinkommen?"

„Ich kann die Tür nicht öffnen", fauche ich. Deswegen habe ich ja angerufen.

„Sehr eigenartig", höre ich eine Frauenstimme sagen. „Das ist noch nie passiert. Ich schiebe die Ersatzkarte ein."

Ich höre ein Schaben, dann ein Rütteln, wieder ein Schaben.

„Es geht nicht, ich bringe die Karte gar nicht rein", sagt die Stimme.

„Dann hat wohl jemand was in den Schlitz gesteckt", mutmaße ich und denke gleichzeitig: Da wollte jemand verhindern, dass ich aus dem Zimmer kann. – Wer? Und wenn ich weiß, wer, kenne ich dann auch den Mörder?

Die Frau wirft sich gegen die Tür, rüttelt. Dann Pause. „Moment. Ich bin gleich wieder da", höre ich.

Es könnte Grünwald gewesen sein, der mich nicht rauslassen wollte. Damit es keine Story im „Magazin" gibt, die seinem Geschäft schaden könnte. Aber telefonieren kann ich auch vom Zimmer aus. Und meinen Laptop samt Modem hab ich ebenfalls dabei. Vielleicht wollte er etwas beiseiteschaffen, bevor ich es sehen könnte? Was?

Plötzlich geht die Tür auf. Vor mir steht eine Rezeptionistin, die ich noch nicht kenne, sie ist außer Atem. „Ich hab eine Büroklammer geholt und das damit herausgeholt." Sie hält mir ein dünnes metallenes Blättchen hin. „Das ist in Ihrem Türschloss gesteckt. Ich kapier nicht, dass unsere Gäste so etwas anstellen … Tut mir leid."

Ich glaube nicht, dass mir da irgendein Gast einen dummen Streich gespielt hat, aber das behalte ich besser für mich. Stattdessen bitte ich um das Blättchen und bekomme es. Ein eigenartiges Ding. Vielleicht zwei Zentimeter breit und drei Zentimeter lang, dünn, biegbar, aus Metall. Ich gehe zurück in mein Zimmer. Vielleicht weiß Vesna, was das sein könnte. Es wird sowieso Zeit, dass ich ihr von dem Mord erzähle. Wer wollte verhindern, dass ich das Zimmer verlasse?

„Haut und Fleisch muss ganz weich gewesen sein, kann mir vorstellen, es ist schwierig, da noch Spuren finden. Nach drei Tagen, was meinst du? Da sind auch Innereien und Blut durchgekocht, oder?", meint meine Freundin wenig später interessiert.

Ich glaube, ich werde auch auf das Mittagessen verzichten. „Gar gezogen wäre korrekter. Zumindest beim Rind beginnt sich das Muskeleiweiß bei ungefähr 73 Grad umzusetzen."

„Woher du weißt das?", will Vesna wissen.

„Natürlich vom Kochen. Wenn ein Steak rosa bleiben soll, darf man das Fleisch höchstens bei 70 Grad ziehen lassen."

„Also dann ist Nonne doch durchgekocht, man kann sagen. Ich komme."

„Ich dachte, bei dir geht es drunter und drüber?", erinnere ich Vesna.

„Drunter und drüber es geht auch ohne mich. Vielleicht dann noch mehr, aber kann ich ja auch krank sein. Dann bin ich auch nicht da. Also. Ich teile da ein, was man einteilen kann, und dann fahre ich in ‚Beauty Oasis'. Doch schade, dass ich Valentin nicht geheiratet habe. Aber wird keiner Urkunde verlangen. Bin ich Frau Freytag, Gattin von berühmtem TV-Serien-Entwickler. Gibt es doch auch diese Reality-Sendungen über Schönheitsoperationen, nicht wahr?"

Ich grinse. „So etwas würde dein Valentin hoffentlich nicht produzieren."

„Natürlich nicht, aber weiß der Professor nicht. Kann auch eine Show etwas mehr seriös sein. Und sehr gut für Werbung. Ich denke mir auf Weg vielleicht eine aus", überlegt Vesna weiter.

„Du solltest bei Valentin einsteigen", ätze ich.

„Privat ich bin das ja. Auch wenn ich alte Wohnung vermisse. – Wir kennen uns natürlich nicht, ist klar, oder? Wenn Grünwald nicht sehr froh ist, dass du da bist und was über Mord schreibst, ist besser, ich bin nicht deine Freundin. Wenn ich da bin, ich rufe dich an. Wir vereinbaren Treffpunkt. Und: Du unternimmst gar nichts allein, ist klar, oder?"

„Ich werde mit der Nonne reden", widerspreche ich.

„Ist sie echte Nonne? Du bist sicher?"

„Hundertprozentig echt. Sie ist mit ihren Mitschwestern für einen Teil der Pflege in der Oase zuständig. Und sie ist sicher gegen achtzig."

„Nonnen um achtzig können sein sehr gefährlich, sind schon, wie soll ich sagen, ein bisschen jenseitig, schon näher bei ihrem Gott als da. Bei so viel Glauben man kann auf die Idee kommen, dass irdisches Gesetz nicht mehr so wichtig ist. Andererseits: Ich glaube, mit Nonne bist du besser als ich."

„Warum das?", will ich wissen.

„Weil du gerne glaubst an Sachen, die du nicht siehst. Auch Hokuspokus."

„Und was soll das jetzt wieder heißen?", fauche ich.

„Nichts Böses", beruhigt Vesna. „Nur dass du nicht so hängst an Fakten wie ich."

„Hör mal, ich bin Journalistin. Ich recherchiere."

„Ja, und das sehr gut. Du schaust genau nach, ob Nonne wirklich echt ist. Kontrolliere, wie lange sie schon in ‚Beauty Oasis' arbeitet. Und wenn lange genug, dann du gehst zu ihr. Wenn Polizei nicht bei ihr ist. Ich melde mich, wenn ich bin da. Wird Nachmittag sein." Nach einer kurzen Pause fügt Vesna hinzu: „Freue mich, dich zu sehen. Vielleicht wir können am Abend zu irgendeiner Buschenschank oder so. In Wien wir kommen ohnehin kaum zu was."

Eine gute Perspektive: Ein Abend mit Vesna in einer netten Buschenschank auf einem der Vulkanhügel.

Kann dieses dreistöckige alte Wohnhaus neben dem Schönheitscenter ein Kloster sein? Sieht nicht so aus, wirkt eher wie ein sehr altes Schulgebäude. Andererseits ist es, abgesehen von einem kleinen Bauernhof, das einzige Bauwerk, das an Grünwalds Oase grenzt. Kein Kirchturm. Aber wer sagt, dass Nonnen neben einer Kirche leben müssen? An das Gebäude schließt ein hoher Bretterzaun an, an der Grundstücksgrenze gibt es ein Gartentor, das einen Spalt offen steht. Ich spähe hinein: Zwei Autos in Carports, Gras, ein großer Gemüsegarten und, wenn ich recht sehe, hinter dem Haus ein angebauter Glockenturm. Soll ich einfach an der Haustür läuten? Jedenfalls wirkt es nicht so, als wäre jemand von der Polizei hier. Sonst sehe ich allerdings auch niemanden. Soll ich doch durchs Gartentor gehen? Was, wenn die Nonnen dann meinen, ich schnüffle herum? Ich bewege mich langsam auf den Eingang zu, will gerade die drei Aufschriften auf dem Klingelbrett entziffern, als die Tür aufgeht. Schwester Gabriela starrt mich an.

„Woher haben Sie gewusst, dass ich …“, stottere ich.

„Ich wollte hinüber“, erwidert die alte Nonne und deutet zur „Beauty Oasis“.

Vesna hat offenbar recht, ich bilde mir Hokuspokus ein. Und Klosterfrauen schreibe ich anscheinend verdammt schnell übersinnliche Fähigkeiten zu. „Können wir über gestern Nacht reden?“, sage ich bittend. Sind Nonnen nicht auch da, um Menschen in Not beizustehen? Immerhin habe ich eine gegarte Frauenleiche gesehen.

„Sie sind Reporterin. Beim ‚Magazin‘“, lautet ihre Antwort. Ein „Nein“ hätte nicht deutlicher sein können.

„Ich will keinen Unsinn schreiben“, erkläre ich. Ist ja auch wahr.

„Ich muss hinüber. Und dann nach Feldbach, auf die Polizei. Sie wollen mich noch einiges fragen.“

„Ich fahre Sie hin.“

„Das könnte man wohl merkwürdig finden. Ich nehme mein Auto.“

Nur für einen Moment wundere ich mich, dass die alte Nonne Auto fährt. Warum denn nicht? Ich kenne genug Menschen gegen achtzig, die einen Wagen haben. Und sollte ich jemals so alt sein, möchte ich sicher nicht, dass eine Endvierzigerin an meiner Fähigkeit zweifelt, ein Fahrzeug zu lenken.

„Na gut“, sagt die Nonne plötzlich. „Vielleicht ist es besser, wir reden. Ich habe aber nicht viel Zeit.“ Sie geht ins Haus, ich folge ihr.

Im Eingangsbereich ein Bild von einer Heiligen und eine brennende Kerze davor. Ist es Hildegard von Bingen? Die ist jedenfalls die einzige heilige Hildegard, die ich kenne. Daneben ein gerahmter Spruch: „Disce et servi“. Könnte als Motto der heiligen Hildegard passen: „Studiere und diene“. Oder so ähnlich. Ich hoffe, meine tief vergrabenen Lateinkenntnisse narren mich nicht. Die Nonne öffnet die Tür und bittet mich in ihr Büro. Ich bin irgendwie enttäuscht. Das Büro würde in jedes ältere Amtsgebäude passen. Dunkler Schreibtisch aus Holz, PC, Aktenschränke. Selbst dem schlichten Kreuz könnte man in durchaus weltlicheren österreichischen Bürostuben begegnen. Sie setzt sich hinter den Schreibtisch, ich setze mich auf den Drehsessel davor. Ich schnuppere. Weihrauch ist das nicht.

„Lavendel“, sagt die Nonne. Sie scheint eine ziemlich scharfe Beobachterin zu sein. „Wir füllen ihn in Säckchen. Die heilige Hildegard hat ihn als ‚Muttergotteskraut‘ bezeichnet, weil er so viel Übles bannen kann.“

„Gegen Mord hilft er allerdings nicht“, komme ich zur Sache. „War eigentlich die Spurensicherung schon da?“

„Die sind ganz zeitig in der Früh gekommen und waren bald wieder weg. Viel können sie nicht gefunden haben. Mord … Ausgesprochen hat das noch niemand. Es klingt absurd in unseren Mauern.“

„Sie haben gestern Nacht gesagt, dass Schwester Cordula weg wollte. Hatte das mit der ‚Beauty Oasis‘ zu tun?“

„Ich will den Artikel sehen, bevor Sie ihn veröffentlichen“, verlangt die Nonne. Jenseitig ist die nicht.

Ich nicke. „Selbstverständlich.“

„Wir haben eine gute Geschäftsbeziehung mit der Einrichtung von Professor Grünwald. Wir helfen bei der Pflege und dafür können wir unsere Hildegard-Produkte bei ihm verkaufen. Wie Sie sehen, bin ich nicht mehr die Jüngste. Der Altersdurchschnitt in unserer Gemeinschaft liegt bei achtundsiebzig Jahren. Nachwuchs gibt es kaum. Also waren wir gezwungen, neue Geschäftsfelder zu erschließen. Um zu überleben.“

„Cordula war Nachwuchs.“

„Cordula hatte viele Ideale, das kommt bei Nonnen vor“, lächelt die Klosterschwester. „Sie wollte echte Kranke pflegen und nicht Konsumenten der Schönheitsindustrie. Und sie wollte nicht, dass unsere Produkte verkauft werden wie irgendwelche kommerziellen Cremes."

„Aber deswegen hat man sie wohl kaum in die Sauna gesperrt", gebe ich zu bedenken.

Schwester Gabriela seufzt. „Nein, natürlich nicht. Und vergessen Sie alles, was Sie in seltsamen Filmen über die angeblich so strengen Klosterregeln samt Femegericht und Rachemorden gesehen haben. Wir hätten Cordula selbstverständlich gehen lassen, wenn sie unsere Gemeinschaft tatsächlich hätte verlassen wollen. Ihr Problem war bloß: Sie hat sich nach mehr Kloster, nicht nach weniger Kloster gesehnt."

„Ein Mann ist auszuschließen?"

Jetzt sieht mich die alte Nonne eindeutig amüsiert an. „Wann ist ein Mann schon auszuschließen bei uns Frauen? Lesbisch war sie nicht, unsere Cordula. Nein, aber ich glaube kaum, dass sie einen Geliebten gehabt hat."

„Und wenn doch? Und wenn er viel zu verlieren hatte, falls seine Beziehung zur jungen Nonne bekannt geworden wäre?"

„Na gar so jung war sie auch wieder nicht. Achtunddreißig."

Ich probiere es weiter. „Was, wenn sie sich verliebt hat und das Verhältnis offenlegen wollte? Ihn heiraten wollte? Was, wenn es Professor Grünwald selbst ..."

Die Nonne amüsiert sich immer noch. „Das dürfen Sie natürlich nicht so schreiben, aber so etwas hätte dem eitlen Professor sicher sehr gefallen. Dass ihn seine Frau letztes Jahr wegen dieses zweitklassigen Schlagersängers verlassen hat, war gar nicht gut für sein Ego. ‚Die Nonne und der Schönheitschirurg': Er hätte die Schlagzeile selber erfunden, wenn keiner darauf gekommen wäre."

„Was also dann?" Ich sehe die Frau, die mir immer sympathischer wird, an.

Ihr Gesicht wird wieder ernst. „Wenn ich das wüsste ... Sie hat, wie wir anderen auch, in der ‚Beauty Oasis' Genesende gepflegt. Die Polizei wird nachsehen, mit wem sie es zu tun hatte. Wenn sie hinter irgendein Geheimnis gekommen ist ..."

„Aber nackt in der Sauna? Das riecht nach Verbotenem."

„Wir haben auch in unserem Haus eine Sauna."

Sie sieht meinen erstaunten Blick. „Können Sie mir einen Grund nennen, warum wir nicht in die Sauna gehen sollten?"

Ich schüttle den Kopf. „Es gibt sicher einige unter den Gästen, die nicht wollen, dass ihre Rundumerneuerung öffentlich wird."

„Schwester Cordula war mit Sicherheit keine Erpresserin. Außerdem gehören Schönheitsoperationen heute fast zum guten Ton. Kann schon sein, dass nicht alle gerne darüber reden, aber dem Image schaden sie kaum mehr", überlegt Schwester Gabriela.

„Hat es Sauna eigentlich schon zur Zeit der Hildegard von Bingen gegeben?", fällt mir ein.

„Etwas Vergleichbares schon. Sie hat Schwitzbäder empfohlen, aber auch eine Art von Sauna samt Aufguss. Allerdings nicht so viel Hitze."

„Und womit sollte aufgegossen werden?"

Schwester Gabriela sieht mich nachdenklich an. „In erster Linie mit Lavendelextrakten."

Ich versuche mich zu erinnern, wonach es gestern Nacht in der Sauna gerochen hat. Es war ein ganz spezifischer Geruch, aber Lavendel …

„Es hat nicht nach Lavendel gerochen, sondern nach gekochtem Fleisch", assistiert die alte Nonne. „Kann allerdings gut sein, dass sich Lavendelduft nach einigen Tagen verliert. Ätherische Öle sind flüchtig, vor allem bei hoher Temperatur."

„Bei Ihnen riecht es nach Lavendel", denke ich laut.

„Ja. Wir haben gerade Säckchen abgefüllt. Sie waren bis vorgestern hier gelagert."

„Stellen Sie auch Lavendelauszüge für die Sauna her?", will ich wissen.

„Ja. Die sind momentan ziemlich populär, wie vieles aus dem Wissen der heiligen Hildegard. Auch wenn es teilweise höchst unsinnig angewendet wird."

Ich krame in meiner Tasche. Mir ist noch etwas eingefallen. Ich halte der Nonne das Metallplättchen hin, das heute früh in meinem Türschloss gesteckt ist. Ob sie wisse, was das sein könnte.

Schwester Gabriela nimmt das Plättchen und betrachtet es sehr genau von allen Seiten. „Sieht aus wie ein übergroßer Mikrochip."

Worauf Nonnen heutzutage kommen.

Ich gehe zurück zur „Beauty Oasis", helles Luxusgebäude, elegant in den Hang integriert, und denke über Lavendel nach. Lavendelduft im Büro der Klosterschwester, Lavendel als Aufgussempfehlung der heiligen Hildegard von Bingen. Ich sollte noch einmal in die stillgelegte Wellnesslandschaft. Ich hab einen ausgesprochen guten Geruchssinn. Gestern war ich abgelenkt. Kein Wunder. – Und was könnte es bedeuten, wenn ich Lavendel rieche? Aber dieser Teil der Schönheitsoase ist wohl von der Polizei versiegelt. Ob die Gäste inzwischen von dem Mord wissen? Diese Frage erledigt sich schon im Eingangsbereich. Die alternde Schauspielerin, deren Name mir nicht einfallen will, gibt ein Fernsehinterview. Ich höre, dass sie etwas von „Wohlfühloase, in die ich mich gerne zur Entspannung und zum Meditieren zurückziehe" erzählt. Ob es ihr jemand glaubt? Drei Journalisten hängen in den übergroßen weißen Lederfauteuils herum, wohl eher Lokalreporter aus der Gegend, ich kenne sie nicht, aber ich bin zu lange im Geschäft, um mich in ihrem Beruf zu irren.

Regina, die junge Fotografin vom „Magazin", sollte eigentlich auch schon da sein. Losgeschickt mit einem deutlich harmloseren Auftrag. Ich rufe sie am Mobiltelefon an und komme bloß auf ihre Box. Oskar. Ich sollte ihm sagen, dass ich wohl noch einige Tage, jedenfalls bis zum Redaktionsschluss, im lieblichen Steirischen Vulkanland bleiben werde. Außerdem ist es besser, er erfährt die Story von mir als über die Medien. Schon wieder eine Mobilbox. Trotzdem. Es tut gut, seine Stimme zu hören. Ich überlege, die Festnetznummer seiner Kanzlei anzurufen, aber da geht sein Sekretariatsdrachen dran. Also quatsche ich ihm die Box voll. Wenn ich mich recht erinnere, hat er heute Verhandlungen. Wie weit das alles weg ist.

Ich nehme die Stiegen nach unten Richtung Hallenbad und telefoniere dabei mit der Redaktion. Ja, die Meldung vom Tod der Nonne sei schon über die APA gekommen. Sensationell, dass ich dabei gewesen sei, als sie gefunden wurde. Klar werde das die Aufmacherstory – vorausgesetzt, die Tagesmedien haben mich bis zum Redaktionsschluss unseres Wochenblattes nicht überholt. Ich verspreche, mehr als alle anderen zu haben, und betrete den neuen Wellnessbereich. Der alte, stillgelegte ist deutlich kleiner und liegt genau darunter, einen Stock tiefer. Zwei Frauen in voluminösem Bademantel sehen mich wachsam an. Hat sich schon herumgesprochen, dass ich Reporterin bin? Oder begegnet man heute jedem und jeder sicherheitshalber mit Misstrauen? Die Schiebetür vom Hallenbad ins Freie steht offen. Eine schmale Terrasse, verlassen. Eine weiße Mauer, dahinter eine abschüssige Wiese. Ich überlege. Der Wellnessbereich ist quasi in den Hügel hineingebaut. Ich habe nicht darauf geachtet, hätte im Finstern wohl auch nicht viel gesehen, aber es ist klar, dass auch die alte Wellnessabteilung in den Hang hineingeht. Nur eine Etage tiefer eben. Wenn ich über die Mauer den Abhang hinunter und dann von außen … Ich sehe mich um. Niemand da. Ich überquere die Terrasse. Mein Herz klopft. Dass ich bei solchen Aktionen auch nie cool bleiben kann. Die Mauer ist höchstens einen Meter hoch. Kein Problem. Ein Kontrollblick die Wiese hinunter. Auch da ist niemand. Ich stütze mich mit beiden Armen auf die Mauer, versuche ein Bein hochzuziehen. Ich sollte mehr Sport machen, aber das muss ich auch so schaffen. Ja. Ich bin mit einem Knie und beiden Händen auf der Mauer, will das zweite Bein hochziehen. Konzentration, Mira. Eine Wahnsinnshitze ist das heute wieder. Irgendwie komme ich in dieser Oase gar nicht aus dem Schwitzen heraus. Jetzt. Plötzlich eine feste Hand auf meiner Schulter. Erschrocken fahre ich herum, komme aus dem Gleichgewicht, strauchle. Falle direkt in die starken Arme eines Mannes mit kurz geschorenen Haaren. Ich rapple mich auf, hole Luft. – Was ich jetzt brauche, ist eine gute Erklärung. Der Typ sieht aus wie ein Bodyguard. Von Grünwald? Nein, für einen Bodyguard wirkt er zu intelligent. Ich räuspere mich. „Ich wollte …"

„Ich habe Sie gesucht", erwidert der Kurzgeschorene mit eindeutig amerikanischem Akzent und lächelt mich an, als wäre es das Normalste der Welt, dass Hotelgäste über die Mauer zu klettern versuchen. Ich kenne den Mann nicht, ich bin mir sicher.

„Ich bin Sam. Sam Miller. Der Energetiktrainer. Zuständig für den Wellnessbereich, Sie verstehen?"

Ich fürchte, ja. Nein, ich will nicht in die Sauna. „Ich wollte … spazieren gehen. Und eine Abkürzung nehmen", sage ich so selbstsicher wie möglich.

„Da kommen Sie nirgends hin, Miss Valensky. – Oder Missis?" Er runzelt die Stirn. Entkommen kann ich ihm jedenfalls nicht. Er ist gut eins neunzig groß, voller Muskeln, höchstens Mitte dreißig.

„Missis", antworte ich und hoffe, dass mein Familienstand etwas einschüchternd wirkt. – Quatsch. Es ist nicht anzunehmen, dass

Sam einen Annäherungsversuch plant. Zumindest keinen der klassischen Art.

„Mein Boss, Mister Grünwald, hat mich geschickt. Er will, dass ich Ihnen persönlich zur Verfügung stehe. Er meint, Sie haben gestern Nacht zu viel Aufregung gehabt."

Sieh an, also wohl doch eine Art Security. „Ich schaff das schon. Und danke fürs Festhalten", sage ich und will an ihm vorbei. Zwecklos. Er macht einen Schritt zur Seite. Im vergangenen Jahrtausend hab ich Basketball gespielt, und das gar nicht schlecht. Ich könnte versuchen, ob ich noch eine Körperfinte draufhab. Schritt nach links andeuten, warten, bis er das Gewicht verlagert, und dann rechts vorbei.

Er sieht mich mit nahezu flehendem Blick an. „Bitte, der Boss wird ungehalten, wenn nicht geschieht, was er sagt. Es kostet nichts extra. Ich habe an eine Energetikmassage gedacht."

Was soll mir eigentlich passieren? Vielleicht kann ich ihn über den Wellnessbereich aushorchen, darüber, ob die untere Sauna in letzter Zeit tatsächlich nie in Betrieb war. Aber ich sollte meine Fotografin suchen. Und bald kommt Vesna. Und …

„Es dauert bloß zwanzig Minuten. Sie werden sich fühlen wie neu geboren."

Professor Grünwald war gestern nicht eben freundlich zu mir. Er fürchtet eine miese Story im „Magazin". Also beauftragt er seinen amerikanischen Energetiker, mir etwas Gutes zu tun. – Und wenn er mich dadurch davon abhält, Nachforschungen anzustellen, hat er zwei Fliegen mit einer Klappe geschlagen. Er täuscht sich. Sam soll meine Energie auf Vordermann bringen und dann geht es mit neuer Kraft erst so richtig los.

Ich liege bäuchlings auf einer Massagepritsche und Sam bearbeitet mit wissenden Fingern meine Unterschenkel. Ich hatte gar keine Ahnung, wie viele Muskeln ich dort habe. Er streicht und drückt, sanft, so könne die Energie besser in Fluss kommen, erklärt er mit leiser Stimme. Das Erste, was sich entspannt, ist mein Gehirn. Es wird träge. Ich wollte Sam mit den Seidenhänden einiges fragen … Über die Sauna … Jetzt drückt er vorsichtig in die Vertiefung unter meinen Schulterblättern. Lass dich nicht einlullen, Mira. Ist dir klar, dass du ihm ausgeliefert bist? Na ja. Draußen sind immer wieder Schritte zu hören. Ich könnte schreien. Und wenn er den tödlichen Griff der amerikanischen Ranger kennt? Gibt es den überhaupt?

„Was hat Sie in die Steiermark verschlagen?“, murmle ich.

„Professor Grünwald hat eine Stelle ausgeschrieben.“

„Davon hört man in den USA?“

„Oh ja, wenn man sich interessiert, schon. Meine Mutter kommt aus Österreich. Es ist eine sehr gute Stelle hier. Ich spare auf mein eigenes Energetikstudio.“

„Und es gefällt Ihnen in der ‚Oasis‘?“, frage ich weiter, um nicht einzuschlafen.

„Oh, ich mache meinen Job sehr gerne.“

Da war ein Zwischenton, da bin ich mir sicher. Ich werde etwas munterer. „Sie haben nichts gegen Schönheitsoperationen und Faltenkorrekturen und all so was?“

„Meine Aufgabe ist es, den Gästen ein Programm zu bieten, das ihnen Wohlbefinden bringt. Ich habe sieben Trainer in meinem Staff. Und zwei Physiotherapeutinnen.“

„Passen chirurgische Eingriffe zu dem, was Sie tun? Sie machen es übrigens ausgezeichnet.“ Und das ist nicht gelogen. So viele entspannte Muskeln. Traumhaft.

„Lassen Sie mich so sagen: In meinem Zentrum wird es so etwas nicht geben. Hier gibt es eben vieles gleichzeitig. – Sie wollen sich auch operieren lassen?“

„Wo?“, will ich schon empört fragen, lache dann aber leise. „Sie wissen genau, dass ich Journalistin bin und hier bin, um eine Reportage zu schreiben. Ich konnte ja nicht wissen, wo sie hinführen würde.“

Er lacht auch, es ist ein sympathisches Lachen. „Okay, gewonnen. Ich weiß das. Sie haben auch keine Operation notwendig. Hat eigentlich niemand, nebenbei gesagt. Der Professor will Sie gut stimmen.“

„Der Professor hat dafür den bestmöglichen Weg gewählt“, gurre ich und genieße Sams Hände auf meinen Oberarmen. „Haben Sie Schwester Cordula eigentlich gekannt?“

„Nicht gut, aber es sind ja nur sieben geistige Schwestern da, sagt man so?“

„Geistliche Schwestern“, bessere ich aus und kichere ein wenig.

„Oh Mann, wenn meine Mom das hören würde. Sie hat immer versucht, mich perfektes Deutsch zu lehren."

„Das hat sie auch sehr gut gemacht." Jetzt sind seine Hände an meinem Nacken. Was wollte ich ihn noch fragen? Ein Wirbel nach dem anderen wird umtanzt. Oh, gut. Sehr gut. „Schwester Cordula. Wie war sie so?" Nicht eben eine präzise Frage. Du solltest dich genieren, Frau Chefreporterin.

„Wie gesagt, ich habe sie nicht gut gekannt. Sie war freundlich. Und sie hat sich sehr gut mit der Hildegard-Medizin ausgekannt, denke ich."

„Sie wollte weg, sagen ihre Mitschwestern", versuche ich dranzubleiben.

„Sie hat mehr gegen diese Art von Operationen gehabt als ich. Ich hoffe, das hat sie nicht das Leben gekostet", murmelt er und drückt vorsichtig meine Halswirbel.

„Wie kommen Sie darauf?"

„Keine Ahnung. Ich denke bloß, wer hätte jemand wie diese Schwester in die Sauna gesperrt?"

Scheint mir alles nicht besonders schlüssig. „Sie halten den Professor für verdächtig?"

Sam lacht, aber jetzt klingt es eine Spur unecht. „Da haben Sie mich völlig falsch verstanden, Missis Valensky. Ich habe keine Ahnung. Und ich danke, ich hoffe, Ihre Energie kann wieder fließen."

Er bewegt sich einige Schritte weg von mir und ich fühle mich richtiggehend verlassen. Ist die Massage tatsächlich genau jetzt zu Ende oder habe ich etwas Falsches gesagt? Ich wickle das flauschige weiße Handtuch um meinen Körper, stehe auf. Sam wäscht sich die Hände. Wirkt so, als wäre er durch mich schmutzig geworden. Sei nicht kindisch, Mira. Etwas fällt mir noch ein. „Gibt es hier eigentlich auch diesen Hildegard-Saunaaufguss mit Lavendel?"

„‚Hildegard-Aufguss'?", er sieht mich erstaunt an. „Nein, so etwas haben wir nicht. Aber die Produkte der Hildegard-Schwestern gibt es in der Lobby, ich kenne mich da nicht so gut aus."

Wenig später gehe ich den Gang entlang und fühle mich wie eine Katze, eigentlich wie eine Großkatze, Panther oder so. Jede Menge entspannte Muskeln, aber jeden Moment sprungbereit. Es ist das Mindeste, Professor Grünwald für diese Sonderbehandlung persönlich zu danken. Ich strebe Richtung Empfangsdesk, überlege, ob ich gleich sein Büro suchen oder ob ich mich an der Rezeption bei ihm anmelden lassen soll. Das geschäftige Treiben unterscheidet sich nicht von dem am Tag davor. Die Journalisten sind abgezogen, zwei jüngere, sehr attraktive Frauen bitten um die Rechnung. Wie haben sie wohl vor ein paar Wochen ausgesehen? Unsinn. Wunder wirken kann Professor Grünwald auch nicht. Die beiden sind wahrscheinlich Models. Ich hab bei der Vorbereitung auf meine Story ein Interview gelesen, in dem ein Topmodel erzählt, dass Fettabsaugung ab Anfang zwanzig in ihrer Branche einfach dazugehöre, ob man wolle oder nicht. Seitlich vor dem Empfangsdesk steht eine herrenlose schwarze Tasche. Hat jemand vergessen. Oder jemand abgestellt, der gleich wiederkommt. Ich sehe genauer hin. Das ist meine Tasche. Ich muss mich täuschen. Ich nütze meine neuen Pantherkräfte für einen Sprung nach vorne, bücke mich. Meine Tasche. Tatsächlich. Ich reiße sie hoch und pflanze mich fauchend vor der Rezeptionistin auf. „Was soll das? Wer hat meine Tasche gepackt und hier abgestellt?“

Sie sieht mich an wie eine geduldige Lehrerin. „Zimmernummer bitte?“

„301.“

Sie tippt etwas in den Computer. „Tut mir leid, Sie hatten nur bis heute gebucht. Sie haben das Zimmer nicht rechtzeitig geräumt und da erlauben wir uns …“

„Ich habe gesagt, dass ich noch nicht weiß, wie lange ich bleibe. Es hat geheißen, das sei kein Problem.“

Sie schüttelt den Kopf und lächelt unbeirrt. „Tut mir leid, wir sind voll.“

Reingefallen, Mira. Deswegen hat Grünwald dir die Traummassage verpassen lassen. Damit jemand ohne deinen Widerstand das Zimmer räumen kann. „Ich will mit Professor Grünwald reden. Und das sofort.“

„Tut mir leid“, wiederholt sich die Rezeptionistin lächelnd. „Er ist momentan in einer wichtigen Besprechung.“

„Er wird diese Besprechung umgehend verlassen. Ich kann mir nicht vorstellen, dass er das lesen will, was ich ansonsten im ‚Magazin‘ über diese Mords-Klinik schreibe.“

Noch immer bin ich Pantherin. Aber wenn diese Drohung

nichts nützt ... Ich sehe mich schon zur ratlosen Stubenkatze degenerieren.

Die Rezeptionistin nimmt den Telefonhörer, das Lächeln noch immer ins Gesicht geklebt, und dreht sich von mir weg. Sie legt auf und wendet sich mir zu. „Professor Grünwald kann sich frei machen. Für einige Minuten. Und bitte: Wir sind keine Klinik." Das mit dem Mord allerdings, das kann sie nicht abstreiten.

Neben der eleganten Doppeltür aus Eiche ein Schild, auf dem in Goldbuchstaben steht: „Professor Dr. Christoph Grünwald". Darf ich einfach eintreten? Der Hausdiener, der mich hergebracht hat, ist lautlos im Gang mit dem dicken Teppich verschwunden. Warum sollte ich nicht reingehen? Ich habe einen Termin mit dem Herrn Professor Schönheitschirurg. Ich öffne vorsichtig die Tür und stehe offenbar im Sekretariat. Weiße Regale, der Großteil mit Rollläden davor. Heller Schreibtisch mit PC, Tischchen mit einem Drucker, mächtiger Hochleistungskopierer. Regal mit Glasfront, dahinter Tiegel und Fläschchen. Die Sekretärin ist offenbar beim Mittagessen. Oder unterwegs, um mich abzuholen, und ich bin ihr zuvorgekommen. Ich sehe mir die Fläschchen näher an. Nahrungsergänzungsmittel „nach der bewährten Methode von Professor Grünwald". Karotin, Zink, Eisen. In den Tiegeln Cremes. Anti-Aging Night Serum, Rejuvenation Balm ... Ich habe sie auch schon in einem Schrank im Foyer gesehen. Nettes Nebengeschäft. Großes Fenster auf den Hang hinaus, links vom Schreibtisch eine Tür, halb offen. Eine Einladung, na klar. Ich stecke meinen Kopf durch die Tür. Das kann nur das Büro von Grünwald sein. Pompöser Eichenholzschreibtisch. Eine Menge Urkunden an den Wänden, viele Bilder. Edler Teppich, hellbraune Sitzgruppe aus feinem Leder. Lebensgroßes Poster einer Frau mit den gängigen Traummaßen in einem knappen Bikini. Trotzdem nicht sexy, eher klinisch, sie scheint eine nahe Verwandte der Skelette in älteren Arztpraxen zu sein. Nur eben etwas verkleidet. Auf der Wand gegenüber ein gleich großes Poster mit einem Mann in Boxershorts. Ob seine Formen angesagte Traummaße sind, kann ich schwerer beurteilen. Mir ist er ein wenig zu muskulös. Das Schönheitsideal von Frauen scheint eindeutiger festgelegt zu sein als jenes von Männern. „Was ein Mann schöner is wie ein Aff, is ein Luxus", hat Torbergs Tante Jolesch gesagt. Insofern ist der Typ auf dem Poster schon Luxus.

Grünwald ist nicht da. Versucht er tatsächlich, mir aus dem Weg zu gehen? Was wird er als Nächstes tun? Mich von irgendwelchen Hilfsburschen wie Sam mit den sanften Händen vor die Tür setzen lassen? Gar nicht gut für seine Presse. Oder macht ihm das nichts aus? Schwester Gabriela hat kein Hehl daraus gemacht, dass sie ihn für ziemlich eitel hält. Deckt sich mit dem Bild, das ich von ihm habe. Und mit der Ausstellung der zahlreichen Urkunden, Auszeichnungen und Dankschreiben prominenter Persönlichkeiten an den Wänden. Professor Grünwald mit dem goldenen Skalpell ausgezeichnet, Professor Grünwald mit einem chinesischen Minister, Professor Grünwald erhält einen spanischen Orden. Kann es sein, dass er so eitel ist, ständig präsent sein zu wollen? Auch bad news sind good news. – Trifft das selbst auf einen Mord zu? Wohl kaum. Jedenfalls: So leicht will ich ihn nicht entschlüpfen lassen. Ich gehe zurück in den Gang, der Teppich schluckt meine Schritte. Gut so. Die nächste Tür ist keine Doppeltür, aber ebenso aus massiver Eiche. Ich öffne sie ganz vorsichtig. Dahinter ist bloß ein kleiner Lagerraum. So ein Zimmerchen, in dem Hausmädchen Bettwäsche, Handtücher und Shampoos aufbewahren. Nur dass in den Regalen hier Grünwalds wundersame Cremes und Tabletten gestapelt sind. Zum Großteil verpackt in Kartons, einige davon sind angebrochen. Ob ich mir eine Creme mitnehmen soll? Wozu? Mit dem Mord wird eine Creme kaum zu tun haben und meine Kosmetikmarke möchte ich keinesfalls wechseln. Aloe vera, echt angenehm, nicht besonders teuer. Und bio. Wieder in den Gang. Keiner zu sehen. Noch eine Eichentür ohne Aufschrift. Mir ist, als hörte ich Stimmen. Vorsichtig drücke ich die Klinke. Wenn mich jemand ertappt, kann ich ja immer noch behaupten, dass ich mich im Weg zu Grünwald geirrt habe. Die Tür geht einen Spalt weit auf, die Stimmen werden lauter. Sehr laut. Das ist kein freundliches Gespräch, so viel ist klar. Ich kann drei Männerstimmen unterscheiden. Zwei sprechen mit Akzent, die Muttersprache könnte Spanisch oder Portugiesisch sein. Die dritte Stimme ist die von Grünwald. Ich spähe durch den Türspalt. Niemand zu sehen.

„Wir haben Vertrag und Sie werden Vertrag erfüllen", brüllt einer der Ausländer.

„Es geht jetzt nicht. Und versuchen Sie ja nicht, mir zu drohen. Dafür weiß ich zu viel. Ich habe das nie gewollt!", antwortet Grünwald um nichts leiser.

„Nicht gewollt? Bolazo! Unsinn! Sie sind dabei!"

Ich sehe in eine Art Vorraum, erkenne zwei Kleiderstangen, darauf einige weiße Kittel, einen langen Tisch. An der Schmalseite des Raumes eine Tür. Sie steht offen. Wie weit darf ich vor? Ich möchte nicht, dass mich jemand, der durch den Gang kommt, beim Lauschen entdeckt. Ich möchte aber natürlich auch nicht Grünwald und seinen unfreundlichen Freunden in die Hände fallen. Wird schon gut gehen. Im Moment zumindest scheinen die drei abgelenkt zu sein. Ich wische in den Vorraum, versuche mich schlecht und recht hinter den weißen Mänteln zu verstecken. So etwas ist an sich Vesnas Metier. Mira, der Panther, hat sich überdies zurückverwandelt in die ganz normale Mira, schlimmer noch, ich habe das Gefühl, an den unmöglichsten Stellen einen Muskelkater zu haben.

„Noch einmal: Wir haben damit nichts zu tun! Nada!"

Wovon reden die? Wer sind die Männer mit Akzent? Ich muss sie sehen. Vielleicht waren sie beim „Professor's Dinner". – Und? Was würde das sagen?

„Sie können nicht aussteigen, comprende? Die Operation wird durchgeführt", grollt der andere mit tiefer Stimme, jetzt schreit er nicht mehr. Dennoch klingt es bedrohlicher als alles andere zuvor. Operation. Vielleicht geht es um eine verpfuschte Operation. Nein. Sie scheint noch gar nicht stattgefunden zu haben. Was, wenn er jemandem ein neues Gesicht verpassen soll? Einem Verbrecher? Oder geht es doch nur um so etwas wie eine Penisverlängerung, die Grünwald nicht machen will? Und wenn alles mit dem Mord an der Nonne zu tun hat? Aber worin hätte die verwickelt sein können? Hildegard-Produkte. Die rufen wohl kaum wütende Südländer auf den Plan. Wenn in den Produkten etwas anderes wäre, wenn Grünwalds Cremes und Pillen im Zusammenhang mit den Erzeugnissen der Nonnen stünden und …

Die Stimmen kommen näher. Zu nahe.

„Wir wissen, was Sie tun. Immer", sagt der mit der grollenden Stimme. Ich wickle einen der Kittel um mich und hoffe, dass keiner der drei zu Boden sieht. Meine Füße kann ich hinter dem Kleiderständer nicht verstecken. Die Männer durchqueren den Vorraum rasch, sind draußen. Ich atme auf. Sie haben mich nicht entdeckt. Ich hatte den Mantel über dem Kopf, gesehen habe ich die Spanier, oder woher immer die beiden Männer stammen, nicht. Schnell, auf den Gang. Zu spät. Keiner mehr da. Ich gehe langsam weiter. Was habe ich hier per Zufall mitgehört? Ich sollte dringend mit Vesna reden. Ist sie schon im Haus? Jemand biegt beim Lift ums Eck, kommt durch den Gang auf mich zu. Gleichzeitig geht die Doppeltür aus Eiche auf. In der Falle, Mira! Mein Herz rast. Hätte ich nur nicht …

„Da sind Sie ja“, sagt der blonde Engel von gestern Nachmittag von der Tür her.

„Was machen Sie hier?“, fragt Grünwald gleichzeitig und kommt näher. Er klingt nervös. Aber das hat vielleicht mit den beiden Südländern zu tun.

„Ich wollte sie abholen, habe sie überall gesucht“, teilt der Engel seinem Chef mit.

„Oh“, mische ich mich ein und lächle unschuldig. „Das tut mir aber leid! Ich habe mich verirrt. Aber jetzt bin ich ja richtig.“

„Sie scheinen sich häufig zu verirren“, knurrt Grünwald, stapft vor mir durch das Sekretariat in sein Büro und schließt hinter mir die Tür. Offenbar hat die Auseinandersetzung mit seinen Geschäftspartnern der professoralen Laune nicht gutgetan. Leider kann ich ihn schlecht fragen, was hinter dem Streit gesteckt hat.

Grünwald bleibt für einen Moment mit dem Gesicht zur Tür stehen, dann dreht er sich zu mir um und setzt eine Art Botox-Miene auf: entspannte Züge, ruhiggestellt durch eine Dosis Nervengift.

„Es tut mir sehr leid, aber wir sind restlos ausgebucht. Man hat Ihnen das an der Rezeption schon gesagt. Ich ersuche Sie, nichts anderes zu vermuten, wir sind eben eine zum Glück sehr gut gehende Einrichtung. Ich arbeite eng mit der Polizei zusammen und habe heute vor interessierten Medienleuten bereits ein Statement abgegeben. Wenn es Neuigkeiten gibt, werde ich das natürlich wieder tun und Sie sind herzlich eingeladen.“ Grünwald versucht ein Lächeln, es misslingt, wird bloß ein Zucken im linken Mundwinkel. Ist eben doch nicht gesund, wenn man sein Gesicht immer wieder aufpeppt. Nein, Mira. Es ist etwas anderes. Der Typ steht kurz vor der Panik. Okay, ein Mord tut dem Image seiner Wohlfühloase sicher nicht gut. Aber erklärt das alles?

Ich werde noch ein Scherflein zu seinem Unwohlsein beitragen. „Sie haben mir Sam Miller geschickt, um mich ohne Widerstand aus dem Zimmer zu kriegen. Ich frage mich bloß, warum? Was soll ich nicht sehen? Worüber soll ich nicht schreiben?"

Professor Grünwald starrt mich an. Gesichtsausdruck: totale Überraschung. Er ist wirklich ein guter Schauspieler. „Wen? Sam? Das ist doch nicht wahr. Sie waren bis zum Checkout nicht im Zimmer, also haben wir für Sie gepackt. Was hat Sam Miller damit zu tun?"

„Sie haben ihm aufgetragen, mich so richtig zu verwöhnen."

Er sieht mich mit einer Art ehrlicher Abneigung an. „Das hätte ich für übertrieben gehalten."

Ich zucke mit den Schultern. Ich habe nicht vor, mich auf seine Spielchen einzulassen. „Jedenfalls herzlichen Dank dafür. – Seit wann ist übrigens der alte Wellnessbereich stillgelegt? Seit Sie das Hotel übernommen und umgebaut haben? Wie sind Sie eigentlich zu dem Hotel gekommen?"

„Wir haben eine Presseerklärung veröffentlicht, wären Sie nicht auf Abwegen gewesen, würden Sie sie längst in Händen halten. Mehr werde ich nicht sagen. Ich möchte auf keinen Fall riskieren, dass die Arbeit der Polizei erschwert wird."

„Wo wohnt eigentlich das Personal?"

„Was hat das mit dem unglücklichen Tod von Schwester Cordula zu tun?"

„Nichts. Deshalb können Sie mir die Frage wohl auch beantworten."

Professor Grünwald schaut auf seine Uhr. Es ist ein eindrucksvolles Stück aus Gold. Ich starre auf eines der gerahmten Fotos. Eine Frau mit Karpfenlippen und vielen schneeweißen Zähnen bleckt den Schönheitschirurgen an. Ich kenne sie aus diversen Society-Magazinen.

„Es tut mir leid, ich bin meinem straffen Zeitplan weit hinterher", sagt der Professor.

„Meeting mit unzufriedenen Kunden?" Es ist mir einfach entschlüpft.

Er sieht mich mit einem scharfen Blick an. „Operation. Sollten Sie über Ihr Medium irgendwelche Unwahrheiten verbreiten, sehe ich mich gezwungen, meine Anwälte einzuschalten. Ganz abgesehen davon möchte ich Sie darauf hinweisen, dass ich ein sehr guter Anzeigenkunde des ‚Magazin' bin." Er reißt die Tür auf. Sieh an, so einer wie er hat keinen Anwalt, er hat gleich „Anwälte"! Aber ich sage nichts, gehe durch die Tür ins Vorzimmer, die Engel-Sekretärin springt auf, eilt an meine Seite. „Ich bringe Sie zur Rezeption", sagt sie und schwebt in halbhohen edlen Pumps neben mir den Gang entlang. Endlos lange Beine, zumindest mit Schuhen ist sie gleich groß wie ich. Allerdings sicher um zwanzig bis fünfundzwanzig Kilo leichter. Ich könnte sie umpusten. Oder wegstoßen. Und was, wenn sie den schwarzen Gürtel in Karate hat? Momenten halte ich beinahe alles für möglich. Außerdem: Wohin sollte ich ihr entkommen wollen? Ich hole tief Luft und plaudere mit möglichst entspannter Stimme: „Was halten Sie von Karate?"

„Oh, ich habe es probiert. Aber ich mag Kickboxen viel lieber. Ich war einige Jahre steirische Meisterin."

Tja, eben. „Sie wohnen im Haus?"

„Sie dürfen es Professor Grünwald nicht übel nehmen, wenn er etwas schroff war. Er hat es nicht leicht, nach dem, was geschehen ist. Sie müssen wissen, die ‚Oasis' ist sein Leben."

[3.]

Ich checke aus, der Engel weicht nicht von meiner Seite. Ich erfahre, dass die Rechnung schon beglichen ist, eine Einladung von Professor Grünwald mit herzlicher Entschuldigung für die Unannehmlichkeiten. So leicht bin ich allerdings nicht ruhigzustellen.

„Ich gehe nur noch rasch auf die Toilette", sage ich meiner Begleiterin. Leider habe ich mich nicht besonders professionell verhalten. Ich hätte gestern Nacht zumindest mit meinem Mobiltelefon Fotos machen sollen. – Will ich, dass die Bilder einer nackten, niedertemperaturgegarten Nonne veröffentlicht werden? Das hätten wir später entscheiden können. So gibt es gar nichts zu entscheiden. Vielleicht kann ich von der Toilette noch rasch Richtung Wellnessbereich abbiegen. Ich wasche mir die Hände und öffne vorsichtig die Tür. Der Engel wartet zwei Meter weiter und reibt sich gerade den rechten Fuß. Offenbar sind die Pumps nicht besonders bequem. Schadenfreude bringt mich allerdings auch nicht weiter. Wenn ich einfach losrenne und dann im Gang nach links … Quatsch. Die holt mich ein. Und selbst wenn nicht – wozu sollte das gut sein? Ich gebe mit dem unguten Gefühl, eine Chance vertan zu haben, auf, gehe Richtung Ausgang.

„Ich schwöre Ihnen, ich fahre ab", sage ich zu meiner Begleiterin. Sie nickt und trabt weiter neben mir her. Ich gehe auf den Parkplatz, öffne meinen Honda, lege die Tasche auf die Rückbank, steige ein. Der blond gelockte Engel steht immer noch da. Ich gebe Gas, nehme die Straße Richtung Ortschaft. Ich sehe in den Rückspiegel. Der Engel winkt. Tatsächlich.

Zumindest scheint mich niemand zu verfolgen. Zwei Kilometer später halte ich an einem Aussichtspunkt. Von hier kann man zur

Burg hinübersehen. Eindrucksvoller Bau hoch oben auf einem Vulkanfelsen. Neben mir stehen zwei Italienerinnen und fotografieren einander mit dem trutzigen Gemäuer als Hintergrund. Ich atme durch. Spätsommer. Hügeliges freundliches Land. Der Rest geht mich nichts an. Ist Sache der Polizei. Vielleicht sollte ich Chefinspektor Knobloch vom seltsamen Streit Grünwalds mit den beiden Ausländern erzählen?

Ich sehe, dass mir Vesna bereits fünf SMS geschickt hat. Aber zuerst rufe ich meine Fotografin an. Endlich geht sie ans Telefon. Sie hatte einen Autounfall. Nichts Schlimmes, ein Mann mit einem dicken BMW sei aus einer Seitengasse gebogen und habe ihr Auto regelrecht abgeschossen. Viel Blechschaden, nur kleine Blessuren. Aber es habe eben gedauert, bis die Polizei den Unfall aufgenommen habe, bis ihr Auto abgeschleppt worden sei, bis sie sich einen Ersatzwagen besorgt habe. Wo sie denn jetzt sei. Nicht weit entfernt, in Ilz. Wir vereinbaren, dass sie, wenn es sich bis zur Dämmerung ausgehe, noch einige Fotos der Schönheitsklinik macht. Vor allem hätte ich gerne Bilder von der Hangseite. Nein, Weg gebe es dorthin keinen. Sei sozusagen Teil der Fassade, dieser durch Balkone terrassierte Hügel. Meine Kollegin verspricht, es trotzdem zu versuchen und danach, wenn man sie nicht hinauswerfe, zumindest in der Lobby zu fotografieren.

„Das wird aber auch Zeit“, sagt Vesna wenig später durchs Telefon. „Habe mir schon Sorgen gemacht, du wirst auch gekocht.“

„Bist du schon in der ‚Oasis‘?“

„Bin ich dran vorbeigefahren. Ich wollte zuerst absprechen mit dir. Wenn du dich allerdings nicht hättest gemeldet, Mira Valensky, dann wäre ich rein.“

Klingt nach Rambo. Rambo Vesna. Irgendwie total beruhigend. Vesna, auf sie kann ich mich verlassen. Wir stellen fest, dass sie in meiner Nähe ist, im Garten eines Gasthauses mit Blick auf die „Beauty Oasis“. Es dauert keine drei Minuten und ich bin bei ihr. Wie die Rächerin in Person sieht sie nicht aus, eher wie eine entspannte Touristin. Vor sich ein großes Glas Himbeersaft, das Gesicht zur Sonne gewandt.

Eine junge Kellnerin sieht mich fragend an. „Einen weißen Gespritzten bitte!“ Zu Vesna sage ich: „Den kann ich brauchen.“ Dann küsse ich sie auf beide Wangen. Ist nicht unser übliches Begrüßungsritual, aber ich bin so froh, sie zu sehen. Und mit ihr einen fixen Bestandteil meines normalen Lebens.

„Was soll ich mir machen lassen?", überlegt Vesna. „Soll ich mir nur Oberlider straffen lassen oder soll ich mehr Busen kriegen? Valentin würde es, glaube ich, gefallen."

Ich sehe sie entsetzt an. So viel zum Thema „normales Leben".

Vesna lacht. „Du glaubst doch nicht im Ernst! Aber ich werde mir Operation ausdenken, die ich bei dem Professor dann überlege. Will ein paar Tage Verwöhnungsprogramm und dabei über Verschönerung mit Messer nachdenken."

„Ob die Redaktion den Aufenthalt zahlen kann … ich weiß nicht", überlege ich laut. Die „Beauty Oasis" ist alles andere als günstig. Zimmerpreis pro Nacht: 288 Euro, jedes Extra ist auch extra zu bezahlen. Wenn eine gute Story rauskommt, ist unser Chefredakteur nicht kleinlich, da sind für „kurzfristige freie Mitarbeiter" schon Spesen drin. Wenn nicht …

„Kann ich mir schon leisten, wenn ich möchte", erwidert Vesna.

Vor einigen Monaten hat sie ihre Wohnung aufgegeben und wohnt nun bei Valentin. Ihr altes Büro mit dem schönen Schild „Sauber! Reinigungsarbeiten aller Art" hat sie allerdings bis auf Weiteres behalten. Eigentlich soll das Haus ja abgerissen werden, aber es gibt immer wieder Verzögerungen, und solange die dauern, will sie bleiben. „Miete ist günstig und Klienten, die rundherum wohnen, sind mir bekannt", sagt sie, wenn wir sie wieder einmal überreden wollen, doch das kleine Geschäftslokal unter der Kanzlei von Oskar zu nehmen.

Ich erzähle Vesna so detailreich wie möglich alles, was ich in der Schönheitsoase gesehen und erlebt habe. Wozu dieses Metallplättchen, das ich noch immer in meiner Tasche habe, üblicherweise dient, weiß sie auch nicht. Grünwalds Streit mit den beiden Ausländern interessiert sie besonders.

„Du hast sicher gar nichts gesehen von ihnen?"

Ich schüttle den Kopf.

„Ist sehr schade. Dann wir hätten vielleicht gewusst, ob sie sind Lateinamerikaner oder Spanier. Name ist keiner gefallen?"

„Ganz sicher nicht."

„Ich werde versuchen, die beiden zu finden. Wenn sie sind noch in Oase."

„Sie haben Grünwald gedroht, dass sie alles sehen, was er tut."

„Das klingt gut. Dann ich werde sie treffen."

Ich muss mich entscheiden, ob ich heimfahre oder mir irgendwo in der Gegend ein Zimmer nehme. Ich wäre gern in Oskars, in unserer großzügigen Dachwohnung mit Blick über Wien. Alles geordnet und sicher. Zumindest kommt es mir in dem Moment so vor. Andererseits: Meine Story spielt sich hier ab. Ich sollte mit dem Gerichtsmediziner sprechen. Vielleicht gibt es schon erste Ergebnisse. Wird er mir allerdings kaum auf die Nase binden. Chefinspektor Knobloch. Noch einer, der auf meiner Liste steht. Die alte Nonne Gabriela. Sie ist wohl die, die mir am ehesten Neuigkeiten erzählt. Die Sache mit dem Hildegard-Aufguss. In ihrem Büro riecht es nach Lavendel. Und die jüngste ihrer Nonnen stirbt in einer Sauna. Zufall?

„Ich halte mich an Faktisches", sagt Vesna bestimmt. „Suche spanisch sprechende Männer, möchte in alten Wellnesstrakt kommen und mit Personal reden, ob die alte Sauna von ihnen noch verwendet wird. Auch Professor weiß nicht alles."

Ich werde versuchen herauszufinden, wie viel der Gerichtsmediziner weiß. Und wie viel er bereit ist mir zu erzählen. Zum Glück ist es hier leichter, an Behörden heranzukommen als in Wien. Ich habe mich im Feldbacher Krankenhaus einfach zur Gerichtsmedizin durchstellen lassen und schon ist Karl Simatschek am Apparat. Ja, er sei gerade dabei, die Leiche zu obduzieren. Ob ich – quasi privat und ohne Fotos zu machen – bei unserer Toten vorbeischauen wolle.

„‚Unserer' Toten?", frage ich.

„Ohne Ihren geistesgegenwärtigen Hinweis hätte jemand von uns die Leiche bewegt und dann wär ihr das Fleisch abgefallen. Sie ist ziemlich durch, das kann ich jetzt mit Sicherheit sagen."

„Und sonst?"

„Na kommen Sie eben vorbei."

Ich zögere. Gerichtsmedizinische Abteilungen sind nicht mein Fall. Selbst wenn ein fröhlicher Arzt neben der Leiche steht.

„Sie mögen unseren Geruch nicht", tippt Simatschek.

„Hm, unter anderem", murmle ich und denke mir dann, ich hätte wohl etwas differenzieren sollen zwischen dem Geruch von konservierten Leichen und dem ihrer Beschauer.

„Ich kann heute sowieso nicht mehr viel tun“, fährt Simatschek fort. „Wir können uns in Feldbach in einem Café treffen. Sie nehmen am besten die B 66 – ‚Route 66‘, wenn Ihnen das was sagt –, fahren an unserem Schokoschlaraffenland vorbei, und in drei …“

„Und wie wär's, wenn wir uns dort treffen?“, fällt mir ein. Dort wollte ich sowieso hin. Klingt nach einem guten Platz für eine konspirative Begegnung. Viele Leute von auswärts. Da fällt man nicht auf. Seltsam, irgendwie bin ich nervöser, als ich sein sollte.

„Wunderbar, der Chef ist ein Freund von mir. Hoffentlich ist er da. Ziemlich beschäftigt, der Typ. – Sie lieben Schokolade?“

„Dunkle“, murmle ich.

„Habe ich mir gedacht.“

Warum? Aber schon hat er das Thema gewechselt.

Ich habe noch nie jemanden so viel Schokolade essen sehen. Rund um die Produktionsanlagen hat man tatsächlich eine Art von Erlebnisweg gebaut, man kann ihn entlangspazieren, durch Glasscheiben zusehen, wie Schokolade gemacht wird, und sie gleichzeitig kosten. Karl Simatschek probiert beinahe jede. „Man muss von süß nach bitter gehen“, erklärt er mir.

Ich erspare mir das meiste, was nach Milchschokolade aussieht. Nur an der Schafmilchschokolade mit Chili kann ich nicht vorbei. „Die müssen Sie probieren“, rufe ich dem Gerichtsmediziner begeistert zu.

„Hab mir gleich gedacht, dass Sie der Chilityp sind“, grinst er und steckt sich ein gar nicht kleines Stück Schafschokolade in den Mund.

„Während Sie gerne Schokolade essen. Und zwar alle Sorten“, kontere ich.

Ich bin übermütig wie bei einem Schulausflug. Und tatsächlich sind in diesem modernen Schlaraffenland gerade auch einige Kindergruppen unterwegs.

„Hm. Messerscharf beobachtet. Ich glaube, ich brauche Schokolade als Gegengewicht zu meinen Toten.“

Kann ich mir irgendwie vorstellen. Mit einem Mal erinnere ich mich, warum ich eigentlich hier bin. Ich wollte den Gerichtsmediziner nach den Details zum Mord an der Nonne fragen. Als wir die Schokowelt betreten haben, hat er abgeblockt. „Zuerst das Vergnügen …“

Wir sind beinahe am Ende der Schokostraße angelangt. Ich nehme mir ein Stück neunzigprozentige Schokolade aus Peru. „Das ist mein Geschmack", sage ich. „Und alles Fairtrade."

„Ist gut und schmeckt gut. Da kann man selbst die hundertprozentige Schokolade essen", murmelt Simatschek mit vollem Mund.

„Die nehme ich am liebsten für die Mole. Das ist diese scharfe mexikanische Schokoladensauce, die …"

Er sieht mich fast verzückt an. „Sie wissen, wie man Mole macht? Ich habe es probiert und bin gescheitert. Bitte, bitte das Rezept! Endlich nicht nur als Nachspeise Schokolade!"

„Information gegen Information", lächle ich.

„Oje, ich fürchte, meine Informationen sind nicht besonders ergiebig."

„Ich nehme die, die Sie mir geben können."

Er schüttelt den Kopf. „Die, die ich habe. Ist kein großes Geheimnis, das bisschen, was ich rausgefunden habe. Schreiben dürfen Sie darüber freilich erst, wenn Sie es von Knobloch offiziell wissen."

„Knobloch, was für ein Name …"

„Bei uns in der Oststeiermark gar nicht so selten."

„Der Leiter der Mordkommission 1 in Wien heißt Zuckerbrot", ergänze ich.

Auch wenn wir an der Oberfläche dahinblödeln: Irgendwie sind wir bei unserem Fall angelangt.

Auf die Miniseilbahn, in deren Gondeln Trinkschokoladebarren durch die Luft fahren, werfen wir nur noch einen raschen Blick. „Gehen wir an die Bar", schlägt Simatschek vor.

„Gibt es auch da Schokolade?", frage ich. Ehrlich gesagt ist mein Bedarf im Moment gedeckt.

„Da gibt's richtigen Wein. Und Bier. Und natürlich Alkoholfreies."

Wein hört sich großartig an. Rescher Weißwein aus der Gegend als Gegengewicht zur Schokolade.

Die Theke verläuft an der Längsseite des großen Verkaufsraumes. Nur einige der Hocker sind besetzt, die Mehrheit des Publikums sind Kinder. Und die kosten lieber Schokolade, bis sie wieder in den Bus verfrachtet werden. Die Schule hat noch nicht begonnen, vielleicht sind sie in einem Ferienlager und haben einen Ausflug gemacht. Neben uns sitzen einige Tiroler und machen Witze über die angeblich lustfördernde Wirkung von Schokolade.

„Das Problem ist, dass auch das Blut und die Innereien gegart sind“, erzählt mir Simatschek unterdessen. „Viele der Verfahren, mit denen ich üblicherweise Substanzen analysiere, greifen da nicht.“

„Was ja nicht so viel macht. Wir wissen, dass Schwester Cordula in der Sauna eingesperrt wurde und dort gestorben ist.“

Simatschek schüttelt den Kopf. „Ich muss schon ein wenig genauer vorgehen. Leider lässt sich der Todeszeitpunkt unter diesen Umständen so gut wie gar nicht bestimmen. Und: Es wäre auch möglich, dass sie zuerst ermordet und dann in die Sauna gelegt wurde.“

„Gibt es Anzeichen dafür?“ Ich nehme noch einen Schluck Gelben Muskateller. Gar nicht süß, nur duftig und zum Glück mit knackiger Säure.

„Na ja. Die Lungensubstanz weist nicht darauf hin, dass sie sehr lange mit dem Tod gerungen hat. Aber ich muss noch Tests machen. Wahrscheinlich mit einer Schweinslunge.“

„Sie werden das arme Vieh wohl nicht in einer Sauna einsperren …“

Er schüttelt den Kopf und sieht mich freundlich an. „Wir haben zwar einen etwas eigenartigen Beruf, aber so schlimm sind wir auch wieder nicht. Ich werde eine Schweinslunge niedertemperaturgaren und dann mit unserer vergleichen. Ich könnte mir vorstellen, dass man der Nonne ein Beruhigungs- oder Narkosemittel gegeben und sie dann in die Sauna gebracht hat.“

„K.-o.-Tropfen?“

„Wäre auch möglich, aber in der Schönheitsklinik gibt es wohl eher Sedativa als solche Tropfen. Jungfrau war sie übrigens keine mehr. Ob sie in jüngerer Zeit Geschlechtsverkehr hatte, versuche ich rauszufinden. Ist unter den gegebenen Umständen auch schwieriger als sonst. – Aber wehe, Sie schreiben das ohne polizeiliche Bestätigung. Ich weiß überhaupt nicht, warum ich Ihnen so viel erzähle.“

„Weil Sie mein Molerezept wollen.“

„Ja, das ist wahr. Also los …“

„Eine Frage habe ich noch“, fahre ich fort. „Eine ganz andere allerdings. Grünwald hat mich aus seiner Oase hinausgeworfen. Ich brauche eine Schlafgelegenheit für heute Nacht.“

Simatschek sieht mich mit einem eigenartigen Blick an. Dann erst wird mir klar, was er annehmen muss. Ich werde rot und beginne herumzustottern: „Ähm, ich meine, ich hätte gerne einen Tipp für ein Privatzimmer oder ein Hotelzimmer."

Er entspannt sich. „Und ich dachte schon, ich hätte eine Journalistin mit vollem Körpereinsatz vor mir." Noch ein tiefer Blick. „Schade eigentlich. Aber doch besser so. Noch dazu, wo an mir so ein Totalangriff vergeblich wäre."

Penisamputation?

„Ich bin stockschwul", flüstert er mir zu.

Darauf wäre ich bei ihm nie gekommen. Dass gerade die nettesten Männer ... Stopp, Mira: Dein nettester Mann ist Oskar. Und der ist zum Glück gar nicht schwul.

„Also: Ich habe ein Gästezimmer und es ist total gefahrlos, es zu benutzen. – Andererseits: Vielleicht ist es besser, man kann mir keinen zu nahen Kontakt mit einer Journalistin aus der Hauptstadt nachsagen. Muss ja kein Körperkontakt sein. Ich habe eine andere Idee ..."

Neben den Tirolern haben zwei Südländer Platz genommen. Sommerzeit. Die wunderbare Schokowelt ist zu einem Touristenmagnet geworden, und das nicht nur für die nähere Umgebung.

Simatschek lässt sich die Flasche mit dem Gelben Muskateller geben. Ich habe nichts gegen ein weiteres Gläschen. Das Etikett kommt mir bekannt vor.

„Der Weißwein beim ‚Professor's Dinner' war vom selben Winzer. Er war ..."

„Nada", sagt eine tiefe Stimme. Schon wieder etwas, das ich mit der „Beauty Oasis" in Verbindung bringe. Kann es wirklich sein ... Ich schaue möglichst unauffällig zu den beiden Männern hinüber. Allzu viel Vorsicht ist allerdings gar nicht notwendig, sie haben mich ja bei Grünwald nicht gesehen. Ich sie im Übrigen auch nicht. Leider. Aber ihre Stimmen ... Sie reden spanisch, so viel ist klar. Spanien ist groß. Und Lateinamerika noch größer.

„Was ist?", fragt Simatschek irritiert. Er hat mir etwas von einem Weingartenhäuschen erzählt. Ich hab nicht wirklich zugehört.

„Die beiden da drüben. Die könnten was mit Grünwald zu tun haben. Ich bin mir nicht sicher. Spanier?"

Simatschek wirft ihnen einen beiläufigen Blick zu. Immerhin

hat er mit Polizeiarbeit zu tun. Wenn auch sozusagen mit dem toten Ende davon. „Eher Südamerikaner."

Ich erzähle ihm vom Streit, den ich belauscht habe.

„Könnte es sein, dass da eine auf eigene Faust ermittelt?", will er wissen.

„Alles blanker Zufall", protestiere ich. „Man sollte herausfinden, woher sie sind."

„Warum?"

„Na das wäre immerhin ein Anfang", murmle ich ihm zu.

„Wahrscheinlicher ist, dass sie mit der Schokoladenmanufaktur zu tun haben. Mein Freund kauft selbst Kakaobohnen ein. In Südamerika." Simatschek winkt. Er wird doch nicht ... Ich ducke mich. Aber das Winken galt nicht den beiden Männern an der Theke, sie haben es nicht einmal bemerkt, sondern einem ziemlich großen Typen, der jetzt mit ausgebreiteten Armen und einem breiten Grinsen auf uns zustrebt.

„Dass du wirklich da bist!", sagt mein Gerichtsmediziner und umarmt den Lulatsch.

„Dass du wieder einmal Zeit hast für uns!", antwortet der und schaut mich neugierig an.

„Mira Valensky", sage ich und lächle den Schokokönig an.

Er erzählt uns, dass er eigentlich schon bei einer speziellen Führung für deutsche Gastronomen sein sollte und außerdem seiner Frau versprochen habe, zum Essen vorbeizuschauen, und fragt dann, ob wir denn den neuen Schokofilm in seinem Kinosaal schon gesehen hätten. Ich blicke zu den vermutlichen Lateinamerikanern hinüber. Noch sitzen sie da und reden miteinander.

„Wisst ihr schon von meinem essbaren Tiergarten?", will der Schokoboss wissen. Da ist einer mit Begeisterung und Tempo bei der Sache, kein Verkäufer, kein Businessmann, schon eher ein vor Ideen sprühender Freak. Und was bitte ist ein „essbarer Tiergarten"? Ich stelle die Frage, ernte ein begeistertes Lachen und denke an Schokotiere. Doch der Hausherr deutet nach draußen. So viele Felder, so viel Platz gebe es da, und so viele Kinder und Erwachsene, die keine Ahnung mehr hätten, was sie eigentlich essen. Also: Alle möglichen Rassen von Rindern und Schweinen und Lämmern und Geflügel, zum Anschauen, zum Streicheln, aber später auch zum Verkosten in seinem neuen Restaurant.

„Ob die wirklich wissen wollen, dass ihr Schnitzel Augen hatte?“, fragt Simatschek.

„Sie sollten es wissen!“, ruft sein Freund.

Find ich ja grundsätzlich auch. Die beiden Männer nebenan zahlen. Wenn ich jetzt nicht rasch etwas unternehme ... Ich muss zu offenkundig hinübergestarrt haben.

„Ist was mit den beiden?“, fragt der Schokokönig.

„Haben sie etwas mit Ihrer Firma zu tun? Kakaobohnen?“

Er schüttelt den Kopf. „Aber ich glaub, ich hab sie hier schon einmal gesehen. Ich hab mich noch gewundert ... Wohl Lateinamerikaner … Die sind hier doch eher selten ...“

„Haben Sie eine Ahnung, aus welchem Land sie sein könnten?“

„Haben wir gleich.“ Ich kann gar nicht so schnell schauen, ist er schon bei den beiden Männern. So war das nicht gedacht. Ich drehe mich weg. Sie sollen mich später besser nicht wiedererkennen. „El Salvador. Sie sind auf einer Mitteleuropareise“, sagt er kurz darauf.

„Sicher?“

„Hätte ich mir die Pässe zeigen lassen sollen?“

Ich schüttle den Kopf. „Sie haben sie einfach gefragt?“

„Ja klar, warum denn nicht? Ich habe ihnen erzählt, dass ich Kakaobohnen in Peru kaufe, und sie gefragt, ob sie auch irgendwie mit Schokolade zu tun hätten.“

Ich nicke anerkennend. „Gar nicht übel. – Und?“

Er grinst. „Nix mit Schokolade. Sie sind offenbar in irgendeinem Pharmaunternehmen. Muss es ja auch geben.“ Eine jüngere Frau eilt zu ihrem Schokoboss und deutet auf die Uhr. Erschrocken sieht er uns an. Er hätte ja längst ... Es folgen Umarmungen und fort ist er. Stille wie nach einem abgezogenen Wirbelwind.

„Ich bin fast sicher, dass ich die beiden heute bei Grünwald gehört habe“, sage ich leise zu Simatschek.

„Na wenn es um eine Schönheitsoperation geht, werden sie das niemandem gern auf die Nase binden.“

„Und was, wenn sie jemanden umoperieren lassen wollen? Einen Verbrecher? Einen Drogenboss? Wir reden von El Salvador. Und von Arzneimitteln zu Drogen ist es nicht weit. Das würde auch zum Streit passen“, überlege ich. „Da war von ‚Vertrag‘ die Rede und von einer ‚Operation‘, die durchgeführt werden müsse.“

„Ich kann mir nicht vorstellen, dass Grünwald sich auf so etwas einlassen würde. Er verdient mit seiner Klinik eine Menge Geld, er hat so etwas nicht nötig. Außerdem: Er scheint einigermaßen seriös zu sein. Sagt auch Knobloch. Und der hat schon früher mit ihm zu tun gehabt."

„Dann ist er vielleicht doch nicht so seriös", gebe ich zu bedenken.

„Es gibt in der Schönheitschirurgie Patienten, die sind mit keiner Nase, die sie an sich sehen, zufrieden. Und die klagen dann", erzählt der Gerichtsmediziner und schenkt uns nach.

„Er ist nie wegen eines Kunstfehlers verurteilt worden?"

„Ich glaube nicht, das hätte sich wohl herumgesprochen. Gestorben ist jedenfalls keiner. Sonst wär er bei mir gelandet. Grünwald betreibt übrigens selbst ein Labor und testet jede Substanz, die er verwendet, zuerst ganz genau. Das ist mehr, als andere tun, nehme ich an."

„Vulkanländer halten zusammen", spöttle ich.

„Ein paar schon. Aber der Grünwald gehört hier ohnehin nicht dazu."

„Woher wissen Sie das mit dem Labor eigentlich? Mir hat er nichts davon erzählt. Ich meine vor der Störung unserer Beziehung durch die tote Nonne, als er noch sehr freundlich war zu der Journalistin, die vom ‚Magazin' kam."

„Von Knoblochs Leuten. Ich bin immer wieder bei ihren Sitzungen dabei. Grünwald wird nur vergessen haben, es zu erwähnen."

„Kommt mir komisch vor. Der vergisst nichts, womit er sich brüsten kann", widerspreche ich und riskiere noch einen Seitenblick auf die beiden aus El Salvador. Sie sind von ihren Hockern aufgestanden und gehen Richtung Ausgang. Sehen eigentlich ganz friedlich aus. „Wo soll das Labor denn sein?"

„Keine Ahnung. Das frühere Hotel hat jedenfalls weit mehr Zimmer gehabt als die ‚Oasis'. Und alle möglichen Tagungsräume. Da ist wohl Platz genug. – Also: Schauen wir zum Weingartenhäuschen?"

Ich sehe ihn irritiert an. „Weingartenhäuschen …"

„Und da sagt man, Frauen seien multitaskingfähig", spöttelt der Gerichtsmediziner. „Die Winzer, deren Wein wir gerade getrunken haben, vermieten ein Weingartenhäuschen. Sehr nett. Ich bringe immer wieder Bekannte dort unter."

Ich muss ihn seltsam angesehen haben. „Oh du liebe Güte. Nicht was Sie denken. Gute Freunde."

Da glaubt man, Homosexuellen aufgeklärt und vorurteilsfrei gegenüberzustehen, und dennoch ist mir sofort der idiotische Gedanke an Schwulenpartys und Sex in den Weingärten gekommen.

Eine schmale Schotterstraße führt den Weg hinauf. Das Häuschen liegt tatsächlich mitten in den Rebzeilen. Simatschek hat unterwegs bei den Winzern den Schlüssel geholt. Das da ist Idylle pur. Das exakte Gegenprogramm zur „Beauty Oasis".

„Wunderbar!", seufze ich glücklich, als er mir auch noch den Kühlschrank mit den Weinvorräten zeigt. Simatschek lächelt und schaut auf die Uhr. „Ich habe heute Abend leider eine Verabredung … meine Eltern in Graz …"

„Und Freund gibt es keinen?", frage ich.

„Momentan nicht", murmelt der Gerichtsmediziner. „Ich war sieben Jahre mit Ralf, einem Anwalt, zusammen. Wir haben uns auseinandergelebt. Ich will mich nicht vom Alltag einholen lassen. Und er liebt den Alltag. Und Sicherheit. Und seine Villa."

Hm. Erinnert mich irgendwie an meinen Oskar. Aber auch wieder nicht. Warum er sich heute nicht bei mir gemeldet hat? Ungewöhnlich. „Ich bin mit einem Anwalt zusammen", gestehe ich und füge ordnungsgemäß hinzu: „verheiratet." Dass ich immer wieder darauf vergesse …

„Karl", sagt der Gerichtsmediziner und gibt mir einen Kuss auf die Wange. „Wenn wir uns schon unsere Lebensgeschichten erzählen."

„Mira", antworte ich und küsse ihn zurück. „Und das Molerezept, das kriegst du noch. Oder noch besser: Ich mache Mole." In Wien? Ob er so viel Zeit hat? Man wird sehen.

Ich sitze am runden Holztisch vor dem Weingartenhäuschen und sehe der Sonne beim Untergehen zu. Ein Stück den Hügel abwärts ist ein Traktor unterwegs. Ich glaube, er mäht die Wiese. Ich habe eine Flasche Gelben Muskateller aufgemacht, mir ein halbes Glas eingeschenkt, die Flasche wieder verkorkt und in den Kühlschrank gestellt. Besser, ich trinke nicht zu viel. Zumal ich mit Vesna in einer der umliegenden Buschenschanken verabredet bin. Hätte ich gestern bei dem Dinner nicht zu schnell zu viel getrunken … ich wäre nie im alten Wellnesstrakt gelandet. Ist das jetzt ein Argument für oder gegen mäßigeren Alkoholkonsum?

Vesna beantwortet meine SMS umgehend mit der Adresse einer Buschenschank. Exakte Nachforschungen sind ihre Spezialität. Was für ein Glück für mich. Ich brauche nur noch das Navi zu programmieren und hinzufahren. Ein wenig tut es mir leid, den Tisch vor dem Häuschen zu verlassen. Wir hätten einkaufen und hier zu Abend speisen können … Vielleicht morgen. Mira, du bist hier nicht auf Urlaub! Aber es ist doch schön, für kurze Zeit dieses Gefühl zu haben.

Wir essen eine „Winzerjause für zwei", von der mit Sicherheit vier satt würden. Kalter Schweinsbraten und Kümmelbraten und vor allem Verhackerts: im Winter eingesalzener, luftgetrockneter reinweißer Speck, der faschiert wird. So etwas wie die steirische Antwort auf den Lardo. Besonders köstlich wird Verhackerts, wenn man Rohwürste darin einlegt. Und für die Würste ist das die optimale Art der Konservierung. In dieser Buschenschank gibt es noch Bauernbrot und nicht die Kunstprodukte aus der Tiefkühl- und Wiederaufbackwirtschaft. Vesna hat Traubensaft bestellt, ich habe mich für einen Sommergespritzten entschieden.

Ich erzähle Vesna von den beiden Typen aus El Salvador und natürlich vom netten Gerichtsmediziner. Und von unserem Schokoprinzen mitten in der Steiermark und seinen Ideen und dass seine Begeisterung etwas Vulkanartiges hat. Und davon, dass Professor Grünwald offenbar sogar ein Labor betreibt.

„Von Labor habe ich nichts gesehen, dafür ich bin bis alten Wellnesstrakt gekommen. Leider ist polizeilich abgesperrt. Auch Terrassentüren von der Hügelseite her. Aber vielleicht man kommt doch irgendwie hinein. Es geht natürlich nur in der Nacht."

„Natürlich", nicke ich friedlich, schaue in die Dämmerung und schmiere dann eine dicke Schicht Verhackerts auf mein Brot.

„Du weißt, wo Labor sein soll? Davon steht nirgendwo etwas. Auch nicht in Internet. Warum spricht der Professor darüber nicht? Vielleicht hat Inspektor aus der Provinz nur Mikroskop gesehen und daraus ein Labor gemacht."

„Karl Simatschek sagt, der Knobloch sei gar nicht schlecht“, werfe ich ein.

„Wenn, dann ist Labor in unteren Stockwerken“, entgegnet Vesna. „Oben man kann überall herumgehen. Da sind Zimmer. Darunter Behandlungsräume. Und Büros. Und ganz hinten Festsaal. Darunter Hallenbad und Wellnessbereich und ich glaube, Personalzimmer. Darunter …“

„Der alte Wellnessbereich und alte Seminarräume“, ergänze ich. Nicht nur Vesna hat sich umgetan.

Am Tisch neben uns brüllen sie vor Lachen. Eine größere Partie Wiener. Ich weiß schon, warum ich Horden von Urlaubern nicht mag, egal aus welchem Land sie kommen.

„Ich glaube, es muss darunter im Hang noch Keller geben. Und ich glaube, dass Stockwerk mit altem Wellnessbereich noch viel Platz für anderes hat. Aber genau ich habe nicht geschaut. Macht man besser, wenn es ist finster.“

Ich nicke. Soll ich noch etwas vom Schweinsbraten nehmen?

„Also dann“, sagt Vesna und sieht mich auffordernd an.

Ich brauche einige Sekunden, bis ich begreife. Dann schüttle ich den Kopf. „Nein, sicher nicht. Nicht heute.“

„Viel Zeit haben wir nicht. Und du brauchst Story. Ich habe übrigens Aufschrift von altem Wellnesstrakt samt Polizeiabsperrung fotografiert. Für das ‚Magazin‘, wenn du brauchst. Lift hinunter haben sie offenbar ausgeschaltet, geht nicht mehr in Stockwerk minus drei. Aber Feuertreppe kann man nicht abbauen. Über die wir können auch wieder hinauf.“

Klingt exakt nach dem, was mir für heute Nacht vorgeschwebt ist …

[4.]

Vesna hat gute Vorarbeit geleistet. Sie weiß, wie man von unten an den Hang, in den die „Beauty Oasis“ hineingebaut ist, herankommt. Ein Feldweg, links und rechts Maisfelder. „Kukuruz“, wie man hier sagt. Oder „Woaz“. Die Stängel sind gut zwei Meter hoch, dicht an dicht stehen sie da, ein besseres Versteck gibt es kaum. Es ist beinahe Vollmond. Vesna hat ihr Auto einige hundert Meter entfernt unter einem großen Nussbaum geparkt. Meines steht bei der Bundesstraße. Wir gehen den Feldweg entlang, es ist so hell, dass wir auf eine Taschenlampe verzichten können. Hat zumindest Vesna gemeint. Sie bewegt sich so gut wie lautlos, ich höre mich keuchen, versuche meinen Atem zu kontrollieren. Sind wir hier überhaupt richtig? Ich sehe keine Hügel, schon gar nicht jenen der „Oasis“, nur diese Maisstängel und ganz weit entfernt, hoch oben, die beleuchtete Burg. Vesna bleibt stehen, lauscht. Nimmt mich am Arm. Ich reiße den Mund auf, nur keinen Ton. Dann schüttelt meine Freundin den Kopf und geht weiter. Das ist doch alles Unsinn. Wir sollten zu Chefinspektor Knobloch und ihm unser ohnehin ziemlich ungeordnetes Wissen anvertrauen. Was hat Vesna gehört? Ich kann nicht anders, ich wispere so leise wie möglich in ihr Ohr: „Was war?“

„Habe ich Rascheln gemerkt, war aber nur Tier. Bin ich sicher.“

Ich möchte gerne wissen, wie sie da sicher sein kann. „Wir drehen um“, flüstere ich weiter.

Vesna sieht mich an. Mondlicht in ihrem ausdrucksstarken Gesicht. „Du willst, dass Professor nicht Lügengeschichte erzählen kann. Du willst über Tod von Nonne wissen. Also wir müssen nachsehen. Wir kennen uns gut aus in Haus. Und: Was sollen sie tun, wenn sie uns ertappen? Bestenfalls Hausverbot.“

Mir fielen noch ein paar andere, weit unangenehmere Möglichkeiten ein. Vor allem wenn Grünwald wirklich mit illegalen Operationen zu tun hat. Vor allem wenn der Mörder einer aus dem Haus ist. Aber Vesna ist schon weitergegangen und irgendwie fühle ich mich an ihrer Seite allemal sicherer, als wenn ich allein den Weg durch das unheimliche nächtliche Maisfeld zurückgehen muss. Dort vorne ist es außerdem zu Ende. Der Feldweg scheint in eine Art Wiese zu führen. Allein gleich wieder bessere Sicht zu haben, beruhigt mich. Vesna deutet nach links. Gar nicht weit von uns liegt das Hotel, verschmolzen mit dem Hügel.

„Zum Glück wir wollen in untere Etage, sonst man müsste viel klettern", flüstert Vesna.

Ein Glück. Ja. Ich werde versuchen, unseren Ausflug auch so positiv zu sehen. Wir arbeiten uns durch das hohe Gras, nähern uns einer Gruppe von halbhohen Büschen. Leider ist der Mond inzwischen hinter einer großen Wolke verschwunden. Aber die Lichter der „Beauty Oasis" sind von hier aus gut zu sehen. Ein Knacken. Mir bleibt beinahe das Herz stehen. Da ist jemand im Gebüsch. Die aus El Salvador! Sam! – Wie komme ich ausgerechnet auf den? Der Professor wird es nicht sein, der uns persönlich auflauert. Der kickboxende Engel? Jetzt erst bemerke ich, dass sich meine Hand in Vesnas Arm gekrallt hat. Sie lässt sich langsam zu Boden gleiten. Wenn ich Vesnas Arm nicht loslassen will, muss ich mit nach unten. Unwahrscheinlich, dass man uns nicht gesehen hat. Wie wollen wir uns wehren? Wie sollen wir fliehen? Es gibt nur diesen einen Feldweg zurück. Oder quer durchs Feld mit seinen übermannshohen Maisstängeln. Labyrinth. Das kann auch eine Chance sein. Wenn auch eine kleine. Inzwischen habe ich Vesnas Arm doch losgelassen. Sie kauert am Boden. Beobachtet. Ich neben ihr. Ich kann bloß die Umrisse der Büsche erkennen. Wäre es ein Vorteil, wenn der Mond wieder herauskäme? Dann wären auch wir besser zu sehen. Ich traue mich nicht, zu flüstern, deute Vesna bloß, dass wir zurück sollten zum Maisfeld. Vesna schüttelt wild den Kopf. Was will sie? Wir haben keine Waffe. Ich will auch keine Waffe. Okay, ich möchte wissen, was hinter dem Tod der Nonne steckt und welche Rolle Grünwald dabei spielt, aber es gibt eine Grenze. Zum Beispiel wenn es mir an den Kragen gehen könnte. Und Vesna. Worauf warten die in den Büschen? Ich versuche, lautlos auf allen vieren zurückzukriechen. Jedes Stück, das ich dem Mais näher bin, ist ein kleines bisschen Leben. Irgendetwas packt mich am linken Knöchel. Ich schreie auf, fahre herum. Aus dem Gebüsch springen vier Rehe und laufen erschrocken hangabwärts. Es ist Vesna, die mich festhält.

„Sind nur Rehe gewesen", zischt sie.

„Hast du aber auch nicht gewusst", zische ich zurück.

„Bin ich lieber vorsichtig. Aber durch Schrei von dir wissen wir, da ist keiner, der Wache steht. So gesehen war gar nicht schlecht."

„Vielleicht will einer bloß warten, bis wir eine bessere Zielscheibe abgeben", überlege ich. Aber ich gebe zu, ich bin ein wenig erleichtert. Im Finstern wirkt eben bald etwas bedrohlich. Doch das Feld ist nur ein Feld und die Büsche sind bloß Büsche, und wenn jemand außer uns hier unterwegs ist, dann sind es Rehe und Füchse. Selbst mein Herz scheint langsam auf Normalbetrieb zu schalten.

„Also komm", sagt Vesna, wie ich trotz allem finde, viel zu laut.

Jetzt geht es aufwärts und das hohe Gras bleibt an meinen Schuhen und den Jeans hängen. Dass Kletten dabei sind, merke ich, als ich versuche, ein Büschel Halme von meinem Oberschenkel zu streifen. Eklig. Die stacheligen Dinger haben sich in meiner Hose verfangen. Andererseits: Wenn ich keine größeren Probleme habe … Vesna ist vor mir, sie klettert über eine kaum hüfthohe Begrenzungsmauer. In der untersten Etage der „Beauty Oasis" brennt kein Licht. Ich keuche die letzten Schritte hangaufwärts, grätsche über die Mauer. Die ist nun wirklich auch für mich kein Hindernis. Wir stehen auf einer verwilderten Terrasse. Ganz klar, dass dieser Teil des Gebäudes nicht mehr in Betrieb ist. Irgendwo da drin muss der alte Wellnessbereich sein. Die Polizei wird auch auf der Terrasse Spuren genommen haben. Wäre naheliegend, dass der Täter von hier gekommen ist. Ich blicke die Gebäudefront entlang. Große Spiegelglasscheiben, daneben die Hausmauer mit Fenstern, weiter hinten Terrassentüren. Als Dach die nächste Geländestufe. Sehen kann man uns von den oberen Stockwerken aus kaum. Außer man klettert über die Begrenzungsmauern von Terrassen und Balkonen und geht die Hügelstufe nach vor bis zum Rand.

„Ist nur auf einer Türe Absperrband", flüstert Vesna. „Habe ich heute schon mit Fernglas erkundet."

„Wahrscheinlich ist alles gut verschlossen", flüstere ich zurück. „Wir werden nicht einbrechen, okay?"

„Bin ja kein Gangster. Außerdem ist Scheibe einschlagen zu laut“, versucht mich Vesna zu beruhigen. Sie geht eng an der Fassade entlang und sucht nach einer Möglichkeit, ohne Gewalt und Lärm ins Innere des Gebäudes zu kommen. Aber alle Türen und Fenster sind zu. Der Mond kommt wieder hinter seiner Wolke hervor. Von der Wiese her geben wir eine wunderbare Zielscheibe ab, geht es mir durch den Kopf. Rehe, Mira. Dort sind nur Rehe, und die schießen nicht. Am liebsten würde ich ja ganz dicht bei Vesna bleiben, finde mich aber doch kindisch. Wenn ich schon hier bin, dann um tatsächlich ins Haus zu kommen. Vesna hantiert mit etwas Linealartigem an einer Terrassentür herum. Ist juristisch gesehen von einem Einbruchsversuch kaum zu unterscheiden. Ich drehe um. Ich werde nachsehen, was am rechten Rand der Terrasse ist, was an der aus dem Hügel ragenden Schmalseite des Stockwerks liegt. Das Mondlicht gibt mir neuen Mut. Zwei Fenster, Hausmauer, daneben Wiese. Zwei Meter lang aufgeschüttet und eben, danach Böschung, Übergang in den natürlich gewachsenen Hang. Oben, höchstens einige hundert Meter entfernt, das Kloster der Hildegard-Schwestern. Die Nonne könnte über den Hügel gekommen und dann über die seitliche Mauer geklettert sein und von dort … – Aber warum hätte sie das tun sollen? Weil sie sich mit jemandem im alten, verlassenen Wellnessbereich treffen wollte, der ihr von innen eine Terrassentür geöffnet hat? Auf diese Möglichkeit wird die Polizei auch gekommen sein. Trotzdem klettere ich in einem Anfall von Übermut über die Seitenbegrenzung der Terrasse und stehe vor den beiden Fenstern. Am Rand der Mauer eine Feuerleiter, die zur nächsten Hangterrasse hinaufführt. Man kann also ausschließlich von unten über die Wiese, über die wir gekommen sind, über die Terrasse oder über den seitlichen Hang ins Haus gelangen. Ich schaue zur Burg hinüber und denke nach. Was hast du gemacht, Cordula? Was hast du erhofft? Wem bist du gefährlich geworden? Ich setze mich ins Gras. Ich sollte zurück zu Vesna. Aber seltsam, hier fühle ich mich sicher. Offenbar hat sie es ohnehin nicht geschafft, einen Weg nach drinnen zu finden. Besser so. Ich sehe über den Boden, werde müde. Ich sehe genauer hin. Da ist ein Fleck ohne Gras, es hat sich nur von rundherum darübergelegt. Ich stehe auf, gehe hin, wische mit meinem Turnschuh das Gras zur Seite. Eine Metallplatte. Wird etwas mit der Kanalisation zu tun haben. Könnte aber auch … Hat Vesna nicht gemeint, dass es vielleicht unter dieser Etage noch einen Keller gibt? Eine Einkerbung in der Platte. Ich suche nach etwas, das ich als Hebel benutzen kann. Finde nichts. Trotzdem: Vielleicht bin ich es, die einen Weg ins Innere des Hauses entdeckt hat! – Und das willst du, Mira? In einen Schacht rutschen, nicht wissen, wo du rauskommst? Ich klettere zurück über die hüfthohe Mauer, bin auf der lang gestreckten Terrasse. Keine Vesna. Kann es sein, dass sie es tatsächlich nach drinnen geschafft hat und ohne mich … Unwahrscheinlich. Was, wenn man uns doch gesehen hat? Wenn man Vesna überwältigt und weggeschleppt hat? Das Herzrasen kehrt zurück. Geduckt schleiche ich die Hausmauer entlang, spähe in jedes Fenster, jede Terrassentür. Da ist die mit dem Absperrband, dahinter der Raum mit der Sauna. Ich habe Angst, etwas zu sehen, mit dem ich nicht umgehen kann. Ich gehe weiter, nächste Tür. Drinnen ist es dunkler als hier draußen, mehr als einige Umrisse von Tischen und Kästen kann ich nicht erkennen. Wo ist Vesna? Jetzt bin ich am Ende des Gebäudes angelangt, gleiche Seitenmauer wie auf der anderen Seite. Ist auch hier eine Falltür? Wer sagt, dass es drüben eine ist? Kann auch bloß ein Kanaldeckel sein. Ich spähe ums Eck. Vesna. Allein. Ich muss so geräuschvoll ausgeatmet haben, dass sie sich erschrocken umdreht. Sie kommt die paar Schritte zu mir herüber. „Mira, wo warst du?"

„Auf der anderen Seite. Ist hier auch ein Schachtdeckel oder so was?"

Vesna schüttelt erstaunt den Kopf. „Und sonst: Leider alles bummdicht zu."

Ich klettere, nun schon sehr routiniert, über die Mauer zu ihr, suche nach einer Metallabdeckung im Gras. Doch hier scheint es keine zu geben. „Wir brauchen ein Werkzeug, mit dem wir den Deckel drüben heben können", flüstere ich. „Vielleicht kann man durch den Schacht in den Keller."

„Falls es Keller gibt", relativiert Vesna.

He, jetzt wo ich einmal etwas entdeckt habe, wird sie skeptisch. Auf der Böschung liegen zwei kurze Stangen aus Baustahl. Mit so etwas könnte es funktionieren. Ich nehme eine und eile die Terrasse entlang. Da ist keiner außer uns, sonst hätten sie uns längst gefasst. Vesna kommt kaum hinter mir her. Jetzt bin einmal ich am Zug. Wieder über die Mauer, ich beuge mich hinunter, setze das Stück

Armierungseisen an, probiere zwei-, dreimal, dann bewegt sich der Deckel. Ich schiebe meine Finger in den Spalt. Das Ding ist ganz schön schwer. Doch da ist Vesnas Hand neben meiner und gemeinsam stemmen wir den eisernen Deckel hoch, lassen ihn ins Gras kippen. Tatsächlich. Ein Schacht. Circa siebzig mal siebzig, darin eine schmale Eisenleiter. Was unten ist, sieht man nicht. Vesna nimmt eine Taschenlampe aus ihrer Jeanstasche. Sie leuchtet hinunter. Der Schacht ist rund drei Meter tief. Er endet in einer Art Schlammpfütze und es sieht so aus, als würde vom Boden ein schmaler Gang abzweigen. In einer Ecke bewegt sich etwas. Vesna leuchtet hin. Eine Kröte. Nichts Schlimmeres soll uns passieren.

„Ich mag keine Kröten", zischt mir Vesna zu.

Beinahe hätte ich laut aufgelacht. Meine mutige Vesna fürchtet sich vor einer harmlosen Kröte. „Dann klettere ich zuerst hinunter."

„Wir müssen aufpassen, wir verwischen keine Spuren."

Daran habe ich noch gar nicht gedacht. Auch wenn es nicht so wirkt, als wäre der Deckel vor Kurzem geöffnet worden. Unten steht Schlamm. Die letzten Tage hat es nicht geregnet. Wer immer hinuntergestiegen wäre, hätte Abdrücke hinterlassen. Ich sage es zu Vesna. „Handschuhe wir brauchen trotzdem", flüstert sie.

Das, was wir da vorhaben, ist Einbruch, dämmert mir. Oder zumindest unbefugtes Eindringen. Klingt schon besser. Ich weiß nicht, was mich treibt. Ist es die Euphorie, dass ich es war, die auf den Schacht gestoßen ist? Ist es der Umstand, dass ich mich heute Nacht schon mehrmals unnötig geängstigt habe? Ich ziehe die Handschuhe an, und bevor Vesna noch etwas sagen kann, klettere ich nach unten. Die Eisenstufen sind glitschig. Ich muss mich konzentrieren, damit ich nicht wegrutsche. Zudem hat Vesna die Taschenlampe wieder ausgemacht. An sich gut so. Vielleicht hat Professor Grünwald ja einen Nachtwächter. Nachtschwestern gibt es jedenfalls. Aber die sind in den oberen Stockwerken. Oder sollten zumindest dort sein. Jetzt bin ich bei der letzten Sprosse angekommen. Ich steige vorsichtig auf den Boden. Ich muss erst einmal sehen, wie tief der Schlamm ist, und dann will ich auch nicht auf die Kröte trampeln. Die feuchte Erde ist bloß ein, zwei Zentimeter hoch. Und sie ist fester, als es von oben gewirkt hat. Der Boden gibt nur ein klein wenig nach. Ich drehe mich um. Von da geht tatsächlich ein schmaler Gang aus Beton ab. Ich tapse hinein. Hier ist kaum noch etwas vom Mondlicht zu merken. Ich suche nach meinem Autoschlüssel. An dem hängt eine Minitaschenlampe. Ich hasse es, wenn es gar kein Licht gibt. Eine Eisentür. Ich höre Vesna die Leiter heruntersteigen.

„Siehst du, wo Kröte ist?"

„Ganz im Eck. Sie rührt sich nicht", lüge ich, um Vesna zu beruhigen. „Da ist eine Tür."

Vesna steht dicht hinter mir. „Dann mache sie auf."

Fast hätte ich gelacht. Wenn das Leben immer so einfach wäre ... Aber meist gibt es Schlüssel und Schlösser und ... Ich drücke trotzdem auf die Klinke, sie geht nach unten. Ich drücke gegen die Tür. Nichts. Ich habe es ja vermutet. Schade. Bis hierhin sind wir gekommen, aber außer einer Kröte und einer Eisentür haben wir nichts entdeckt. – Oder ohnehin besser so?

„Du musst fest andrücken, Tür kann verschlammt sein. Schaut aus, da war schon lange keiner."

Ich drücke wieder, nichts. „Und was hältst du von der Idee, dass zugesperrt ist?"

„Kann auch sein", erwidert Vesna ungerührt. „Noch einmal. Fest rütteln. Aber vorsichtig und leise!"

„Also was jetzt?", will ich, zunehmend gereizt, sagen. Stattdessen probiere ich es noch einmal. Ein Ruck, ein Spalt ist offen, ich drücke noch einmal, die Tür schwingt auf. Vesna leuchtet hinein. Schmaler Betongang wie in einem Bunker. Er endet offenbar nicht wieder an einer Tür, sondern in einem Quergang. Dummerweise sind unsere Schuhe voller Erde, wir werden Spuren hinterlassen, die mehr als leicht nachzuverfolgen sind. Der Lichtkegel der Taschenlampe senkt sich. Ich drehe mich erschrocken um und sehe Vesna, die dabei ist, ihre Turnschuhe auszuziehen. Hoffentlich gibt es keine Splitter am Boden. Dann ziehe auch ich die Schuhe aus. Vesna ist neben mir. „Vielleicht wir sollten Fotos machen", flüstert sie.

„Kann ich schlecht im ‚Magazin' veröffentlichen", gebe ich zurück. „Die Chefreporterin, die in die ‚Beauty Oasis' einsteigt, um so in die Nähe des Tatortes zu gelangen ..." Erst in diesem Moment wird mir klar, dass wir eine Etage unter dem stillgelegten Wellnesszentrum sind und dass weder Vesna noch ich eine Ahnung haben, wie wir vom Keller hinaufkommen sollen. Geschweige denn, wie es danach weitergehen soll. Der Lift fährt jedenfalls nicht bis hier herunter und eine Treppe hat Vesna auf ihrer Erkundungstour auch nicht entdecken können. Andererseits: Ein Keller ohne Verbindung nach oben ist mehr als unwahrscheinlich. Wir biegen in einen etwas breiteren Betongang ein. Von hier gehen Metalltüren ab. Und im Licht der Taschenlampe sehen wir, dass es sogar eine Beleuchtung gibt. Darauf, sie einzuschalten, verzichten wir allerdings. Wir können nichts anderes tun, als überall nachzusehen, ob man von hier aus hinauf zum stillgelegten Wellnessbereich kommt. Ich sehe auf die Uhr. Es ist kurz vor eins. Vesna versucht die nächstgelegene Eisentür zu öffnen. Sie geht auf. Wir stehen in einem Raum mit einer undefinierbaren Maschine. Könnte eine Lüftungsanlage sein. Lautlos. Stillgelegt. – Wie lange schon? Die nächste Tür ist versperrt. Hinter der dritten Tür Paletten, leere Kartons, einige offenbar ausrangierte Schränke. Ich will schon weitergehen, als mich Vesna nach drinnen zieht. „Von da man sieht nicht hintere Wand. Wir müssen alles ableuchten, wenn wir Treppe finden wollen."

Ich klettere pflichtschuldigst hinter ihr her, über Kartons und Kisten.

„Da geht es weiter", raunt sie mir zu. Eine Tür, Vesna öffnet sie vorsichtig. Hier riecht es eigenartig. Gar nicht gut. Kläranlage, denke ich. Aber hat man die nicht außerhalb des Gebäudes? Wir lauschen. Nichts. Der Raum ist nicht groß und beinahe leer. Ich schnuppere, gehe auf ein Regal an der Wand zu. Verschlossene Behälter aus grauem Plastik. Vesna leuchtet, ich hebe einen der Deckel hoch und fahre zurück. Grausiger Gestank. Ich halte die Luft an, spüre Vesnas Kopf neben meinem. „Leichenteile", flüstere ich. „Oder entsorgte Nasen, Wangen, abgesaugtes Fett."

Vesna richtet den Strahl ihrer Taschenlampe auf das Innere des Behälters, sieht hinein. „Ist Unsinn", flüstert sie zurück und es klingt ziemlich erleichtert. Ich halte die Luft an und wage jetzt auch einen näheren Blick. Stroh. Stroh mit etwas drinnen. „Ist Tiermist, von Schwein oder Maus oder so was", flüstert Vesna. Ich drücke den Deckel wieder auf den Behälter. Völlig unsinnig, Vesna zu fragen, ob sie eine Ahnung hat, was das soll. Jetzt erst bemerke ich die Panzertür daneben. Tiermist zur Abschreckung? Zur Tarnung? Und was ist im Raum dahinter? Vesna geht hin und dreht am Rad. Wird ihr wohl kaum etwas nützen. Jemand, der da etwas versteckt, ist vorsichtig, sehr vorsichtig. Aber die Tür bewegt sich, geht einen

Spalt weit auf. Vesna nimmt mich am Unterarm, dann schaltet sie die Taschenlampe ab. Stockdunkel ist es. Sie öffnet die Tür, zieht mich weiter, bleibt stehen. Ein leises Scharren. In meinem Nacken stellen sich die Haare auf. Wir sind hier nicht alleine. Ich höre Vesnas Atem. Das da macht sogar sie nervös. Wieder Taschenlampenlicht. Zuerst am Boden, dann rasch die Wand hinauf. Ich starre hin. Kann nicht begreifen, was ich hier sehe. Vesna schreit auf. Der Strahl der Taschenlampe zittert. Vesna mag nicht nur keine Kröten, sondern auch keine Mäuse. Und hier sitzen Dutzende von Mäusen in eigenartigen Behältern aus Kunststoff, die ähnlich aussehen wie diese Aufbewahrungsboxen von Ikea. In jeder Box ein Gittereinsatz, in dem Futterbehälter und Trinkflasche stecken. In der Mitte des Raumes ein langer Tisch aus Edelstahl, an einem Ende ein großes Waschbecken. Am anderen Ende Säcke, vermutlich mit Futter und Streu. Die Mäuse glupschen uns aus ihren runden Knopfaugen irritiert an. Barthaare zittern, Nasen wollen Witterung aufnehmen. Versuchstiere. Was wir hier sehen, sind offenbar Versuchstiere. Klar, dass der Professor die nicht herzeigen will. Sie würden den meisten seiner schönheitsbesessenen Gäste nicht besonders gefallen. Jetzt zieht Vesna tatsächlich ihre Kamera aus der Tasche. Nicht größer als eine Zigarettenschachtel, aber leistungsstark. Schafft es mit einem besonderen Programm, sogar im beinahe Dunkeln zu fotografieren. Als der Blitz des Gerätes aufleuchtet, piepsen einige der Mäuse.

„Man sollte sie freilassen“, zische ich Vesna zu.

„Bist du verrückt?“, antwortet sie viel zu laut und eindeutig angeekelt.

Näher betrachtet wäre das ohnehin keine besonders gute Idee. Die Eisenleiter den Schacht hinauf können die Mäuse wohl kaum nehmen. Das Scharren in den Boxen macht mir Gänsehaut. Ich habe nichts gegen Mäuse. Es ist dieses Geräusch von eingesperrten Kreaturen, die im gnädigsten Fall der baldige Tod erwartet. Vesna hat es noch eiliger als ich, den Raum wieder zu verlassen. Wir schließen die Panzertür, stehen wieder im Lagerraum, sehen eine weitere Tür, öffnen sie vorsichtig. Uns kann nichts mehr schrecken. Lichtkegel auf ein Waschbecken, dann auf einen Operationstisch in der Mitte des Raumes, Stahl, der im Schein der Taschenlampe gespenstisch glänzt. Darüber große Lampen. Einige Schränke mit Monitoren. Offenbar zur Überwachung, vielleicht auch während einer Narkose. Ein geheimer Operationssaal? Soll hier die von den beiden aus El Salvador geforderte „Operation“ über die Bühne gehen? Ich bin sicher, dass der Professor seine üblichen Gäste nicht hierherbringt. Daneben eine Operationseinrichtung in Miniformat. Alles ganz klein, beinahe wie ein Operationstisch in einem Puppenhaus. Der ist wohl für Mäuse, dämmert es mir. Jetzt bin ich es, die ganz schnell weg will, sonst fange ich noch an zu schreien. Wo sind wir da hineingeraten? Was, wenn Schwester Cordula etwas von diesem geheimen Versuchslabor erfahren hat? Wie geheim ist es wirklich? Chefinspektor Knobloch scheint von einem Labor zu wissen. Grünwald soll dort seine Schönheitsmittelchen testen. Kann es sein, dass er das hier im Keller tut? Wegen der Mäuse so verborgen wie möglich? Noch eine Tür und dahinter ein größerer Raum mit zwei Reihen von Tischen, darauf seltsame Schachteln, daneben mehrere Computer. Und überdimensionale Mikroskope. Zwei sehen eher wie Fernrohre aus. Kästen, die ein leises Geräusch erzeugen. Kühlschränke. Gefrierschränke. Ob hier Mäuseleichen drin sind? Nur Mäuseleichen? Waschbecken. Aktenschränke mit Rollläden. Wir müssen hier weg. Wir haben für heute Nacht genug gesehen. Morgen werde ich mit dem Gerichtsmediziner darüber reden. Er soll mir sagen, ob er dafür eine Erklärung hat. Vielleicht sieht bei Tageslicht betrachtet vieles anders aus. Vesna steht in der nächsten Tür. Hört das nie auf? Ein enger Raum, ein Aufzug. Hier endet die unterirdische Zimmerflucht. Aber wohin führt der Lift? Nicht einmal Vesna scheint er geheuer zu sein. Sie versucht ganz vorsichtig, die Tür zu öffnen. Die Aufzugskabine ist nicht da. Wenn wir den Liftknopf drücken … Wir haben keine Ahnung, ob der Aufzug überwacht wird. Ich versuche mich krampfhaft an die Standorte der Aufzüge in den oberen Stockwerken zu erinnern. Nein, der Schacht passt mit keinem der allgemein zugänglichen Lifte zusammen. Glaube ich zumindest. Ganz abgesehen davon, dass keiner davon weiter fährt als ins Stockwerk minus drei. Und selbst bis dorthin ist der hinter dem Wellnessbereich heute Nachmittag nicht mehr gegangen. Wenn auch vielleicht auf Anordnung der Polizei.

„Gehört nicht zu normalen Lifts nach oben“, sagt auch Vesna. „Kommt wahrscheinlich irgendwo versteckt in Stockwerk minus drei an. Von dort man kann allgemeine Lifts nehmen oder Treppe.“

„Glaubst du, dass es auch eine Stiege nach oben gibt?" Ich kann nicht fassen, dass ich es bin, die das flüstert.

„Wir können nur zurück durch die Zimmer und dann in Betongang weiterschauen. – Dieser Aufzug da ist seltsam. Ich glaube, er ist weiteres Zeichen, dass Labor soll geheim sein."

„Grünwald hat Knobloch offenbar davon erzählt", widerspreche ich.

„Ja, ist auch seltsam. Vielleicht Professor will auch bloß Barriere gegen neugierige Gäste. Soll niemand wie wir bei Mäusen landen und fast Herzinfarkt kriegen."

„Alles ist unversperrt", überlege ich weiter. „Das könnte bedeuten, dass die Zugangsbarriere einen Stock höher liegt."

„Wir müssen nachsehen, wo Lift ankommt", sagt Vesna mit rauer Stimme.

„Das ist verrückt!"

Vesna sieht auf ihr Mobiltelefon. Im Licht der Taschenlampe wirkt die Aufzugstür wie ein Beamer in einem Science-Fiction-Film. „Kein Netz. Du bleibst da, und wenn du etwas Eigenartiges hörst oder gar nichts mehr, dann du rennst durch Räume zum Schacht, nach oben und rufst Polizei." Vesna nimmt mich am Arm und zieht mich zurück ins Labor. Das, was der Strahl ihrer Lampe trifft, blitzt auf. Mikroskope, Computer, Kühlschranktüren. Ihre Hand ist feucht. „Ich hole Lift. Wir verstecken uns da hinter Türe. Wenn jemand in Lift runterkommt, wir fliehen. Ansonsten ich fahre nach oben. Wenn du etwas hörst oder ich in fünf Minuten nicht bin da, du rennst und rufst Polizei."

Ich fummle nach meiner Minitaschenlampe, sie ist nicht eben leistungsstark und ich weiß auch nicht, ob ich jemals die Batterie gewechselt habe. Lichtschein. Immerhin. Auch wenn er deutlich schwächer ist als der von Vesnas Lampe.

„Du willst meine?", fragt sie.

Ich schüttle den Kopf. Vesnas Plan ist auch mit Licht gefährlich genug. Wir vergleichen unsere Uhren. Dann macht Vesna ein paar rasche Schritte, ist durch die Tür, beim Lift, drückt den Knopf, rennt zurück, steht wieder eng neben mir. Ich spüre ihren Atem. Der Lift braucht zehn Sekunden und ist da. Er kann tatsächlich nur ein Stockwerk weit gefahren sein. Ich will es Vesna zuflüstern, aber sie hält mir die Hand vor den Mund. Wir warten. Eine Minute.

Nur unser Herzschlag. Zwei. Ich hab das Gefühl, ich kann die Mäuse hören. Nichts. Vesna macht einen vorsichtigen Schritt nach vorne. „Nein!“, will ich schreien, aber ich kann nicht. Vesna ist beim Lift. Mit einem Ruck öffnet sie die Tür.

„Keiner da“, flüstert sie mit hörbarer Erleichterung. „Komm nach vorne. Lausche. Ich fahre.“ Und schon ist sie im Lift und ich höre, wie er nach oben gleitet. Ein rascher Blick auf die Uhr. Ein Uhr fünfundzwanzig. Wir sind erst eine knappe halbe Stunde hier unten. Ich lehne mich an den Türstock. Ein leises Surren. Es kommt von den Kühlschränken im Labor. Ist meine Taschenlampe noch schwächer geworden? Was, wenn sie ausfällt? Würde ich es hören, wenn oben jemand auf Vesna losgeht? Bin ich schnell genug, um Hilfe zu holen? Was, wenn sie Verstärkung kriegen und jemanden von draußen in den Schacht schicken? Das hätten wir uns früher überlegen müssen. Drei Minuten sind vergangen. Vesna, bitte komm! Der Operationssaal. Was geschieht dort? Geht es wirklich ausschließlich um Tierversuche? Um welche? Und ist das nicht schlimm genug? Was testet der Professor hier? Und: Wer arbeitet mit ihm? Das Labor wirkt nicht so, als wäre es bloß für eine Person gemacht. Vier, fünf, sechs Sessel mit Rollen zähle ich. Da war ein Geräusch. Ich fahre auf. Vielleicht hat Vesna die Lifttür geöffnet. Nein, das klingt anders. Da ist etwas einen Stock höher gegen die Lifttür gefallen. Weg. Ich muss weg. Ich schaffe es nicht, mich zu bewegen. Ich starre Richtung Lift, dann auf die Uhr. In dreißig Sekunden soll ich laut Vereinbarung losrennen. Wieder ein dumpfes Geräusch von oben. Weg! Schnell! Ich muss Vesna retten! Ich kann ihr nur helfen, wenn ich renne und Hilfe hole! Und jetzt laufe ich tatsächlich im schwachen Schein meiner Taschenlampe, stoße an einen der Labortische, strauchle, stöhne auf, weiter. Ein eigenartiges Gefühl, auf Socken zu laufen. Schutzlos. Durch den Operationsraum, was, wenn sie mich finden? Wenn sie mich hier festbinden? Narkotisieren? Vielleicht geht es um illegalen Organhandel. Ich reiße die Tür zum Lagerraum auf, Gestank, ich falle gegen einen der Behälter im Regal, versuche, wieder auf die Beine zu kommen. Irgendetwas ruft, jemand sagt etwas, es wird übertönt vom Blut in meinen Ohren, meinen Schritten, sind es nur meine Schritte? Mir scheint, ich höre Gepiepse. Die Mäuse sind im Tresorraum. Aber warum eigentlich im Tresorraum? Das sind nicht meine Schritte, es sind andere, sie sind hinter mir. Sie kommen näher, ich habe mich wieder aufgerappelt, renne, die nächste Tür, der nächste Raum. Ich hab nicht mehr daran gedacht, dass er mit Kisten und Schachteln voll ist, ich renne mitten in einen Berg von Kartons, falle, raus hier, eine Hand auf meiner Schulter, ich schüttle sie panisch ab. So schnell kriegt ihr mich nicht. Was habt ihr mit Vesna gemacht? Mein Schlüssel samt Taschenlampe ist mir aus der Hand gefallen. Ich trete um mich, versuche gleichzeitig, den Schlüssel zu fassen. Er rutscht unter die Kartons. Nur ein schwacher Lichtschein unter der Pappe, dafür gleißendes Licht von hinten.

„Stopp", keucht etwas. „Bin doch ich." Der Lichtkegel wandert zu Boden.

Ich drehe mich um und sehe ungläubig in das Gesicht von Vesna. Ich hocke auf den Kartons und sage matt: „Warum hast du das nicht gleich gesagt?"

„Habe ich, du hast nicht gehört in Panik."

„Du warst mehr als fünf Minuten weg. Und da waren Geräusche."

„Das allerdings ist richtig", erwidert Vesna. „War jemand oben. Wird warten. Wir müssen rauf. Könnte sonst noch wer gehört haben, war kurze Rauferei."

Ich sehe sie gespannt an. „Was hast du mit ihm gemacht?"

„Mit ihr. Ist alte Nonne."

„Schwester Gabriela?", frage ich fassungslos.

„So hat sie gesagt, heißt sie."

„Und du glaubst wirklich, die wird auf uns warten?"

„Habe sie angebunden. Zur Sicherheit. Sehr kräftig ist sie nicht."

„Können wir die Turnschuhe holen?", bitte ich.

„Du willst Spuren hinterlassen?", fragt Vesna zurück.

Mein rechter Oberschenkel schmerzt, als wir erneut auf Socken durch die Räume eilen. Wir steigen in den Lift, fahren nach oben, als ob das ganz selbstverständlich wäre. Wir steigen aus und sind in einem kleinen Raum, der ursprünglich sicher nicht für einen Lift vorgesehen war. Erst jetzt sehe ich die Nonne. Vesna hat sie mit Klebeband an einen Stuhl gefesselt.

„Sie hat also die Wahrheit gesagt", seufzt sie, als sie mich sieht, und ich habe Angst, dass sie gleich in Ohnmacht fällt.

„Mund ich habe ihr nicht zubinden müssen, ganz sicher sie will nicht, dass man sie rufen hört", sagt Vesna geschäftig zu mir.

„Wo sind wir da?", frage ich Schwester Gabriela.

„Zuerst soll mich Ihre seltsame Freundin losbinden. – Sie ist doch Ihre Freundin?"

Ich nicke.

Vesna geht zu ihr, die Nonne verzieht keine Miene, als das Klebeband gelöst wird.

„Was machen Sie hier?", frage ich.

Die alte Nonne sieht uns für einen Moment an, als wüsste sie das auch nicht genau. „Ich könnte Sie Ähnliches fragen", antwortet sie dann.

„Wir sind hier sicher? Oder kann es sein, dass da jemand kommt?", will Vesna wissen. Offenbar hat sie den Eindruck, dass sich die Schwester in dieser Etage besser auskennt als wir. Und zu mir gewandt: „Im Nebenraum ist noch ein Labor, ist es kleiner. Ich nehme an, das ist es, was Inspektor gemeint hat. Türe hier herein ist mit beweglichem Regal verkleidet. Schwester hat großen Schreck gehabt, als ich in Laborraum gestanden bin."

Schwester Gabriela nickt grimmig. „Kann man so sagen. Ich hatte keine Ahnung, dass es hinter dem Raum weitergeht."

„Aber das offizielle Labor haben Sie gekannt", rede ich weiter. Ich weiß nicht, wie lange wir uns hier noch aufhalten dürfen. Und ich weiß nicht, ob wir der Nonne trauen können. Was sollte sie hier mitten in der Nacht wollen, wenn nicht Spuren verwischen? Wenigstens ist sie uns körperlich unterlegen. Außer … Vesna hatte sicher keine Zeit, sie nach Waffen zu durchsuchen.

„Es ist besser, wir gehen weg von hier", flüstert die Nonne. „Ich weiß viel zu wenig, ich wollte nach etwas suchen, das die Polizei übersehen haben könnte. Ich habe bei Schwester Cordula den Namen einer ehemaligen Mitarbeiterin des Professors gefunden. Cordula hat immer wieder in diesem Labor gearbeitet. Deswegen wollte ich her. Ich glaube nicht, dass die Polizei hier Spuren genommen hat. Die Sauna ist auf der anderen Seite der Brandschutztür, ein ganzes Stück weg vom Labor."

„Der stillgelegte Wellnessbereich ist versiegelt", sage ich leise. „Waren Sie trotzdem drin?" Wenn sie das Siegel aufgebrochen hat, dann ist es schon egal, dann könnten wir auch noch einen Blick reinwerfen. Andererseits: Dort waren die Spurentechniker sicher unterwegs. Und sie waren wahrscheinlich gründlich.

„Kommen Sie", erwidert die Nonne. „Wir treffen uns im Kloster. Dort können wir reden."

Und was, wenn das eine Falle ist?

„Wie sollen wir wissen, Sie laufen nicht davon?", will Vesna wissen.

„Sie müssen es mir glauben", sagt die Klosterschwester eindringlich und ich gebe zu, ich glaube ihr. Vesna wirft mir einen Blick zu, der bedeutet: Typisch du. Sie hat ja recht.

„Wir dürfen keine Spur hinterlassen", befindet Vesna. „Du gehst mit Schwester über die Oase zum Kloster, jetzt ist niemand auf, der dich kennt, denke ich. Zuerst aber musst du Lift holen, nachdem ich hinuntergefahren bin. Ich schließe unten alle Türen und stelle Kartons zurecht und verwische Fußabdrücke in Schacht. Dann ich komme über Hang."

„Du wirst die Eisenplatte nicht allein wieder drauflegen können", gebe ich zu bedenken. „Wir zwei gehen gemeinsam."

„Ich werde schaffen, und wenn nicht, wir machen es zusammen nach Gespräch. Wir sollten Schwester nicht alleine lassen." Sie sagt das so nachdrücklich, dass mir klar ist: Sie traut ihr tatsächlich nicht.

„Auf den Socken?", frage ich und deute auf meine Füße.

„Was spielt das für große Rolle?", erwidert Vesna. „Soll ohnehin keiner dich sehen."

Irgendwie hat sie ja recht. Wenn ich auf Socken durch den Keller gekommen bin, werde ich wohl auch auf Socken ins Kloster gehen können. Ich seufze und nicke. Vesna fährt mit dem Lift nach unten. Ich hole ihn wieder herauf. Wortlos suche ich mit Schwester Gabriela nach irgendeiner Vorrichtung, die das Regal wieder an seinen Platz fahren lässt. Sie ist es, die den Knopf hinter einigen Medizinfachbüchern im Nachbarregal findet. Keiner würde auf die Idee kommen, dass es dahinter noch etwas gibt.

„Folgen Sie mir", sagt Schwester Gabriela und es ist wohl trotz allem das Klügste, es zu tun. Dämmerlicht im Gang. Offenbar geht niemand davon aus, dass sich hier in der Nacht jemand aufhält. Die Nonne hat für ihr Alter und nach all der Aufregung einen erstaunlich energischen Schritt.

„Den Lift nach oben haben sie außer Betrieb gesetzt", flüstere ich ihr von hinten ins Ohr.

„Das weiß ich, schließlich bin ich auch hergekommen. Es gibt eine Personalstiege."

Also doch nicht bloß die Feuerleiter. Wir kommen der dicken Brandschutztür immer näher. Die Nonne wird wohl nicht in den alten Wellnessbereich … Na jedenfalls die Kraft, mir etwas anzutun, hat sie nicht.

„Dort hinten ist die Stiege", sagt Schwester Gabriela und deutet auf einen Seitengang. Die Brandschutztür ist jetzt nur noch einige Meter entfernt. Kann es sein, dass es erst gestern Nacht war, dass wir uns hier unten kennengelernt haben? Im Seitengang hält die Nonne plötzlich inne. „Ich will Ihnen doch noch etwas zeigen", flüstert sie.

Alarm! Was soll sie mir zeigen wollen? Vielleicht hat sie ein Betäubungsmittel dabei. So wie vielleicht vor einigen Tagen, als sie die Schwester …

„Kommen Sie schon", zischt die Nonne. Sie hat die dicke Trenntür aufgedrückt und eilt den Gang entlang zur Milchglasscheibe. Quer über der Scheibe klebt ein polizeiliches Absperrband. Die Nonne lockert das Band vorsichtig und zieht die Tür einen Spalt weit auf. Was soll ich hier sehen? Langsam und misstrauisch komme ich trotzdem näher. Schwacher Lichtschein. Er kommt von draußen. Die versiegelte Terrassentür im alten Wellnessbereich, vor ihr sind wir vor gar nicht so langer Zeit gestanden. Im Freien.

„Riechen Sie!", befiehlt die Nonne.

Ich schnuppere, meine, noch immer einen leichten Geruch nach gekochtem Fleisch zu erkennen. Etwas süßlich. Mit einem Hauch Kräuteraroma. Gleich wird mir übel. Das Kräuteraroma … Quatsch, es ist die Nonne, die nach Lavendel riecht, auch in ihrem Büro hat es stark nach Lavendel gerochen. Offenbar nimmt sie den Duft hier, außerhalb ihrer üblichen Umgebung, erst richtig wahr. „Lavendel", sage ich.

Die Nonne nickt befriedigt, schließt die Tür wieder, befestigt das Absperrband und eilt an mir vorbei Richtung Treppe. Ich werde ihr die Freude an dieser Entdeckung nehmen müssen. Oder wollte sie mich damit ohnehin nur ablenken?

Vesna ist bloß eine Viertelstunde nach uns zum Kloster gekommen. Sie hat es tatsächlich geschafft, die Platte über den Schacht zu legen.

Und sie hat meine Schuhe mitgebracht. Ich ziehe sie an und fühle mich gleich besser. Wir sitzen im Arbeitszimmer von Schwester Gabriela, es riecht noch immer nach Lavendel. Die Nonne hat Tee gekocht, einen dritten Sessel geholt, sie wirkt, als wäre sie immer um diese Zeit wach. Jetzt schenkt sie ein.

„Ich denke, Sie können die Handschuhe ausziehen", sagt sie dann.

Ich sehe irritiert auf meine Hände. Irgendwie scheine ich schon ziemlich durcheinander zu sein. Ich hab gar nicht bemerkt, dass ich noch immer Handschuhe trage. Handschuhe mit ziemlichen Schmutzspuren darauf. Ich ziehe sie ab, stopfe sie in meine Hosentasche.

„Eigentlich haben wir uns etwas Stärkeres verdient", sagt die Nonne nach einem langen Blick auf mich und geht zu einem Kästchen, auf dem eine Statue der heiligen Hildegard steht. Sie öffnet die Tür und holt eine Flasche und drei Gläser heraus. „Kriecherlschnaps", sagt sie und schenkt in alle drei Gläser nicht zu knapp ein. Wie ich mir schon gedacht habe: Diese Frau kann kein allzu schlechter Mensch sein. Warm geht der Schnaps meine Kehle hinunter. Ich seufze zufrieden und lasse mich zurück in den Sessel sinken. Ja, bitte. Jetzt soll sie erzählen!

Auch Schwester Gabriela hat einen kräftigen Schluck genommen. „Wer fängt an?", fragt sie dann und fügt hinzu: „Ich schlage vor, ich."

Vesna und ich nicken. Ich werde auf einmal so angenehm müde, meine Glieder entspannen sich, selbst der Oberschenkel, mit dem ich im Finstern in Panik gegen einen Tisch gerannt bin, tut kaum noch weh. – Ist da womöglich etwas im Schnaps? Ach was, und wenn, ist es etwas Gutes. Ich werfe Vesna einen Seitenblick zu. Sie wirkt wach, interessiert. Na also. Und sie hat auch vom Schnaps gekostet. Allerdings hat sie bloß einen winzig kleinen Schluck gemacht. Und die Nonne … vielleicht ist sie immun … Quatsch, Mira. Du bist müde, das ist kein Wunder. Und jetzt hörst du zu.

„Ich habe die Habseligkeiten von Schwester Cordula durchgesehen", erzählt die Nonne gerade. „Einen Teil hat die Polizei mitgenommen, das, was dageblieben ist, wird verteilt, Andenken werden an ihre Familie geschickt. Und als ich ihre Toilettenutensilien geordnet habe, ist mir ein Zettel mit dem Namen dieser ehemaligen Mitarbeiterin des Professors in die Hände gefallen. Samt Telefonnummer."

„Der Polizei das ist entgangen?", fragt Vesna, die Ungläubige.

„Kein Wunder." Die Nonne lächelt fein. „Sie hatte ihn in ihre Schachtel mit Tampons gesteckt. Auch Nonnen sind Frauen. Offenbar schien ihr das ein sicherer Platz zu sein. Und: Die Schachtel war fast voll. Sehr lange dürfte der Zettel also nicht drin gewesen sein."

„Was könnte sie von dieser ehemaligen Mitarbeiterin gewollt haben?", frage ich träge.

„Ich weiß es nicht. Ich habe versucht, diese Natalie Veith zu erreichen. Sie arbeitet jetzt an einem öffentlichen Institut. Dort hat man mir gesagt, dass sie einige Tage Urlaub genommen hat. Da sie ja früher in unserem Labor beschäftigt war, bin ich heute Nacht dorthin. Professor Grünwald will nicht, dass jemand hinein kann, der nicht berechtigt ist. Es gibt eine Türkarte, wie für die Hotelzimmertüren. Aber ich weiß, wo diese Karte liegt. Ich bin mir nicht sicher, was ich gehofft habe zu finden. Vielleicht wollte ich dem Geheimnis von Schwester Cordula auch nur räumlich näher kommen."

„Und danach Sie waren bei Sauna drüben?", hakt Vesna nach.

„Oh nein, da war ich vorher." Sie sieht mich an. „Sie haben ihn heute auch bemerkt, nicht wahr? Den Lavendelduft."

Ich lächle verzeihend. Sie ist eben doch nicht mehr die Jüngste. „Sie selbst riechen nach Lavendel. Hier riecht es nach Lavendel. Sie haben den Duft mitgenommen."

Ich ernte einen gekränkten Blick. „Ich bin doch keine Idiotin. Mir hat Ihre Frage nach dem Hildegard-Aufguss keine Ruhe gelassen. Ich habe mich natürlich umgezogen, bevor ich hinübergegangen bin."

Ich sehe sie verwirrt an. „Aber wie kann es sein, dass wir gestern nichts gerochen haben und heute schon? Der ganze Bereich ist versiegelt."

„Ich kann mir nur vorstellen, dass es etwas mit der Temperatur zu tun hat. Die Lavendelsubstanz könnte weitgehend verdampft und erst später wieder kondensiert sein. Ich muss noch herausfinden, wann Lavendel stärker riecht. Abgesehen davon waren wir gestern verständlicherweise abgelenkt." Die Nonne schlägt ein Kreuz. Ich kann mich gerade noch zurückhalten, um es ihr nicht gleichzutun. – Warum eigentlich nicht? Nur weil Vesna spotten könnte? Ich schlage auch ein Kreuz und sehe Schwester Gabriela an. „Was schließen Sie aus dem Lavendelduft?"

„Ich weiß nicht. Ich denke mir: Unser Hildegard-Aufguss und Sauna. Das passt. Schwester Cordula war für die Rezepturen verantwortlich. Sie war zuständig für unsere Produkte. Es hat ihr sehr viel Freude gemacht, sie hat eine Menge Zeit investiert, um die Mittel laufend noch zu verbessern. Die Hildegard-Produkte waren wohl ein Grund, warum sie bei uns geblieben ist. Sie hat davon geträumt, die Serie auszuweiten, sie im Größeren herstellen zu lassen. Sorgsam und mit Respekt vor unserer Ordenspatronin. Aber das Wissen der heiligen Hildegard ist nicht geschützt. Es gibt genug, die in ihrem Namen produzieren, Gute und weniger Gute. Jedenfalls: Im Großen wären wir der Konkurrenz nicht gewachsen gewesen."

„Wenn sie ein besonders gutes Rezept für diesen Aufguss entwickelt hat und eine kommerzielle Firma es haben wollte ...", beginne ich zu überlegen.

Die Nonne schüttelt den Kopf. „Ich kann mir nicht vorstellen, dass man jemand für eine verbesserte Lavendelaufgussrezeptur umbringt. Ganz abgesehen davon: Warum war sie nackt und in der Sauna?"

Da ist allerdings etwas dran. Ich versuche mich zu erinnern, was mir Kurt Simatschek erzählt hat. „Der Gerichtsmediziner meint, es könnte sein, dass sie betäubt worden ist und erst dann in die Sauna gelegt wurde."

„Warum du erzählst nicht gleich?", mischt sich Vesna ein.

„Und noch etwas: Sie war keine Jungfrau mehr."

Die Nonne lächelt. „Nicht alle unsere Schwestern sind unberührt. Manche hat der Ruf erst später ereilt. Cordula hat Biologie studiert. – Oder wollen Sie damit sagen, dass sie erst vor Kurzem ... Sex gehabt hat?"

Ich schüttle den Kopf. „Das weiß man noch nicht. Bei diesen Todesumständen ..."

Schwester Gabriela nickt. „Ich kann mir vorstellen, dass da manches schwierig zu analysieren ist."

„Was ist eigentlich mit der Familie von Schwester Cordula?"

„Ihr Vater ist tief erschüttert, ihre Mutter ist voriges Jahr an Krebs gestorben. Sie hat einen älteren Bruder, den wir noch nicht erreicht haben. Er ist Ingenieur auf einer Ölplattform in der Nordsee. Ich glaube nicht, dass ihr Ableben mit der Familie zu tun hat. Es ist gut drei Wochen her, sagt ihr Vater, dass sie miteinander telefoniert haben. Damals habe sie wie immer gewirkt."

Schwester Gabriela hat noch einmal Tee aufgebrüht und noch eine Runde Schnaps eingeschenkt. Als wir ihr vom Labor im Keller erzählen, wirkt sie überrascht. „Ich habe auch nie etwas von diesem Lift mitbekommen. Und ich dachte, mir entgeht so gut wie gar nichts in diesem Haus."

Ich habe eine Idee: „War Schwester Cordula im offiziellen Labor beschäftigt?"

„Nein, das war sie nicht. Sie hat Kranke gepflegt. Das ist auch unser eigentlicher Auftrag der Welt gegenüber. Zumindest hat sich unsere Klostergemeinschaft so entwickelt. Aber …", sie denkt einige Sekunden nach, „… sie hat immer wieder darum gebeten, etwas im Zusammenhang mit unseren Hildegard-Rezepturen analysieren zu dürfen. Und das wurde ihr auch gestattet."

„Wer leitet das Labor? Der Professor?", fragt Vesna.

„Ich glaube nicht, dass der viel davon versteht", lächelt die Nonne. „Soviel ich weiß, ist es ein jüngerer Mann. Schilling heißt er. Er prüft diese Cremes und Nahrungsergänzungsmittel, produziert werden sie außerhalb, in einer kleinen Fabrik. Grünwald hat einen sehr gut gehenden Internethandel. Ich persönlich glaube ja nicht, dass Menschen Nahrungsergänzungsmittel brauchen, wenn sie sich klug ernähren."

„Und warum ist das Labor nicht in der Fabrik?", überlege ich.

„Vielleicht weil sie auch für die ‚Beauty Oasis' zugekaufte Produkte testen wollen. Angeblich nehmen sie auch immer wieder Proben von Botulinumtoxin und diesen Peelingsäuren. Der Professor möchte die Erzeugerfirmen kontrollieren, zum Wohle seiner Gäste, wie er sagt."

Das hat jetzt eindeutig ein wenig spöttisch geklungen. „Sie glauben es aber nicht, oder?"

„Kann schon sein, dass er es hin und wieder tut. Aber ich glaube, es geht eher um Geschäfte und Geldverdienen. – Ich frage mich, was er im geheimen Labor macht. Und ob er die Mäuse wirklich braucht, um seine Cremes zu testen."

Vesna und ich nicken. Allerdings wird sich das heute nicht mehr klären lassen. Schwester Gabriela ist geradezu enttäuscht, als ich langsam aufstehe und meine, es sei jetzt Zeit, schlafen zu gehen. Halb vier ist es inzwischen. „Verzeihen Sie", sagt sie. „Ich war immer schon ein Nachtvogel. Vor drei gehe ich selten zu Bett."

„Danke, dass Sie mit uns geredet haben. Und danke für den Schnaps", sage ich höflich.

„Und entschuldigen Sie, dass ich Sie aus Gründen von Sicherheit gefesselt habe", ergänzt Vesna.

Sieh an, langsam scheint auch sie davon überzeugt zu sein, dass die Nonne nicht auf der dunklen Seite der Macht steht.

Wir traben alle zusammen durch den Vorraum mit dem großen Hildegard-Bildnis und dem Spruch „Disce et servi" und mir wird mit Entsetzen bewusst, dass Vesna und ich jetzt noch einmal den Hang hinunter müssen, quer über die Wiese, den Feldweg durchs Maisfeld entlang, bis wir zu Vesnas Auto kommen. Vesna seufzt. Auch sie ist müde. „Die Straße entlang es ist etwas kürzer. Wir gehen Richtung Ort und dann wir biegen ab. Ich glaube, ich weiß, wie es geht."

„Du hast ja ein Zimmer in der ‚Beauty Oasis', du kannst einfach rübergehen und dein Auto morgen holen", murmle ich.

„Und Sie übernachten hier", schlägt mir die Nonne vor.

Ein verlockender Gedanke, gebe ich zu.

„Das Bett von Schwester Cordula ist schon abgezogen. – Ich gebe Ihnen neue Wäsche."

Oh nein, danke. Das ist mir nun doch zu jenseitig. So viel Aberglauben darf ich schon haben, dass ich nicht im Bett der gerade erst Verstorbenen übernachten möchte. Dann lieber zurück über die Wiese.

Die alte Nonne deutet meinen Blick richtig und meint mit freundlichem Spott: „Dass sich die Menschen immer vor dem bereits Gewesenen fürchten, anstatt darauf zu achten, was sie erwartet … Ich fahre Sie zu Ihren Autos, in Ordnung?" Nach einem eher kurz gehaltenen höflichen Protest stimmen wir zu.

Es ist gegen vier, als ich die Abzweigung zu meinem Weingartenhäuschen finde. Sah nicht so aus, als hätte sich jemand dafür interessiert, wohin die Klosterfrau mitten in der Nacht fährt. An Rebzeilen vorbei schlängelt sich der Weg bergan. Das Wäldchen auf der linken Seite habe ich am späten Nachmittag gar nicht wahrgenommen. Halb versteckt ein Auto. Ich fahre noch langsamer. Weit und breit kein anderes Haus. Was macht der Wagen hier? Ich bin völlig allein, rund um mich Weinstöcke. Wenn uns doch jemand gefolgt ist ... Wenn er weiß, wo ich übernachte ... Wenn da jemand auf mich lauert ... Man würde mich nicht einmal schreien hören. Jetzt fahre ich im Schritttempo. Mit einem Mal bin ich hellwach. Wie gut kenne ich den Gerichtsmediziner? Mira, du spinnst, wenn du jetzt auch schon Simatschek verdächtigst. Es kann bald jemand davon erfahren haben, dass ich heute hier übernachten werde. Jetzt bin ich schon fast auf der Höhe des Weingartenhäuschens. Ich spähe zur Sitzgruppe vor dem Haus. Mir wird eisig kalt. Da sitzt einer. Da wartet jemand auf mich. Rückwärtsgang. Im Finstern die kurvige Straße bergab? Unmöglich. Ich versuche zu reversieren, streife eine Rebzeile, egal, ich habe gewendet. Der Schotter spritzt. Ich rase davon, schaue immer wieder in den Rückspiegel. Da kommt keiner. Aber ich habe mich nicht getäuscht. Da war einer. – Und wenn es doch der Gerichtsmediziner war, der auf mich gewartet hat? Vielleicht ist er bloß ein Nachtvogel, hatte gar keine böse Absicht, war vom Treffen mit seinen Eltern zurück, wollte mich noch besuchen, hat sich dann draußen hingesetzt ... Womöglich gibt es einen Reserveschlüssel für das Häuschen. Er hat sich eine Flasche Wein aufgemacht und ist vielleicht eingeschlafen. Könnte der Wagen bei dem Wäldchen nicht seiner gewesen sein? Ich habe keine Ahnung. Ich bin eine Idiotin. Wenn er aufgewacht ist und gerade noch gesehen hat, dass ich davonrase ... Ich lache hysterisch auf. So eine wie du, Mira, sollte sich um Ungefährliches wie etwa Kulturpolitik kümmern. Na gut, so ungefährlich ist die auch nicht. Intrigenabgründe, sieht man ja gerade wieder an den Salzburger Festspielen, aber immerhin selten mörderisch.

Ich zwinge mich, auf der „Route 66“ anzuhalten. Ich habe die Nummer von Karl Simatschek gespeichert. Ich werde ihn anrufen. Und dann umkehren. Ich höre es läuten. Dreimal, viermal, fünfmal. Dann eine verschlafene Stimme: „Is’ was passiert?“

„Sie ... du schläfst schon?“, frage ich einigermaßen irritiert.

„Es is’ bald halb fünf. Ja.“

„Daheim?“

„Warum?“, fragt er. „Ja, klar. – Da ist doch die Mira, oder?“

„Hm. Ja. Danke. Alles okay, sorry. Schlaf gut.“

Wobei „alles okay“ übertrieben ist, mächtig sogar. Da war einer vor dem Haus. Und es war nicht der Gerichtsmediziner Simatschek.

Ich sehe, dass der Himmel heller wird. Ich muss nachdenken. Dabei kann ich genauso gut Auto fahren. Ich nehme die Straße Richtung Ilz und biege wenig später auf die Autobahn Richtung Wien.

[5.]

Ich weiß nicht mehr genau, wie ich heimgekommen bin. Jedenfalls hatte der Frühverkehr auf der Wiener Südosttangente schon eingesetzt. Ich habe den Wagen in der Tiefgarage geparkt, bin mit dem Lift nach oben gefahren. Wie beruhigend, dieser Lift führt genau dorthin, wo er hinführen soll. Keine Geheimzimmer, keine gesperrten Stockwerke. Gismo hat mich maunzend empfangen. Ich bin mir ganz sicher, dass Oskar sie ausführlich gefüttert hat. Na gut, das war gestern Abend, meine Alte, ich versteh dich ja. Ich streichle ihr buschiges Fell, der orangerote Streifen auf ihrer Brust leuchtet. Fünfzehn Jahre ist Gismo jetzt schon. Merkt man ihr nicht an, das sagen alle, die sie sehen. Die Nonne ist gegen achtzig. Ich öffne eines der besonders feinen Belohnungsbeutelchen und drücke den Inhalt in den Fressnapf. Gismo schnurrt, ihr Schwanz ist steil nach oben gerichtet, die Schwanzspitze vibriert. Wirkt, als könnte sie damit leben, wenn jemand zeitig in der Früh heimkommt und sie nicht so lange wie sonst auf ihr Frühstück warten muss. Ich bin völlig überdreht, schenke mir einen großen Jameson ein, gebe den wichtigen Tropfen Wasser dazu, öffne die Schiebetür und setze mich mit dem Whiskey auf die Terrasse. Morgensonne. Wieder wird es ein warmer Tag werden. Ich mag diese Tage im August. Wer hat vor dem Weingartenhaus auf mich gewartet? Wie kann es sein, dass ein Platz innerhalb von Stunden von einem freundlichen Ort, den man gar nicht verlassen möchte, zu einem bedrohlichen wird? In diesen Stunden ist viel geschehen. Die Mäuse in den seltsamen durchsichtigen Kunststoffbehältern. Das offenbar geheime Labor. Der Operationssaal im Keller. Passt gut mit dem zusammen, was die Lateinamerikaner gesagt haben: Die Operation müsse durchgeführt werden. Vielleicht hätte Schwester Cordula assistieren sollen. Nein, das ist wenig wahrscheinlich.

Eine Hand auf meiner Schulter. Ich schreie auf.

„Mira, was ist?“, murmelt Oskar verschlafen. „Tut mir leid, dass ich mich nicht gemeldet habe. Ich bin mit zwei Schulfreunden versackt, es war ein Zufall, ich wollte dich nicht mehr wecken. Aber deswegen hättest du doch nicht mitten in der Nacht heimfahren ...“ Er scheint sich an etwas zu erinnern. Er stockt. „Du hast etwas geschrieben von einer toten Nonne in der Schönheitsklinik.“

„Hast du gestern keine Nachrichten gehört?“, murmle ich, mit einem Mal unglaublich müde.

„Ich war den ganzen Tag am Gericht. Und beim Hinausgehen habe ich Michael getroffen, er ist Anwalt in Bozen, wir haben uns ewig nicht gesehen, er hatte sich mit einem anderen Schulfreund, mit Herwig, verabredet, und ich bin mit. – Was ist mit der Nonne?“

„Da gibt es mehrere. Aber jetzt bin ich da“, sage ich und fühle mich endlich wieder restlos geborgen.

„Ich bring dich ins Bett“, murmelt Oskar an meinem Ohr. Und Oskar, der Gute, der Starke, hakt sich bei mir ein und trägt mich mehr ins Schlafzimmer, als dass er mich führt. Ich fühle undeutlich, dass ich ausgezogen werde, ich kichere. Die Nonne war keine Jungfrau, sondern Biologin. Dann spüre ich eine weiche Decke über mir und tauche ab.

Ich höre weit entfernt einen Klingelton, kann ihn zuerst nicht zuordnen. Ich habe geschlafen, traumlos. Zum Glück. – Oder nein, ich war doch gerade in einem kilometertiefen Schacht. War da nicht auch eine Nonne? Sie ist den Schacht hinaufgeschwebt und hat mir zugeraunt, dass ich bloß glauben müsse, glauben, dann könne auch ich schweben, dann käme auch ich nach oben. Klingelton. Doch, es ist der Klingelton meines Telefons. Aber warum so weit weg? Ich klappe die Augen auf. Das war schon wieder ein Traum, in dem Nonnen vorgekommen sind. Sollte nicht zur Gewohnheit werden. Das Telefon liegt üblicherweise neben dem Bett. Da ist es nicht. Oskar ist auch nicht da. Kein Wunder, ich bin heimgekommen, als es längst hell war. Wo ist das Telefon? Jetzt hat es aufgehört zu klingeln. Ich rapple mich auf, spüre einen stechenden Schmerz am linken Oberschenkel, da bin ich gestern irgendwo dagegengerannt, ich durchsuche meine Jeans. Wo ist eigentlich meine Jacke? Gestern Nacht hab ich sie nicht angehabt. Gismo kommt und findet, es sei wieder einmal Zeit zum Fressen. „Such's Telefon, such's", sage ich zu ihr, als ob sie ein Hund wäre. Sie starrt mich verständnislos an. Festnetz. Ich werde vom Festnetzapparat aus mein Mobiltelefon anwählen. Ist sowieso inzwischen seine Hauptfunktion. Ich tapse hin, da läutet es wieder. Ich hab doch noch gar nicht … Ich renne ins Vorzimmer. Der Ton kommt aus der obersten Lade unseres Kästchens. Ich mache sie auf, da liegt mein Telefon. Hierhin habe ich es sicher nicht … Unwichtig, endlich schauen, wer dran ist: Vesna! Wie spät ist es? Ich muss es laut gesagt haben.

„Ich versuche seit Stunden bei dir und du fragst, wie spät ist es?" Sie klingt eindeutig genervt.

„Ich bin zurückgefahren in der Nacht."

„Ich weiß, du bist zu Weingartenhaus gefahren. Aber du kannst dir Gefühl vorstellen, wenn du überhaupt nicht bist zu erreichen. Habe schon überlegt, auf Polizeikommando anrufen."

„Anzurufen", bessere ich sie automatisch aus.

„Jetzt es geht nicht um deutsche Grammatik", faucht sie. „Wir müssen überlegen, was wir mit Wissen von gestern Nacht machen. Du hast schon mit Chefredakteur geredet? Wir treffen uns in Viertelstunde bei Gasthaus von gestern."

„Ich bin daheim, in Wien", versuche ich ihr klarzumachen. Soll ich ihr von meiner panikartigen Flucht erzählen?

Vesna schweigt. Scheint nachzudenken. Oder ist sie sauer?

„Ich bin zu diesem Weingartenhäuschen gefahren und hab ein halb verstecktes Auto gesehen. Und vor dem Haus ist jemand gesessen und hat auf mich gewartet. – Was hättest du getan?"

„Hätte ihn gefragt, was er will."

„Na sicher", grolle ich. Vesna hat eine nette Art, mich munter zu machen. „Nach allem, was in den letzten Tagen geschehen ist."

„War wahrscheinlich dein Gerichtsmediziner."

„Nein, der war im Bett und hat geschlafen", erwidere ich. Peinlich, peinlich, dem muss ich wohl auch noch so einiges erklären.

Vesna schweigt wieder, nachdenklich sagt sie dann: „Ich werde nachsehen. Ich brauche Adresse. Ich kann ja auch mieten wollen. Soviel wir wissen, uns bringt hier keiner in Verbindung miteinander."

„Ich hab noch meine Tasche im Haus", murmle ich. Redaktion … Vesna hat natürlich recht, ich muss möglichst schnell mit meinem Chefredakteur reden. Morgen ist Redaktionsschluss. Ich weiß nicht einmal, ob es unsere Fotografin zur „Beauty Oasis" geschafft hat. Ich gebe Vesna die Adresse des Häuschens und den Namen der Winzer, denen es gehört. Den Schüssel habe ich in meiner Handtasche.

„Werde niemand von Kontakt zu dir etwas sagen", meint Vesna. „Und ich werde Anti-Aging-Kosmetik von Professor einkaufen. Kann mir nicht schaden, hoffe ich. Vielleicht ich habe Chance und kann ihn fragen, ob die auch gut getestet wird. Bin gespannt, ob er von Labor erzählt. Von legalem zumindest. Und ich werde herumhören. Gibt es nicht, ein Labor in Keller und keine Gerüchte darüber. Dafür hier arbeiten zu viele Menschen."

Auf dem Display meines Telefons sehe ich, dass nicht nur Vesna versucht hat mich zu erreichen. Auch Karl Simatschek, auch meine Fotografin, auch der Chefredakteur hatten den Wunsch, mit mir zu sprechen. Oskar muss das Telefon in die Lade gelegt haben. Ich mag so etwas nicht. Ich möchte selbst entscheiden, ob ich mit jemandem rede. Sei nicht unfair, Mira. Er wollte, dass du zu einigen Stunden Schlaf kommst. Jetzt erst sehe ich auf die Uhr. Es ist kurz nach zwei. Fünf Stunden habe ich also geschlafen. Das ist nicht viel. Andererseits aber doch zu lang.

Der Erste, den ich zurückrufe, ist mein Chefredakteur. Anders als mit seinem Vorgänger verstehe ich mich mit Klaus ziemlich gut. Und ich habe ihm einiges zu erzählen. – Aber was, wie viel davon kann ich schreiben? Ich hab Schwester Gabriela versprochen, dass sie die Story vorher lesen darf. Und ich hab Karl Simatschek versprochen, keine seiner Informationen zu verwenden, solange ich sie nicht offiziell über das Bezirkspolizeikommando bekommen habe. Es läutet einige Male, dann ist die Sekretärin dran. Unser Chefredakteur habe einen Außentermin, in circa zwei Stunden sei er wieder zurück.

„Hat es Sinn, ihn am Mobiltelefon anzurufen?", frage ich.

„Nein. Es ist eine wichtige Verlagssitzung, er hat es ausgeschaltet."

Wichtige Verlagssitzung. Was soll da schon wieder ausgeschnapst werden? Riecht nach Sparprogramm, so etwas ist ja inzwischen überall modern. Ich lasse mir einen Termin für halb sechs geben. Ich muss ohnehin in die Redaktion, Post durchsehen, Anwesenheit zeigen. Die Konkurrenz schläft auch bei uns nicht. Außerdem ist es besser, ich bespreche die überraschenden Entwicklungen in meiner Story über plastische Chirurgie mit Klaus persönlich.

Die Fotografin erreiche ich sofort. Ja, sie habe Fotos von der „Beauty Oasis" gemacht. Allerdings erst heute früh, in der Morgendämmerung. Einige der Bilder dürften sehr gut geworden sein. Sie sei jetzt wieder in der Werkstatt. Es sei noch nicht klar, ob die ihr Auto so weit hinkriegen, dass sie damit zurück nach Wien fahren kann.

„Hast du den Leihwagen noch?", will ich wissen.

„Habe ich, für alle Fälle."

„Zweihundert Meter von der Schönheitsklinik ist ein dreistöckiges altes Gebäude. Es ist das Kloster der Hildegard-Schwestern. Ich hätte gern Fotos davon. Und wenn es geht, auch Bilder, auf denen das alte Kloster und die ‚Beauty Oasis' zusammen zu sehen sind."

Die Fotografin verspricht, gleich loszufahren. Am Abend müsse sie jedenfalls in Wien sein. Sie dürfe beim Konzert von Pink fotografieren, das werde sie sich sicher nicht entgehen lassen. „Wir sehen uns morgen Vormittag in der Redaktion, passt das?"

Hoffentlich vergisst sie über dem Popstar nicht auf die Bilder, die mit dem Tod einer lang nicht so spektakulären Nonne zu tun haben.

Ich gehe auf unsere Terrasse und lasse mir die Sonne ins Gesicht scheinen. Sonne bringt mir Energie, behaupte ich immer. Ich hoffe, dass das auch heute stimmt.

Oskar spreche ich wieder einmal auf seine Mobilbox, zum Glück halte ich mich zurück und beschwere mich nicht über das verräumte Telefon. Er hat es ja bloß gut gemeint. „Gut gemeint", oh du liebe Güte, wie ich diesen Ausdruck hasse. Damit wird versucht, fast alles zu entschuldigen. Aber ich muss zugeben, dass mir ein paar Stunden Schlaf gutgetan haben. Den Gerichtsmediziner Simatschek erreiche ich auch nicht, ist mir ohnehin lieber, ich muss erst überlegen, wie ich meinen nächtlichen Anruf erkläre. Immerhin ist er Teil des Polizeiapparates, ich sollte aufpassen, wie viel ich ihm erzähle. Wobei: Früher oder später müssen wir den Ermittlern jedenfalls vom Geheimlabor berichten. Aber besser, ich stimme das alles gut mit Vesna ab. Und besser, dass dann die nächste Ausgabe des „Magazin“ schon in Druck ist. Die meisten Polizeistellen halten nicht restlos dicht, irgendwelche befreundeten Journalisten erfahren oft einiges, was eigentlich nicht öffentlich ist. Das wird im Steirischen Vulkanland nicht anders sein.

Ich setze mich an meinen Laptop und google den Namen der ehemaligen Mitarbeiterin von Professor Grünwald, den die Nonne Gabriela auf einem Zettel bei ihrer toten Mitschwester gefunden hat. Natalie Veith. Zum Glück habe ich meinen Computer nicht mit ins Weingartenhäuschen genommen.

„Univ. Doz. Dr. Natalie Veith, Leiterin des Instituts ‚Genetic Research Austria‘ (GRA), Studium der Molekularbiologie und Genetik in Wien, Berlin und Boston. Assistenzprofessorin am Massachusetts Institute of Technology (MIT), Mitarbeit am Human Genom Project (HGP), Gastprofessur an der Karl-Albrecht-Universität Kiel.“ Ich scrolle nach unten, da ist ihr Foto: schmales Gesicht, glatt zurückgekämmte rote Haare, grüne Augen, bestenfalls vierzig. Seit einiger Zeit überkommt mich bisweilen ein eigenartiges Gefühl, wenn ich auf Menschen treffe, die deutlich jünger sind als ich und schon einen beeindruckenden Lebenslauf vorweisen können. Ich sollte mich daran gewöhnen. Ich werde mich daran gewöhnen müssen, es wird mir mit zunehmendem Alter immer häufiger passieren. Was ich mich fragen sollte, ist: Was hat eine offenbar sehr erfolgreiche Genetikerin im Labor von Professor Grünwald verloren gehabt? Und warum scheint die Tätigkeit bei Grünwald nicht in ihrer offiziellen Biografie auf der Homepage des GRA auf? Na gut, dafür gibt es vielleicht eine einfache Erklärung. Anti-Aging-Cremes zu testen mag zwar lukrativ sein, aber sicher nicht besonders gut für das Renommee einer Wissenschaftlerin. Dankenswerterweise scheint das Österreichische Genforschungsinstitut kein Geheimbund zu sein. Ich finde zu Dr. Veith sowohl eine Telefonnummer als auch eine E-Mail-Adresse. Ich überlege: In einer Mail kann ich vielleicht besser erklären, warum ich so schnell wie möglich mit ihr sprechen möchte. Da ist die Gefahr auch geringer, dass mich irgendeine Mitarbeiterin abblockt. Andererseits ist es klüger, wenn nicht allzu viel von dem, was ich weiß, schriftlich festgehalten ist. Ich kenne die

Frau mit den grünen Augen nicht, hab keine Ahnung, in welcher Verbindung sie jetzt mit Professor Grünwald steht.

Ich lese etwas über die Entschlüsselung von Altersgenen, die Buchstaben verrinnen vor meinen Augen. Fünf Stunden Schlaf nach so einer Nacht sind eben doch nicht besonders viel. Das Institut ist in der Nähe des Praters. Nur ein paar U-Bahn-Stationen von mir entfernt. So wird es am besten sein: Ich fahre einfach hin und läute. Und wenn man mich nicht reinlässt, dann bin ich eben etwas früher als gedacht in der Redaktion. Ohnehin gut. Und besser, als noch einmal einzuschlafen und völlig zerschlagen aufzuwachen.

Ich weiß nicht, wie ich mir ein Genforschungsinstitut vorgestellt habe, auf alle Fälle geheimnisvoller als das GRA. Es ist in einem der relativ neuen hellen Bürogebäude rund um den Prater untergebracht, zusammen mit einer Erdölfirma, einem Versicherungsmaklerbüro und einer Einrichtung, die sich „Panafrikanische Handelsgesellschaft" nennt. Im großzügigen Foyer ein Portier, der mich nicht daran hindert, an ihm vorbei zu den Aufzügen zu gehen. „Genetic Research Austria, 5. Stock". Ich gleite hinauf, und ohne allzu lange darüber nachzudenken, was ich der Sekretärin erzählen werde, drücke ich die Klingel. Keine Reaktion. Ich sehe nach oben. Kamera. Hätte ich mir denken können. Vielleicht kann da überhaupt nur jemand rein, den sie kennen, den sie überprüft haben. Genetik … Genmanipulation … Grünwald manipuliert Nasen und Brüste. Ein Summen lässt mich zusammenzucken. Mira, reiß dich zusammen, die sehen das. Ich bewege mich langsam nach drinnen, erwarte irgendeine Sekretärin, eine Assistentin, aber da ist niemand. Schmaler Gang. Die erste Tür nach links steht offen. Ich spähe hinein. Hinter einem Schreibtisch eine ältere Frau.

„Wo finde ich Frau Dr. Veith?", frage ich. Keine Ahnung, wie man die Genetikerin richtig anspricht. Mit „Universitätsdozentin"? Mit „Institutsleiterin"?

„Haben Sie einen Termin?", fragt die Frau.

Oje, doch eine Sekretärin. „Leider nein, ich habe sie nicht erreicht. Ich bräuchte nur ein paar Auskünfte … ich bin vom ‚Magazin' …" Wäre wohl besser gewesen, ich hätte mir vorher zurechtgelegt, was ich sagen werde. Mein Hirn ist noch immer ziemlich umnebelt. Und der Oberschenkel schmerzt. Hoffentlich glauben die hier nicht, ich will irgendeine Story gegen Gentechnik schreiben. Ich setze gerade an, etwas Positives über Genforschung zu sagen, als mir die Sekretärin zuvorkommt.

„Kein Wunder, sie war für ein paar Tage verreist. Sie ist erst vor einer Stunde gekommen, ich weiß nicht, ob sie Zeit hat, da gibt es immer eine Menge aufzuarbeiten." Sie greift zum Telefon, drückt eine Taste. „Da ist eine Journalistin, Nat. Hast du kurz Zeit, mit ihr zu reden? Oder soll ich mir anhören, was sie möchte?" Die Sekretärin nickt und legt wieder auf. „Vorletzte Tür im Gang, auf der linken Seite."

Sieht so aus, als würden die Leute im Institut angenehm formlos miteinander umgehen. Und auch kein großes Trara rund um überraschende Besucherinnen machen. Ich bedanke mich und eile, bevor es sich jemand anders überlegen könnte, zur besagten Bürotür. Auch sie steht halb offen. Ein Labor habe ich auf meinem Weg nicht gesehen, nur Schreibtische und einige Menschen, denen ihr Computer wichtiger zu sein schien als ich.

Natalie Veith, offenbar „Nat" genannt, sitzt ebenfalls hinter ihrem Schreibtisch. Sie allerdings blickt mich aufmerksam an. Ich hätte die Frau vor mir kaum mit dem Bild auf der Homepage in Verbindung gebracht. Diese Genetikerin hat kurze rote Locken, die ziemlich wirr vom Kopf abstehen. Hinter ihr eine Glasfront, durch die man über einige Häuser hinweg auf das Riesenrad, eine Monsterschaukel und Praterbäume sieht.

„Mira Valensky vom ‚Magazin'", sage ich lächelnd und strecke ihr die Hand hin.

„Natalie Veith." Die Wissenschaftlerin ist aufgestanden, kommt auf mich zu, schüttelt mir die Hand.

„Ihre Sekretärin war so freundlich …"

Sie sieht mich etwas amüsiert an. „Das war Professor Fischer. Medizinerin, spezialisiert auf biomedizinische Prozesse."

Na super, fängt ja schon gut an. „Oh, sorry."

„Ist ihr mit Sicherheit egal. Sie liebt das Büro am Anfang des Ganges. Und ich fürchte, sie liebt es, bisweilen Menschen in Verlegenheit zu bringen. Dummerweise sind Wissenschaftler nicht so ohne Weiteres an ihrem Äußeren zu erkennen. Im Büro tragen wir nicht einmal einen weißen Mantel. – Was kann ich für Sie tun? Ich sollte heute noch einiges erledigen …" Sie deutet auf einen kleinen runden Holztisch mit drei Chromstahlsesseln. Wir setzen uns.

„Ich schreibe an einer Story über Professor Grünwald, den Schönheitschirurgen."

Der Blick der Wissenschaftlerin wird deutlich distanzierter. „Und da sind Sie dahintergekommen, dass ich einige Monate für ihn gearbeitet habe."

Jedenfalls redet die Genetikerin nicht lange herum. „Ja, ich wollte Sie um eine Einschätzung seiner Person bitten. Und dessen, was er in seinem Labor macht." Ich denke, es ist besser, nicht gleich mit der ermordeten Nonne zu beginnen.

„Okay, wenn Sie wollen, kriegen Sie ein offizielles Statement. – Möchten Sie das nicht aufnehmen?"

Die Lady ist tougher, als ich dachte. Und sie will mich offenbar schnell wieder loswerden. Einigermaßen irritiert ziehe ich mein Aufnahmegerät heraus. „Ich dachte zuerst einmal an ein Gespräch, da muss ich nicht mitschneiden."

„Drehen Sie das Gerät auf und Sie können Wort für Wort veröffentlichen, was ich Ihnen sage." Professionelle Unfreundlichkeit pur.

Eigentlich eigenartig, dass sie dermaßen feindselig auf den Namen Grünwald reagiert. Kann schon sein, dass da zwei Welten aufeinanderprallen, Wissenschaft und Schönheitschirurgie, aber … Ich schalte ein. Sie hat es registriert und konzentriert sich. Sie diktiert druckreif: „Dr. Grünwald ist mit Sicherheit ein anerkannter Schönheitschirurg. Ich trete für die Freiheit jedes Menschen ein, über sich selbst entscheiden zu können. Also kann ich auch nichts gegen ästhetische Korrekturen haben, solange sie von mündigen Personen bei vollem Wissen um das Risiko bei einem Eingriff in die körperliche Integrität gewünscht werden. Wofür ich mich als Wissenschaftlerin einsetze, ist die möglichst objektive und nicht an einzelne Spezialisten gebundene Aufklärung der Bevölkerung über mögliche Neben- und Langzeitwirkungen solcher nicht durch Krankheit indizierter Operationen." Dr. Veith sieht mich an. „Ach so", sagt sie dann. „Das Labor." Sie denkt kurz nach, diktiert weiter: „Es stimmt, dass ich von November 2005 bis März 2006 im damals neu gegründeten Labor von Dr. Grünwald mitgearbeitet habe. Es handelte sich bei mir um eine berufliche Übergangsphase, die für meine

Biografie als Wissenschaftlerin unwesentlich ist. Damals hat er in seinem Labor vor allem sogenannte Anti-Aging-Produkte getestet. Meine Aufgabe war es, die biomedizinischen Auswirkungen zu klären. Während dieser Zeit lief die Ausschreibung der Stelle als Leiterin des Genetic Research Austria. Als man mir die Institutsleitung anbot, habe ich natürlich mit großer Freude angenommen. Was mich und meine Kollegen beschäftigt, ist das Genom, sind genetische Programme und die Möglichkeit, Wege zu finden, durch die genaue Kenntnis von Genen und ihren Wirkungsweisen Krankheiten zu bekämpfen oder zu verhindern."

Dr. Veith steht auf. Ich bleibe sitzen. So leicht werde ich es ihr nicht machen. „Sie forschen momentan vor allem an Altersgenen? Das passt mit Professor Grünwalds Anti-Aging-Produkten doch ganz gut zusammen, oder? Jugendkult aus verschiedenen Perspektiven."

Von Freundlichkeit ist jetzt keine Spur mehr. „Stellen Sie das Aufnahmegerät ab. Das, was ich Ihnen jetzt sage, ist nicht zur Veröffentlichung bestimmt. Es wäre besser, ich würde es gar nicht sagen, jedenfalls: Sollte ich etwas davon lesen, verklage ich Sie. Okay?"

Ich nicke brav, schalte das Gerät für sie sichtbar ab und verstaue es tief in meiner Tasche.

„Sie nennen Grünwald ‚Professor', nicht wahr? Alle tun das, ich weiß", beginnt die Genetikerin.

„Ich wollte nicht schon wieder einen Fehler machen wie bei Ihrer Medizinerin."

„Die ordentliche Universitätsprofessorin ist. Wissen Sie, woher Grünwald seinen Titel hat?"

Ich schüttle beschämt den Kopf. Hätte ich eigentlich recherchieren können.

„Sie werden es auch im Internet sehr schwer finden. Er ist Honorarprofessor an der ‚Hugo-Grotius-Universität'!"

Na gut, ein Honorarprofessor ist etwas anderes als ein ordentlicher Professor, aber den Titel darf er genauso tragen, wenn ihm danach ist. Und in Österreich scheint eben vielen danach zu sein. Hätte mir gar nicht gedacht, dass es die Wissenschaftlerin mit solchen Spitzfindigkeiten hat.

„Wissen Sie, wo diese Universität steht?", blitzt mich die Frau an. Jetzt erst bemerke ich, dass sie, wie auf dem offiziellen Foto der

Institutshomepage, grüne Augen hat. „In Kaliningrad. Dort brauchen sie Geld und zeigen sich gerne erkenntlich, wenn man sie unterstützt."

„Das heißt, er hat sich seinen Titel gekauft?"

Natalie Veith sieht mich spöttisch an. „Wirkt doch gleich viel vertrauenerweckender auf potenzielle Kunden: ‚Professor Grünwald'. Kann schon sein, dass er dort drei, vier Vorlesungen über Schönheitschirurgie gehalten hat, aber: Natürlich hat er den Titel gekauft."

„Den Doktortitel hat er aber schon, oder?"

„Tja, den hat er. Wenn auch nicht in Plastischer Chirurgie, sondern in Dermatologie. Leider kann sich bei uns jeder mit einem medizinischen Abschluss ‚Schönheitschirurg' oder ‚Spezialist für Ästhetische Medizin' nennen."

„Und warum haben Sie für ihn gearbeitet?" Ihr Verhältnis zu ihm muss einmal besser gewesen sein, überlege ich. Diese Frau sieht nicht so aus, als würde sie etwas gegen ihren Willen tun.

Sie zuckt mit den Schultern. „Wie gesagt, es war ein Übergangsjob. Ich bin nicht gerne arbeitslos. Ich habe beim großen Programm zur Entschlüsselung des menschlichen Genoms mitgearbeitet. Das Genom gilt seit 2003 als decodiert, wegen der Nacharbeiten hatte ich noch Werkverträge bis 2005. Aussicht auf eine Professur in Wien gab es zu dieser Zeit keine, in Boston hat man mir leider eine ziemlich gute US-Amerikanerin vorgezogen, ob ich den Job am neuen GRA kriegen würde, war unklar."

„Wenn ich Sie richtig verstanden habe, ist Pr…, ist Grünwald nicht in der Lage, selbst zu forschen."

„Na für seine Cremes reicht es, dass er Dermatologe ist."

„Ich kann mir ehrlich gesagt nicht vorstellen, dass Ihnen die Analyse von Kosmetika genügt hat. Was ist mit diesen Nahrungsergänzungsmitteln, die er auch verkauft?"

Dr. Veith lacht. „Nichts Böses, aber auch nichts besonders Wirksames, was da drin ist. Ein paar Vitamine und Spurenelemente. Es ist übrigens nach neueren Forschungen mehr oder weniger egal, ob man so etwas zu sich nimmt oder nicht." Sie sieht auf die Uhr. „Tut mir leid. Ich muss dringend ins Labor. – Das mit seinem Professortitel können Sie natürlich nachrecherchieren, mit einer anderen Quelle belegen und schreiben. Wenn Sie sich trauen. Ich nehme an, Grünwald ist ein guter Anzeigenkunde beim ‚Magazin'."

Jetzt habe ich nur noch eine Möglichkeit. „Kennen Sie Schwester Cordula?"

Die Wissenschaftlerin sieht mich irritiert an. „Wer soll das sein?"

„Eine Schwester, die in der ‚Beauty Oasis' arbeitet." Eigentlich gearbeitet hat.

„Wenn sie schon seit der Eröffnung 2005 mit dabei war, werde ich sie sicher gesehen haben. – Warum?"

„Sie war eine von den geistlichen Schwestern, eine Schwester vom Hildegard-Orden."

„Ja, da hat es einige gegeben. – Warum ‚war'?"

„Weil sie vorgestern tot in der stillgelegten Sauna der ‚Oasis' gefunden wurde. Ermordet."

„Und was bitte sollte ich mit ihr zu tun haben?"

„Eine Mitschwester hat einen Zettel mit Ihrem Namen und Ihrer Adresse bei Cordulas Sachen gefunden."

Die Wissenschaftlerin schüttelt den Kopf. „Was soll das? Hinter welcher Geschichte sind Sie da eigentlich her?" Sie setzt sich wieder.

Ich seufze. „Das weiß ich leider selbst nicht so genau. Ich sollte eine Reportage über Schönheitsoperationen und alles drum herum schreiben und habe deswegen in der ‚Beauty Oasis' recherchiert. Und dann habe ich durch einen absurden Zufall die Tote gefunden. Das heißt, eigentlich bin ich auf eine alte Nonne gestoßen, die Cordula gefunden hatte. – Übrigens bin ich alles andere als ein Fan von Schönheitsoperationen. Und ein Fan von Grünwald war ich auch schon vor dem Tod dieser Nonne nicht."

„Wie hat man sie …"

„Sie wurde in die Sauna gesperrt, man hat ein Brett vor die Tür genagelt. Dann hat man die Sauna auf neunzig Grad gedreht. Sie dürfte drei Tage drin gewesen sein."

„Wie kann es sein, dass sie so lange niemand entdeckt hat?"

„Das Stockwerk minus drei wurde mit dem Umbau vom Hotel zur Schönheitsklinik mehr oder weniger stillgelegt. Dort, wo der alte Wellnesstrakt ist, kommt offenbar oft wochenlang niemand hin."

„Da war das also. Aber in diesem Stock ist doch auch immer noch das Labor, oder?"

„Ja, allerdings genau am anderen Ende."

Die Wissenschaftlerin nickt. „Stimmt. Ich erinnere mich. Da war eine massive Brandschutztür. Ich wollte mich damals einmal dahinter umsehen. Die Tür war versperrt."

Seltsam, warum war sie in den letzten Tagen offen?

„Gibt es irgendeine Idee, was die Nonne von mir wollte? Warum war die Polizei noch nicht bei mir?"

„Weil die Leiterin des Klosters offenbar nur mir von dem Zettel erzählt hat. Auch sie hat keine Ahnung, warum Schwester Cordula Ihren Namen notiert hat. Wir wissen bloß, dass sie bisweilen in dem Labor arbeiten durfte. Sie war zuständig für die Herstellung der klostereigenen Hildegard-Produkte."

„Mein Personengedächtnis ist leider ziemlich schlecht ... Aber ich glaube, ich erinnere mich jetzt. Sie war noch ziemlich jung für eine Nonne. Sie hatte studiert. Ich habe ihr erlaubt, unser Hochleistungsmikroskop zu benutzen."

„Sie war achtunddreißig, als sie starb." Ich sehe Natalie Veith an.

„Und was wollen Sie von mir? Dass ich behaupte, Grünwald sei es gewesen? Weil jemand wie ihm alles zuzutrauen sei? Dass ich Schmutzwäsche von vor fünf Jahren auspacke? Dass ich selbst gestehe?"

Ich schüttle den Kopf. „Ich möchte dem Tod der Nonne auf die Spur kommen. Und ich möchte herausfinden, was sich hinter der Hochglanzfassade der ‚Beauty Oasis' abspielt."

„Grünwald hat einen Haufen guter, teurer Anwälte. Er hat Freunde in den höchsten Kreisen, wie man so schön sagt. Er weiß über viele angeblich wichtige Menschen Dinge, die sie nicht gerne an der Öffentlichkeit hätten."

„Klingt nach einer Kreuzung aus Mr. Hyde und Frankenstein", antworte ich ein wenig spöttisch. „Mir ist Grünwald mit dem gekauften Professortitel und seinem Protzgehabe samt teurer Golduhr und Maserati eher aufgeblasen als gefährlich vorgekommen. Zumindest solange keine Säuren oder Skalpelle in seiner Nähe sind."

„Unterschätzen Sie ihn nicht." Das sagt die Wissenschaftlerin ernst. Ich würde zu gerne wissen, was hinter ihrem kurzen Gastspiel in der „Beauty Oasis" steckt. Übergangsjobs hätte sie mit ihrem Lebenslauf sicher bessere gefunden. – Oder ist der Markt für Genetikerinnen kleiner, als ich glaube? Ich muss mich entscheiden. Erzähle ich Natalie Veith vom geheimen Labor des Dr. Grünwald? Was kann geschehen, wenn ich es tue? Dass sie es der Polizei steckt? Der müssen wir sowieso davon erzählen. Wer sagt mir, dass die Wissenschaftlerin das Geheimlabor nicht ohnehin gut kennt? Es gäbe noch eine Möglichkeit. Ich könnte bluffen. „Nur etwas noch", sage ich langsam. „Das geheime Labor im Keller. Das haben doch Sie aufgebaut. Da ging es doch um etwas ganz anderes als um Cremes, oder?"

Sie starrt mich an.

„Es gibt Beweise. Und es gibt deutliche Hinweise darauf, dass der Tod der Nonne damit zu tun hat."

„Mit Ihnen werde ich sicher nicht darüber reden. Wenn die Polizei mir Fragen stellt, ist das etwas anderes."

„Glauben Sie wirklich, dass ein Provinzpolizeikommissariat intensiv nachforschen wird, wenn es um einen der Vorzeigebetriebe der Gegend geht? Was haben Sie gerade über Grünwald und seine exzellenten Verbindungen gesagt? Man wird zum Schluss kommen, dass die tote Nonne ein Verhältnis hatte und sich heimlich mit ihrem Liebhaber getroffen hat. Als sie ankündigte, das Kloster zu verlassen und ihre Liebe zu leben, war ihm das zu viel. Er hat sie betäubt und die Sauna zugenagelt."

„Sie haben einen blühende Fantasie", murmelt die Wissenschaftlerin und sieht mich forschend an. „Was treibt Sie dazu, die Wahrheit herausfinden zu wollen? Eine Exklusivstory?"

Ich erinnere mich an vorgestern Nacht. An die Hitze. An den Geruch. An die halb geöffnete Tür der Sauna. „Ich habe den nackten gegarten Frauenkörper am Boden gesehen, das Gesicht ganz nah an der Türritze am Boden."

Eine Zeit lang sagen wir beide nichts.

„Kommen Sie mit, ich muss einige Ergebnisse überprüfen." Die Stimme der Genetikerin klingt rau. Ich trabe hinter ihr her in den Gang, wir gehen durch die Tür neben ihrer, sind in einer Art Bibliothek, von dort geht es weiter in einen kleinen Raum, in dem weiße Mäntel hängen. Es gibt sie also doch noch.

„Ziehen Sie einen an. Beugt Verfälschungen unserer Ergebnisse vor, ist aber auch eine Art Uniform."

Wir stehen im Labor. Ich sehe mich interessiert um. Schon Grünwalds Geheimräume sind mir gestern Nacht im spärlichen Schein von Vesnas Taschenlampe ganz anders vorgekommen als herkömmliche Forschungssäle mit Bunsenbrennern und Eprouvetten. Dieses Labor hier wirkt noch viel futuristischer. Strahlendes Weiß, an beiden Wänden eine Reihe von Schreibtischen mit Computern, daneben seltsame Kästen. Die habe ich gestern auch schon gesehen. An einem Platz ein junger Asiate, er steht und sieht in ein überdimensionales Mikroskop, wirkt irgendwie wie ein Fernrohr, nur dass es nicht auf die Sterne, sondern auf eine Schale aus Metall gerichtet ist. Vier weitere Menschen sind im Raum, nur eine Frau mit blonden Haaren dreht sich kurz nach uns um.

„Im Kellerlabor von Grünwald sieht es ähnlich aus", flüstere ich. „Kann es sein, dass es auch dort um Genforschung geht?"

Natalie Veith deutet, dass ich ihr folgen soll. Ihr Schreibtisch scheint der ganz am Ende des Saales zu sein. Unter einer anderen Art von Fernrohr steht eine Schale mit geleeartiger brauner Substanz. Dr. Veith sieht durch das Rohr, ruft auf dem Computer eine Seite auf, gibt ein paar Daten ein. „Labors sehen heute fast immer so aus", sagt sie dann. „Wollen Sie einmal durchschauen?" Sie macht mir den Platz vor dem Fernglas frei. Ich wollte schon immer Gelee in Vergrößerung betrachten. Ich sehe durch und bin verblüfft. Da bewegen sich seltsame wurmartige, aber durchaus hübsche Wesen, sie scheinen Punkte und Beistriche mit Fransen in sich aufzunehmen. Zwei von ihnen leuchten auch noch irgendwie eigenartig.

„C. elegans, ein Nematode, zu Deutsch Fadenwurm. Er ist eines unserer Lieblingsversuchstiere. Das Gelee dient als Nährboden für Bakterien, Nahrung für unsere Würmer."

„Die Würmer leuchten oder täusche ich mich?"

„Wir verändern Wurmlinien genetisch, die bilden dann in bestimmten Organen oder Zellen fluoreszierende Proteine. So können wir ihre Reaktionen besser beobachten. Ich hab jetzt Blaulicht im Mikroskop, deswegen das hellgrüne Leuchten. Bei grünem Licht leuchten die Proteine strahlend rot. Der C. elegans hat üblicherweise eine zweiwöchige Lebensdauer. Wir haben es geschafft, dass unsere Würmer viermal so lang leben."

„Genmanipulation?", frage ich, als ob ich mich damit auskennen würde.

„Dahingehend wird auch geforscht. Aber bei uns geht es mehr um Genstimulation."

„Haben Sie das auch bei Grünwald gemacht? – Aber warum geheim? Ist das nicht legal?"

„Natürlich ist das legal. Doch wenn man hofft, damit sehr viel Geld zu verdienen, dann macht man es lieber so versteckt wie möglich, vor allem wenn man keinen milliardenschweren Pharmakonzern hinter sich hat."

„Kann es sein, dass die Nonne hinter diese Forschungen gekommen ist und deshalb sterben musste?" Es hört sich melodramatisch an und scheint so gar nicht in diese weiße Forschungswelt zu passen.

„Ich weiß nicht, wo Grünwalds Labor mit seinen Ergebnissen steht. An Methoden zur Lebensverlängerung forschen sehr viele, verständlicherweise. Er soll einige sehr gute Wissenschaftler eingekauft haben", flüstert die Genetikerin. „Schwester Cordula war Biologin, soweit ich mich erinnere."

„Sie glauben, dass sie mitgearbeitet hat?"

„Ich habe seit fünf Jahren keinen Kontakt mehr zu dem Labor. Ich weiß es nicht." Die Wissenschaftlerin zieht sich Handschuhe über und öffnet die Tür eines seltsamen kleinen Kastens auf ihrem Schreibtisch, sie nimmt eine weitere Schale heraus. „Petrischale", erklärt sie. „Kennen Sie sicher noch vom Schulunterricht."

Leider, so spannend und praktisch orientiert war unser Unterricht nicht. Auch keinerlei kleine leuchtende Würmer mit hübschen Namen.

„Da drin sind Bakterien, die wir mit Substanzen quasi genetisch aufbereitet haben. Wir forschen zurzeit vor allem an Resveratrol und damit vergleichbaren Stoffen. Sie haben sicher davon gehört. Das ist der Stoff im Rotwein, der das ‚French Paradoxon' auslöst: Obwohl die Franzosen sehr viel und auch fett essen, ist ihre Rate an Herz-Kreislauf-Erkrankungen relativ niedrig – und das steigert natürlich ihre mittlere Lebenserwartung. Es hat damit zu tun, dass sie gerne Rotwein trinken. Und der enthält Resveratrol. Dieses Resveratrol hängt sich sozusagen an bestimmte Proteine, die Sirtuine genannt werden, und kann dadurch ihre Aktivität verändern. Sirtuine entfernen normalerweise Essigsäurereste, also Azetylgruppen, von unterschiedlichen Proteinen. Ganz wichtig sind in diesem Zusammenhang die Histone, sie binden an das Erbgut, und je nachdem, wie Abschnitte der DNA mit viel oder wenig azetylierten Histonen dekoriert sind, werden sie verwendet oder sind stillgelegt. Kurz: Dadurch kann man die entsprechenden Gene ein- oder ausschalten. Man kann ganze Genprogramme gestalten. Auch so komplexe Programme, wie sie für die Ernährung oder die Fortpflanzung notwendig sind, werden auf die Art gesteuert, aber auch Krebs und das Altern."

Ich versuche angestrengt, dem zu folgen, was mir die Wissenschaftlerin da erzählt, und es in meine Sprache zu übersetzen. Alles hab ich nicht kapiert, eines aber wohl doch: „Über dieses Resveratrol lassen sich tatsächlich Genprogramme steuern? Und die haben dann Einfluss auf den Alterungsprozess?"

„So einfach ist das nicht. Aber jedenfalls kann durch die Bindung des Resveratrols an Sirtuine die Zellalterung entschleunigt werden. Es täuscht dem Körper eine Kalorienrestriktion vor, die Zellen nehmen dann gewissermaßen alle Kraft zusammen, um zu überleben, alle körperlichen Ressourcen werden sehr effizient eingesetzt. Darüber hinaus wird ständig altes Biomaterial abgebaut und sofort rezykliert, sodass die Biomasse jung bleibt – dadurch sind die Zellen strukturell verjüngt und funktionieren auch besser. Im Hirn kommt die Kalorienreduktion übrigens so an, dass der Trieb, Futtersuche zu betreiben, maximal angeregt wird. In Tierversuchen sehen wir, dass gerade die ausgehungertsten Tierchen wie die Wilden herumflitzen, sie entwickeln eine erstaunliche Energie."

Natalie Veith stellt ihre Schale neben die mit den spannenden Würmern unter das große Mikroskop, öffnet eine Lade, nimmt aus einer kleinen Schachtel ein dünnes Metallteil und gibt vorsichtig etwas von der einen in die andere Schale. „Ich siedle unsere Würmer um, isoliere einige", murmelt sie. Ich sehe konzentriert hin. Den C. elegans kann ich mit freiem Auge nicht entdecken, aber das Plättchen, das kenne ich: Es sieht exakt gleich aus wie jenes, das ich seit vorgestern in der Handtasche habe.

„Wo haben Sie eigentlich Urlaub gemacht?", frage ich dann.

[6.]

Ich sitze am Besprechungstisch unseres Chefredakteurs. Leider sind wir nicht allein. Da ist auch der Anzeigenleiter. Und der Geschäftsführer des „Magazin". Die beiden sind hereingekommen, noch bevor ich mit Klaus über die „Beauty-Oasis"-Reportage beratschlagen konnte. Irgendjemand hat ihnen von unserem Termin erzählt. Klaus war es sicher nicht. Vielleicht die neue Sekretärin. Sieht ohnehin aus wie eine Spionin. Immer dieser knallenge Rock und die gefährlichen Fingernägel. – Moment mal, Mira. Sie hat eine Topfigur und ist Mitte zwanzig. – Aber sie ist eine schreckliche, sich bei den Männern anbiedernde Tratsche. Die gibt es in jedem Lebensalter.

Ich versuche noch einmal zusammenzufassen: „Über die Sache mit der toten Nonne in der ‚Beauty Oasis' haben natürlich alle berichtet. Das ‚Blatt' hat sogar fantasiert, dass sie die Geliebte von Grünwald gewesen sei. Oder Teil eines Callgirlringes. Aber ich habe mehr. Ich kann beschreiben, wie sie ausgesehen hat, als wir sie in der Sauna gefunden haben. Ich habe ein Interview mit der Leiterin des Hildegard-Klosters. Ich weiß, dass die Tote Biologin war und immer wieder im Labor der Schönheitsklinik gearbeitet hat. Ich kann zumindest vermuten, dass im Labor nicht nur über die Zusammensetzung irgendwelcher Cremes geforscht wird, sondern dass es dort auch um genetische Methoden zur Lebensverlängerung geht. Mit gewissen Substanzen lassen sich ganze Genabschnitte ruhigstellen oder aktivieren. Und so könnten auch Programme gegen die Zellalterung gesteuert werden. Wenn das keine Aufmacherstory ist …"

„Woher haben Sie denn das?", sagt der Geschäftsführer und er wirkt, als ob er eigentlich „den Blödsinn" hätte sagen wollen.

„An so etwas wird momentan geforscht", beharre ich. „Und wenn Grünwald ..."

Der Anzeigenleiter schüttelt den Kopf. „Sind wir jetzt eine Wissenschaftszeitung oder was?"

„Aber für Beauty interessieren wir uns im Allgemeinen. Und für Lifestyle. Und für spannende Mordfälle. In Grünwalds ‚Oasis' haben wir alles ..."

„Nichts, was nicht schon die Tagesmedien vor uns gehabt hätten. Das ist keine Aufmacherstory. Und nur falls Ihnen das in den Sinn kommt: Es hat nichts damit zu tun, dass Professor Grünwald bei uns bisweilen Anzeigen schaltet", ergänzt der Geschäftsführer.

„Seinen Professortitel hat er übrigens an einer Universität in Kaliningrad gekauft."

„Also hat er ihn jedenfalls nicht gestohlen. Worum es mir geht, ist der Schutz unbescholtener Menschen vor Unterstellungen, Ehrenbeleidigung und Kreditschädigung. Aber abgesehen von der moralischen Seite: Mit so etwas könnten auch schwer abschätzbare finanzielle Risiken durch Klagen gegen das ‚Magazin' einhergehen."

„Glauben Sie, ich weiß nicht, dass Grünwald gerade jede Menge Anzeigen für seine ‚Oasis' und seine komischen Produkte bei uns schaltet? Glauben Sie wirklich, ich weiß nicht, warum ich ausgerechnet jetzt zu ihm geschickt wurde? Aber ich schwöre: Wo ich bin, gibt es keine Gefälligkeitsberichterstattung! Und: Richten Sie Ihrem Professor einen schönen Gruß aus", fauche ich. „Alles, was ich schreibe, ist belegt und nachweisbar."

„Auch das mit den Genforschungen in der ‚Beauty Oasis?", fragt Klaus trocken.

Ich packe es nicht – jetzt fällt der mir auch noch in den Rücken. „Ich habe Kontakt zu einer Topgenetikerin, sie hat einige Monate bei ihm gearbeitet."

„Na so top scheint sie wohl doch nicht zu sein, nach dem, was du von Grünwald erzählst", erwidert mein Chefredakteur. Und den habe ich für einen Kollegen, fast schon für einen Freund gehalten.

„Es ist besser, Sie bremsen Ihre unprofessionelle Emotionalität", mischt sich der „Magazin"-Geschäftsführer ein. „Es ist klar, dass die Story über die tote Nonne sehr okay ist. Bloß: Sie hat nur zufällig mit dieser Schönheitseinrichtung zu tun. Es geht um die Sehnsüchte einer jungen Klosterfrau, vermutlich darum, dass sie eindeutig den falschen Mann kennengelernt hat. Sie können auch gerne über ihre Arbeit mit den Hildegard-Produkten schreiben. Und was Grünwald angeht, so glaube ich ihm, dass er jedes Interesse an der Aufklärung dieses Mordfalles hat. Er ist mit der Sache gestraft genug. Nicht wirklich gut für das Image seiner Beauty-Klinik. Das können Sie natürlich schreiben. Aufmacher wird, wie vorgesehen, unsere Reportage über die Freimaurer in Österreich."

Ich stöhne auf. „Wie jeden August. Fällt es eigentlich irgendjemandem auf, dass wir jedes Jahr im August eine große Story über Freimaurer oder ähnliche vorgestrige Geheimbünde haben?"

„Sollen wir vielleicht eine über den Cartellverband machen?"

„Das wäre wenigstens ein aktuelleres ..." Ich sehe auf und merke, dass unser Anzeigenleiter gescherzt hat. Super, eh klar. Ist ja selber bei dem Männerklüngel der österreichischen Extrahabererwirtschaft dabei. Natürlich könnte ich ihnen noch einiges erzählen. Sie wissen nichts von dem Zettel der Nonne, auf dem der Name der Genetikerin steht. Sie wissen nichts über unsere nächtliche Expedition und das Geheimlabor samt Mäusen. Sie wissen nicht, was der Lavendelduft in der Sauna bedeuten könnte. Weiß ich eigentlich auch nach wie vor nicht. Sie wissen nichts von dem Plättchen, mit dem man mich im Zimmer eingesperrt hat, und dass es haargenau gleiche Plättchen im Labor der Frau Dr. Veith gibt. Ich muss noch klären, wo sie wirklich auf Urlaub war. Mir hat sie erzählt, dass sie im Waldviertel war, im Haus einer Freundin, zu dem sie einen Schlüssel hat. Sie habe ein paar Tage totale Ruhe gewollt. Trotzdem seltsam, dass sie niemanden nennen kann, der sie dort gesehen haben könnte. Vielleicht gibt es ja wen, der ihr in diesen Tagen im Steirischen Vulkanland begegnet ist. Jedenfalls: Grünwald zuliebe werde ich sicher nicht klein beigeben.

„Schauen Sie doch nicht so grimmig", lächelt der Geschäftsführer. „Es ist Ihnen wieder einmal gelungen, an einer spannenden Story ganz nah dran zu sein. Aber glauben Sie mir, die Leute wollen lieber Dornenvögel als Gentechnik."

Ich lächle möglichst harmlos zurück. „Wahrscheinlich haben Sie ja recht. Kitsch zieht eben mehr als Wissenschaft." Ich versuche mich damit zu trösten, dass die Story ohnehin noch sehr unausgegoren ist. Und dass ich nächste Woche vielleicht schon etwas ganz anderes liefern kann, etwas, von dem meine Kollegen in den Konkurrenzblättern keine Ahnung haben.

Ich sitze in meiner zugedschungelten Ecke des Großraumbüros vor dem Laptop und überlege, wie ich die Story harmlos, rührselig und trotzdem nicht peinlich hinbekomme. Meine Fotografin hat zum Glück sehr schöne Bilder geliefert. Vor allem die von der Vorderfront der „Beauty Oasis“ in der Morgendämmerung und eines, das die Schönheitsklinik und dahinter, wie mahnend, das alte schmucklose Kloster zeigt, sind sehr gut geworden.

Ich tippe: „Dort, wo sich Schöne und solche, die schön werden wollen, die Klinke in die Hand geben ...“ Die Blätter meines Riesenphilodendrons geraten in Unruhe, ein Fluch über „das dumme Grünzeug“ und dann ist Droch neben meinem Schreibtisch. Er ist Chefkommentator im „Magazin“, einer der ganz wenigen ernst zu nehmenden Journalisten unserer Zeitung. Seit Jahrzehnten im Rollstuhl. Das hat mit einer, gelinde gesagt, übermütigen Aktion als junger Kriegsberichterstatter zu tun. Droch ist der einzige echte Freund, den ich in der Redaktion habe. Da bin ich mir heute, nach dem Umfaller meines Chefredakteurs, wieder einmal besonders sicher. Beinahe wäre er einmal mehr als ein Freund geworden, aber das ist über ein Jahrzehnt her. Kann das sein? Ich rechne nach: Ist es.

„Du willst was über den Lover der Nonne wissen, nicht wahr?“, spöttle ich. Ist ohnehin der bessere Zugang. Ich sollte das Ganze nicht so ernst nehmen.

„Unser Geschäftsführer hat dich davon überzeugt, dass der arme Grünwald das eigentliche Opfer beim Mord in seiner Klinik war, oder?“ Er grinst. „Hat er zumindest gesagt.“

„Soll er es nur glauben“, kontere ich.

Droch sieht mich besorgt an. „Du wirst nicht versuchen, eine ganz andere Story in die nächste Ausgabe zu bringen?“

Ich schüttle den Kopf. „In die nächste Ausgabe nicht, versprochen.“

„Das heißt, du weißt mehr, als du ihnen präsentiert hast.“

„Nicht viel mehr“, seufze ich und habe endlich eine vernünftige Idee. Wenn ich einen wirklich analytischen Geist kenne, dann ist es Droch. Vielleicht gelingt es ihm, aus unserem Durcheinander von

Fakten und Vermutungen eine halbwegs geordnete Theorie zu entwickeln. Ich fange an zu reden und beginne beim Kloster, springe zu den Lateinamerikanern, erinnere mich an die Mäuse. Droch sieht mich etwas belustigt an.

„Wie wäre es mit Abendessen?“, schlage ich vor. „Ich koche und erzähle alles der Reihe nach.“

Droch lächelt immer noch. „Ganz dunkel kann ich mich erinnern: Als sie noch ein junges Mädchen war und er noch kein Greis, da haben sich die beiden in einer kleinen Hütte am Fluss getroffen …“

Ich werde tatsächlich rot. Scheint mir in letzter Zeit öfter zu passieren. „Meine Güte, ist das lange her“, rufe ich etwas zu laut.

„Meine Frau ist heute mit einer Freundin in einem Konzert“, überlegt Droch. „Der Zeitpunkt wäre günstig …“

Wie meint er das?

„… aber Oskar sollten wir nicht ausbooten, oder?“, fährt er fort.

„Sollten wir nicht“, sage ich, doch irgendwie beruhigt.

„Und Vesna, die hat doch sicher auch eine Menge beizutragen?“

„Die ist noch in der ‚Beauty Oasis‘“, erkläre ich.

„Oho, es geht also weiter.“

„Davon kannst du ausgehen.“

„Ich soll übrigens deine Story lesen, bevor sie in Druck geht“, gesteht Droch. „Sie haben gemeint, mir springst du am wenigsten an die Gurgel.“

Entzückend formuliert. Als ob ich eine Furie wäre. „Ich bevorzuge die Gurgeln derer, die ihren Kopf besonders hoch tragen“, sage ich zu meinem Freund im Rollstuhl. Er nickt gespielt feierlich. „Pass auf, unsere Oberverkäufer lieben ihre ‚höchsten Kreise‘ – vor allem, wenn diese Inserate schalten.“

„Man sollte sie zu den obersten Schaltkreisen ernennen“, witzle ich und Droch drückt mir einen Kuss auf die Wange.

Wir haben uns entschieden, in Oskars Wohnung zu essen. Sie ist – im Gegensatz zu meiner alten Wohnung – barrierefrei erreichbar. Droch nimmt einfach den Lift und schon ist er unter dem Dach. Bei mir gab es fünf Stockwerke zu erklimmen. Unmöglich für einen Menschen im Rollstuhl. Jetzt wohnt Oskars Tochter in meiner Wohnung, allerdings ist sie momentan noch in den Sommerferien.

Wäre auch eine Idee, sie in die „Beauty Oasis" einzuschleusen. Eine achtundzwanzigjährige attraktive junge Frau mit Schweizer Pass. Keiner käme auf den Gedanken, dass die irgendetwas mit mir zu tun hat. Viel Zeit habe ich nicht, etwas zu kochen. Auf dem Weg in die Wohnung bin ich nur rasch beim türkischen Supermarkt stehen geblieben. Ein paar Dinge werden sich schon auch im Kühlschrank und im Gefrierschrank finden. Ich sollte wieder mehr daheim sein. Wenn ich nicht einmal mehr weiß, was im Kühlschrank ist ... Was ich außerdem noch unterwegs erledigt habe: Ich habe Oskar gebeten, etwas über die Firmenstruktur von Grünwald herauszufinden. Ich möchte zum Beispiel wissen, ob die Fabrik, in der seine Cremes hergestellt werden, auch ihm gehört.

Ich stehe sinnend vor dem Kühlschrank. Ich werde einen lauwarmen Zucchinisalat mit Pasturma und viel Knoblauch machen. Danach meine blitzschnelle Curry-Garnelen-Suppe. Und dann ... Warum hat Oskar eine Großpackung Faschiertes eingekauft? Ich habe wunderschöne große Paradeiser mitgebracht. Gefüllte Paradeiser. Wer sagt, dass man immer Paprika füllen muss? Als Nachtisch gibt es einfach Schokolade. Irgendetwas sollte ich noch zu den gefüllten Paradeisern geben. Fleisch ist schon drinnen. Eine Sauce. Alles viel zu aufwendig. Ich hab nicht einmal mehr eine Stunde Zeit. Brot ist genug da. Ich könnte auch ein besonders feines Olivenöl ... Das Telefon läutet. Vesna. Sie hat mir am Nachmittag bloß zwei SMS geschickt. Besonders viel scheint sich heute im Vulkanland nicht getan zu haben. Mein Gerichtsmediziner hat sich auch nicht mehr gemeldet. Wahrscheinlich hält er mich seit dem nächtlichen oder eigentlich frühmorgendlichen Anruf für verrückt.

„War ich in dem Weingartenhaus", berichtet Vesna, während ich mit zwischen Kinn und Schulter eingeklemmtem Mobiltelefon im Gefrierschrank nach Garnelen suche. „Was Besuch angeht, so kann ich nur sagen: Über Sessel vor Haus ist deine Jacke gewesen. Und hinter dem Sessel es steht ein niedriger Sonnenschirm. Wenn es Nacht ist, und in so einer Nacht überhaupt, das kann man sehr leicht für einen Mensch halten. Kann sogar mir passieren."

Ich versuche mich zu erinnern. Ist es wirklich möglich ...?

„Auto habe ich keines gesehen, aber Spuren von Reifen. Sind aber vielleicht deine gewesen, waren nicht deutlich. Allerdings mir hat Bauer von unterhalb erzählt, das ist guter Platz für Liebespaare.

Schöner Ort, keiner da. Habe ich deine Tasche gepackt und zu mir getan, für alle Fälle. Mit Winzer ich habe nicht geredet, vielleicht du kommst ja wieder, oder?“

„Morgen muss ich meine Story schreiben. Bis Mittag“, murmle ich. Kann ich wirklich derart auf meine Fantasie hereingefallen sein? Oh ja. Ich kann. Da. Die Garnelen. Ich zerre, der Gefrierschrank ist zu voll, alles nur noch hineingequetscht. Das Telefon fällt zu Boden, der Sack mit den Garnelen fällt zu Boden. Ich lege ihn ins Waschbecken, hebe das Telefon wieder auf.

„Was ist?“, ruft Vesna. „Was ist passiert?“

Gar so cool, wie sie tut, scheint sie also doch nicht zu sein. Und auch wenn ich mich bei meinem nächtlichen Besucher getäuscht haben sollte: An der Sache ist einiges ziemlich explosiv. Hat vielleicht mit dem Vulkanland zu tun. Ich erzähle meiner Freundin von der Genetikerin und dass sie genau solche Plättchen verwendet, wie mir eines ins Türschloss gesteckt worden ist.

„Ich sehe ihr Bild im Internet an. Vielleicht sie war in Wirklichkeit in der Steiermark. Sie hat sich mit Nonne getroffen. Wenn sie so wütend ist auf Grünwald und sein Geschäft: Vielleicht gibt es was, das niemand darf wissen, wo sie mit dabei war. Wenn Nonne das herausgekriegt hat …“

„Wir sind gerade wieder dabei, uns zu verrennen, Vesna“, stöhne ich.

„Aber seltsam schon: Sie macht ausgerechnet dann ganz allein Urlaub, wenn bei Grünwald Mord passiert. Und sie hat Geheimlabor gekannt. Ich habe Professor übrigens gefragt, ob seine Creme gut untersucht wird und seine Faltenmittel auch.“ Vesna macht eine Kunstpause.

Erzähl schon, ich hab keine Zeit! Aber ich weiß, wenn ich Vesna dränge, geht gar nichts.

„Also: Er hat gesagt, dass das alles mit besten Wissenschaftlern wird getestet. Ich habe gefragt, ob er dafür auch Labor hat. Da hat er mich komisch angeschaut. Und dann er hat gesagt, natürlich hat er ein Labor, das ist er Gästen schuldig. Nur das Beste und so weiter.“

„Trotzdem seltsam, dass er in der Öffentlichkeit nicht mit dem Labor wirbt. Auch auf seiner Homepage kommt es nicht vor.“

„Vielleicht um keinen auf Idee zu bringen, nachzuschauen“, mutmaßt Vesna. „Aber du hast recht. Seltsam ist es schon.“

Irgendwie sollte ich dieses Faschierte aus Schweine- und Rindfleisch aufpeppen. Vieles ist momentan seltsam, auch dass Oskar so etwas einkauft. Auf der Terrasse habe ich in großen Töpfen Kräuter gezogen. Allerdings sehen sie bemitleidenswert aus. Bei diesen Temperaturen müssten sie jeden Tag ausgiebig gegossen werden. Aber wenn ich mich in einer Schönheitsklinik herumtreibe … Oskar hat nicht eben das, was man einen grünen Daumen nennt. Okay, nobody is perfect. Ohnehin ganz beruhigend bei seinen vielen Talenten. Die Gießkanne ist voll, ich rette meine Kräuter und zupfe dafür Spitzen von Rosmarin, Thymian, Oregano ab.

Die Paradeiser habe ich ausgehöhlt, das Innere etwas zerkleinert und in eine Schüssel gegeben. Jetzt die grob geschnittenen Kräuter und vier zerdrückte Knoblauchzehen dazu, reichlich Pfeffer aus der Mühle, das Faschierte, Salz. Was, wenn Vesna und ich uns tatsächlich in etwas verrannt haben? Mein nächtlicher Gast war die eigene Jacke und ein geschlossener Sonnenschirm. Das Labor samt Mäusen ist nur geheim, weil das Lebensgefühl der Schönheit Heischenden nicht gestört werden soll. Die Nonne wollte mit ihrem Liebhaber einen selbst hergestellten Lavendelaufguss genießen, nur er wollte das offenbar nicht. Unsere nächtlichen Angreifer aus den Büschen waren vier Rehe. Die Genetikerin ist in erster Linie auf sich selbst sauer, weil sie bei Grünwald, wahrscheinlich für viel Geld, gearbeitet und damit ihrer beeindruckenden Biografie geschadet hat.

Gismo steht mit hoch aufgerichtetem Schwanz neben mir. Ich knete das Faschierte durch. Zwei Eier dazu. Kein Brot, keine Brösel, pur. Das ist der Vorteil, wenn man eine Masse in Paradeiser füllt: Sie muss nicht von sich aus halten. Gismo drischt mir ihren runden Kopf gegen die Wade. Wie kann ich es auch wagen, sie nicht zu beachten! Nur weil sie heute schon zweimal gefressen hat! Ich gehe zum Kühlschrank und hole das Glas mit den Oliven heraus. Gismo gibt einen markerschütternden Kampfschrei von sich und wieder einmal frage ich mich, woher sie weiß, dass Oliven, ihre absolute Lieblingsspeise, in diesem verschlossenen Glas sind. Ich öffne es, Gismo tanzt herum. Ich nehme drei Oliven, lege sie vorsichtig auf den Boden und ziehe meine Hand rasch weg. Ist schon vorgekommen, dass meine Katze in der Aufregung einen Finger gleich mitessen wollte.

Jetzt ist sie wenigstens von den Garnelen abgelenkt. Auf dem Herd steht ein Topf mit wenig kochendem Wasser, ich habe nur etwas biologische vegetarische Suppenwürze und Salz dazugegeben. Die nicht so schönen Garnelen hacke ich, zusammen mit zwei Knoblauchzehen, ganz fein, gebe sie in das Kochwasser und drehe auf kleine Flamme zurück.

Ich schneide drei dicke Scheiben vom großen Laib Vorschussbrot. Die lege ich auf ein Backblech, beträufle sie mit etwas Olivenöl, streue grobes Salz darüber. Etwas Chili kann auch nie schaden. Zum Glück gibt es jetzt endlich eine Mühle, die getrocknete Chilischoten mahlen kann.

Es läutet und ich weiß, das kann nur Oskar, der Rücksichtsvolle, sein. Er kündigt sich an, bevor er den Schlüssel im Schloss dreht. Ich mache es auch so. Gemeinsam gut leben bedeutet auch, den anderen nicht zu überfallen. Ich fülle die Paradeiser mit dem Faschierten, das Backrohr ist bereits auf zweihundert Grad vorgeheizt. Ich höre, wie Oskar seine Tasche beim Schreibtisch abstellt. Er kommt durch den großen Raum in die Nische, in der die Küchenzeile ist, und küsst mich von hinten aufs Ohr. Das sind die Momente, wo mir niemand etwas von den Vorzügen eines Lebens ohne Männer, ohne andere Menschen erzählen kann. Ich drehe mich um und küsse ihn auf den Mund.

„Droch ist noch nicht da?“, fragt er und schaut gleichzeitig neugierig, was ich vorbereite.

Ich schüttle den Kopf. „Warum hast du Faschiertes gekauft?“

„Ich habe ja nicht gewusst, wann du wiederkommst. Ich dachte, ich mache Fleischlaibchen, die kann ich die nächsten Tage über dann auch kalt essen. Und hätte ich doch auswärts gegessen, dann hätte ich das Faschierte an Gismo verfüttert.“

Die steht zwischen uns und sieht mich an, als hätte ich ihr die Abendmahlzeit geklaut. Mit ein paar weiteren Oliven kann ich sie besänftigen.

Ich schiebe die großen Brotscheiben ganz unten ein, die gefüllten Paradeiser setze ich in eine Glaspfanne, beträufle sie mit Olivenöl und gebe sie dann ebenfalls ins Rohr. Ich stelle die Zeitschaltuhr. In zehn Minuten werde ich auf 140 Grad zurückdrehen.

„Ich hoffe, du hast nichts gegen einen Weinviertel DAC“, sagt Oskar und hält mir ein Glas hin. Ich schüttle lächelnd den Kopf.

Weinviertel … das ist meine Weinheimat, die Gegend, in der ich viel über Wein und Winzerleben gelernt habe. Ich nehme einen Schluck. Würzig, pfeffrig, feine Säure. Eigentlich habe ich gar keine Lust, mich heute Abend mit dem explosiven Gemisch aus Schönheitsindustrie, Eitelkeiten, Genforschung und einem aussterbenden Orden in der Oststeiermark zu beschäftigen. Klar gibt es auch anderswo gute Weine, der Gelbe Muskateller aus dem Vulkanland war großartig, aber …

Es läutet an der Gegensprechanlage. Oskar fährt nach unten und holt Droch ab.

Ich programmiere die Induktionsplatte auf Maximum und stelle den Wok darauf. Für Gerichte, die große Hitze brauchen, ist Induktion wirklich spitze. Etwas Olivenöl, die blättrig geschnittenen Zucchini dazu, salzen, pfeffern. Knoblauchzehen feinblättrig schneiden. Wok schwingen. Schon färben sich die ersten Zucchini golden. Knoblauch dazu, nur kurz schwenken, damit er nicht braun und bitter wird, dann die Platte ausschalten und die Pfanne stehen lassen. Ich höre, wie die Eingangstür geöffnet wird. Ich habe mit meiner Vorspeise exakt so lange gebraucht wie die beiden, um ins Dachgeschoß zu kommen.

„Anstelle eines Mitbringsels habe ich ein paar Informationen recherchiert", ruft Droch zu mir herüber. Ich gehe um die Küchenzeile herum und küsse ihn auf die Wange. „Später!"

„Informationen habe ich auch", ergänzt Oskar.

Ist doch nett, wenn einem gleich zwei intelligente Männer zuarbeiten.

Ich schneide das Pasturma so fein wie möglich auf, verteile die warmen Zucchini auf drei große Teller, sprühe reichlich Balsamicoessig darüber, belege sie mit dem Rinderschinken und beträufle alles mit Olivenöl. Vielleicht auch etwas Chili aus der Mühle? Droch mag es nicht ganz so scharf wie wir, außerdem sollte ich trotz meiner Vorliebe nicht jedes Gericht mit Chili würzen. Ich stelle die Mühle also bloß auf den Tisch und richte an.

„Ich kapier nicht, warum du etwas anderes machst außer kochen", lobt Droch die Vorspeise.

„Tja, heutzutage mischen sich Frauen eben trotz ihrer eigentlichen Talente in alles Mögliche ein", kontere ich.

Oskar kennt unsere Geplänkel und grinst.

„Und ich hab mich sogar noch umgehört, um dir bei deinen Einmischereien zu helfen …“, stöhnt Droch theatralisch.

Ich springe auf, der nächste Gang. Endlich fühle ich mich sicher und wohl. Essen. Essen mit Menschen, die ich sehr mag. Was gibt es Schöneres? Okay … – Da fällt mir ein: Weiß der Gerichtsmediziner schon, ob die Nonne kurz vor ihrem Tod Sex gehabt hat?

Ich öffne eine Dose mit ungesüßter Kokosmilch, gieße den Inhalt in die Garnelensuppe, programmiere die Induktion auf Maximum, gebe einen Teelöffel Madras Curry dazu, warte, bis alles aufkocht. Jetzt nur mit dem Stabmixer durchfahren, abschmecken, Garnelen einlegen und in dem Moment, wo die Suppe kocht, die Platte auf achtzig Grad und wenig Watt stellen. Irgendwo muss der Kokosrum sein …

„Grünwalds Firmenverflechtungen sind übrigens eindrucksvoll“, ruft Oskar zu mir herüber.

Üblicherweise bin ich es, die mehr wissen will, und er blockt während des Essens ab. Aber heute steht er eindeutig im Informationskonkurrenzkampf mit Droch. Ich bin ohnehin schon gespannt, was der als sein Mitbringsel auspacken wird. Ich habe im Küchenschrank unter den Flüssigkeiten, die sich besser zum Kochen als zum Trinken eignen, nun doch den Kokosrum gefunden, gebe einen kräftigen Schuss davon in die Suppe. Drei große Teller für den Hauptgang ins Rohr schieben. Die Garnelen sind inzwischen glasig gezogen und ich kann den zweiten Gang anrichten.

„Deine Freundin lässt sich in der Steiermark die Haare von den Zähnen operieren, habe ich gehört?“, spöttelt Droch.

„Von Busenvergrößerung, nur weil Männer besser schauen als denken können, hält sie nichts“, gebe ich zurück.

„Du solltest vielleicht an eine Mundwerkkorrektur denken“, pariert Droch.

„Gegen ihre Lippen kann man gar nichts sagen“, mischt sich Oskar ein. „Mhm, und gegen diese Suppe auch nicht.“

„Gegen die Suppe wirklich nicht“, pflichtet ihm Droch bei. „Ich dachte allerdings weniger an eine Lippenkorrektur …“

Den Weinviertel DAC haben wir ausgetrunken. „Sollen wir zum Hauptgang Rotwein nehmen?“, wechselt Oskar zu einem wichtigen Thema.

Ich nicke. „Wisst ihr übrigens, dass in Rotwein ein Stoff enthalten ist, der lebensverlängernd wirkt?“

Oskar steht auf. „Du meinst Resveratrol?“

„Woher weißt du denn das?“, frage ich verblüfft.

„Grünwald verkauft es in Kapseln. Außerdem habe ich vor Kurzem erst über Forschungen an diesem Stoff gelesen. Als Liebhaber von Rotwein …“

„Na dann sollte ich nicht länger warten“, spottet Droch und hält ihm das leere Glas hin. „Zu gern möchte ich vom alten Mann noch einmal zum Jüngling werden.“

„Alter Mann … so ein Quatsch. Du bist gerade fünfundsechzig geworden“, lache ich.

„Na gut, widersprechen musst du immer und überall. Wirst schon sehen, wie sich das anfühlt …“

Oskar schenkt uns ein. Cabernet Sauvignon, traditionell ausgebaut, duftig und voll und mit einem wunderschönen Vanilleton. „Auf unsere Gesundheit!“, sage ich.

Wir stoßen an. Droch runzelt ein wenig die Stirn. „Apropos Gesundheit: Wäre besser, du hältst dich in der nächsten Zeit vom Vulkanland fern. Und rätst deiner Freundin Vesna, sich wieder um die Beseitigung von Schmutz im engeren Sinn zu kümmern. Ich hab da ein paar Dinge herausgefunden, die nicht gerade freundlich anmuten.“

Er soll sein Geschenk für nach dem Hauptgang aufheben. Ich eile zur Küchenzeile, nehme die heißen Teller aus dem Rohr, lege auf jeden eine große knusprig gebratene Brotscheibe, setze je zwei gefüllte Paradeiser darauf. Ein Zweig frisches Basilikum aus dem Dachgarten, fertig ist das schnelle Sommergericht.

Als ich mit den ersten zwei Tellern zum Tisch gehe, merke ich, dass die beiden miteinander getuschelt haben. Sie verstummen, geben sich harmlos. Oskar schenkt mir nach, obwohl das Glas eigentlich noch gut gefüllt ist.

„Mahlzeit“, sage ich.

„Bumm, ist das scharf“, sagt Droch einen Bissen später. „Typisch.“

„Zu scharf?“, säusle ich.

„Mir nicht“, erwidert Oskar. Manchmal ist er ein wenig ein Streber. Nein, das ist ungerecht. Er mag es eben schärfer als mein Freund Droch.

„Mir auch nicht", murmelt Droch. „Ich liebe Schweißausbrüche, vor allem wenn die vorausgehende körperlicher Betätigung nur in Kauen bestand."

Als ich einen Teller mit neunzigprozentiger Schokolade aus Peru, mit Schoko-Ingwerbällchen und Schoko-Chilikonfekt herrichte, steht Oskar auf, holt etwas aus seiner Tasche und legt es vor sich auf den Tisch.

„Sozusagen hausgemacht, wenn auch nicht von mir", sage ich. Die beiden wissen, dass ich im Zubereiten von Desserts nicht eben Weltmeisterin bin.

Oskar deutet auf die Blätter vor sich. „Ich habe mir Grünwalds geschäftliche Verflechtungen angesehen. Er hat ein einigermaßen verwirrendes Firmenkonstrukt aufgebaut, ich bin mir nicht einmal sicher, ob ich auf die Schnelle alles sammeln konnte."

Ich spähe auf den Computerausdruck. Eine Tabelle.

„Also", fährt Oskar fort: „Da gibt es einmal die ‚Beauty-Oasis-Gesellschaft'. Dann gibt es die Firma ‚Beauty&Young', sie stellt Cremes und Vitaminpräparate und Derartiges her. Auch dieses Resveratrol in Kapseln. Beide Firmen gehören Christoph Grünwald zu achtzig Prozent, mit zwanzig Prozent ist seine geschiedene Frau Gitte beteiligt. Dann gibt es die Firma ‚Oasis International', die offenbar weltweit Know-how in Sachen Schönheitsoperationen vertreibt und die Grünwald allein zu gehören scheint. Sie ist ihrerseits an mindestens acht Schönheitskliniken beteiligt. Unter anderem an einer in Shanghai, einer in Taiwan, zweien in Tschechien. Die Anteile der ‚Oasis International' liegen zwischen zehn und dreißig Prozent. Auf diese Firma sind auch einige Patente für künstliche Nasen- und Wangenknorpel und Ähnliches eingetragen. Und dann gibt es noch ein Unternehmen, bei dem er aufscheint: ‚Research on Life Limited', kurz ‚Roll', mit Firmensitz auf Jersey, nach wie vor sehr steuerschonend. Da ist die Struktur äußerst undurchsichtig. Mehrere stille Teilhaber, er ist nicht nur als Person, sondern auch durch ‚Oasis International' beteiligt."

Ich sehe Oskar bewundernd an. „Wie hast du das alles herausgefunden?"

„Ich bin Wirtschaftsanwalt, Miramaus", säuselt er.

„Miramaus", das hasse ich, das weiß er. Und ich hasse es besonders, wenn er es vor anderen sagt. Droch hat natürlich ein entsprechendes Grinsen aufgezogen. Irgendwie scheinen die beiden heute auf Konkurrenten zu machen. Erfreulicherweise wandelt sich Drochs Gesichtsausdruck relativ schnell wieder und wird konzentriert. „Du weißt, woher die stillen Teilhaber stammen?“, fragt Droch meinen Oskar.

„Teilweise“, antwortet der.

„Könnte einer aus El Salvador dabei sein?“

Ich starre Droch an. Ich habe ihm von den beiden Lateinamerikanern erzählt. Offenbar ist er gerade dabei, sein Geschenk für mich zu öffnen.

„Auszuschließen ist es nicht“, erwidert Oskar. „Einer scheint aus Kolumbien zu sein. Die anderen Teilhaber könnten auch in Grünwalds eigenen Firmen zu finden sein. Zum Glück bekommt man so etwas durch die neuen Steuerbetrugsrichtlinien in der EU etwas leichter heraus. Ganz legal ist das für Außenstehende allerdings nicht und man braucht Freunde an den richtigen Stellen.“

„Solche ‚Freunde‘ haben potente Wirtschaftsanwälte ja ganz sicher“, antwortet Droch.

Für mich klingt es einigermaßen spöttisch. Sieh an, der Schautanz der beiden geht weiter.

„Aber ich habe herausgefunden, dass Miras geheimnisvolle Lateinamerikaner zumindest offiziell bei einer Handelsgesellschaft namens ‚El Centro‘ in El Salvador beschäftigt sind. Sie scheinen schon ein paar Mal in Österreich gewesen zu sein, momentan wohnen sie nicht in der ‚Beauty Oasis‘, sondern sind seit drei Wochen in einer schicken Weinlodge etwas außerhalb von Feldbach einquartiert. Dort allerdings sieht man sie oft einige Tage lang nicht.“ Droch blickt mich erwartungsvoll an. Mir schwirrt der Kopf.

„Und ihr meint, die beiden könnten an dieser Forschungsfirma beteiligt sein?“, frage ich dann.

„Sie selbst wohl nicht“, antwortet Droch. „Eher ‚El Centro‘. Spannend ist, wem diese Firma gehört.“

Ich bin schon gefasst darauf, dass er jetzt sagt: „Den Hildegard-Schwestern.“

„Francisco de Torres.“

Ich bin richtiggehend erleichtert und sehe wohl auch so drein.

„Francisco de Torres ist politisch kein Unbekannter. Er war Verteidigungsminister in der ARENA-Regierung. Nachdem die ehemaligen linken Guerillas die Wahlen gewonnen hatten, hat er mit

„Kampf auf allen Ebenen“ gedroht, ist wenig später aber weitgehend von der politischen Bühne verschwunden. Es gibt die Vermutung, dass er dabei ist, eine neue Untergrundarmee aufzubauen. Er ist einer der größten Grundbesitzer des Landes. ‚El Centro‘ exportiert nicht nur Kaffee, sondern führt auch eine Menge Produkte ein, die in El Salvador nicht erzeugt werden. Das reicht von Medikamenten bis hin zu landwirtschaftlichen Maschinen.“

„Dann könnte teilweise stimmen, was sie unserem Schokofreund gesagt haben: Sie arbeiten für eine Pharma-Firma, zumindest für eine Firma, die auch mit Medikamenten zu tun hat. – Vielleicht wollten die beiden Grünwald etwas abkaufen“, überlege ich.

„Dass der Schönheitschirurg in den Kaffeehandel einsteigen will, ist eher unwahrscheinlich“, bestätigt Droch.

Oskar schenkt uns nach und steht auf, um noch eine Flasche Wein zu holen.

„Die ARENA ist eine ultrarechte Partei, die sich mit ihrer Niederlage nicht abgefunden hat“, ergänzt Droch.

„Du magst doch die Rechten so gern“, spöttle ich.

„Zwischen rechts und konservativ ist ein Riesenunterschied, meine Liebe. Dieser Unterschied heißt Demokratie.“

„Die beiden haben zu Grünwald gesagt, dass die ‚Operation durchgeführt‘ werden müsse oder so. Klar könnte es sich da um irgendwelche Importe oder Exporte handeln“, sage ich langsam. „Womit handelt Grünwald? Mit Schönheitsoperationsknow-how, mit Nasenimplantaten, mit Cremes und Nahrungsergänzungsmitteln. Bei Lateinamerikanern sind Schönheitsoperationen viel alltäglicher als bei uns. Vielleicht geht es auch nur um eine neue Grünwald-Schönheitsklinik unter Beteiligung von diesem ominösen ‚El-Centro‘-Boss. Und als Grünwald herausbekommen hat, dass der politisch ziemlich dubios ist, wollte er nicht mehr.“

„Vielleicht ist es so“, sagt Oskar hinter mir. „Vielleicht geht es aber auch um das Unternehmen ‚Research on Life Limited‘, diese Forschungsfirma von Grünwald. Das geheime Labor würde dazu passen. Und ein Teilhaber mit kolumbianischer Bankverbindung auch. Die kolumbianischen Machthaber haben sehr gute Verbindungen zu den Leuten der ARENA-Partei in El Salvador.“

„Und sie unterhalten noch immer Kontakt zu den rechten Todesschwadronen“, fügt Droch hinzu.

Ich nehme ein Ingwerbällchen. Wenn etwas mein Gehirn gleichzeitig beruhigen und anregen kann, dann das. „Die tote Nonne kann etwas herausgefunden haben. Ich hab Grünwald mit den beiden aus El Salvador streiten gehört. Vielleicht hat Schwester Cordula mitbekommen, worum es bei der ‚Operation' geht. Wir müssen herausfinden, worüber in dem Kellerlabor tatsächlich geforscht wird. Genetische Möglichkeiten zur Lebensverlängerung … Aber warum gerade mit diesem ‚El-Centro'-Typen aus El Salvador? Klar, damit lässt sich eine Menge Geld verdienen. Aber was, wenn es den Gesandten von de Torres gar nicht um diese Forschungen geht, sondern um den Operationssaal? Wenn es tatsächlich darum geht, einen geheimen Platz zu haben, an dem zwielichtige Politiker und ihre Handlanger aus El Salvador und Kolumbien umoperiert werden können?"

Droch sieht auf den Teller mit Schokolade. „Du musst gar nichts mehr herausfinden. Wenn es einen logischen Schluss aus all den Informationen gibt, dann lautet er: Die Sache ist gefährlich. Erzähle den Behörden davon, versuche dir von mir aus gute Informationen über den Fortgang der Untersuchungen zu sichern, aber schnüffle nicht länger selbst herum."

Oskar nickt langsam: „Ich weiß, dass du so etwas nicht hören willst, aber: Wenn tatsächlich Guerillas aus El Salvador und Kolumbien in den Fall verwickelt sind, dann sollst du nicht einmal in die Nähe dieser Plätze kommen. Die Kämpfer dort haben im jahrzehntelangen Bürgerkrieg gelernt. Da gibt es keine Skrupel, wenn du ihnen auch nur ein bisschen im Weg stehst."

Ich nehme noch ein Ingwerbällchen. Mir sollte etwas einfallen. Aber nicht einmal Ingwerschokolade ist ein Zaubermittel. „Ist euch klar, dass wir nicht vom mittelamerikanischen Dschungel, sondern vom Steirischen Hügelland reden? Das ist doch alles bloß Theorie. Sozusagen der mögliche Megagau. Aber doch ziemlich unwahrscheinlich."

Droch nimmt einen großen Schluck. „Und wenn wir doch nicht danebentippen, bist du unwahrscheinlich tot."

Ich versuche gerade, wütend zu werden, den beiden zu sagen, wie ich es hasse, wenn mir ältere Männer erklären, was für mich gefährlich ist. Aber sie haben erreicht, dass ich ein ganz eigenartiges Gefühl in der Magengrube habe. Ich muss es mit noch etwas Schokolade vertreiben. Ich kann es nicht fassen. Sobald es darum geht, mir etwas zu verbieten, verbünden sich die beiden, die gerade noch gewetteifert haben, wer mir in kürzerer Zeit die besseren Informationen liefern kann. Die Wut steigt. Noch ein Stück Schokolade, die dunkle aus Peru. Gleich kann ich widersprechen. Ich zucke zusammen. Mein Telefon läutet. Oh verdammt, es ist ihnen wirklich gelungen, mich nervös zu machen. Wenn Vesna bloß hier wäre ... Wahrscheinlich ist ohnehin sie am Apparat. Ich drücke irritiert und ohne auf das Display zu sehen die Empfangstaste. „Wie geht es dir, Vesna?"

„Vesna? – Da ist Karl. Der Gerichtsmediziner. Simatschek. Du erinnerst dich?"

Oh du liebe Güte. „Sorry. Klar. Ich bin in Wien."

„Hat unser Inspektor Knobloch schon mitbekommen. Ich sollte das nicht tun, aber ich warne dich trotzdem. Du hast ihm an sich versprochen, die Umgebung der ‚Beauty Oasis' nicht zu verlassen. Er wollte noch einmal mit dir sprechen. Nix. Weingartenhäuschen leer, nicht bezahlt, Fenster halb offen, nicht einmal eine Reisetasche war mehr da."

Ich stehe auf und gehe Richtung Schlafzimmer. Die Ohren meiner beiden Beschützer sind mehr als gespitzt. „Ich habe nie gesagt, dass ich bleibe. Ich komme wieder. Deswegen hab ich auch noch nicht bezahlt. Ich hab morgen Redaktionsschluss, ich muss meine Story abliefern."

„Na super. Das wird Knobloch besonders freuen. Du weißt, dass du von meinen Ergebnissen nichts schreiben darfst, oder? Es ist nichts veröffentlicht worden."

„Ich werde schreiben, dass die Untersuchungen aufgrund des Aggregatzustandes der Toten sehr schwierig sind, okay?"

„Passt, das kannst du dir auch selbst zusammengereimt haben."

„Ich komme morgen Nachmittag. Ich bin dir noch eine Mole schuldig. – Musst du eigentlich alles, was ich dir erzähle, dem Bezirksinspektor weitersagen?"

„Wenn es in unmittelbarem Zusammenhang mit einer strafbaren Handlung steht, schon."

„Und wenn es sich um Gerüchte handelt?", frage ich.

„Dann nicht unbedingt. Ich muss einer Journalistin ja nicht jedes Hirngespinst abnehmen. – Aber ich gebe dir einen guten Rat:

Sei lieber wieder in der Steiermark, bevor dich Knobloch vorladen lässt. Besser noch: Ruf ihn morgen früh an und sag ihm, dass du gleich nach Ablieferung deiner Story wiederkommst."

„Meinst du, er hat Neuigkeiten? Gibt es etwas, das er mir erzählen kann?"

Karl Simatschek lacht. „Nicht dass ein kleiner Gerichtsmediziner davon wüsste. Wir sehen uns morgen! Mole! Ich freu mich!"

Als ich zum Tisch zurückkomme, sehen mich die beiden fragend an.

„Ich muss morgen nun doch ins Vulkanland zurück. Bezirkschefinspektor Knobloch will noch einmal mit mir reden."

„Er hat angerufen?", fragt Oskar. – Schwingt da etwa Eifersucht mit?

„Nein, ein Informant." Ich mache es spannend. Die beiden Herren sollten noch ein Stückchen Schokolade nehmen, dann würden sie vielleicht ein wenig glücklicher dreinsehen.

„Jemand aus der ‚Beauty Oasis'?", rät Droch.

„Der Gerichtsmediziner Karl Simatschek." Und zu Oskar gewandt füge ich hinzu: „Er ist übrigens stockschwul."

[7.]

Die Reportage über die tote Nonne in der „Beauty Oasis" wird so harmlos, dass nicht einmal Grünwald etwas dagegen haben kann. Mein Gespräch mit der Genetikerin lasse ich ganz weg. Vesna schicke ich per SMS in Stichworten die Infos, die ich von Oskar und Droch bekommen habe. Am späten Nachmittag soll ich mich mit Chefinspektor Knobloch treffen. Ich werde ihm vom Geheimlabor erzählen. Zumindest habe ich es vor. Vesna will, dass wir damit noch warten.

Es ist kurz vor halb vier, als ich von der Autobahn ins Oststeirische Hügelland abbiege: Mittelamerikanische Guerillas, wie absurd in dieser Gegend. Irgendwann einmal hat es hier viele aktive Vulkane gegeben. Sie sind zu grünen Hügeln geworden. Jetzt bei Tag werde ich über meine Panik lachen, dass da beim Weingartenhäuschen einer auf mich lauern könnte. Ich finde den Weg diesmal sofort, fahre die schmale Schotterstraße hinauf, sehe das Wäldchen, das eigentlich nur aus einigen Büschen und Bäumen besteht, kein Auto weit und breit. Ich nehme den Schlüssel aus der Tasche, sperre auf. Ein Knall. Ich stürze nach draußen. Stopp, Mira. Der Wind bläst, du hast die Eingangstür geöffnet, eine Innentür ist zugefallen. Du rennst nicht wieder davon. Vorsichtig lauschend gehe ich nach drin. Das Fenster in der kleinen Küche steht halb offen. Die Tür zum Badezimmer ist zu. Die zum Schlafzimmer im Parterre auch. Gerade wie ich mit meinem Rundgang fertig bin und mich nicht nur mutig, sondern auch erleichtert fühle, höre ich ein Auto kommen. Ich kann nicht anders. Ich ducke mich unters Küchenfenster, spähe vorsichtig hinaus. Ich atme auf. Vesna. Warum hat sie nicht angerufen?

„Wollte ich dir lieber live erzählen“, erklärt sie eine Minute später. „Ich habe Peter Schilling überredet, dass er mit uns spricht.“

„Und wer ist das jetzt?“ Um fünf habe ich meinen Termin mit Inspektor Knobloch.

„Chef von Labor von Grünwald. Ich bin Gast in ‚Beauty Oasis‘. Habe mit ihm geredet über Tests von Schönheitsmitteln. Und dann ich habe gesagt, dass ich habe gehört, Journalistin, die ich zufällig getroffen habe, interessiert sich sehr für das Labor. Weil auch Nonne in Labor gearbeitet hat oder so.“

„Von welchem Labor hast du gesprochen?“, will ich wissen.

„Natürlich einfach von Labor. Er kann nicht wissen, dass ich zweites auch kenne. Aber ich habe mir gedacht, er will sicher nicht, dass irgendwas über Labor in ‚Magazin‘ steht. Muss Grund haben, warum der Professor darüber nichts auf Homepage hat. Komm. Er wartet auf Bank bei Weg rund um Burg. Habe gesagt, hoffentlich ich kann dich überzeugen und du kommst und hörst ihm zu.“

Ich fahre hinter Vesna her, sie startet so schwungvoll, dass ich ihr kaum folgen kann. Schotterstraße nach unten, Bundesstraße. Sie biegt ein, hält auf einem kleinen Parkplatz, steigt aus. „Da hinauf“, sagt sie und deutet auf einen steil ansteigenden Weg Richtung Burg.

„Nicht wirklich!“, protestiere ich.

„Du willst nicht, dass man uns sieht, oder?“ Und schon geht sie voraus. Als ich sie eingeholt habe, keuche ich.

„Noch etwas“, sagt sie, den Blick auf den Weg gerichtet. „Ich habe Dr. Peter Schilling gegoogelt. Er hat Gemeinsames mit Biografie von Dr. Natalie Veith. War auch bei diesem Genomprojekt. Und war auch in Kiel. Ist Forschungsdirektor der ‚Grünwald-Group‘, angeblich seit ‚Oasis‘ 2005 eröffnet wurde.“

„Die Genetikerin hat mir nichts von ihm erzählt“, sage ich nachdenklich und schnaufe. Genau betrachtet hat sie mir überhaupt wenig erzählt. Dass sie Grünwald nicht mag, ist allerdings klar. Aber wie steht sie zu ihrem früheren Kollegen?

Dr. Schilling sitzt tatsächlich schon auf der Bank. Er ist höchstens so alt wie die Genetikerin. Wo züchten sie bloß all diese jungen Wissenschaftler? Wir geben einander die Hand, betont freundliches Begrüßungsritual. Hat er Grünwald erzählt, dass er mich hier trifft?

„Glauben Sie mir, an unserem Labor ist gar nichts Geheimnisvolles“, kommt er zur Sache. „Frau Krajner hat mir berichtet, Sie finden es seltsam, dass es Professor Grünwald in der Öffentlichkeit kaum erwähnt. Das ist ganz einfach zu erklären: Wir kontrollieren und wir forschen, das hat mit seinem Kerngeschäft nichts zu tun.“

Ich nicke friedlich. „Ich soll Ihnen schöne Grüße von Natalie Veith ausrichten.“

Er springt auf. „Daher weht also der Wind! Hat sie Ihnen auch erzählt, dass das Gerichtsverfahren eingestellt wurde? Dass keiner Grund zur Annahme sah, man habe ihr irgendwelche Forschungsergebnisse geklaut? Dass wir gemeinsam, und das im Auftrag der ‚Grünwald-Group‘, geforscht haben? Die ist doch paranoid! Ganz abgesehen davon, dass sie sich über Schönheitsoperationen und die Leute, die sie durchführen, lustig macht! Eine überhebliche Zynikerin ist sie! Sie hätte nie ...“ Er holt tief Luft und setzt sich wieder. „Tut mir leid“, sagt er dann. „Ich dachte, ich rege mich nicht mehr über sie auf. Aber sie hat ausgiebig versucht, uns zu schaden … Und das alles bloß, weil ich sie habe sitzen lassen.“

Wird ja immer besser. Melodram, zweiter Teil. Liebesaffären und Todesfälle ohne Hochzeiten rund um die Schönheitsklinik.

„Frauen da können sehr nachtragend sein“, ergänzt Vesna und nickt mit dem Kopf.

„Nachtragend? Sie hat mich verfolgt. Sie hat unser Labor verlassen und alles getan, um mich und unsere ‚Beauty Oasis‘ schlechtzumachen. Bitte!“ Er sieht mich mit beinahe flehendem Blick an. „Glauben Sie ihr nichts! Prüfen Sie in Ihrem eigenen Interesse nach, was sie sagt!“

„Das Ende Ihrer Beziehung ist jetzt wohl fast fünf Jahre her“, werfe ich ein. Natalie Veith hat auf mich nicht gerade den Eindruck der ewig leidenden verlassenen Geliebten gemacht.

„Sie ist Wissenschaftlerin“, antwortet er bitter. „Ihr Liebesleben ist immer zu kurz gekommen. Bis ich kam.“

Oh du meine Güte, ein Frauenbeglücker. Okay, er sieht ganz nett aus, schlank, groß, dunkelhaarig. Ein wenig zu adrett für meinen Geschmack. „Und warum haben Sie sie verlassen?“

„Ich … ich bin einige Monate jünger als sie. Wir haben uns über die Genforschung kennengelernt. Ich wollte mehr im Leben. Nicht dass Sie glauben, ich bin kein ernsthafter Wissenschaftler. Aber ich weiß, dass es auch ein Leben außer dem unter dem Elektronenmikroskop sichtbaren gibt."

Klingt nach heimlichen Beziehungen zu jungen Krankenschwestern und so. Ich sehe auf die Uhr. Viel Zeit habe ich nicht mehr, wenn ich pünktlich bei Inspektor Knobloch sein will.

„Was glaubt Dr. Veith denn, dass Sie ihr gestohlen haben?"

„Das ist für Außenstehende etwas kompliziert. Außerdem ist das Verfahren eingestellt."

„Dr. Veiths Spezialgebiet ist die genetische Alternsforschung. Hat es damit zu tun? Forschen Sie auch in diese Richtung?"

Der junge Wissenschaftler seufzt und wirft mir einen Blick zu, der wohl verführerisch wirken soll. „Kein Thema, mit dem Sie sich schon beschäftigen müssten."

„Ich tue es trotzdem", sage ich trocken.

„Also: Der Schwerpunkt unserer Forschungen liegt woanders, wir haben fantastische Anti-Aging-Cremes entwickelt, wir optimieren Präparate, die den Körper dabei unterstützen, jung und fit zu bleiben. Das geht hin bis zu Tests zur Verträglichkeit von Implantaten. Wir haben Programme entwickelt, um für jede Person das individuell geeignetste Produkt herauszufinden. Etwas, mit dem sich herkömmliche Schönheitskliniken viel zu wenig beschäftigen."

„Seltsam", erwidere ich. „Frau Dr. Veith hat über etwas ganz anderes gesprochen. Jetzt erinnere ich mich. Sie hat Sie schön grüßen lassen und gemeint, sie sei auf sehr interessante Ergebnisse bei diesem Wurm, dem ‚Elegans' oder so, gestoßen. Dinge, die weit über das hinausgingen, was sie gemeinsam im Grünwald-Labor herausgefunden hätten."

Dr. Schilling lacht spöttisch. „Die mit ihrem Fadenwurm! Natürlich ist das ein interessantes Versuchstier, aber … um wirklich damit einen Durchbruch zu erreichen, ist es zu klein, zu wenig komplex."

„Mäuse sind da besser?", frage ich so harmlos wie möglich.

Er sieht mich scharf an.

„Na ja, heißt es immer. – Sie betreiben also doch auch Genforschung", fordere ich ihn heraus.

„Mäuse sind uns schon etwas näher. Und die Genforschung ist ein sehr weites Feld, Frau Valensky. Es stimmt schon, dass wir auch in Richtung Lebensverlängerung forschen. Quasi nebenbei. Aber darüber würde ich Sie bitten nichts zu schreiben. Seit den dummen Aktionen einiger Aktivisten haben Menschen sogar etwas gegen Gene an sich. – Sie kennen doch sicher die Aussprüche von den ‚genfreien Lebensmitteln'? So etwas Lächerliches! Ohne Gene gibt es gar nichts. Wissen Sie, dass unser Genom nur sehr geringfügig von dem von Pflanzen oder Tieren abweicht? Der Bauplan der Natur ist in allen Lebewesen von Grund auf gleich. Wir alle haben uns gleichsam aus einem Urgenom heraus entwickelt und sind nur Modifizierungen ein und derselben Lebensinformation. – Wie nennt man das noch?" Er sieht uns fragend an. Super, jetzt spielt er auch noch Oberlehrer.

„Mutation", sage ich ungeduldig.

„Richtig. Ohne zufällige Mutationen würden wir noch immer alle in der gleichen einförmigen Ursuppe schwimmen. Mutationen sind daher gar nichts Schlimmes, ganz im Gegenteil: Sie sind die Voraussetzung für die Vielfalt von Lebewesen."

„Sie arbeiten an Genmutationen?", frage ich.

Schilling schüttelt den Kopf. „Dazu ist unsere Einrichtung zu klein. Und gezielte Mutationen sind bei höheren Lebewesen auch sehr schwierig zu machen. Woran weltweit geforscht wird, sind Substanzen, die die Aktivität von bestimmten Genen beeinflussen können, sodass man damit vielschichtige biologische Prozesse steuern kann. Wie zum Beispiel den Alterungsprozess. Es handelt sich dabei um Moleküle, die klein sein sollen, kleine Moleküle können besser durch Zellwände ins Innere gelangen."

„Und damit Menschen könnten länger leben?", will Vesna wissen.

„Unter anderem. In erster Linie geht es aber um die Bekämpfung von Krankheiten."

Ich weiß nicht, warum ich Dr. Schilling nicht nach dem geheimen Labor frage. Er scheint relativ offen mit uns zu sprechen, sogar in Kauf zu nehmen, dass ich ihn in Zusammenhang mit genetischen Forschungen bringe. Wer tatsächlich etwas findet, das lebensverlängernd wirkt, kriegt wohl nicht nur den Nobelpreis, sondern verdient damit auch sehr, sehr viel Geld. Es ist anzunehmen, dass hinter diesem nahezu alchemistischen Wunder viele her sind. Was hat Dr. Veith gesagt? Wer daran forscht, macht es besser im Stillen. Vielleicht ist das wirklich alles, was hinter dem geheimen Labor und der eigenartigen Firma „Research on Life Limited“ steckt. Außerdem: Bei Schönheitsoperationen und dem ganzen Brimborium blicke ich durch, aber wenn es um Genetik und Minimoleküle geht, die irgendwelche Prozesse steuern sollen, kann man mir viel erzählen. Und es ist höchste Zeit, aufzubrechen, wenn ich meinen Termin mit Knobloch einhalten will. Zehn vor fünf. Also danke ich, verabschiede mich und renne den Spazierweg hinunter, Vesna kommt mir kaum nach. Bergab und wenn ich es eilig habe, bin ich beinahe unschlagbar. Ich verspreche meiner Freundin, mich nach meiner Einvernahme, oder was immer das sein soll, bei ihr zu melden. Huhn mit Mole geht sich heute sicher nicht mehr aus, dafür vielleicht eine selbst zusammengestellte Winzerjause vor dem Häuschen in den Weingärten.

Ich werde versuchen aus Knobloch herauszubekommen, was es da für ein Gerichtsverfahren zwischen Veith und Schilling gegeben hat und ob die „Grünwald-Group“, deren Forschungsdirektor Schilling zu sein behauptet, die es allerdings offenbar als eingetragene Firma gar nicht gibt, daran beteiligt war. Und ich habe mich entschieden: Ich werde dem Chefinspektor vom Geheimlabor erzählen. Eigentlich ist es der einzige Weg, in irgendeiner Form auch im „Magazin“ darüber berichten zu können. Sieht ohnehin nicht danach aus, als hätten andere Journalisten über das Dornenvögel-Syndrom hinaus Interesse an dem Fall der toten Nonne. Außerdem habe ich es Oskar versprochen.

Ich hocke mit Inspektor Knobloch in einem der Polizei-Büroräume, in denen man vermutlich alles gesteht, nur um sie so rasch wie möglich wieder verlassen zu können. Lieber kurz in den Häfen als mehr als eine halbe Stunde hier drin. Mein Verdacht ist ja, dass der unausgeglichene Gemütszustand gewisser Exekutivbeamter mit solchen Räumen zu tun hat. Neben uns sitzt eine von Knoblochs Kolleginnen in Uniform und schaut in die Luft. Ihr bisher einziger aktiver Beitrag zu unserem Treffen war, dass sie das Aufnahmegerät eingeschaltet hat. Ob Knobloch das nicht kann? Ob es gegen die Dienstvorschriften verstößt, wenn er es macht?

Knobloch hat mir Vorhaltungen gemacht, dass ich ihn nicht von meiner Abreise in Kenntnis gesetzt habe, er hat durchklingen lassen, dass das zum Verdacht führen könnte, ich hätte etwas mit dem Tod der Nonne zu tun. Der Rekorder schneidet alles mit, auch den größten Blödsinn. Was hätte ich für ein Interesse …

„Jedenfalls sind Sie gemeinsam mit Schwester Gabriela am Tatort gewesen."

„Das war allerdings drei Tage nach der Tat", erinnere ich ihn. „Und ich bin nachweislich erst an diesem Tag angekommen. Ich war beim ‚Professor's Dinner'. Da haben mich rund hundert Leute gesehen. – Wissen Sie eigentlich, dass er sich den Titel an einer Universität in Kaliningrad gekauft hat?"

Er fährt sich durch sein militärisch kurz geschnittenes Haar und sieht mich eine Spur amüsiert an. „Es ist ein legaler Titel."

„Er müsste sich ‚Honorarprofessor' nennen", erwidere ich.

„Soll ich ihn deswegen verhaften?", spottet der Chefinspektor. „Zu mir sagen die meisten Leute ‚Kommissar' und ich unternehme auch nichts dagegen."

Danach will er sehr genau von mir wissen, was die Nonne, als sie ihre junge Mitschwester gefunden hat und mir begegnet ist, getan hat, gesagt hat, wie sie dabei dreingesehen hat.

„Sie steht unter Verdacht?", frage ich verblüfft.

„Wie heißt das so schön? Wir ermitteln rundum."

Ich bemühe mich, ihm alles so zu schildern, wie ich es erlebt habe. Ist meines Erachtens auch nichts Belastendes dabei für Schwester Gabriela. – Oder doch? Habe ich da irgendetwas übersehen?

„Morgen können Sie kommen und das Protokoll unterschreiben", sagt er dann.

Ich zögere.

„Noch etwas?"

Ich nicke und hole Luft. „Ich habe von einem Labor erfahren, von dem seltsamerweise auf der Homepage keine Rede ist. Und ich habe erfahren, dass Schwester Cordula Biologin war."

„Woher?", sagt Knobloch und wirkt mit einem Mal wieder gespannt.

„Ich bin Journalistin. So etwas lässt sich recherchieren. Man redet mit Leuten."

Er nickt. „Informantenschutz?"

Ich nicke auch. Ist doch fein, dass wir uns immer besser verstehen. „Könnten wir den Rekorder ausschalten?", bitte ich.

Knobloch stellt ihn wortlos ab.

Ich versuche, unseren Einbruch möglich harmlos erscheinen zu lassen. „Eine weitläufig Bekannte ist per Zufall auf dem Hügel, in den die ‚Beauty Oasis' hineingebaut ist, spazieren gegangen. Und sie hat mir erzählt, dass es vor der untersten Etage eine Art von Schacht gebe. Ich habe mir gedacht, es wäre doch gut möglich, dass das Labor im stillgelegten Teil der Schönheitsklinik ist. Ich wollte einfach nachsehen, ob es stimmt, was mir erzählt worden war. Ob es tatsächlich ein Labor gibt."

„Das heißt, Sie sind illegal ins Gebäude eingedrungen?", sagt Knobloch scharf und seine uniformierte Kollegin hört auf, sich mit dem Daumen die Fingernägel zu polieren.

„Ich hätte über die Lobby jederzeit ins Haus gekonnt, also kann von einem illegalen Eindringen wohl kaum die Rede sein."

„Ich weiß, dass Sie Juristin sind. Lassen wir die Spitzfindigkeiten."

„Der Schacht führt zu einer Tür, die nicht versperrt war. Ich bin dann durch einige Räume und habe im Keller der ‚Beauty Oasis' tatsächlich ein groß angelegtes, offenbar geheimes Labor entdeckt: samt einem Raum mit sicher über hundert Versuchsmäusen, einem voll ausgestatteten Operationssaal und jeder Menge moderner technischer Einrichtungen, wie man sie für Genforschung braucht. Das wollte ich Ihnen nur erzählen."

Knobloch schüttelt den Kopf. „Was soll das für ein Unsinn sein? Was wollen Sie damit erreichen? Wir haben alles gründlich durchsucht. Wir waren natürlich auch im Labor. Es ist im Untergeschoß drei. Wo Sie Mäuse gesehen haben, weiß ich nicht. Operationsräume gibt es gleich mehrere."

„Es ist eine Etage unter dem offiziellen Labor", mache ich ihm klar. Darauf, dass er mir einfach nicht glauben könnte, wäre ich nie gekommen.

„Es ist richtig, dass es ein Kellergeschoß gibt. Es wurde baupolizeilich gesperrt, der Abgang zugemauert. Grünwald hat beim Umbau angegeben, es nicht zu brauchen, es einfach abzusperren war der kostengünstigste Weg. Der Hang war dort in Bewegung gekommen, auch Wasser war laut Gutachten eingedrungen, man hätte viel investieren müssen, um es zu sanieren."

„Es gibt nicht nur den Schacht, es gibt auch einen Lift in den Keller", kläre ich ihn auf.

„Gibt es nicht."

„Er geht von einem kleinen Raum hinter dem offiziellen Labor einen Stock nach unten." Als ich es sage, merke ich selbst, wie unwahrscheinlich das alles klingt. Und tatsächlich wirkt Knobloch, als würde er gleich den Psychiater holen lassen.

„Wissen Sie, was?", sage ich. „Wir schauen uns das Ganze einfach an. Und damit Grünwald nicht gewarnt wird, kommen wir wieder durch den Schacht, von der Hangseite her."

„Und warum ‚wir'? Was hätte ich für einen Grund, Sie mitzunehmen?"

„Ich weiß, wo der versteckte Eingang ist. Und ich weiß, hinter welchem Raum das Labor …"

Die Tür geht auf und Karl Simatschek steht im Raum. „Oh, hallo", sagt er etwas zögerlich zu mir. Offenbar ist ihm auch nicht ganz klar, wie Knobloch darauf reagieren wird, dass wir per Du sind.

„Du bist nicht zufällig auch Psychiater?", fragt ihn der Chefinspektor. „Unsere Frau Journalistin scheint sich da äußerst Seltsames zusammenzufantasieren."

„Nehmen wir ihn doch mit", schlage ich vor. „Immerhin ist Dr. Simatschek Mediziner, er kennt sich aus mit Labors."

„Könnte man so sagen. Und wohin soll die Reise gehen?"

Ich habe es in erster Linie dem Gerichtsmediziner zu verdanken, dass wir im späten Nachmittagslicht am Hügelgrund vor der „Beauty Oasis" stehen. Ohne auffälligen Polizeiwagen, ohne dass Knobloch Grünwald benachrichtigt hätte. Bei Tag ist der Schacht ganz leicht zu finden. Ich wundere mich ein wenig, dass Vesna den Deckel nicht exakt auf die Öffnung gelegt hat. Aber vorgestern war es doch schon ziemlich spät. Wir waren aufgeregt und müde zugleich. Die beiden Männer schieben die Eisenplatte vollends neben die Öffnung. Knobloch leuchtet nach unten. Die Kröte muss sich anderswohin verzogen haben.

„Da ist die Leiter", sage ich mit einiger Genugtuung in der Stimme. Gleich werden die beiden Augen machen. Ich klettere vor ihnen in die Tiefe, heute ist die Erde fest. Zwei Tage mehr, an denen es nicht geregnet hat. Ich gehe in den kurzen Gang, die beiden folgen mir, jeder eine Taschenlampe in der Hand. Heute habe auch ich eine leistungsstarke dabei. Als ich gewartet habe, ob Vesna mit dem

Lift zurückkommt … was hätte ich da für eine gute Taschenlampe gegeben.

Die Tür ist auch heute offen, ich gehe voraus in den Kellergang, biege in den breiteren. Ich suche nach der Eisentür, hinter der die Kartons und Kisten gelagert waren. Hier ist sie. Ich spiele Fremdenführerin: „Hinter dem Verpackungsmaterial ist noch eine Tür. Und dort ist dann der erste Raum des Labors. Und daneben eine Art Panzertür, hinter der die Versuchsmäuse sind."

„Klingt wirklich unglaublich", murmelt Simatschek.

Wir bahnen uns einen Weg durch die Kartons und Kisten. Die Tür dahinter wird sichtbar. Ich kann nicht anders, ich drehe mich triumphierend zu den beiden um. Ich drücke die Klinke und öffne die Tür. Ich wende mich schwungvoll dem Raum zu, mache den Mund auf, um etwas zu sagen, sage dann nichts. Keine grauen Plastikbehälter. Ich schnuppere. Der Gestank ist noch da, aber er ist schwächer. Die Panzertür steht offen. Ich tappe voran, spähe durch die Tür. Da sind keine Regale mit Mäusen in Kunststoffbehältern. Da ist nicht einmal ein Edelstahltisch. Aber …

Ich spüre die beiden Männer hinter mir, drehe mich langsam zu ihnen um. Der Gerichtsmediziner sieht mich an, als wäre ich sein nächster Fall.

Knoblochs Stimme ist schneidend. „Ich würde zu gerne wissen, warum Sie uns hergelockt haben."

„Da …", setze ich an, „… da waren die Mäuse. Ich schwöre es. Man riecht sie noch." Ohne den Geruch würde ich vielleicht auch schon an meiner Zurechnungsfähigkeit zweifeln.

„Schon einmal davon gehört, dass im Keller Mäuse sind?", fragt Knobloch.

„Und was ist mit der Panzertür, hinter der die Mäuse versteckt waren? Wer versteckt Kellermäuse in einem Tresorraum?", krächze ich.

„Was immer Grünwald oder seine Vorgänger hier gelagert haben: Mäuse, Kohlen oder Diamanten. Es gibt sie jedenfalls nicht mehr", spottet der Chefinspektor. Und zu Simatschek gewandt meint er: „Komm, vergessen wir den Quatsch. Wir gehen."

„Nein!", rufe ich und renne durch den verlassenen Raum, durch einen verlassenen Vorraum, durch einen komplett ausgeräumten Operationsraum, hinein ins eigentliche Labor. Da stehen zumindest noch einige Schränke und Sessel, alles zusammengeschoben an der Wand. Wer hat das Labor ausgeräumt? Jemand muss davon erfahren haben, dass Vesna und ich hier waren. Ich habe Schilling nichts davon erzählt, Vesna hat es auch nicht getan. Wenn sie das sagt, kann ich mich darauf verlassen. Natürlich hat Schilling sich etwas zusammenreimen können … Oder vielleicht gab es irgendwelche Kameras? Vesna hat sich die Räume angesehen. Es war finster, aber … „Da ist ein Teil der Einrichtung des Labors", sage ich, als ich sehe, dass der Chefinspektor und sein Begleiter mir doch gefolgt sind. Es ist wie in einem Albtraum. Ein leerer Raum nach dem anderen, taschenlampenbeleuchtet. Der Lift. Dass ich daran nicht früher gedacht habe. Der Lift beweist, dass ich nicht spinne. Den können sie so schnell weder abtransportiert noch zugemauert haben. Ich öffne die nächste Tür. Da ist er. Ich atme hörbar auf. „Sehen Sie", sage ich mit beinahe überschnappender Stimme. „Der Lift, den keiner kennt. Er geht in den Raum, der hinter dem offiziellen Labor liegt."

„Und warum habe ich ihn dann dort nicht gesehen?", fragt Knobloch.

„Weil ein Regal vor dem Durchgang zu dem Raum steht. Es hat einen Mechanismus, der es zur Seite gleiten lässt." Hört sich idiotisch an, ich weiß. Aber immerhin: Der Lift ist da. Alles einsteigen. Wir drängen uns in der engen und im Vergleich zu jener im Gästetrakt gänzlich unelegant verkleideten Kabine zusammen, ich drücke den Knopf. Nichts. Ich probiere es noch einmal. Nichts. Sie haben ihn abgeschaltet, vom Stromnetz getrennt.

„Es gibt ihn jedenfalls", murmelt Karl Simatschek und ich weiß nicht, ob er mich damit beruhigen möchte.

„Ich zeige Ihnen den Zugang vom offiziellen Labor aus", schlage ich vor. Nur nicht aufgeben. Es ist unwahrscheinlich, dass beim Abtransport des Labors keine Spuren zurückgeblieben sind. Allerdings bin ich mir nicht sicher, ob es jemanden geben wird, der diesen Spuren nachgehen will.

„Danke, wir brauchen Sie nicht mehr", erwidert Chefinspektor Knobloch.

„Wenn wir schon da sind, sollten wir dann nicht doch …", überlegt Simatschek.

„Wahrscheinlich hat Frau Valensky das alles nur inszeniert, damit wir mit ihr ins Labor gehen. Warum auch immer. Wir werden uns das ominöse Geheimregal ansehen. Und ich werde mir überlegen, ob wir über dieses absurde Täuschungsmanöver so einfach hinwegsehen können."

„Ich habe niemanden getäuscht", sage ich mit eisiger Stimme. Jetzt reicht es. „Ich habe versucht, bestmöglich mit Ihnen zusammenzuarbeiten. Suchen Sie Spuren, Sie werden Hinweise auf alles finden, was ich Ihnen erzählt habe." Fotos. Vesna hat doch Fotos gemacht, fällt mir plötzlich ein. Aber stopp. Besser, sie erfahren nicht, dass Vesna Krajner auch hier war, dass wir befreundet sind. Sonst wird Grünwald wohl sehr bald kein Zimmer mehr für sie haben. Jedenfalls: Wegen irgendeines Paragrafen, der sich mit Täuschung oder Störung von Ermittlungen beschäftigt, wird mich Knobloch nicht so schnell drankriegen. Die Fotos sind der Beweis, dass das Labor da war. Ich werde mir die Speicherkarte besorgen und die Fotos auf den Laptop spielen. „Unglaublich, dass du ganz alleine in der Nacht hier warst", sagt Karl Simatschek beinahe bewundernd.

Ich grunze etwas Undifferenziertes. Auf dem Weg zurück leuchtet Knobloch immer wieder in die Ecken, greift sogar auf den Boden. „Staub", sagt er dann. „Ein Labor hätte wohl klinisch sauber sein müssen. Ein Operationssaal auch."

Ich sehe nach unten. Das stimmt. Hier ist Staub. Kann es sein, dass es zwei spiegelgleiche Raumachsen gibt? Dass in der einen das Labor ist und in der anderen nichts? Dass ich mich in der Tür geirrt habe? Dass sie die Tür verschoben haben? Wie verschiebt man eine Tür? Und wer sind „sie"? Mein Orientierungssinn ist nicht besonders gut. Finsterer Keller. Nein, aber die Kisten und Kartons waren auch vor zwei Tagen da. Der Weg war derselbe. Vielleicht hat sich das ganze Haus gedreht? Wenn die kolumbianischen und salvadorianischen Todesschwadronen …

Diesmal klettert Chefinspektor Knobloch als Erster durch den Schacht. Ich folge und dann ist auch der Gerichtsmediziner oben angelangt. „Trotzdem, das Labor war da", sage ich. Es ist dämmrig geworden, als ich hinter den beiden durch das Maisfeld gehe. Heute kommt mir der Weg viel kürzer vor.

Ich sitze mit Vesna am Tisch vor dem Weingartenhäuschen. Die Fotos vom Labor sind leider miserabel geworden. Trotzdem hat es mich beruhigt, Bilder von den Mäusen, vom Operationssaal, vom Labor samt Mikroskopen und Computern zu sehen. Der Beweis, dass wir nicht verrückt sind. Ich habe in einem Laden jede Menge luftgetrockneten Vulcano-Schinken eingekauft. Sozusagen der Prosciutto dieser Gegend, er kann mit dem aus Italien locker mithalten. Dazu essen wir Weißbrot, Trüffelschmalz aus dem Glas und trinken Gelben Muskateller. Das ist ein Typ Weißwein, der auch Vesna schmeckt. Mein einziger Beitrag zum Abendessen ist eine Brotsauce aus Weißbrotkrume, viel Knoblauch, den ich zwischen den Rebstöcken entdeckt habe, Kernöl, das in der Küche stand und noch nicht ranzig war, Salz, Wein und einigen Tropfen Hot Sauce. Meine scharfe Sauce ist immer in der Handtasche, für alle Fälle. Vesna ist ziemlich sicher: Kameras hat es im geheimen Labor keine gegeben. Vielleicht haben wir doch Spuren hinterlassen? Welchen Fehler haben wir gemacht? Bis zur nächsten Ausgabe des „Magazin" muss ich entscheiden, ob ich die schlechten Fotos vom Labor verwende und über diesen Ort, an dem über ich weiß nicht was geforscht wurde, berichte. Die Unterstützung der „Magazin"-Geschäftsführung werde ich, solange ich nicht mehr finde, allerdings kaum haben.

„Wie gelingt uns, dass Schilling redet?", fragt Vesna und schaut in die nächtlichen Weingärten.

„Wenn sie das Labor so plötzlich abtransportieren, dann ist klar, dass dort nicht hauptsächlich zu Anti-Aging-Cremes und der Verträglichkeit von künstlichen Nasen und Brüsten geforscht wurde", füge ich an. „Ob Knobloch Spuren suchen wird?"

„Denke ich doch", erwidert Vesna. „Ich kapiere nicht, dass ich nicht gemerkt habe, sie haben Labor abtransportiert."

Ich zucke mit den Schultern. „Es gibt einen Lieferantenausgang. Es ist dauernd Betrieb. Und was die Operationseinrichtungen angeht, so ist ja auch gut möglich, dass sie die in einem Saal untergebracht haben. Die Zwergeinrichtung, die für Mäuse …"

„… die geht leicht in große Schachtel."

Da fällt mir etwas ein. Vielleicht haben wir eine Chance. „Meine Fotografin hat in der Morgendämmerung Bilder von der ‚Beauty Oasis' gemacht. Sie hat mir erzählt, dass schon in aller Früh erstaunlich viel Betrieb war. Und ich bin sicher: Auf einigen Fotos waren im Hintergrund Lkw zu sehen. Wir könnten sie vergrößern. Vielleicht können wir herausfinden, wohin sie die Sachen gebracht haben."

Vesna sieht mich interessiert an. „Das machen wir. Kann nicht sein, dass sie so teure Apparate wegwerfen oder vergraben im Wald."

Ein Geräusch. Etwas zwischen Rascheln und Schritten. Es kommt von den Rebzeilen hinter uns. Mira. Nicht schon wieder. Kein Grund für das geringste mulmige Gefühl. Wenn wir Glück haben, können wir Rehe beobachten. Ich merke, dass auch Vesna etwas gehört hat. Sie fährt sich mit dem Zeigefinger an die Lippen. Ich nicke und lächle. Gleich kommen sie, die Rehe. Heute kriegen sie mich nicht, heute krieg ich mich nicht selbst dran. Vesna greift vorsichtig in ihre Jackentasche. Fotoapparat. Rehe zwischen den Rebzeilen, sehr hübsch. Allerdings werden sie nach dem ersten Blitz wohl panisch verschwinden. Ich schüttle den Kopf. Vesna nickt, etwas heftig, scheint mir. „Doch!", formt sie mit den Lippen und starrt mich an. Kann es sein, dass sie gar nicht an Rehe denkt? Ich atme vorsichtiger. Das Rascheln kommt näher. Ich sehe, dass Vesna aus ihrer Tasche eine kleine Pistole zieht. Ich muss mich täuschen. Ich würde es wissen, wenn sie so etwas besäße. Es muss eine Spritzpistole oder ein Feuerzeug sein. Aber warum legt sie dann das Ding auf den Tisch und ist so angespannt? Jetzt sehe ich einen Schatten zwischen den Reben. Zu groß für ein Reh. – Ist es derselbe, der hier vorgestern gewartet hat? Warum geht er nicht in Deckung? Vesna nimmt die Waffe langsam in die Hand, steht auf, hält sie halb versteckt hinter der Hüfte. „Hallo?", ruft sie plötzlich. Ist sie verrückt geworden?

„Hallo!", ruft es zurück und ich kenne die Stimme. Es ist die des Gerichtsmediziners.

„Hallo!", rufe jetzt auch ich, nein, ich juble es beinahe.

Der große Schatten bewegt sich schneller, bekommt Konturen, wird zu Karl Simatschek. „Oh, Entschuldigung. Ich wusste nicht, dass du nicht allein bist", sagt er zu mir.

„Meine Freundin Vesna", antworte ich irritiert.

Er gibt ihr die Hand und sieht sie aufmerksam an. „Habe ich Sie nicht in der ‚Beauty Oasis' gesehen?"

„Ist Zufall. Fast", erwidert Vesna. Sie versucht, so unauffällig wie möglich ihre Waffe wieder einzustecken. Über dieses Ding werden wir noch ein Wörtchen miteinander reden. Kann ja sein, dass ich spinne. Aber ich fühle mich ohne Schießeisen in meiner Umgebung deutlich sicherer.

„Sehr spannend, so ein Auftritt aus den Rebzeilen", lächle ich und versuche ihn von Vesnas Pistole abzulenken. „Warum hast du nicht angerufen?"

„Hab ich viermal probiert. Nie ist jemand drangegangen. Das ist mir ein wenig seltsam vorgekommen und ich hab gedacht, ich schaue besser vorbei."

Mein Telefon … tatsächlich, es hängt nicht an meinen Jeans. Ich hab nicht darauf geachtet. Hoffentlich habe ich es bloß irgendwo im Auto verloren. Vesna hat die Waffe inzwischen wieder in ihrer Jackentasche verstaut. Ich hoffe, sie weiß, wie man so etwas sichert. Ich stehe auf, hole Glas, Teller, Besteck, Serviette. Und da ist das Telefon: in der Küche. Hat sich Simatschek tatsächlich Sorgen gemacht, weil ich nicht ans Telefon gegangen bin, oder hat ihn Knobloch geschickt, um mich auszuhorchen?

„Na gut, nachdem Mira gesagt hat, da ist nichts mehr im Keller, ich wollte sehen, ob Sie wirklich gehen ins Labor", erzählt Vesna gerade, als ich wieder zurückkomme. „Wollte allerdings nicht, dass Sie mich bemerken."

Karl Simatschek grinst und lässt sich von mir Wein einschenken. „Bin schließlich doch irgendwie vom Fach."

Die beiden scheinen sich auf Anhieb zu verstehen. Besser, ich unterbreche zu frühe Vertraulichkeiten. „Und? Der Aufzug ist hinter dem offiziellen Labor, nicht wahr?"

„Da du ihn ja kennst, erzähle ich dir nichts Neues. Die Sache mit dem Regal …"

Ich nicke zufrieden. „Wenn das nicht verdächtig ist …"

„Da war kein Knopf und auch kein Mechanismus. Nur ein Regal. Wir haben es mühsam vorziehen müssen, um in den Nebenraum zu kommen."

„Sie haben abgebaut!", ruft Vesna. „Mechanismus war da! Wir sind nicht Idiotinnen!"

„Weiß ich", antwortet der Gerichtsmediziner. „Genau das gibt mir ja zu denken. Entweder ihr habt recht, dann steckt um einiges mehr hinter dem Fall, als es den Anschein hat. Oder ihr führt irgendetwas im Schilde."

Ich seufze. „Knobloch glaubt Letzteres. – Und du?"

„Offiziell glaube ich gar nichts. Da sammle ich Fakten."

„Ja, aber an Toten. Wir sind lebendig", kontert Vesna.

„Und inoffiziell?“, frage ich.

„Tendiere ich aus irgendeinem Grund dazu, euch zu glauben.“

„Hat Grünwald eigentlich etwas zu dem versteckten Aufzug gesagt?“

„Darf ich nicht sagen. Polizeiliche Ermittlungen.“

„Und wenn wir raten und es kommt zufällig Nicken mit Kopf?“, fragt Vesna.

„Grünwald sagt, er hat nichts von dem Aufzug gewusst“, probiere ich es.

Ganz zufällig nickt Karl Simatschek. Ich schenke ihm Wein nach. „Er ist immer wieder auf Auslandsreisen“, überlege ich. „Er ist an Schönheitskliniken zwischen Taiwan und Tschechien beteiligt. Was, wenn er wirklich hintergangen wurde?“

„Ich kann mir das nicht vorstellen“, erwidert Vesna. Und zum Gerichtsmediziner gerichtet: „Er hat Verdacht geäußert?“

Ein Kopfschütteln.

„Eigentlich kann es sonst nur dieser Dr. Schilling gewesen sein“, überlegt Vesna weiter.

„Natalie Veith hat das Labor auch gekannt. Was sie mir erzählt hat, klingt einleuchtend: Sie hätten an genetischen Methoden zur Lebensverlängerung geforscht, das sei legal, aber es sei besser, man mache es im Verborgenen. Offenbar sowohl wegen der Konkurrenz als auch wegen der Gäste der Schönheitsklinik. Sich das Fett wegmachen zu lassen ist inzwischen durchaus angesagt, aber genetische Manipulation ... Klar hat Grünwald das Labor gekannt. Die Frage ist eine andere: Aus welchem Grund musste es jetzt sofort verschwinden?“

„Natalie Veith?“, fragt Karl Simatschek nach.

„Eine Genetikerin, die vor fünf Jahren bei Grünwald beschäftigt war. – Kennst du sie?“

Er schüttelt den Kopf. „Ich war nur zwei-, dreimal in dieser ‚Beauty Oasis‘. Irgendwie nicht ganz meine Welt.“

„Es hat Streitigkeiten zwischen ihr und dem Leiter des Labors, Dr. Schilling, gegeben, die bis zu einem Gerichtsverfahren geführt haben.“

„Ohne Tote, vermute ich. Also weiß ich auch nichts davon. Prozesse gibt’s hier jede Menge. Wie auch sonst überall. – Ich nehme an, du hast Knobloch davon erzählt?“

„Ich dachte mir, das hat er ohnehin in den Akten", antworte ich mit möglichst ausdruckslosem Gesicht.

„In den Akten sicher, aber ob er davon weiß? Er ist erst seit drei Jahren in Feldbach."

„Knobloch scheint mir sowieso nicht zu glauben", kontere ich.

Der Gerichtsmediziner grinst und lobt meinen Knoblauchbrotaufstrich. Vielleicht ohnehin besser, wir wenden uns erst morgen wieder der Welt der Schönheitsdoktoren und ihrer seltsamen Manipulationen zu. Ich bin gerade dabei, eine Flasche Rotwein zu öffnen, als Simatscheks Telefon läutet.

„Was? Nein, nicht daheim. – Bei Freunden. – Ja, natürlich. – Ich komme sofort. – Wo? – Ich bin mit meinem Allrad-Fiat da."

Wir starren ihn an.

Er schüttelt den Kopf. Betroffen. Irritiert. Dann mustert er mich lange. „Du kommst bitte mit."

„Dann ich komme auch", sagt Vesna.

„Sie fahren in die ‚Beauty Oasis' zurück. Sie bleiben auf keinen Fall hier." Es klingt nach Amtsperson.

„Ich fahre mit. Aber ich will wissen, was los ist." Ich sage es so bestimmt wie möglich. Doch eigentlich ist mir klar: Es kann nur bedeuten: Ein zweiter Mord.

„Du wirst es erfahren."

„Wer?"

„Dr. Schilling."

Wortlos gehen wir durch die Rebzeilen, Lichtstreifen im Grün dort, wo die Taschenlampe hinleuchtet. Wortlos klettere ich in den kleinen Fiat des Gerichtsmediziners. Wortlos fährt er an. Eine Buschenschank, Einfamilienhäuser, Bauernhöfe, Straßenschilder, zwei nächtliche Radfahrer, eine Weide, Felder. Er wird langsamer, scheint etwas zu suchen. Ich bin nicht in der Lage, klare Gedanken zu fassen. Warum Schilling? Er hat das Labor geleitet. Wir haben mit ihm geredet. Am Nachmittag.

Der Gerichtsmediziner biegt abrupt ab. Schotterstraße, einen Hügel hinauf. Weit entfernt sehe ich Lichter. Blaulicht.

„Wir haben ihn heute getroffen", sage ich dann.

Simatschek sieht mich an. „Und was, wenn ihr auch dafür gesorgt habt, dass wir lange genug abgelenkt waren?"

Ganz heiß steigt es in mir auf. Das da, das kann alles nicht wahr sein. Atme durch. Überlege. Du brauchst jetzt deinen ganzen Verstand. Deinen ganzen Mut. „Welches Motiv sollte ich haben?"

Der Fiat rumpelt über die immer mieser werdende Straße. Plötzlich bleibt der Gerichtsmediziner stehen. „Vielleicht stehst du in einem anderen Verhältnis zu Grünwald, als wir angenommen haben, meint Knobloch."

Ich lache auf. Es klingt gar nicht lustig. „Sehe ich aus wie die Geliebte von Grünwald?"

„Nein, eigentlich nicht", sagt er dann leise. „Aber du musst ihn verstehen: Zuerst bist du dabei, als die tote Nonne gefunden wird. Dann bringst du überall Unruhe. Schleust eine Freundin in die Schönheitsklinik ein. Redest von Schilling und seinem Prozess gegen eine Kollegin."

„Umgekehrt", werfe ich ein. „Sie hat ihm vorgeworfen, Forschungsergebnisse gestohlen zu haben. Er sagt, es war Rache. Sie sei damit nicht fertig geworden, dass er sie verlassen habe. Das ist allerdings schon fünf Jahre her. Und Dr. Veith scheint mir nicht gerade der Typ zu sein, der einem Mann so lange nachweint." Wir hätten das Gespräch mit Schilling aufnehmen sollen. Was hat er uns erzählt? Warum haben wir ihn nicht auf das geheime Labor angesprochen? Er war loyal gegenüber Grünwald. Okay, er war sein Forschungschef. Er hat jedenfalls zugegeben, dass er, so nebenbei, auch über genetische Methoden zur Lebensverlängerung geforscht hat. Und er hat etwas über den Wurm seiner Kollegin gesagt. Ja, dass er zu klein sei, eine zu einfache Lebensform, um damit einen Durchbruch zu erzielen. Mäuse seien besser. Aber die sind verschwunden. Hat er davon gewusst? Hat er den Abtransport begleitet? Wem ist er gefährlich geworden?

Karl Simatschek fährt wieder los. Als wir über ein Schlagloch holpern, stoße ich mit dem Kopf ans Autodach. Wir nähern uns den Lichtern. Drei Polizeiwagen. Ein Rettungswagen. – Ist Schilling womöglich gar nicht tot? Quatsch, dann hätten sie wohl kaum den Gerichtsmediziner angerufen. Hoffentlich hat Vesna daran gedacht, meinen Laptop mit den Fotos mitzunehmen. Warum wollte Simatschek nicht, dass sie im Weingartenhaus bleibt? Glaubt er, dass wir in Gefahr sind? Unsinn. Ob auch er mich verdächtigt? Ich weiß es nicht. Ich hab ihn so sympathisch gefunden. Sollte mir die dumme

Emotionalität endlich abgewöhnen. Er gehört zum Polizeiapparat und genau so wird er sich ab jetzt benehmen. Ist bloß professionell. Trotzdem. Ich sehe ihn verstohlen von der Seite an. Seine halblangen braun-grauen Locken, das markante Gesicht, das sonst meist diesen freundlich-ironischen Ausdruck trägt. Er ist einer, der nicht nur über andere, sondern auch über sich selbst lachen kann. Von Lachen ist momentan allerdings keine Rede. Von Freundlichkeit auch nicht. Sollten Schwule nicht ein wenig einfühlsamer sein? Er müsste merken, dass ich mit dem Fall nichts zu tun habe. Idiotisches Vorurteil: Warum sollten Schwule einfühlsamer sein?

Die letzten Meter ist der Wagen eher den Weg hinaufgeklettert als -gefahren. „Warum schaust du so?", sagt Simatschek und sieht weiter konzentriert geradeaus.

„Ich dachte, ich mag dich", sage ich und es klingt einfach idiotisch. Zum Glück steht er wenigstens nicht auf Frauen.

Ich sitze im kleinen Fiat und starre nach draußen. Simatschek hat mir befohlen, sitzen zu bleiben und ja nicht zu fotografieren. Er hat kurz überlegt, mich im Auto einzusperren, dann aber doch gesagt: „Wirst schon nicht davonlaufen." Ich sehe die Rücken von Spurensicherern in weißen Overalls, eigenartig beleuchtet von den Scheinwerfern der Polizeiautos. Flaches helles Licht. Ich bin gute zwanzig Meter vom Tatort entfernt. Ich sehe den Gerichtsmediziner mit Knobloch reden. Dann schauen beide zu mir herüber. Dann sehen sie wieder weg. Keine Chance, ihren Gesichtsausdruck zu deuten. Wenig später beugt sich Simatschek über den Toten. Ich kann nur den Umriss von Schilling erkennen. Er liegt am Rand einer kleinen Wiese, hinter ihm ein altes Kreuz mit einer Inschrift, die ich von hier aus nicht entziffern kann. Zeichen der Volksfrömmigkeit vergangener Jahrhunderte. Wie passend. Er muss sich hier mit jemandem getroffen haben. Natalie Veith. Ich habe keine Telefonnummer von ihr. Ich bräuchte meinen Laptop. Das Mobiltelefon habe ich allerdings. Hat der Gerichtsmediziner nur vergessen, es mir abzunehmen? Oder wollte er mir eine Chance geben? Ich schicke Vesna eine SMS.

„Fahr bitte nach Wien. Versuch zu klären, wo Natalie Veith ist. Institut heißt Genetic Research Austria GRA. Erzähl ihr, was Schilling heute über sie gesagt hat. Danach, dass er tot ist. Oder nicht? Entscheide du. Sitze im Auto, darf nicht raus, muss warten."

Draußen leuchten ein paar zusätzliche Scheinwerfer auf. Die Spurensicherer in ihren weißen Overalls wirken wie fette Maden. Da kommt Vesnas Antwort: „Okay." Manchmal nervt mich ihre knappe Art schon. Ich hatte gehofft, sie würde mir etwas Mut zusprechen.

Es vergeht eine gute halbe Stunde, in der meine Gedanken Abfangen spielen. Über Genforschung weiß ich mehr als Vesna, es wäre besser, ich rede mit Natalie Veith. Doch ich darf nicht weg. Eigentlich ist doch klar, dass ich nicht wirklich unter Verdacht stehen kann. Knobloch hat die Fotos vom Kellerlabor noch nicht gesehen. Jetzt liegt es auf der Hand, dass sie in die nächste „Magazin"-Story kommen. Der Leiter des Labors ist ermordet worden. Dumm, dass die nächste Ausgabe erst in einer Woche erscheint. – Was, wenn sein Tod mit unserem Treffen zu tun hat? Wie könnte das zusammenhängen? So viele lose Fäden … Wenn jemand glaubt, dass Schilling uns etwas erzählt hat, etwas verraten hat oder vorgehabt hat, es noch zu tun … Wir waren viel zu leichtsinnig. Haben nicht erkannt, dass die tote Nonne nur ein kleiner Teil der Geschichte ist. Oder ist es genau umgekehrt? Ist alles viel simpler und der Rest herum nur Staffage? Mir wird kalt. Ich habe keinen Grund, hier sitzen zu bleiben. Karl Simatschek ist bloß Gerichtsmediziner, kein Polizeibeamter, der mir irgendwas befehlen kann. Und was dann? Wo sollte ich hin? Den Weg hinunter. Und sehen … Ich drehe mich um, versuche abzuschätzen, wie weit es von hier ins Dorf ist. Traue ich mich zum Weingartenhäuschen? Warum hat Simatschek zu Vesna gesagt, dass sie weg soll von dort? Weiß er mehr? Ich schrecke zusammen, als die Autotür aufgeht. Nicht der Gerichtsmediziner, sondern Knobloch sieht mich an. Dann seufzt er und nimmt auf dem Fahrersitz Platz.

„Sie haben Dr. Peter Schilling also heute Nachmittag getroffen?"

Ich nicke und erzähle so detailgetreu wie möglich. Knobloch schreibt nicht mit, er scheint auch kein Aufnahmegerät laufen zu haben. Es sieht fast so aus, als würde es ihn nicht besonders interessieren, was ich ihm sage.

„Haben Sie mit der Nonne über dieses Treffen gesprochen?"

Ich schüttle den Kopf. Ich weiß nicht, was er immer mit Schwester Gabriela hat.

„Wann haben Sie die Nonne zum letzten Mal gesehen?“

Vorgestern Nacht, als Vesna sie im Labor überrascht hat. Soll ich Knobloch davon berichten? Eigentlich ist es schon seltsam: Was hat sie wirklich dort gemacht? Kann es sein, dass sie uns an der Nase herumgeführt hat? Wer traut alten Nonnen schon etwas Böses zu?

„Sie wissen es nicht mehr oder wollen Sie es nicht sagen?“, stößt Knobloch nach.

„Ich habe nachdenken müssen. Es war vorgestern am Vormittag. Ich bin zu ihr gegangen, um mit ihr über den Tod ihrer Mitschwester zu reden.“

„Sie sind sicher?“

„Ja.“ Selbst wenn die Nonne mehr über den Fall wissen sollte, als wir vermuten: Gefährlich wird sie uns wohl kaum. Schilling ist tot. Vielleicht erzählt sie mir ja jetzt, was sie wirklich im Labor wollte. „Warum ist diese Nonne so wichtig?“

„Warten Sie auf unsere Presseerklärung. Und halten Sie sich von dieser Schwester Gabriela fern.“

„Kann doch nicht sein, dass Sie allen Ernstes eine fast achtzigjährige Klosterfrau des Doppelmords verdächtigen! Sie wollte herausfinden, wer Schwester Cordula ermordet hat.“

„Tatsächlich?“

„Sie hat uns sogar einen Hinweis gegeben. Bei Schwester Cordulas Sachen war ein Zettel mit Namen und Telefonnummer der Genetikerin Natalie Veith. Sie hat vor fünf Jahren in der ‚Beauty Oasis‘ gearbeitet. Sie war damals die Geliebte von Schilling.“

„Und wo soll der Zettel gewesen sein? Wir haben alles spurentechnisch behandelt.“

„Wo sie eben nicht nachgesehen haben. Sie hatte ihn in einer angebrochenen Schachtel mit Tampons versteckt.“

Chefinspektor Knobloch sieht mich spöttisch an. „Mit Tampons also, was Besseres ist ihr nicht eingefallen?“

„Auch Klosterschwestern sind Frauen“, fauche ich. „Sie sollten sich lieber um das verschwundene Labor kümmern, dort …“

„Fein, dass Sie mir erklären, wie ich meine Arbeit machen soll. Und, Frau Kollegin: Was ist denn Ihre Theorie? Der Karl scheint ja ganz begeistert von Ihnen zu sein, er hat gesagt, ich soll Sie bloß nicht zu hart anfassen und Ihnen gut zuhören. In einem anderen Fall würde ich schon vermuten …“

Endlich ein gutes Gefühl. Hat zwar nicht so gewirkt, als hätte der Gerichtsmediziner noch viel für mich übrig, aber … wenn Knobloch es sagt … – Was soll ich ihm erzählen? Was weiß er schon? Wie viel weiß ich? Warum musste Schilling sterben? Weil wir uns eingemischt haben? Ich hole tief Luft und beginne mit Grünwalds internationalen Firmenverflechtungen, seinem Schönheitskonzern inklusive Kliniken und Patenten auf Nasen und Wangen und davon, dass man mit einem wirksamen Mittel zur Lebensverlängerung Millionen und Milliarden machen könnte. Ich erzähle von der Nonne Cordula, die vielleicht weg wollte, weil sie Grünwalds Methoden nicht mochte. Die möglicherweise etwas gesehen hat und deshalb aus dem Weg geräumt wurde. Davon, dass ich nicht weiß, ob Grünwald hinter allem steckt oder ob es vielleicht andere, mächtigere Hintermänner gibt. „Jedenfalls hat mir jemand noch in der Nacht, in der wir im Kellerlabor gewesen sind, vor dem Weingartenhaus aufgelauert. Ich bin davongefahren. In der gleichen Nacht haben sie das Labor geräumt. Weil dort etwas vorgeht, das der Schlüssel zu allem ist. Gut möglich, dass dort auch illegale Gesichtsoperationen gemacht werden."

„Sie haben wirklich eine blühende Fantasie. Sie meinen, Grünwald arbeitet nebenher schwarz, um die Steuer zu betrügen?"

„Nein. Wie Sie wissen, gibt es Menschen, die ein neues Gesicht brauchen. Einen neuen Pass. Weil sie gesucht werden. Weil sie untertauchen wollen. – Es gibt übrigens Fotos von dem Geheimlabor. Ich war nicht sicher, ob die Kamera im beinahe Finstern funktioniert hat. Die Bilder sind tatsächlich nicht besonders gut, aber man kann die Mäuse erkennen. Und den Operationssaal. Ich habe sie auf meinem Laptop."

Knobloch sieht mich seltsam entspannt an. „Und jetzt sagen Sie mir noch, warum Sie sagen: ‚In der Nacht, in der WIR im Kellerlabor waren.' Wer war dabei?"

„Also glauben Sie inzwischen nicht mehr, dass ich Unsinn erzählt habe?"

„Ich glaube, dass es nicht so wichtig ist."

„Ihr Gerichtsmediziner kennt Vesna Krajner. Sie ist eine Freundin von mir. Ich wollte nicht allein in der Nacht …"

Knobloch nickt. „Das ist das Erste, was mir einleuchtet."

„Und warum ist das alles nicht mehr so wichtig?"

Der Chefinspektor seufzt. „Ich muss es morgen ohnehin an die Medien geben. Bei der großen Truppe, die da heute für uns unterwegs ist, sickert es sowieso bald durch. Es gibt Hinweise darauf, dass Schwester Cordula und Dr. Schilling ein Verhältnis hatten. Wir haben bei ihren Sachen so einiges gefunden. Wenn auch nicht den ominösen Zettel mit der Telefonnummer einer früheren Mitarbeiterin von Grünwald."

„Weil Sie eben doch nicht überall nachgesehen haben."

„Weil es keine Schachtel mit Tampons gab."

„Und ich sage Ihnen: Auch Nonnen gehen mit der Zeit!"

Knobloch nickt langsam. „Kann schon sein. Hat Ihnen diese Schwester Gabriela den Zettel eigentlich gegeben?"

„Nein, sie muss ihn noch haben."

„Sie hat ihn nicht. Es ist ein Mosaiksteinchen mehr. Schwester Cordula hat keine Tampons gebraucht, weil sie verkümmerte Eierstöcke hatte."

„Und woher …", fahre ich auf.

„Von unserem gemeinsamen Freund. Es ist ein Routinecheck: War die Tote schwanger? Verkümmerte Eierstöcke lassen sich auch in gegartem Zustand nachweisen. Nur damit Sie Ihre internationalen Verschwörungstheorien nicht allzu wild wuchern lassen: Kommen Sie mit!"

Ich steige aus. Bin nach der Sitzerei im kleinen Fiat richtig steif. Der Gerichtsmediziner sieht uns erstaunt an.

„Ist vielleicht pädagogisch heilsam", erklärt ihm der Chefinspektor und fügt hinzu: „Ist es wahrscheinlich, dass Schwester Cordula Tampons besaß?"

Simatschek sieht uns irritiert an. „Sicher nicht, ihre Eierstöcke waren verkümmert. Warum …"

Knobloch packt mich am Ellbogen und geht mit mir in Richtung der Gestalt am Boden. Am Nachmittag war Schilling in einem adretten hellblauen Hemd unterwegs. Jetzt trägt er ein schwarzes T-Shirt. Auf der Brust hat es einen großen dunkelroten Fleck, sieht auf den ersten Blick aus wie eines dieser schrägen T-Shirts, die man im Internet bestellen kann. Nur das Messer stört. Es steckt dort, wo das Herz sitzt. Langsam sehe ich weiter nach oben, in sein Gesicht. Zwischen Nasen- und Haaransatz ist etwas. Im ersten Moment denke ich an ein missglücktes Facelifting. Dann schaue ich genauer hin. In seine Stirn hat jemand ein Kreuz geritzt. Blut.

„Ritualmord“, flüstere ich.

„Wir werden keine voreiligen Schlüsse ziehen“, murmelt Knobloch.

„Aber wie hätte es der alten Nonne gelingen können, den viel kräftigeren Schilling zu erstechen?“

„Das herauszufinden ist in erster Linie seine Aufgabe“, erwidert der Chefinspektor und deutet auf den Gerichtsmediziner hinter uns. „Die meisten Kapitalverbrechen werden im Kreis der Familie begangen. Könnte sein, dass das hier, sozusagen im erweiterten Sinn, nicht anders gewesen ist.“

„Brauchen Sie mich noch?“, frage ich.

Der Chefinspektor schüttelt den Kopf. „Ich kann Sie ja erreichen. – Und nur falls Sie auf die Idee kommen, noch heute Nacht mit der Nonne ein Interview zu machen: Zwei von unseren Leuten sind bei ihr.“

Natalie Veith. Warum ist er an ihr so gar nicht interessiert? Immerhin war sie vor fünf Jahren die Geliebte von Schilling. Immerhin gab es diesen Prozess. Immerhin haben sie gemeinsam zu genetischen Möglichkeiten der Lebensverlängerung geforscht, auch in diesem plötzlich verschwundenen Geheimlabor. Andererseits: Ich kann mir sehr schwer vorstellen, dass die Genetikerin kommt, Schilling ersticht und ihm ein Kreuz in die Stirn ritzt. Doch abgesehen davon: Befragen wird man sie jedenfalls, da bin ich sicher. Warum hat Schwester Gabriela uns die Sache mit dem Zettel erzählt? Wo hat sie ihn wirklich gefunden? Oder gab es ihn nie? Sollten wir auf die falsche Spur ... Ich werde es heute Nacht nicht mehr klären.

„Und wie soll ich jetzt heim?“, frage ich.

„Wenn du noch ein wenig wartest, nehme ich dich mit. Die Leute mit dem Sarg sind schon unterwegs. Dann reicht es, wenn ich morgen weitermache“, murmelt Simatschek.

Knobloch sieht uns belustigt an. „So gut kennt ihr euch also schon?“

Simatschek nimmt die weiße Haube ab, sieht mit einem Mal viel netter aus. „Wär ich andersrum, ich könnte mich in sie verlieben.“ Er grinst.

Und diesmal übernachte ich tatsächlich im Gästezimmer des Gerichtsmediziners. Ich bin heilfroh, nicht im Winzerhaus schlafen zu müssen. Auch wenn alles darauf hindeutet, dass anstelle eines nächtlichen Besuchers nur der Sonnenschirm auf mich gewartet hat. Als ich in der Früh aufwache, riecht es nach Speck. Ich brauche einige Momente, um zu begreifen, wo ich bin. Der Laborchef mit dem Kreuz am Hirn. Warum kann ich trotzdem nicht glauben, dass Schwester Gabriela ihn auf dem Gewissen hat? Eigentlich aus einem ganz einfachen Grund: Sie hat nicht so gewirkt, als hielte sie allzu viel von unverrückbaren Dogmen. Sie ist nicht der Typ „Nonne als Racheengel". Ich suche nach etwas, das ich mir überwerfen kann, und überlege, wo das Badezimmer ist. Es klopft. „Badezimmer links, zweite Tür, du hast eine Viertelstunde Zeit, dann gibt's Frühstück. Um neun muss ich fort."

Klingt nach fröhlichem Urlaubstag. Dabei weiß ich, was auf Karl Simatschek wartet. – Ob das Messer noch immer in der Brust von Schilling steckt?

Der Gerichtsmediziner ist ein Morgenmensch. Er sei schon laufen gewesen, erzählt er mir. Das putze den Kopf durch. Und: Ein kräftiges Frühstück sei nicht nur gut für den Magen, sondern auch fürs Gemüt.

An sich ist Speck mit Ei nicht das, was ich in der Früh brauche. Extrastarker Kaffee hat mir immer gereicht, zumindest solange ich allein gelebt habe. Inzwischen hat mir Oskar, was Frühstücken angeht, allerdings einiges beigebracht.

Der Tisch auf der Terrasse ist schon gedeckt. Wir sehen auf ein Maisfeld, dahinter Weinhügel. Lebt nicht schlecht, dieser Gerichtsmediziner.

„Wir reden nicht über den Fall, okay?", hat er gesagt, als ich geduscht heruntergetapst bin. Heute hat es sich nach langer Zeit wieder einmal bewährt, dass ich in meiner Handtasche immer Zahnbürste, Zahnpasta und Ersatzunterwäsche habe. – Ist mir eigentlich auch lieber so, dass wir nicht darüber reden, was gestern passiert ist.

Ich esse viel zu viel und weiß bald nicht mehr, was ich sagen soll. Es gäbe Gesprächsthemen genug, aber mir spukt nur eines im Kopf herum. Ihm offenbar auch.

„Da fährst zurück nach Wien?", fragt er dann.

„Ich weiß noch nicht. Ich will Knobloch jedenfalls die Fotos vom geheimen Labor geben, aber die kann ich auch mailen."

„Wird nicht schaden", ist die Antwort. Es ist kurz vor neun, der Gerichtsmediziner beginnt den Tisch abzuräumen.

„Besonders scheinen sie ihn allerdings nicht mehr zu interessieren. – Kann es sein, dass er versucht, Grünwald und seine ‚Beauty Oasis' zu schützen? Kriegt er von irgendeiner Seite Druck?"

Karl Simatschek stellt das Tablett wieder ab und sieht mich an. „Ich hab mich das auch schon gefragt. Aber ich hab bis jetzt nie erlebt, dass er auch nur im Ansatz korrupt gewesen wäre. Vielleicht hat es sich bei unseren bisherigen gemeinsamen Fällen aber bloß nicht ergeben. – Nein. Ich glaube, er ist einer, der sich einfach an das Näherliegende hält."

„Und du?"

„Ich hoffe, dass er recht hat."

„Bevor du die Leiche gesehen hast, hast du eine andere Theorie gehabt. Sonst hättest du nicht gesagt, dass Vesna nicht allein im Winzerhaus übernachten soll."

„Ihr habt mich eben mit euren Geheimlabortheorien schon ganz verrückt gemacht. Ich werde mir diesen Dr. Schilling heute ansehen. Danach weiß ich wohl eher, was ich glauben soll."

„Kannst du dir vorstellen, dass er in der Einschicht von einer weit über siebzigjährigen Nonne überfallen wurde und sich hat erstechen lassen?"

„Ich werde aufschneiden und analysieren und messen. Das ist mein Job. Und dann überlege ich, wie es gewesen sein könnte."

Karl fährt mich zum Häuschen im Weingarten. Er bleibt, obwohl es schon nach neun ist, neben mir, während ich die Tasche packe, er verabschiedet sich erst, als ich bei meinem Auto stehe. „Danke", sage ich und drücke ihm einen Kuss auf die Wange. Er riecht gut, nach Speck und einem Hauch Eau de Toilette.

„Sei vorsichtig", antwortet er. „Und wenn dir etwas seltsam vorkommt, dann melde dich. Es ist nicht so, dass ich Knobloch automatisch alles erzähle. Wenn du eine SMS schickst, in der ‚Mole' steht, dann weiß ich, dass es ernst ist."

„Meinst du, dass noch etwas passieren kann?"

Er lacht. „Glaub ich eigentlich nicht, ich wollte dich nur daran erinnern, dass du mir noch eine echte mexikanische Schokosauce schuldest."

[8.]

Ich steige ins Auto, fahre los und weiß eigentlich nicht so recht, wohin. Vesna geht nicht ans Telefon, reagiert auch nicht auf meine SMS. Seltsam. Ich sollte nach Wien und mit Natalie Veith reden. Außerdem muss ich in die Redaktion. Ich bin sicher, dass auf einigen Bildern von der Schönheitsklinik Lkw zu sehen waren. Wir könnten die Bilder vergrößern. Vielleicht kann man das Kennzeichen lesen oder zumindest eine Werbeaufschrift. Was heute wohl in der „Beauty Oasis" los ist? Der zweite Mord in so kurzer Zeit. Ich könnte natürlich auch in der Lobby einen Kaffee nehmen. Ich habe ja bloß kein Zimmer bekommen, weil keines frei war. Die Lobby ist der Bereich, der auch Gästen von auswärts offen steht. Auf dem Weg Richtung Autobahn könnte ich dann noch bei Grünwalds Fabrik vorbeischauen. Am liebsten würde ich allerdings mit Schwester Gabriela reden. Oder sitzt sie schon in Untersuchungshaft? Heute erscheint das „Magazin" mit meiner Story über die tote Nonne. Es war wohl gar nicht schlecht, dass ich, wie von der Geschäftsführung gewünscht, über einen möglichen Liebhaber spekuliert habe. Was treibt mich an weiterzutun? Vielleicht der Umstand, dass ich glaube, Knobloch macht es sich zu leicht. Vielleicht das Bedürfnis, am Ende recht zu haben. Auch gegenüber dem anzeigenfixierten Geschäftsführer des „Magazin".

In der „Beauty Oasis" werde ich allerdings enttäuscht. Alles geht seinen gewohnten Gang. Keiner der Gäste scheint an etwas anderem interessiert zu sein als an sich selbst. Ich setze mich in einen der ausladenden Fauteuils, bestelle einen Cappuccino und sehe mich um. Zwei jüngere Frauen kommen an. – Was wollen sie verschönern, verkleinern, vergrößern lassen? Ein Mann nippt an einem Glas Saft und sieht irgendwie zweifelnd drein. Holt er seine Frau ab? Überlegt er, sich das Doppelkinn straffen zu lassen? Der Mord am Leiter des Labors scheint sich noch nicht herumgesprochen zu haben. Dr. Schilling hat ja auch eher im Verborgenen gewirkt. Worüber haben sie im Keller wirklich geforscht? Wie wichtig war das Labor? Wie wichtig der geheime Operationssaal? – Dann habe ich es plötzlich eilig. Ich sehe einen der beiden Lateinamerikaner. Er steigt aus dem Lift, geht Richtung Ausgang. Ich schaue mich nach dem anderen um. Scheint heute nicht da zu sein. Ich lege fünf Euro auf den Tisch, das muss auch hier für einen Kaffee reichen, und gehe so unauffällig wie möglich hinter ihm zur Tür hinaus. Er sieht sich nicht um, eilt zu einem großen weißen BMW. Leihwagen. Mein Honda steht zum Glück nicht sehr weit entfernt. Ich steige ein, trödle ein wenig und habe dann, rein zufällig, denselben Weg wie der Typ aus El Salvador. – Und wenn die beiden wirklich einfach Geschäfte zwischen „El Centro“ und der „Grünwald-Group“ abwickeln? Die Operation müsse durchgeführt werden, haben sie verlangt. Und noch etwas fällt mir jetzt ein. Einer der beiden hat etwas gesagt wie: „Wir haben damit nichts zu tun.“ Wie war das genau? Hat sich das auf den Mord an der Nonne bezogen? Warum hätte Grünwald annehmen können, die beiden haben damit zu tun? Ich sollte mich auf den BMW vor mir konzentrieren. Nicht zu nah dranfahren. Quatsch, ich verfolge ihn nicht, wir haben einfach den gleichen Weg. Viele sind Richtung Autobahn unterwegs. Vielleicht führt er mich zum Ersatzlabor? Wer hat eigentlich im Labor gearbeitet? Ich kann mir nicht vorstellen, dass Schilling alleine geforscht hat. Dazu hat es zu viele Sessel gegeben, zu viele Computer. Beinahe hätte ich übersehen, dass das Auto vor mir abbiegt. Ich mache es, wie ich es im Fernsehen gesehen habe: Ich tue so, als würde ich ungerührt geradeaus weiterfahren. Eine Minute lang. Dann wende ich, nehme die Seitenstraße, die er genommen hat, schaue mich aufmerksam um, aber der Wagen ist nirgendwo mehr zu sehen. Ich fahre, ohne allzu viel Gas zu geben, die Straße entlang. Mist. Jetzt habe ich ihn verloren. Wo bin ich hier eigentlich? Ich will schon umdrehen, als ich ein großes flaches Gebäude sehe. Darauf der Schriftzug: „Beauty&Young“. Ein Parkplatz, der rund um die Fabrik zu gehen scheint. Ich fahre aufs Gelände. Da vorne sind nur einige Autos geparkt, der weiße BMW ist nicht dabei. Weiter hinten zwei Laderampen für Lkw. Die Rollläden am Gebäude sind unten. Auf der Schmalseite der Halle eine andere Aufschrift: „Elite Fitness". Darunter ein Eingang. Große goldfarbene Doppeltür. Durch sie geht es offenbar zu einem Fitnesszentrum. Momentan scheint kein Betrieb zu sein. Die Tür ist zu, der Parkplatz leer. Dafür stehen ums Eck, entlang der Rückseite des Gebäudes, jede Menge Autos. Hier scheinen die zu parken, die für „Beauty&Young" arbeiten. Ich stelle mein Auto zwischen einem Golf und einem der neuen asiatischen Kleinwagen ab. Kein BMW. Vielleicht gibt es ja so etwas wie einen Fabrikverkauf. Den Salvadorianer scheine ich definitiv verloren zu haben. War es ein Zufall, dass er diese Seitenstraße genommen hat? Ist ihm aufgefallen, dass da eine hinter ihm dreinfährt, und hat er mich abgehängt? Was wollte er hier? Ist „El Centro" einfach Kunde von Grünwalds Firma mit Anti-Aging-Produkten? Auch in El Salvador will man jung bleiben. Schmaler Personaleingang, er hat nichts vom Protz der goldenen Doppeltür zum Fitnesscenter. Soll ich rein? Irgendeine Kontrolle wird es hier wohl geben. Wenn ich beim Vorbeifahren richtig gesehen habe, ist an der vorderen Schmalseite auch cin Eingang. Ich gehe die Mauer entlang, weiß verputztes großes Gebäude, keine Fenster. Hier könnte so gut wie alles produziert werden. Ich gehe um die Ecke. Ein etwas breiterer, freundlicher Eingang. Daneben ein Schild: „MitarbeiterInnen gesucht". Soll ich mich bewerben? Unsinn. Das fliegt zu schnell auf. Wenn es einen Portier gibt, werde ich einfach nach einer dieser großartigen Cremes fragen, die mir von Professor Grünwald persönlich empfohlen worden sei.

Einige Schritte vor der Tür bleibe ich stehen, sehe auf mein Mobiltelefon. Vesna hat sich immer noch nicht gemeldet. Ist sehr ungewöhnlich für sie. Sie ist auch keine, die ihr Telefon irgendwo liegen lässt, es einfach vergisst. Sie mag es, immer erreichbar zu sein. Im Winzerhäuschen war keine Spur von ihr. Wenn sie Natalie Veith getroffen hätte: Sie hätte mir irgendeine Nachricht geschickt. Vielleicht nur eine kurze, so etwas wie: „Bin da." Aber ich hätte Bescheid gewusst und wäre beruhigt. Wenn sie doch zurück in die „Beauty Oasis" ist und dort auf eigene Faust herumschnüffelt … Die geheimen Operationssäle des Professor Grünwald … Klingt wie der Titel eines Horrorfilms. Film ist Fiktion, Mira. Trotzdem kann ich nicht verhindern, dass ich Gänsehaut bekomme. Alles wird sich aufklären. Ich nehme die paar Stufen zum Eingang. Bei Schwester Gabriela war sie gestern Nacht jedenfalls nicht. Die stand unter behördlicher Bewachung. Die Sache mit dem Zettel mit Natalie Veiths Namen ist einigermaßen seltsam, das muss ich zugeben. – He, was soll das! Ein Mann rempelt mich an, kommt ins Straucheln, fängt sich gerade noch.

„Können Sie nicht aufpassen?“, fauche ich und bemerke erst jetzt, dass es sich bei dem eiligen Typen um Sam Miller, den Masseur mit den Seidenhänden, handelt.

„Oh, sorry“, sagt er.

Eigentlich seltsam. Was macht der hier? Und warum hat er es so eilig?

„Was machen Sie hier?“, fragt er dann.

„Blanker Zufall“, lächle ich und reibe mir den Ellbogen. „Ich bin einfach ein wenig durch die Landschaft gefahren. Und wenn ich schon hier bin, will ich nachsehen, ob Grünwalds Wundercremes ab Fabrik günstiger sind als in der ‚Oasis‘. – Und warum sind Sie da?“

„Oh, ich bringe ab und zu Bestellungen vorbei. – Man weiß schon mehr über den Tod der armen Schwester Cordula? Ich muss Ihre Story lesen. Ich hoffe, Sie haben Grünwald leben lassen. Er ist immerhin mein Boss.“

„Das Heft ist seit heute auf dem Markt. Grünwald kommt darin als reines Unschuldslamm weg.“

„Oh, das ist gut so. Auch wenn es einigen nicht gefallen wird.“

„Ich hatte das Gefühl, Sie haben es eher mit Wellness ohne Skalpell.“

Er lacht. „Sie sollen mich nicht durchschauen. Aber ich finde das, was er macht, schon auch okay. Anders als …“

„Anders als wer?“ Ich frage es vielleicht eine Spur zu scharf.

Sam stutzt. „Anders als zum Beispiel Schwester Gabriela.“

„Ist mir noch gar nicht aufgefallen“, lächle ich.

„Ist nur, was man so hört. Sie wollte den Vertrag des Klosters mit Grünwald kündigen. Ich weiß nicht, warum, aber ihr war die Moral der Schönheitsklinik der Moral der Kirche nicht nahe genug.“

„Wie meinen Sie das?“

„Oh, manchmal drücke ich mich auf Deutsch vielleicht ungeschickt aus. Ich meine nichts Spezielles. Nur den Jugendwahn und den Schönheitskult und Versuchungen. Und dass sich das mit der

Ordensregel und dem Glauben vielleicht nicht ganz vereinbaren lässt."

„Versuchungen?"

„Ich muss weiter. Ich erzähle nur Unsinn, den ich gehört habe. Und das haben Sie doch sicher auch gelesen, gestern in der Zeitung: Schwester Cordula war vielleicht nicht so rein, wie es das Klosterleben vorschreibt." Damit winkt Sam und verschwindet ums Eck zum Personalparkplatz. Ich sehe ihm einigermaßen ratlos hinterher. Hat er jetzt nur das übliche Getratsche weitergegeben oder hat er konkrete Anhaltspunkte? Ich kann mir vorstellen, dass der Wellnessbereich ein sehr guter Boden für Informationsaustausch ist. Allerdings auch für Spekulationen. Vom Tod des Laborchefs scheint er jedenfalls noch nicht erfahren zu haben.

Ich gehe nach drin. Wäre schön, wenn ich mich hier ungestört umsehen könnte. Aber schon im Eingangsbereich kommt eine junge Frau auf mich zu.

„Susanne Weber. Was kann ich für Sie tun?" Ihre Stimme klingt, als hätte sie bis vor Kurzem in einem Callcenter gearbeitet. Professionelle Freundlichkeit.

„Gibt es hier einen Fabrikverkauf?"

„Leider nein. Aber Sie können unsere Produkte in der ‚Beauty Oasis' erwerben und natürlich bei einigen anderen ausgewählten Beauty-Partnern sowie im Internet."

„Schade …" Ich versuche durch die halb offene Tür in den Produktionsbereich zu spähen. Keine Chance. Nein, eine Chance habe ich noch. Ist ja letztlich egal, ob sie erfahren, wer ich bin. Breites Lächeln. „Ich komme von der Wochenzeitung ‚Magazin' und arbeite an einer Reportage über Anti-Aging-Produkte. Ich habe gehofft, ich könnte mir ansehen, wie Ihre Cremes und Nahrungsergänzungsmittel hergestellt werden. Es ist wichtig, auch zu vermitteln, was hinter der Verpackung steckt."

„Oh", antwortet die Empfangsdame bloß. Hat sie das von Sam gelernt?

„Kann ich mich ein wenig umsehen? Ich störe auch ganz sicher nicht." Ich mache einige Schritte in Richtung Produktionsbereich.

„Das geht leider nicht. Über den Zugang für Journalisten darf nur unser Geschäftsführer entscheiden."

„Und wo finde ich den?“

„Oh, ich werde ihn verständigen.“

„Ist es nicht einfacher, wir gehen gleich zu ihm?“, sage ich möglichst unbefangen. „Wissen Sie, die ‚Grünwald-Group‘ schaltet bei uns immer wieder große Annoncen, und so dachten wir, dass Ihre Firma in unserer Story entsprechend prominent vorkommen sollte.“

Die Empfangsdame lächelt. „Ich studiere an der Fachhochschule Industriemarketing. Das hier ist mein Sommerjob. Klingt natürlich super, dass Sie uns in Ihrer Story bringen wollen, aber entscheiden darf ich das nicht. – Kommen Sie mit!“

Gut gemacht, Mira. So kann ich wenigstens einen Blick auf die Produktion werfen. Noch besser wäre es, zu wissen, ob es auch hier ein Labor gibt. Und ob es in den letzten Tagen deutlich gewachsen ist. Ich fürchte allerdings, dass meine Exkursion beendet ist, sobald wir beim Geschäftsführer ankommen. Die Empfangsdame ruft ins kleine Büro hinein, dass sie für ein paar Minuten weg sein werde. „Kein Problem“, ruft eine Männerstimme mit eindeutig steirischer Sprachfärbung zurück. Klingt, als hätte ein freundlicher Hund sprechen gelernt.

Hinter der Tür befindet sich ein breiter Gang, auf der Seite ein Kleiderständer mit weißen Mänteln. Wo mir die in letzter Zeit überall begegnen …

„Wir müssen einen überziehen“, erklärt die Empfangsdame. Ich schlüpfe hinein, sie gibt mir eine Einwegplastikhaube. „Sieht nicht toll aus, ich weiß. Ist aber Vorschrift.“

„Kommen wir durchs Labor?“, will ich wissen.

„Durchs Labor? Nein, warum? Das liegt ganz hinten.“

Immerhin habe ich erfahren, dass es eines gibt. „Nur wegen unseres Outfits.“

„Nein, das ist auch in der Produktion vorgeschrieben. Es muss sehr sauber gearbeitet werden. Einzelne Produkte werden überhaupt nur noch von Robotermaschinen unter keimfreien Bedingungen erzeugt.“

„Klingt sehr gut“, lobe ich, ganz freundlich gesonnene Journalistin.

Die junge Frau öffnet eine schwere Tür, auf der steht: „Unbefugten ist der Zutritt verboten!“

Ich trabe hinter ihr her und bin an einer Produktionsstraße, auf der eindeutig Cremes abgefüllt werden. Eine Maschine spuckt immer exakt gleich viel von einer weißen Paste in Tiegel, die auf einem Förderband vorbeilaufen. Zwei Frauen in weißem Overall mit ähnlicher Haube, wie wir eine auf dem Kopf haben, schrauben die Tiegel zu und geben sie jeweils in eine Schachtel. Nervtötender Job. Aber immerhin eine fixe Arbeit. Die eine von ihnen hat auch noch Zeit, uns zuzulächeln. Ich sehe mich, so gut es geht, um. Eine überdimensionale Rührschüssel, die mit einem Rohrsystem verbunden ist, daneben ein Mann vor einer Art Computerdisplay. Auf der anderen Seite eine Fertigungsstraße in einem durchsichtigen Glas- oder Kunststofftunnel. Kügelchen rollen in Fläschchen aus Plastik oder einem ähnlichen Material.

Meine Begleiterin geht rasch, streckt dann den Arm aus und deutet auf ein Büro hinter Glas. Hoch auf einem Stahlgerüst, eine metallene Treppe führt hinauf. Wer immer dort sitzt, kann alles überwachen, was hier unten passiert. Beim Näherkommen bemerke ich, dass das Büro nicht aus einem, sondern aus mehreren Räumen besteht. Wohl so etwas wie die Verwaltungszentrale. Seit Jahren sollte ich eine Brille tragen, aber üblicherweise ist es mir egal, wenn ich nicht alles, was in einiger Entfernung liegt, ganz scharf sehe. Heute wäre es von Vorteil. Jedenfalls sitzen da Menschen an Schreibtischen, das kann ich erkennen. Im mittleren Raum stehen zwei Männer. Ein großer mit hellen Haaren und ein kleinerer mit dunklen Haaren. Scheint überhaupt eher ein dunkler Typ zu sein. Ich kneife die Augen zusammen. Das ist er. Das ist mein Salvadorianer. Wo hat er seinen BMW abgestellt? Ich dachte, ich hätte alle Autos auf dem Parkplatz gesehen, da war sein Wagen nicht dabei. Vielleicht ist unter den Zufahrtstoren für Lkw eines, durch das man hineinfahren und in die Halle gelangen kann. Ich muss einem Gabelstapler ausweichen. Hier werden die Pakete fertig gemacht. Mehrere Frauen versehen Kartons mit Lieferetiketten und schlichten sie in größere Kartons. Die Verpackung kommt mir bekannt vor. Lagern nicht genau solche Kisten im Keller der „Beauty Oasis“, im Raum vor dem Labor? Warum auch nicht? Es ist kein Geheimnis, dass diese Fabrik Teil des Grünwald'schen Schönheitsimperiums ist. Und dann habe ich eine Fata Morgana. Es kann nichts anderes sein. Ich sehe wieder nach oben in den Glaskobel – die beiden Männer stehen noch immer da. Trotzdem, ich scheine langsam überzuschnappen. Ich sehe wieder auf die Verpackungsspezialistinnen. Eine von ihnen hebt gerade einen kleinen in einen größeren Karton. Die drahtige Frau mit der durchsichtigen Haube auf dem Kopf ist tatsächlich Vesna. Ich zwinge mich, sofort wieder wegzusehen. Was macht sie hier? Warum ist sie nicht in Wien? Warum hat sie mir nicht einmal eine SMS geschickt? Anders betrachtet: Es scheint ihr gut zu gehen. Es ist ihr nichts geschehen.

Die Empfangsdame geht vor mir die Treppe hinauf, Vesna winkt verstohlen. Auf ihre Geschichte bin ich jedenfalls gespannt.

Wir kommen durch ein gläsernes Sekretariat in den Raum des Geschäftsführers. Neben ihm mein Salvadorianer. Erinnert er sich an mich? Wir haben uns eigentlich nur im Schokoparadies gesehen. Oder hat er heute bemerkt, dass ich hinter ihm hergefahren bin? Dass auch ich in der „Beauty Oasis" war? Und was, wenn Professor Grünwald Fotos verteilt hat: WANTED! MIRA VALENSKY, JOURNALISTIN. Wenn es wahr ist, was Droch herausgefunden hat, dann habe ich es hier mit dem Handlanger eines ultrarechten mittelamerikanischen Großgrundbesitzers, Politikers und Industriellen zu tun. Könnte sein, dass die nicht zimperlich sind, wenn ihnen jemand zu neugierig wird. Aber mit Vesna einen Stock tiefer und jeder Menge Menschen in der Produktionshalle bin ich deutlich mutiger als alleine in der Nacht. Der Mann aus El Salvador mustert mich. Ich kann einfach nicht einschätzen, ob er mich erkennt. Dann sagt er mit rollendem spanischem Akzent zum Geschäftsführer: „Wir bleiben in Verbindung." Es klingt irgendwie nach Drohung. Er geht grußlos an mir vorbei, die Treppe hinunter. Besonders höflich ist der Typ jedenfalls nicht.

Mein Gespräch mit dem Geschäftsführer von „Beauty&Young" verläuft leider genau so, wie ich es mir vorgestellt habe. Er hört sich misstrauisch an, was ich ihm erzähle, und will meinen Presseausweis sehen. Nachdem er ihn begutachtet hat, wirft er der freundlichen Empfangsdame einen äußerst unfreundlichen Blick zu. Am liebsten würde er mich in einen Sack stecken und, ohne dass ich auch nur einen weiteren Blick auf seine heiligen Hallen werfen kann, hinauskatapultieren. Ganz klar: Ich hätte den Lateinamerikaner nicht sehen sollen. Und Professor Grünwald dürfte Order gegeben haben, auf keinen Fall mit mir zu reden. Ist ja beinahe schön, so wichtig zu sein. Es tue ihm sehr leid, murmelt der Geschäftsführer dann, ohne Voranmeldung sei es nicht möglich, den Betrieb zu besichtigen. Hygienepolizeiliche Auflagen, strikte Produktionsabläufe, Verschwiegenheitspflicht. Ich nicke verständnisvoll. Ich habe ja ohnehin schon so einiges gesehen. Und ich kann davon ausgehen, dass Vesna versuchen wird, ins Labor zu kommen. Könnte gut sein, dass man es vor Kurzem mit Elektronenmikroskopen und anderem Hightech aufgerüstet hat. Wäre eigentlich ein Grund für den Geschäftsführer, glücklich auszusehen. Tut er allerdings nicht. Nicht im Geringsten.

Ich steige in mein Auto, sehe mich genau um. Auf diesem Gelände merken auch Nichtprofis wie ich, wenn sie verfolgt werden. Große Parkplatzfläche, überschaubar. Keiner zu sehen, kein Wagen wird gestartet. Ich fahre nicht in Richtung Bundesstraße, sondern folge eine Zeit lang der Nebenstraße. Keine Ahnung, wo ich hier hinkomme. Ich bleibe am Straßenrand stehen und schalte mein Navi ein. Wenn ich mich nicht täusche, müsste ich nach ein paar Hügeln ungefähr auf der Höhe der „Beauty Oasis" sein. Ich könnte an der Schönheitsklinik vorbeifahren und dann endlich wirklich Richtung Autobahn. Dumm ist nur, dass die Polizei wohl inzwischen mit Natalie Veith gesprochen hat. Oder fixieren sie sich tatsächlich auf die These „Ritualmord"? Wäre für Grünwald jedenfalls die angenehmste Variante. Was weiß ich schon von Nonnen ... Vielleicht haben sie ja recht. Würde auch zu dem passen, was Sam Miller erzählt hat. Mir macht Schwester Gabriela allerdings nach wie vor nicht den Eindruck einer Glaubenseiferin. Sie hat so getan, als könnte sie sich mit dem, was in der Schönheitsklinik passiert, ganz gut arrangieren. Schon allein deshalb, weil ihre Ordensgemeinschaft so eine Überlebenschance hat. Aber: Zumindest teilweise sind wir ihr auf den Leim gegangen. Schwester Cordula hat keine Tampons gebraucht. Also ist es sehr unwahrscheinlich, dass sie den Zettel mit dem Namen von Natalie Veith in einer Packung Tampons aufbewahrt hat. Möglicherweise hat es einen solchen Zettel gar nie gegeben. Wenn es so war: Warum wollte uns die alte Nonne zur Genetikerin führen? Und: Warum hat sie das nicht offen getan? Ich sehe wieder auf mein Mobiltelefon. Die im Moment wichtigere Frage ist: Warum meldet sich Vesna nicht? Hat sie ihr Telefon verloren? Wird es den Arbeiterinnen abgenommen? Wie hat sie es geschafft, als Packerin unterzukommen?

Ich fahre weiter, der Weg ist viel kürzer als gedacht und ich bin exakt auf der schmalen Straße, die an der „Beauty Oasis" und dem Kloster vorbeiführt. Klar ist: Selbst wenn ich mich für die große Kombi aus Fettabsaugung, Gesichtslifting und Busenvergrößerung entscheide – in Grünwalds Schönheitsklinik bin ich nicht willkommen. Und was das Kloster angeht, so ist das wohl von Knoblochs Leuten besetzt. Ich fahre im Schritttempo an der „Oasis" vorbei, nichts zu sehen, was irgendwie außergewöhnlich wäre. Eine ältere Frau mit einem Pflaster mitten im Gesicht – hat sie so viele Jahre gebraucht, um dann doch noch draufzukommen, dass sie mit ihrer Nase nicht weiterleben möchte? –, zwei junge Frauen im Gespräch, ein Bäcker, der gerade liefert, ein hellgrüner Kastenwagen von „Beauty&Young" – offenbar ist Sams Order schon eingetroffen. Warum hat er eigentlich nicht telefonisch oder per E-Mail bestellt?

Weiter im Schritttempo zum Kloster. Kein Auto vor der Tür, auch kein Polizeiwagen. Allerdings weiß ich ja, dass im Garten zwei Carports stehen. Und dass Platz für deutlich mehr Autos wäre. Knobloch zeigt offenbar doch ein wenig Rücksicht gegenüber den Nonnen. Auch wenn das Getratsche nicht mehr lange aufzuhalten sein wird. Da fällt mir ein: Ich sollte herausfinden, ob der Chefinspektor tatsächlich für heute ein Pressestatement plant. Gleich nach dem Kloster zweigt ein schmaler Weg ab. Bäume, Büsche – eigentlich ein sehr guter Platz, um ein Auto einigermaßen versteckt zu parken. Wer kann mir verbieten, hier spazieren zu gehen? Ich will wissen, was im Kloster der heiligen Hildegard los ist. Vielleicht begegnet mir eine der geistlichen Schwestern, wenn ich mich in den Garten verirre.

Ich stelle meinen Allrad-Honda so tief wie möglich ins Gebüsch, klettere über Zweige und Äste, gehe den Weg entlang, sehe mich um, bevor ich auf die Straße biege. Hundert Meter und da ist das Tor zum Klostergarten. Noch einmal ein rascher Blick und ich bin drin. In einem der Carports Schwester Gabrielas Kleinwagen, der andere ist leer. Keine Polizei. Oder haben sich die Ermittler beim Kloster absetzen lassen? Polizeibeamte ohne Auto? Vielleicht ist alles schon vorbei und Schwester Gabriela sitzt längst in U-Haft? Hat sie gestanden? Das bleiche, faltige Gesicht, das nie Schminke gesehen hat, das nie von einem Skalpell berührt wurde, zum Himmel gewandt: „Der Herr ist mein Richter." Und Knobloch darauf: „Abführen!“ Ich schüttle den Kopf. Da passt etwas nicht.

Niemand im Garten. Der Glockenturm ist tatsächlich einfach an das Gebäude angebaut. Wahrscheinlich Teil einer Kapelle, die vom Hausinneren zu betreten ist. Arbeiten alle Nonnen in der „Beauty Oasis“? Auch an einem Tag wie heute? Ich gehe langsam Richtung Hintereingang. Ich drücke die Klinke, die Tür geht geräuschlos auf. Ich bin in einem Vorraum. Hier ist kein großes Bild der heiligen Hildegard, kein Spruch an der Wand, keine Kerze. Dafür stehen zwei Paar Gummistiefel da. Und an einem Haken hängt eine Gartenschürze. Licht dringt nur durch den Spalt der Türöffnung herein. Geheimnisvolles Halbdunkel. Wie alt ist dieses Kloster eigentlich? Steinboden. Kein Teppich. Zwei weitere Türen. Beide sind zu. Die eine könnte in den größeren vorderen Vorraum führen. Die an der Seitenwand in einen Raum nahe dem Glockenturm. Ich nehme diese Tür, öffne sie leise, vorsichtig. Ich weiß, dass ich hier jedenfalls ein Eindringling bin. Ich stehe in einer kleinen Kapelle. Nur drei Bankreihen, ein schlichter Steintisch als Altar. Auf der linken Seite ein großes schmuckloses Holzkreuz. Dahinter der Glockenturm mit einem Fenster ganz hoch oben. Blau und grün und rot schimmert es in den Raum, die Strahlen scheinen sich zu bewegen, lebendiger Geist. Ich schlage ein Kreuzzeichen. Langsam und andächtig, es gibt Plätze, da ist das als Zeichen des Respekts ganz natürlich. Ich atme langsam und tief und denke an gar nichts und erst jetzt sehe ich sie: Schwester Gabriela. Sie liegt auf dem Boden unter dem Kreuz. Lang ausgestreckt auf dem Bauch, die Arme nach vorne Richtung Kreuz, das Gesicht nach unten.

Ich kann nicht schreien. Ich gehe nur ganz langsam auf sie zu und sehe dabei die grünen und blauen und roten Strahlen, vergeistigtes Leben, Seele befreit vom Leib. Ihre Seele. Ich kann sie jetzt beinahe berühren. Ich muss aus dieser Trance aufwachen. Ich muss Knobloch, Simatschek, Vesna … Klingt wie ein Gebet. Die Schutzheiligen der nächsten Toten. Sind sie es? Sind es alle von ihnen? Ich habe schon Visionen. Der Körper der alten Nonne hat sich bewegt. Die Auferstehung des Fleisches. Ich werde es bezeugen. Der Jüngste Tag … Der Körper bewegt sich deutlicher. Moment, Mira. Die Nonne ist noch nicht tot. Sie zieht die Arme an, versucht auf die Beine zu kommen. Ich mache einen raschen Schritt nach vorn, weiß nicht, ob ich sie angreifen darf. Sie stöhnt, dann kniet sie am Boden. „Was ist?“, rufe ich. Es klingt nach Blasphemie. Sie rappelt sich auf und steht, sieht mich eine Spur verwirrt an. „Sie?“

„Wer hat Sie niedergeschlagen?“ Ich versuche zu flüstern, es ist immer noch zu laut für den Raum.

Sie schüttelt den Kopf, als müsste sie sich erst von allem Möglichen befreien. „Ich habe gebetet“, sagt die alte Nonne dann mit klarer Stimme.

„Sie haben Sie nicht in Untersuchungshaft genommen?“

„Kommen Sie bitte mit“, erwidert Schwester Gabriela. Es klingt nach einem Befehl.

Ich bin ihr durch den hinteren und den vorderen Vorraum gefolgt, dann nehmen wir die Treppe in den ersten Stock. Sie öffnet die Tür am Ende des Ganges, wir stehen in einem geräumigen Zimmer. Klosterzellen habe ich mir anders vorgestellt. Ein großes Fenster mit Blick den Hügel hinunter, hinein ins Land, vis-à-vis die Burg. Ein altes, hohes Kastenbett, helle Bettwäsche, doppeltüriger Schrank aus hellem Holz. Viele Bücherregale, auf einem Tischchen ein Fernseher. Davor ein moderner Sessel, so einer, bei dem man das Fußteil in die Waagrechte klappen kann. Ein Holzstuhl mit einer braunen Wolljacke darüber. Schwester Gabriela nimmt die Jacke und legt sie aufs Bett, deutet, dass ich auf dem Fernsehsessel Platz nehmen soll. Es kommt mir irgendwie ungehörig vor, ich entscheide mich, ohne etwas zu sagen, für den Holzstuhl. Sie sieht mich an und beginnt auf und ab zu gehen.

„Die Polizei ist weg?“, frage ich nach einer Weile.

„Vorläufig“, antwortet die Nonne und setzt ihren Gang fort. Dann bleibt sie abrupt vor mir stehen und starrt mich an. „Sie glauben auch, dass ich diesen Schilling ermordet habe?“

„Ich weiß es nicht“, murmle ich. „Ich denke, Sie wären nicht kräftig genug.“

Die Nonne lächelt, es ist ein Hauch von einem Lächeln, ähnlich einem der bunten Lichtstrahlen in der Kapelle. „Das wäre sich ausgegangen. Schilling wurde betäubt, bevor man ihn erstochen hat. Offenbar mit einem der Mittel, die in der ‚Oasis‘ relativ einfach zu erreichen sind.“

„Den Zettel mit dem Namen der Genetikerin hat es nie gegeben, nicht wahr?“, frage ich sie dann.

„Nein, den hat es nicht gegeben. Es war mit ein Grund, warum ich versucht habe mich ins Gebet zu versenken. Ich wollte herausfinden, wie viel Anteil ich an dem habe, was hier momentan passiert."

„Warum haben Sie uns angelogen?"

„Tja", sagt die Nonne, rückt den Fernsehsessel näher heran, setzt sich und sieht mir gerade ins Gesicht. „Wahrscheinlich weil ich die Wahrheit wollte und gehofft habe, Sie würden sie finden."

„Hat Natalie Veith etwas mit den Morden zu tun?" Kann ich mir nicht vorstellen. Ich darf mich von der Nonne nicht wieder einwickeln lassen.

„Nein, das glaube ich nicht. Sie ist von hier weggegangen, weil sie von Grünwalds Geschäftemachereien genug hatte. Ich habe gehofft, sie würde offen mit Ihnen reden."

„Wären diese Informationen bei der Polizei nicht besser aufgehoben gewesen?"

Die Nonne schüttelt den Kopf. „Die Polizei, das werden Sie schon hie und da bemerkt haben, ist Teil des politischen Systems. Sie nimmt Rücksicht auf die Mächtigen. Ich sage nicht, dass nicht immer wieder ehrlich ermittelt wird, aber manches, was zu viele Schwierigkeiten bereiten könnte, wird ganz gern ausgeblendet. Vielleicht habe ich es aber auch einfach nicht so mit der irdischen Gerechtigkeit. Wir beide sind einander zufällig vor der Sauna begegnet. Ihnen traue ich mehr zu."

„Zufällig?", frage ich.

„Sie meinen, ich müsste das als ‚schicksalhaft' bezeichnen? Tue ich aber nicht. Einstein hat einmal gesagt: ‚Gott würfelt nicht.' Im Gegensatz zu ihm kann ich mir das aber ganz gut vorstellen."

„Es gibt einen Popsong aus dem vergangenen Jahr, da heißt es: ‚Gott hat einen harten linken Haken'", erwidere ich. Vielleicht nicht gerade eine ebenbürtige philosophische Antwort, aber …

Die Nonne kichert. Sie kichert tatsächlich. „Das gefällt mir. Das Lied muss ich mir besorgen. Der harte linke Haken hat mich beinahe getroffen."

„Nur beinahe?"

„Ich habe gebetet und bin in mich gegangen und zu dem Schluss gekommen, dass ich mich wehren darf."

„Das hat Ihnen … Gott gesagt?"

„Das habe ich mir gesagt. Ein Gebet kann vieles sein, auch ein Gespräch mit dem innersten Selbst. Und je mehr ich in mein Innerstes komme, desto weniger unterscheidet sich das womöglich von dem, was wir Gott nennen. – Vielleicht sind solche Gedanken aber auch hoffärtig."

Hoffärtig. Ein Wort, das ich schon lange nicht mehr gehört habe. „Sam Miller, der Energetiktrainer, hat mir erzählt, dass Sie den Vertrag des Klosters mit Grünwald kündigen wollten. Stimmt das?"

Sie sieht mich überrascht an. „Nein, das stimmt nicht. Auch wenn ich mit einigem nicht einverstanden bin und immer wieder überlege, wie viele Kompromisse wir, ohne Schaden zu nehmen, eingehen können: Ich will, dass unsere Gemeinschaft bestehen bleibt. Wir pflegen Menschen, die Hilfe brauchen. So wichtig ist es schließlich nicht, ob sie sich selbst in diesen Zustand gebracht haben. Und ich sage Ihnen: Die meisten der Menschen, die in der Schönheitsklinik einem glücklicheren Leben hinterherrennen, brauchen unsere Zuwendung."

„Er hat so etwas gesagt wie, dass das, was in der ‚Oasis' vor sich geht, mit den Regeln Ihres Ordens nicht mehr vereinbar sei", fahre ich fort. Hätte ich mir bloß genauer gemerkt, was Sam erzählt hat.

„Seltsam, dass dieser Sam das sagt. Ich habe mit ihm kaum zu tun. Aber Schwester Cordula hat ihn sehr gemocht. Sie war es, die immer mehr gegen die Schönheitsoperationen rebelliert hat. In ihm hat sie gemeint einen Verbündeten zu haben. Sie hat mir erzählt, dass er sie auch beim Verkauf unserer Hildegard-Produkte unterstützen wolle."

„Wie hätte er das tun sollen?"

„Er hat bei den Gästen im Wellnessbereich für unsere Produkte geworben. Es gibt sie ja im Foyer der ‚Oasis' zu kaufen. Und er wollte ein eigenes Energetikinstitut aufmachen, da sollte es keine Chemie geben, nur unsere sanften Energiespender."

Ich nicke. Stimmt, von seinem Plan, sich selbstständig zu machen, hat er mir erzählt. „Haben Sie eine Ahnung, warum er versucht hat Sie als Gegnerin der Grünwald-Geschäfte hinzustellen?"

Schwester Gabriela schüttelt den Kopf. „Ich kann mir nur vorstellen, dass er Cordulas Gedankengänge mit meinen verwechselt hat. Vielleicht hat er gedacht, in einem Kloster ticken alle gleich."

„Und? Ist das nicht so?"

„Wieso sollte das so sein?"

„Zumindest sind Sie alle Richtung Jenseits orientiert."

Die Nonne schüttelt den Kopf. „Das hört sich beinahe so an wie das, was sich dieser Inspektor zusammengereimt hat. Als ob ich aus Zorn darüber, dass eine Klosterregel missachtet wurde, zwei Menschen umbringen könnte."

„Sind Regeln nicht sehr wichtig?"

„Sie können Halt geben. Sie können aber auch sehr viel Kraft rauben."

Ich muss achtgeben, dass unser Gespräch nicht ins Philosophische abgleitet. Da ist mir Schwester Gabriela eindeutig überlegen. „In der ‚Oasis' sind zwei Lateinamerikaner unterwegs. Kennen Sie die beiden? Kann es sein, dass sie mit Grünwald Geschäfte machen?"

„Ich glaube, ich weiß, wen Sie meinen. Ich habe sie einige Male gesehen. Ich habe es lustig gefunden, dass sie fast immer im Doppelpack auftreten. Üblicherweise sind Frauen lieber zu zweit unterwegs und Männer gerne für sich. Vor allem in so einer Klinik."

„Haben die sich operieren lassen?"

„Ich organisiere die Pflege und leiste Beistand, wenn nach mir gefragt wird, aber ich pflege keine Akutfälle. Aufgefallen ist mir allerdings nie, dass sie unter das Skalpell gekommen wären. Ich denke eher, dass sie wirklich mit Grünwald Geschäfte machen. Ich weiß nicht, wie ich darauf komme ... Wir hatten auch schon Chinesen da und andere Asiaten. Unser Professor scheint für seine Nasen und Wangen international berühmt zu sein. Aus irgendeinem Grund wollen viele Asiaten und Südamerikaner europäische Gesichtszüge."

„Sie meinen, es handelt sich also um legale Geschäfte?"

Die Nonne wiegt den Kopf. „Reden wir jetzt vom Gesetz oder von moralischer Legalität?"

Ich zucke mit den Schultern.

„Ich habe die beiden jedenfalls immer unsympathisch gefunden", fügt die Nonne an.

Ich habe eine Idee: „Hatte Schwester Cordula mit ihnen Kontakt?"

Meine Gesprächspartnerin denkt lange nach. „Da war etwas. Aber ich kann mich nicht erinnern. Ich glaube, es hatte mit dem

Labor zu tun. Sie ist irgendwann ganz empört gekommen und hat so etwas gesagt wie, dass sie jetzt wisse, wer dahinterstecke."

„Wohinter?"

„Es war immer mehr unter Verschluss, hat sie erzählt. Sie hatte das Gefühl, es gehe um Forschungsergebnisse, zu denen nur wenige Zugang haben sollten. Worum es sich dabei gehandelt hat, hat sie nicht gewusst. Auch da habe ich gehofft, dass Ihnen Dr. Veith mehr sagen kann."

„Wann hat Schwester Cordula gesagt, dass sie weiß, wer ‚dahintersteckt'?"

„Es ist nicht lange her, genauer kann ich es nicht …"

„Der Leiter des Labors war Dr. Schilling."

„Und ich kann mir beim besten Willen nicht vorstellen, dass Schwester Cordula ein Verhältnis mit diesem Dr. Schilling gehabt hat!" Die Stimme der Klosterfrau klingt fest, beinahe empört. Sie kann es sich nicht vorstellen, weil nicht sein kann, was nicht sein darf? „Schilling war ein Karrierist. Der hätte beinahe alles getan, um an mehr Macht und mehr Wissen und mehr Geld und mehr Anerkennung zu kommen. Schwester Cordula war das genaue Gegenteil. Sie war eine Idealistin. Ich glaube, sie hat sogar zu sehr nach dem Edlen und Schönen gestrebt oder nach dem, was sie dafür gehalten hat."

„Zu sehr? Kann es das geben?"

„Und ob. Wir leben in dieser Welt. Wenn wir mit unseren Idealen und Ideen abheben, dann können wir eine Menge Unheil stiften."

„Sie hat das getan?"

Schwester Gabriela sieht mich erschrocken an. „Nein, das wollte ich damit nicht sagen. Aber irgendwie glaube ich, dass sie die Schwärmerei für das Ideale das Leben gekostet hat."

„Schwärmerei? Wie unterscheidet sich die von dem, was Sie Glauben nennen?"

Die Nonne blickt aus dem Fenster, denkt nach. „Vielleicht gibt es keinen Unterschied."

„Sie glauben nicht mehr an Gott?", frage ich mit belegter Stimme.

„Wir glauben mit ihm zu leben. Aber manchmal scheint das, was uns immer nah ist, besonders weit fort. Damit tröste ich mich bisweilen."

„Und das ewige Leben?“

Schwester Gabriela lächelt. „Ich glaube daran, dass das Leben unendlich ist. Ein Augenblick ist nicht messbar und die Zahl der Augenblicke ist es auch nicht – was wäre eine bessere Annäherung an die Unendlichkeit?“

[9.]

Ich stehe in einem Konferenzraum der „Beauty Oasis" und bin gespannt, was da in Kürze passieren soll. Karl Simatschek hat mir eine SMS geschickt, knapp bevor ich Richtung Autobahn abzweigen wollte. „Pressekonferenz 12 Uhr Beauty Oasis. – High Noon???" Bevor ich von der alten Nonne weg bin, habe ich sie noch gefragt, warum sie Knobloch nicht in Untersuchungshaft genommen habe. Sie hat gelächelt und gemeint, sie habe ihn wohl davon überzeugen können, dass sie nirgendwohin fliehen werde. Kann sie tatsächlich mit den beiden Morden zu tun haben? Wie sie so dagelegen ist, lang ausgestreckt am Boden unter dem Kreuz, wie hingegeben … Ich dachte, sie sei das nächste Opfer geworden. – Und was, wenn sie sich selbst als Opfer dargebracht hat und geglaubt hat töten zu müssen? Doch als Gottes Werkzeug der Rache kann ich sie mir einfach nicht vorstellen. Als Vollstreckerin irgendwelcher Regeln und Prinzipien noch weniger. Und was, wenn sie getötet hat, um noch Schlimmeres zu verhindern? Was weiß sie? Was ahnt sie?

Zwei Kamerateams, fünf Fotografen, ein Dutzend Journalisten sind mit mir im Raum. Die meisten dürften für Lokalblätter schreiben. Ein hektischer junger Mann eilt herum und verteilt Werbeprospekte der „Beauty Oasis". Kommt mir momentan eher fehl am Platz vor. Auf die Fragen meiner Kollegen, was denn los sei, ob es etwa gar schon einen Täter gebe, sagt er immer wieder: „Sie müssen sich gedulden. Ich bitte Sie, sich noch einen Augenblick zu gedulden."

Um Punkt zwölf erscheint Professor Grünwald, er wird von einem mittelgroßen hageren Mann mit Brille begleitet, er dürfte gegen sechzig sein. Ich kenne ihn nicht.

„Waltensdorfer", raunt ein Journalist neben mir seinem Fotografen zu. Blitzlichter, die Kameras filmen. Grünwald bittet alle, sich zu setzen. Er selbst und der Typ neben ihm nehmen an der Schmalseite des langen Tisches Platz. Waltensdorfer. Noch nie gehört. Wo ist Chefinspektor Knobloch?

„Sehr geehrte Medienvertreter", beginnt Grünwald feierlich. „Ich danke Ihnen für Ihr zahlreiches Erscheinen. Ich habe versprochen, Sie über den Fortgang der Ermittlungen zu jenem schlimmen Todesfall auf dem Laufenden zu halten, und komme dem damit …" Er versucht, ganz ruhig zu sprechen, aber ich sehe, er hat Schweißtropfen auf der Stirn. So etwas kommt gar nicht gut im Fernsehen, Herr Schönheitschirurg.

„… freut es mich, dass Dr. Waltensdorfer, der Leiter der steirischen Landespolizeidirektion, Sie informieren wird."

Sieh an, der Boss von Knobloch also. Waltensdorfer räuspert sich, fingert dann ein Blatt Papier aus seiner Anzugtasche. „Obwohl die Ermittlungen noch im Laufen sind, kann ich Ihnen einiges berichten." Ab da liest er vom Blatt: „Schwester Cordula von den Hildegard-Schwestern wurde im Nahebereich der Sauna durch ein gängiges und leicht verfügbares Betäubungsmittel sediert, danach entkleidet und in die Sauna gebracht. In der Folge hat der Täter die Sauna mit einem massiven Holzbalken vernagelt und die Sauna auf neunzig Grad erhitzt. Der Todeszeitpunkt lässt sich aufgrund der besonderen Umstände der Tat nicht mehr genau nachweisen, dies scheint vom Täter auch beabsichtigt gewesen zu sein. Dennoch ist davon auszugehen, dass das Opfer rund drei Tage in der Saunakammer eingesperrt war, bevor das von zwei Personen der örtlichen Polizeidienststelle gemeldet wurde. Erste Erhebungen ergaben, dass Schwester Cordula vorhatte, die Klostergemeinschaft zu verlassen. Zeugen und Tatsachenfeststellungen führten zu der Annahme, dass Schwester Cordula überdies eine sexuelle Beziehung zu einem in diesem Haus beschäftigten Mann unterhielt."

Flüstern unter den Journalisten, neuerlich Blitzlichtgewitter. Als ob man ablichten könnte, was der steirische Oberpolizist gerade gesagt hat. Das erinnert mich allerdings an etwas. Ich hole meine Kamera aus der großen Tasche, ein paar Bilder sollte ich schon machen. Auch wenn ich davon ausgehe, dass irgendeiner der Fotografen von der Austria Presseagentur ist.

„Gestern Abend ergab sich eine neue, dramatische Entwicklung des Falles. An einem uns bekannten Ort in derselben Gegend wurde eine weitere Person von zwei Jägern tot aufgefunden. Es handelt sich dabei um den neununddreißigjährigen Dr. Peter Schilling, er war Mitarbeiter der ‚Beauty Oasis' und im Labor beschäftigt."

Kein Wort davon, dass er offenbar Forschungschef der „Grünwald-Group" war. Wäre für den Schönheitschirurgen wohl ein Stück unangenehmer. Die Journalisten starren den Polizeichef an. Offenbar hat sich das mit der zweiten Leiche noch nicht herumgesprochen.

„Er wurde mit einem Küchenmesser erstochen, das aus der Großproduktion eines Lebensmitteldiskonters stammen dürfte. Der Stich traf direkt ins Herz. Sein Körper wies deutliche Spuren eines Ritualmordes auf. Der Täter hat ihm mit einem Messer ein Kreuzzeichen in die Stirn geritzt. Dank sofortiger weiterer Ermittlungen ist bereits jetzt klar, dass auch das zweite Opfer vor dem tödlichen Angriff betäubt oder zumindest sediert wurde. Außerdem haben wir Grund zu der Annahme, dass das Opfer der Liebhaber der zuvor getöteten Nonne war. Die Nachforschungen sind noch nicht zur Gänze abgeschlossen. Was sich aber bereits jetzt schon sagen lässt, ist, dass es sich in den beiden Fällen um denselben Täter handeln dürfte und dass das Motiv in einer religiösen Überreaktion bestanden haben könnte. Herzlichen Dank für Ihre Aufmerksamkeit."

Selbst die letzten beiden Sätze hat Waltensdorfer vom Blatt abgelesen. Meine Kollegen bestürmen ihn und Grünwald mit Fragen: Ob man den Täter schon kenne. Ob er schon festgenommen worden sei. Wo der zweite Mord genau geschehen sei. Ein junger Mann, der aussieht, als wäre er der Sohn des Polizeichefs, kommt in den Raum und verteilt das verlesene Statement.

„Kein weiterer Kommentar, kein weiterer Kommentar!", versucht Waltensdorfer die Stimmen zu übertönen.

„Wir werden Sie jedenfalls weiterhin auf dem Laufenden halten. Es sieht so aus, als wäre der Fall demnächst endgültig gelöst", ruft Grünwald. Seine Stimme überschlägt sich. „Wie Sie sich denken können, habe ich jeden Grund, die Polizei bei der Aufklärung dieser fürchterlichen Verbrechen zu unterstützen!"

Grünwald und Waltensdorfer verlassen den Raum, aufgeregte Medienleute folgen ihnen, das Kamerateam drängt sich nach vorne, filmt, die Fernsehreporterin ruft den beiden nach: „Wann dürfen wir mit einer Verhaftung rechnen? Handelt es sich bei dem Täter tatsächlich um eine Mitschwester der getöteten Nonne?"

Fragt sich, wer ihr das gesteckt hat. Und fragt sich, warum der ermittelnde Chefinspektor bei diesem Statement nicht dabei war. Ein kräftiger Mann öffnet Grünwald und Waltensdorfer eine Tür, er hält die Medienleute zurück, schließt die Tür wieder. Journalisten, Fotografen, Kameraleute, die sich im Gang drängen, geflüsterte Gerüchte, Witze, Blicke auf die Uhr, gezückte Mobiltelefone. Ich habe Wichtigeres zu tun, als auf die beiden zu warten, und gehe davon.

Autobahn Richtung Wien. Vesna hat sich noch immer nicht bei mir gemeldet. Da ich weiß, wo sie ist, versuche ich lieber nicht, sie zu erreichen. Dafür rufe ich Karl Simatschek an und bedanke mich für den Hinweis auf die Pressekonferenz. „Warum war Knobloch bei dem Happening nicht dabei?", frage ich nach dem Austausch einiger Freundlichkeiten. Der Gerichtsmediziner schnaubt. „Der ist ziemlich sauer. Grünwald und Waltensdorfer sind befreundet, sie sind in denselben Männerbünden, Rotary, Cartellverband, irgend so etwas. Sie haben Knobloch ausgebremst. Sein Boss hat befunden, er solle seine Zeit besser darauf verwenden, die letzten Mosaiksteinchen zusammenzusuchen. Die Anklage gegen eine Nonne wegen Doppelmordes müsse hieb- und stichfest sein."

„Knobloch glaubt auch, dass es Schwester Gabriela war, oder?"

„Tja." Pause.

Ich sehe nach, ob die Telefonverbindung abgerissen ist. Scheint zu funktionieren. „Hallo?"

„Er glaubt es eigentlich schon, aber er hätte trotzdem noch ganz gern weiterermittelt, bevor die Medien informiert werden."

„Waltensdorfer hat als Mordmotiv so etwas wie ‚religiöse Überreaktion' genannt, keinen Täter. Der Fernsehreporterin muss allerdings jemand mehr erzählt haben, sie hat gefragt, ob die Mörderin tatsächlich eine Mitschwester von Cordula sei."

„Na also, dann haben Grünwald und Waltensdorfer alles, was sie wollten: Fall so gut wie gelöst, auch wenn sie aus lauter Seriosität noch nicht alles sagen", antwortet Karl Simatschek.

„Kann es sein, dass du Waltensdorfer nicht magst?"

„Sollte ich ihn mögen, nur weil ihn die Regierungspartei so lieb hat?“, spöttelt er. „Bitte!“

„Stimmt es übrigens, dass auch Schilling betäubt worden ist?“, will ich wissen.

„Das haben sie erzählt? Dann kann ich es dir ja sagen: Ja. Stimmt. Es war das gleiche Narkosemittel wie bei Schwester Cordula. Es ist allerdings eines der gängigsten Betäubungsmittel. Wird in der ‚Beauty Oasis‘ verwendet, sollte zwar unter Verschluss sein, es sieht aber so aus, als wäre es ziemlich leicht gewesen, an die Flaschen heranzukommen. Man hat ihm ein Tuch ins Gesicht gedrückt. Die Dosis scheint gereicht zu haben, um ihn stark zu sedieren, vielleicht sogar bewusstlos zu machen.“

„Das hast du so schnell analysiert?“

„Es war das Erste, was ich getan habe. Es ging ja um die Frage, wie die Nonne imstande gewesen sein könnte, den kräftigen Mann zu erstechen.“

„Kann es sein, dass die Ermittlungen ein wenig einseitig sind?“

Karl Simatschek lacht. „Ich verspreche dir, ich werde mir den Toten in all seinen Facetten ansehen.“

„Wann hat der Täter Schilling das Kreuz in die Stirn geritzt? Bevor er ihn erstochen hat oder danach?“

„Du siehst zu viele Fernsehkrimis. Ich weiß, da spielt so etwas oft eine Rolle. Aber in der Realität kann man bei einer Wunde, die noch dazu nicht besonders tief ist, nicht feststellen, ob sie knapp vor oder nach dem Exitus entstanden ist. Das Blut rinnt noch eine Weile, auch nach einem sehr gezielten Stich ins Herz.“

„Wäre die Nonne eigentlich zu so einem präzisen Stich in der Lage gewesen?“

„Du suchst nach Beweisen für ihre Unschuld. Verstehe ich irgendwie. Aber: Schilling dürfte schon am Boden gelegen sein. Und Anatomie ist für die Nonne alles andere als ein Problem. Sie hat Medizin studiert.“

„Wie bitte?“

Ich kann es nicht fassen. Warum hat Schwester Gabriela nichts davon gesagt? Als Medizinerin hatte sie für das, worüber da möglicherweise im Labor geforscht worden ist, wohl ein viel besseres Verständnis, als wir annehmen konnten.

„Sie ist ausgebildete Ärztin, hat allerdings nie praktiziert und ist nach Ende ihres Studiums ins Kloster gegangen", ergänzt der Gerichtsmediziner.

Beinahe wäre ich auf einen weißen Ford aufgefahren. Ich lasse das Telefon fallen, bremse abrupt. Der Fahrer hinter mir hupt wild. Sorry, sorry, sorry. Schwester Gabriela hat also Medizin studiert. Schwester Cordula war Biologin. Ich fahre langsamer, werde überholt, die Frau auf dem Beifahrersitz macht wütende Gesten. Es läutet. Mein Handy. Irgendwo auf dem Boden. Ich sollte während des Fahrens nicht danach suchen. Jetzt schon gar nicht. Es hört nicht auf zu läuten. Klar, der Gerichtsmediziner wird was weiß ich vermuten. Es ist mir nichts geschehen. Warum funktioniert Telepathie so schlecht? Der Klingelton verstummt. Ich atme auf. Das Klingeln setzt wieder ein. Ich werde noch verrückt. Was hat Schwester Gabriela gesagt? Vielleicht glaube sie nicht ausreichend an die weltliche Gerechtigkeit. Tue ich das? Da kommt ein Parkplatz. Endlich. Ich versuche mich zu konzentrieren. Blinke, biege ab, halte hinter einem Lkw. Steige aus. Meine Knie zittern. Das Telefon liegt unter dem Beifahrersitz.

„Was ist passiert?", ruft der Gerichtsmediziner alarmiert.

„Gar nichts ist passiert, zum Glück. Ich musste bremsen. Mir ist das Telefon hinuntergefallen. Danke. Ich melde mich wieder." Nichts passiert. Kann man eigentlich so nicht sagen.

Ich widerstehe der Versuchung, die Nonne anzurufen. Erstens ist es gut möglich, dass ihr Telefon überwacht wird, und zweitens habe ich keine Lust, mir zu überlegen, was von dem stimmt, was sie mir erzählen würde. Soll ich überhaupt noch zu Natalie Veith? Schwester Gabriela wollte, dass ich mit ihr rede. Deshalb der erfundene Zettel mit Namen und Telefonnummer. Sie hat gehofft, dass die Genetikerin mit uns zusammenarbeitet und dass wir so der Wahrheit näher kommen. Hat die Nonne zumindest gesagt. Ich werde es noch einmal probieren. Wie immer dann diese Wahrheit auch aussehen mag.

Freitagnachmittagsverkehr auf der Wiener Südosttangente. Jedes Mal eine Nervenprobe, aber heute ganz besonders. Ich erlaube mir ein weiteres Telefonat. Klar weiß ich, dass ich nur mit einer Freisprecheinrichtung telefonieren darf, ich habe auch eine. Aber ich bin mir sicher, dass mich die miese Tonqualität mehr ablenkt, als wenn ich das Telefon ans Ohr halte. Ich rufe Klaus, meinen Chefredakteur, an. Ja, er habe das mit dem zweiten Mord mitbekommen. In der Agenturmeldung sei außerdem die Rede davon, dass es sich bei der Täterin um die Leiterin des Klosters der heiligen Hildegard handle. Es sehe ganz danach aus, bestätige ich. Und ich bitte ihn, der Fotoredaktion zu sagen, dass man mir alle Bilder der „Beauty Oasis" auf eine DVD spielen und zu meinem Laptop legen soll.

„Das heißt, für dich ist der Fall noch nicht geklärt?", fragt der Chefredakteur.

„Zumindest nicht in allen Aspekten", antworte ich. „Außerdem kommt unser nächstes Heft erst in einer Woche heraus. Da brauche ich mehr als das Tagesaktuelle." Und: Ich habe keine Lust darauf, dass dieser falsche Professor und seine Freunde in strahlender Schönheit davonkommen. Aber das behalte ich vorerst für mich.

Es ist bereits gegen vier, als ich endlich vor dem Gebäude, in dem das „Genetic Research Austria" untergebracht ist, parke. Hoffentlich macht Natalie Veith am Freitagnachmittag nicht Frühschluss. Das Wetter würde heute dazu einladen. Wer weiß, wie lange es noch so warm bleibt. Jetzt kenne ich mich hier schon aus. Ich gehe durch die glänzende Halle, nicke dem Portier wie einem alten Bekannten zu, nehme den Lift in den fünften Stock. Ich bin gespannt, ob die Universitätsprofessorin in ihrem Zimmer hockt und versucht, harmlose Besucherinnen zu irritieren. Unfair, Mira. Sie kann nichts dafür, dass du sie für eine Sekretärin gehalten hast. Ich läute, sehe hinauf zur Kamera. Nichts. Ich läute noch einmal. Nichts. Mist. Heute habe ich kein Glück. Ich habe die Nummer von Natalie Veith auf meinem Telefon gespeichert. Vielleicht hat man sie aufs Polizeikommissariat bestellt. Oder kommt Knobloch nach Wien, um mit ihr zu reden? Ich suche gerade nach der Nummer, als die Tür aufgeht. Der junge Asiate, den ich beim letzten Mal im Labor gesehen habe, steht vor mir.

Viel mehr als „Guten Tag" scheint er auf Deutsch nicht zu können, das ist mir nach dem ersten Satz klar. Die Wissenschaftssprache ist eben Englisch, es gibt zumindest keinen beruflichen Grund für ihn, Deutsch zu lernen. Wir wechseln ins Englische und er erzählt mir, dass dieses idiotische Türüberwachungssystem schon wieder nicht funktioniere. Und da heute Freitag sei, dauere es drei

Tage, bis jemand vorbeikommen und es reparieren werde. Es sei ein blanker Zufall gewesen, dass er mein Läuten gehört habe, er habe gerade etwas aus seinem Büro holen wollen. Alle, die jetzt noch da seien, seien im Labor. Ja, Nat sei auch hier. Doch Glück gehabt.

Diesmal steht die Wissenschaftlerin bei einer Mitarbeiterin mit kurzen blonden Haaren. Sie schauen beide auf den Computerbildschirm, scheinen gerade irgendwelche Zahlenreihen und dann ein seltsames Muster, ähnlich einem Barcode, zu analysieren.

„Oh“, sagt Natalie Veith, als sie mich endlich wahrnimmt. Es ist, als würde sie aus einer anderen Welt zurückkehren. „Wir machen gerade sehr interessante Tests“, erklärt sie mir dann. „Gibt es etwas Neues? Ich habe nicht viel Zeit. Ich habe eigentlich schon alles gesagt.“

„War die Polizei noch gar nicht bei Ihnen?“

„Polizei?“ Natalie Veith runzelt die Stirn. „Nein. Warum? Wir sind allerdings heute schon seit neun im Labor und der Monitor unseres automatischen Türöffners funktioniert nicht.“

„Telefon?“, liefere ich ihr ein Stichwort.

„Hier drin gibt es keins. Und mein Mobiltelefon lasse ich für gewöhnlich im Büro. Unsere Sekretärin hat Urlaub.“ Sieh an, also gibt es doch eine echte Sekretärin. Eigentlich klar, Papierkram fällt sicher auch hier genug an. „Warum sollte die Polizei mit mir reden wollen?“, fragt Dr. Veith.

„Weil Peter Schilling ermordet wurde“, antworte ich.

Sie starrt mich an. „Ich bin bald wieder da“, flüstert sie ihrer Mitarbeiterin zu, als würden zu laute Worte die Muster am Computerbildschirm durcheinanderbringen. Tatsächlich handelt es sich um sehr feine Linien in Pastellfarben. Was das wohl sein kann?

Im Büro öffnet Natalie Veith die oberste Schreibtischschublade, nimmt ihr Mobiltelefon heraus, schaltet es ein. „Es sind ein paar Anrufe drauf. Keine Ahnung, ob einer von der Polizei war.“

„Gibt es einen mit der Vorwahl 31?“

„Ja, da sind sogar drei“, nickt sie.

„Bezirkspolizeikommando Feldbach, vermute ich.“

Wir setzen uns an den kleinen runden Tisch. „Was ist geschehen?“, fragt sie und ich berichte erst einmal von den wichtigsten Fakten.

„Peter hat mich verlassen?“, die Wissenschaftlerin lacht auf. „Ich erzähle Ihnen, wie es wirklich war. In einem Punkt hat er die Wahrheit gesagt, wir haben uns beim HGP, dem Human Genom Project, kennengelernt. Er wurde mir als eine Art Assistent zugewiesen. Ich war damals gerade offen für ein wenig Ablenkung, Unterhaltung. Bei einem so riesigen Projekt ist man nur ein sehr kleines Rädchen, ich wollte unbedingt mit dabei sein, wenn das menschliche Genom entschlüsselt wird, aber die Arbeit, die ich zu machen hatte, war eher uninteressant.“

„Das bedeutet also doch, dass Sie einige Jahre zusammen waren, oder?“

„‚Zusammen‘ … einmal mehr, einmal weniger. Es waren nicht ganz zwei Jahre, wenn ich mich recht erinnere. Er hat sich dann von Grünwald anwerben lassen. Grünwald hat in allen Fachpublikationen annonciert, dass er die besten Wissenschaftler für sein Labor suche. Grünwald hat fantastisch gezahlt. Und Peter hat mir irgendwann erzählt, dass es nicht nur um irgendwelche idiotischen Cremes gehe, sondern auch um Genforschung. Ich habe zuerst gedacht, er erzählt das nur, damit sein Job nicht gar so lächerlich wirkt. Aber dann ist er mit Grünwald aufgetaucht und der hat mir bestätigt: Er habe das Ziel, die besten Genetiker zu gewinnen und mit ihnen den ‚Code des Alterns‘ zu knacken. Ich habe zuerst gespottet. Ich meine, Sie wissen, wie der Schönheitschirurg aussieht: wie ein etwas fehlgeschlagener Werbeträger für die Wirkungen seiner ‚Oasis‘. So einer will in der Genforschung mitmischen? Aber dann ist mein Werkvertrag ausgelaufen und die Bewerbung am MIT in Boston ist schiefgegangen und er hat mir ein zugegebenermaßen hervorragendes finanzielles Angebot gemacht und ich dachte: So als Übergangsjob, warum nicht?“

„Und Peter Schilling waren Sie so auch wieder näher“, füge ich hinzu.

Die Wissenschaftlerin runzelt die Stirn. „Was haben Sie die ganze Zeit … Er hat keine besondere Rolle gespielt. Stimmt schon, wir haben uns noch hin und wieder getroffen, es war aber mehr so eine Bequemlichkeitssache, wenn Sie verstehen, was ich meine. Ich hatte jemanden, mit dem ich über mein Fach reden konnte, und jemanden für die wenigen einsamen Stunden.“

„Er war dann plötzlich Ihr Chef, haben Sie das ausgehalten?“

Natalie Veith lacht. „Was hat er da wieder erzählt? Leiter des Labors war formal Grünwald, auch wenn er davon nichts verstanden hat. Ich glaube nicht, dass sich das geändert hat."

„Warum sind Sie weg von Grünwald?"

„Weil ich den Job hier am neu gegründeten GRA bekommen habe. Ich bin Wissenschaftlerin."

„Schwester Gabriela sagt etwas anderes. Sie meint, Sie wollten mit dem Labor des falschen Professors nichts mehr zu tun haben."

„Schwester Gabriela", murmelt Natalie Veith nachdenklich. „Ich kann mir schwer vorstellen, dass sie die Täterin ist. Und schon gar nicht aus religiösem Wahn. Ich habe sie nicht sehr gut gekannt, aber sie ist mir immer sehr realistisch vorgekommen. Erstaunlich realistisch für eine Nonne." Sie seufzt.

„Hat sie recht?", frage ich nach.

„Ja. Teilweise. Es war schon klar, dass ich den Job hier bekomme. Aber ich wäre wohl sowieso von dort weggegangen. Das Labor … Allein dass er dieses Labor vor allen versteckt wissen wollte … Zuerst haben wir über seine Geheimniskrämerei gewitzelt. Genetische Forschungen, wie wir sie betrieben haben, sind absolut legal. Und es ist ihm auch gelungen, einige wirklich hochklassige Wissenschaftler anzuwerben. Geld ist auch bei unsereinem ein zugkräftiges Argument. Ich habe nie mehr so gut verdient wie damals bei ihm. Wir haben – aber wehe, Sie schreiben das – ein Drittel offiziell bezahlt bekommen und zwei Drittel waren so etwas wie eine Erfolgsprämie, bar auf die Hand, und das jeden Monat."

„Sie haben sich nie gefragt, woher er das Geld hatte?"

„Natürlich, doch es war ja nur ein Übergangsjob und mir war klar, dass ich in der staatlichen Forschung wieder viel, viel weniger verdienen würde. Wie viele Menschen sind so gesetzestreu, dass sie nicht hin und wieder etwas an der Steuer vorbei machen? Ich hatte ein anderes Problem mit seinem Forschungsprojekt: Ich bin dahintergekommen, dass er Forscher unter Druck setzt, damit sie bei ihm arbeiten."

„Hat er das bei Ihnen auch versucht?"

„Er hatte keine Möglichkeit und ich bin ja freiwillig zu ihm gekommen. Aber ein Kollege aus Italien, der hatte hohe Schulden. Grünwald muss das über seine hervorragenden Kontakte herausbekommen haben. Er hat ihm angeboten, alles zu bezahlen, wenn er sich für fünf Jahre verpflichte." Natalie Veith zeichnet mit dem Zeigefinger Muster auf den Tisch. „Ein anderer hatte Probleme mit seinem Regime. Er hatte eine Zeit lang als Forschungschef für die Firma eines Oligarchen gearbeitet, der dann in Ungnade gefallen war und seither in einem Lager in Sibirien sitzt."

„Sind die noch bei Grünwald?", will ich wissen.

„Ich habe wie gesagt schon lange keinen Kontakt mehr zur ‚Beauty Oasis'. Sie forschen im Geheimen, da taucht kein Ergebnis in irgendeiner Publikation auf. Ich nehme an, sie arbeiten noch für ihn. Jedenfalls hat keiner seither publiziert." Natalie Veith schweigt eine Weile. „Sollte ich etwas über die Genforschung in der ‚Oasis' öffentlich machen, würde ich das nicht überleben, hat mir Grünwald gedroht. Ich habe gelacht, aber er hat gesagt, er kenne Leute, die hätten überhaupt kein Problem damit, sich illoyale Mitarbeiter vorzuknöpfen."

„Kann es sein, dass die aus El Salvador sind?", will ich wissen. Ich sollte vorsichtig sein. Ich weiß zu wenig über diese Frau. Aber es ist mir so herausgerutscht.

„El Salvador?", wiederholt sie. „Ich war mir damals schon sicher, dass an diesem Forschungsprojekt auch andere mit sehr viel Geld beteiligt waren. Und dass das der Grund war, warum alles so geheim ablaufen musste. Grünwald hat mit seiner Klinik ausgezeichnet verdient, doch er hätte wohl weder die Hightecheinrichtungen noch die enorm hohen Gehälter allein finanzieren können. Wer seine Partner waren, habe ich nie erfahren. Da war er sehr vorsichtig. Auch wenn … Dunkel kann ich mich erinnern, dass da einmal etwas mit Lateinamerika war … El Salvador … Ich kann es nicht ausschließen … Ein Paket war angekommen, man hat es ins Labor geliefert. Ich wollte es aufmachen. Da ist Grünwald hereingestürmt und hat mich angeschrien, dass das privat und für ihn sei. Mit ein Grund, warum ich bald darauf gegangen bin. Ich habe so etwas nicht nötig."

„Und warum haben Sie Peter Schilling verklagt? Sie haben doch gemeinsam geforscht, oder? Wie hätte er Ihnen Forschungsergebnisse klauen können?"

Die Wissenschaftlerin runzelt die Stirn. „Das haben Sie in den Akten gelesen, was? Ich werde versuchen, es für Sie verständlich zu erklären. Ich habe ja schon vor meiner Zeit in der ‚Beauty Oasis' an

Genen geforscht, die mit dem Alterungsprozess zu tun haben dürften. Da gibt es das FOXO3A, in der Öffentlichkeit auch bekannt als „Methusalem-Gen". Ich habe mich mit einem ähnlichen Gen beschäftigt, das allerdings die gegenteilige Wirkung hat, weil es eine drastische Verkürzung der Telomere bewirkt und dadurch die Zellen schnell vergreisen lässt. Zelltod ist ja an sich nicht schlecht, denken Sie nur daran, dass so Krebszellen in den Tod getrieben werden können. Und auch bei alten Zellen ist es gut, wenn sie schneller sterben, dann können Stammzellen neue, junge Zellen nachbilden und der Körper bleibt jung. Wenn es der Genforschung gelänge, dieses Gen zu kontrollieren, sodass es keinen Schaden an den Telomeren verursacht, dann wäre das ein Schritt in die Richtung zu längerem und gesünderem Leben. – Sie verstehen?"

„Also ist es wissenschaftlich tatsächlich vorstellbar, Methoden zu entwickeln, durch die wir länger leben?"

Natalie Veith lächelt. „‚Vorstellbar' ist wissenschaftlich sowieso beinahe alles. Ein wenig weiter sind wir schon. Wir haben inzwischen doch sehr konkrete Hinweise darauf, dass es sozusagen ein genetisches Programm für das Altern gibt, aber auch für gesundes Altwerden. Was das Ausschalten von Genen angeht, so ist das enorm schwierig, weil man die Information zum Ausschalten eines Gens ja nicht in jedem Zellkern haben will, sondern nur in gewissen. Erste Testreihen hat es gegeben, man hat sie wieder eingestellt. Die Folgen waren nicht gut genug abschätzbar. – Ich hab mit Peter natürlich über meine Forschungsreihen und über meine Ergebnisse gesprochen, es ist üblich, dass man solche Dinge mit Kollegen durchdiskutiert. Aber es ist nicht üblich, dass einer die Daten auf seinen Computer lädt und so tut, als wären es seine Forschungen gewesen. Keine Ahnung, ob er sie unter seinem Namen veröffentlichen wollte oder ob er dafür auf Extrageld von Grünwald gehofft hat. Jedenfalls: Er hat mir meine Ergebnisse geklaut."

„Haben Sie die Ergebnisse nicht ohnehin im Grünwald-Labor verwendet?" Ich frage mich durch einen Nebel aus Unwissen und Vermutungen. Der Nebel scheint immer dichter zu werden.

„Nein. Das war meine Studie, ich habe sie vor der Zeit bei Grünwald gemacht, ich wollte sie publizieren. Außerdem: Genforschung ist ein unendlich weites Feld. Und selbst die genetische Alternsforschung hat sehr viele Aspekte. Bei Grünwald ging es um die möglichst rasche praktische Umsetzung lebensverlängernder Methoden. Auch da forscht man allerdings momentan nicht in erster Linie nach Möglichkeiten, Gene aus- oder einzuschalten. Es geht viel häufiger um Substanzen, die den Bauplan von Genen und DNA-Abschnitten verändern können. Ich glaube, ich habe Ihnen letztes Mal schon von Resveratrol erzählt, diesem Stoff aus Rotweintraubenschalen, der offenbar lebensverlängernd wirkt, indem er eine Kalorienrestriktion vortäuscht. Es geht darum, Ähnliches und noch Wirksameres zu finden. Pharmariesen haben heute Millionen Substanzen, die sie in Robotermaschinen genau auf diese Wirkung hin testen. Man versucht auch, Substanzklassen zu mischen und in verschiedenen Kombinationen wirken zu lassen, weil dadurch eine ungeheure Verstärkung der einzelnen Wirkstoffe erzielt werden kann."

„Was ergibt es aber für einen Sinn, das mit ein paar Forschern in einem versteckten Labor im Keller einer Schönheitsklinik zu versuchen?", frage ich.

„Es geht nicht nur um eine möglichst große Menge an Tests und Ergebnissen, sondern auch darum, die klügsten Köpfe zu versammeln. Und um etwas Glück", erwidert die Forscherin.

„Aber Grünwald verkauft doch schon Resveratrolkapseln. Und ich nehme an, das tun andere auch."

„Die Kapseln nützen nicht viel, so einfach lassen sich genetische Muster auch wieder nicht drankriegen. Das Altersgen FOXO3A bindet unter bestimmten Umständen ganz gezielt an DNA und kann so genetische Programme einschalten, zum Beispiel ein Programm zum Wachstum von Muskelzellen. Eine synthetische Substanz, die dieses FOXO3A an DNA binden lässt, ist Insulin Glycol. Allerdings hat sich herausgestellt, dass es nichts nützt, wenn man dieses Insulin Glycol von außen zuführt. Man muss die Muskelzellen selbst stimulieren, damit sie diesen Stoff produzieren."

„Und das geht?"

„Wem es gelingt, eine Substanz oder eine synergetisch wirkende Substanzmischung zu entwickeln, die das kann, der hat ausgesorgt. Aber zuerst muss er es schaffen, das wirksame Molekül patentieren zu lassen."

„Molekül?", frage ich und komme mir ziemlich dumm vor.

„Ja klar, wir reden ja von Substanzen, die durch die Zellwände dringen sollen. Das können nicht einmal alle Moleküle. Je kleiner sie sind, desto besser."

„Wie nah ist das Labor von Grünwald dran?"

„So nah wie andere auch, vermute ich einmal. Das Problem ist, dass Ergebnisse an anderen Lebewesen nicht immer aussagekräftig sind, dass man aber natürlich beim Menschen nicht einfach drauflostesten kann. Wobei man das mit dem Muskelwachstum oder auch dem angehobenen Aktivitätspegel bei einer vorgetäuschten Kalorienrestriktion schon ganz gut messen könnte. Wenn es aber um die doch viel komplexeren Voraussetzungen einer umfassenden Verzögerung des Alterungsprozesses geht, dann werden Forschungsreihen beim Menschen schwierig. Bei entsprechend hoher Lebenserwartung dauert es einfach sehr lange, bis wir Ergebnisse haben."

„Wie alt könnten wir werden?"

Natalie Veith sieht beinahe schwärmerisch drein. „Wir wissen es noch nicht. Das ist vielleicht das Schönste daran. Der C. elegans lebt üblicherweise zwei Wochen, ich habe Exemplare, die sind mehr als zwei Monate alt geworden. Bei Mäusen ist es gelungen, das Lebensalter zumindest zu verdoppeln. Und: Sie bleiben nicht einfach länger alt, bis sie sterben, sondern sie altern tatsächlich weniger rasch."

Eines ist jedenfalls klar: Wenn Natalie Veith keine totale Fantastin ist, und so ist sie mir bisher wirklich nicht erschienen, dann sind Wissenschaftler momentan nicht nur an einem der großen Geheimnisse des Lebens dran, sondern sie befinden sich auch mitten im Wettrennen um einen enorm großen Markt. Wer würde nicht Geld für ein Mittel ausgeben, das ihn langsamer altern lässt? Gott hätte damit wohl … – Was hieße das für Menschen, die an einen lenkenden Gott glauben? Würden sie akzeptieren, dass ihm die Wissenschaft gewissermaßen ins Handwerk pfuscht?

„Wussten Sie, dass Schwester Gabriela ausgebildete Medizinerin ist?", frage ich dann.

Natalie Veith sieht mich irritiert an. „Was? Nein. Ich habe es nicht gewusst. Ich dachte, sie sei Krankenschwester oder so."

„Sie muss gegen Ende ihres Studiums so etwas wie ein Berufungserlebnis gehabt haben."

„Das glauben in unserer Zeit wohl alle, bevor sie in ein Kloster gehen", stellt die Wissenschaftlerin fest. „Sonst könnten sie sich auch in ihrem Beruf verwirklichen oder in einer Familie oder sich in einem Fitnesscenter austoben."

Ich grinse. Stimmt schon. Die Frage ist nur, wie jenseitsorientiert Schwester Gabriela tatsächlich ist. Fitnesscenter. Die goldene Doppeltür auf der Schmalseite der „Beauty&Young"-Halle. Ich hab da so eine Idee. Hat Dr. Veith nicht gemeint, dass die genetische Stimulation von Muskelwachstum schon recht weit entwickelt sei? „Wenn es schon Substanzen gibt, die das zelleigene Muskelwachstum genetisch anregen: Bekommen Menschen dann davon wirklich mehr Muskeln?", frage ich.

Meine Gesprächspartnerin nickt. „Solche Testreihen darf man nicht ohne Weiteres durchführen. Aber es gibt sie wohl. Illegal. Wobei da nicht reines Muskelwachstum angestrebt wird, sondern vor allem die Mobilisierung aller Reserven durch die vorgetäuschte Kalorienreduktion. Sie haben sicher schon von Gendoping gehört. Auch da geht es inzwischen nicht mehr nur darum, ein Gen einzuschleusen oder zu verändern, sondern auch um die DNA-Muster."

Ich nicke und versuche mir wenigstens das Wichtigste zu merken.

„Sportler sind, zynisch gesagt, neben Krebspatienten im Endstadium die besten Versuchsobjekte für Genetiker. Sie trainieren hart, und wenn zum äußersten Erfolg nur noch ganz wenig fehlt, sind sie gern bereit nachzuhelfen. Koste es, was es wolle. Sie sind dankbar, halten den Mund und lassen sich untersuchen. Was wollen skrupellose Pharmaleute und Wissenschaftler mehr? Dieser Radfahrer, der alles gewonnen hat und dann plötzlich Krebs bekam: Unsere ganze Branche ist sicher: Das war ein klassischer Fall von einer aus dem Ruder gelaufenen Veränderung des DNA-Musters. Man hat versucht, seinen Aktivitätspegel bis aufs Maximum zu heben. Nur: Das Ganze setzt bei den Telomeren an. Und wenn sie ungezügelt wachsen, kann das Zellen in Krebszellen verwandeln. Beim Menschen lassen sich die Auswirkungen von DNA-Veränderungen eben noch nicht so genau lenken."

Ich schüttle den Kopf. „Das müsste doch ein gefundenes Fressen für Dopingjäger sein. Wenn jetzt sogar ich davon weiß, müssen die doch schon lange davon wissen. Die hetzen ja sogar Sportlerinnen hinterher, die schon vor Jahren mit dem Leistungssport aufgehört haben, einfach weil sie nicht mehr wollten oder zu alt geworden sind. Die lassen sich doch nicht von Pharmafirmen austricksen."

„Ganz abgesehen davon, dass man nie weiß, ob gewisse Konzerne nicht auch die Wirkung von sehr viel Geld auf Kontrollbeamte testen: Dopingjäger haben da momentan kaum eine Chance. Man könnte, um die gewünschte DNA-Veränderung zu erreichen, zwei Substanzen kombinieren. Jede für sich ist unter der Nachweisgrenze. Gemeinsam verstärken sie ihre Wirkung aber um ein Vielfaches. Außerdem ist es bei den Dopingjägern wohl wie bei vielen anderen Jägern: Sie halten sich lieber an das, was sich einfach erlegen lässt. Eine evolutionär äußerst verständliche Vorgehensweise übrigens."

„Wenn ich Ihnen Unterlagen bringen könnte, wären Sie dann imstande zu sagen, woran das Grünwald-Labor momentan arbeitet?", frage ich.

„Ich denke, das dürfte möglich sein. Allerdings hat Grünwald für die Forschungsunterlagen von Anfang an fast lächerliche Geheimhaltungsmethoden entwickelt. Klarerweise gibt es gerade auf diesem Gebiet auch so etwas wie Industriespionage, aber man kann es übertreiben. Keine Ahnung, wo und wie Sie Ergebnisse und Testreihen finden könnten. Ich werde versuchen, Kontakt mit meinen Kollegen aufzunehmen, die Grünwald damals unter Druck gesetzt hat. Keine Ahnung, ob sie reden. Aber ich kann es versuchen. – Und ich werde das, was ich weiß, auch der Polizei sagen."

„Sie haben keine Angst vor den Drohungen Grünwalds? Immerhin sind zwei Menschen ermordet worden."

Die Wissenschaftlerin sieht mich empört an. „Wollen Sie mich darauf hinweisen, dass ich sicherer lebe, wenn ich die Informationen nur Ihnen exklusiv gebe?"

Ich schüttle erschrocken den Kopf. Das habe ich wirklich nicht gemeint. „Wie viel von dem, was Sie mir erzählt haben, kann ich schreiben?"

Sie lächelt. „Wir machen es auf die zivilisierte Tour: Sie schicken mir den Text und ich gebe mein Okay dazu. Sie können alles verwenden, was ich Ihnen über den Stand der Wissenschaft und ihre Grenzen erzählt habe. Sie können schreiben, dass ich es war, die Peter Schilling verlassen hat. Und dass ich den Prozess gegen ihn nur verloren habe, weil sich keiner im Verfahren in der genetischen Alternsforschung ausgekannt hat. – Sie wissen schon, was geht und was nicht geht, ansonsten sage ich es Ihnen."

„Warum arbeiten Sie eigentlich hier und nicht in der Pharmaindustrie? Forschen können Sie da und dort und die Bezahlung …"

„Ab und zu frage ich mich das auch. Vor allem wenn ich wieder einmal darum kämpfe, dass mein Institut ein wichtiges Mikroskop bewilligt bekommt. Oder eines von den neuen superschnellen Gensequenzierungsgeräten. Aber: Arbeite ich für einen Konzern, gehören die Ergebnisse ihm. Und: Der Konzernchef sagt mir, worüber ich forschen soll. Hier habe ich Luft. Und Freiheit. Und die klitzekleine Hoffnung, etwas zu entdecken, das mehr Menschen weiterhilft als den Aktionären eines Pharmariesen."

Natalie Veiths Mobiltelefon läutet. Sie sieht irritiert auf das Display. „Ich glaube, das sind die von der steirischen Polizei."

Ich wedle mit der Hand. Ich muss sie noch dringend etwas fragen, ist mir soeben eingefallen.

Natalie Veit legt das Telefon wieder hin. „Na gut. War ich eben im Labor. Wenn es wichtig ist, werden sie es noch einmal probieren. – Warum soll ich nicht drangehen?"

Das Läuten hört auf. Dann läutet der Festnetzapparat.

„Sie haben in Ihrem Labor mit so einem Metallplättchen Ihre C. elegans von einer in eine andere Schale umgesiedelt. Sind diese Plättchen häufig?"

Die Wissenschaftlerin sieht mich irritiert an. „Wir haben sie überall. Ich habe sie entwickeln lassen, weil sie sehr einfach zu sterilisieren sind. Angeblich steriles Einwegwerkzeug ist nicht immer keimfrei. Klar können andere auf die gleiche Idee gekommen sein, aber ob die dann genau so aussehen …"

„Anderswo als bei Ihnen gibt es die also nicht?" Was bedeutet das? Wer hat nach dem Tod der Nonne versucht, mich im Zimmer der „Beauty Oasis" festzuhalten?

Sie schüttelt langsam den Kopf. Da scheint ihr etwas einzufallen. „Es könnte sein, dass es sie noch im Grünwald-Labor gibt. Ich hatte damals schon welche. Und sie halten beinahe ewig."

Ich sitze in meinem Auto, auf den Knien meinen Laptop. Ich versuche mich auf das zu konzentrieren, was mir die Genetikerin erzählt hat. Ich muss es niederschreiben, bevor ich es vergesse oder durcheinanderbringe. Natürlich kann ich einiges im Internet recherchieren. Telomere. Insulin Glycol oder hat es Insulin Kytol geheißen? Systeme, nein, Substanzen, die das Muster der DNA verändern. Gendoping. Dahinter mache ich ein großes Rufzeichen. Fitnesscenter. Dahinter kommt ein großes Fragezeichen. Ich sehe mich um. Besser, ich bin vorsichtig. Doch es wirkt nicht so, als würde mich jemand beobachten. Grünwald hat Dr. Veith gedroht. Ich habe ihr nicht erzählt, dass die Lateinamerikaner zu einem ebenso mächtigen wie zwielichtigen Geschäftsmann gehören. Wenn es tatsächlich der Boss von „El Centro" ist, der das Labor im großen Stil mitfinanziert: Worum geht es ihm? Gendoping? Vielleicht als Randerscheinung. Um das erste patentierte Mittel zur Lebensverlängerung? Sicher. Aber dauert es nicht noch ziemlich lange bis dorthin? Viele Jahre Bürgerkrieg in El Salvador. Ein Mord zählt da nicht viel. Hätte ich die Institutschefin warnen sollen? Sie kann wohl ganz gut auf sich selber aufpassen. Und Kontakt zur Polizei wird sie demnächst ja auch haben.

Ich schicke meine Notizen via Mobilmodem an meine Büroadresse. Sicher ist sicher. Dann sehe ich auf mein Telefon. Kein Anruf. Keine SMS. Ich schicke mir als Test selbst eine. Es funktioniert. Es ist später Nachmittag. Vesna hat sich noch immer nicht gemeldet. So lange kann ihre Schicht nicht dauern. Sind sie dahintergekommen, dass meine Freundin eigentlich ganz anderes im Sinn hat, als Anti-Aging-Cremes zu verpacken? Wie lange darf ich warten, bis ich etwas unternehme? Karl Simatschek. Ihn könnte ich anrufen. Doch dann beschließe ich, es auf später zu verschieben. Ich sollte dringend ins „Magazin" fahren. Freitag machen die meisten früh Feierabend. Das neue Heft ist da und die Zeit bis zum nächsten Redaktionsschluss ist noch beruhigend lang. – Doppelt so lang zu leben … was würde das bedeuten? Wie würde es unsere Welt verändern?

[10.]

Ich steige aus dem Aufzug, sehe ins Büro des Chefredakteurs. Niemand da. Die Sekretärin nicht. Er auch nicht. Ich hätte eigentlich auch gleich unten beim Empfang fragen können. Kurzer Blick ins Zimmer von Droch. Es ist wie immer offen, aber selbst Droch ist schon weg. Schade. Es wäre schön gewesen, mit ihm über alles zu reden. – Wäre es das wirklich? Gemeinsam mit Oskar hat er mir klarzumachen versucht, dass ich mich aus diesem Fall raushalten soll. Und das war, bevor der Chef des Labors ermordet worden ist.

Im Großraumbüro sitzen nur noch zwei Sommerpraktikantinnen, die begeistert an irgendeinem Artikel schreiben. Ich winke ihnen zu, schiebe die Blätter meines Philodendrons zur Seite und werfe routinemäßig meinen Bürolaptop an. Zufrieden stelle ich fest, dass nicht viel Post gekommen ist. Ganz obenauf liegen eine DVD und ein handbeschriebener Zettel. „Liebe Mira, habe dir alle noch nicht gelöschten Fotos draufgespielt, sollte es um irgendwelche Details gehen, ich kann noch vergrößern. Schönes Wochenende, Regina."

Ich schiebe die DVD ein und sehe, während sie lädt, meine E-Mails durch. Mein mobiles Modem hat die Notizen, die ich mir vor dem GRA-Gebäude gemacht habe, brav übermittelt. Ich kopiere und speichere sie. Kurz überlege ich, sie irgendwo, irgendwie zu verstecken. Kompletter Unsinn, wer sollte sie hier suchen? Ganz abgesehen davon, dass alles, was ich über mögliche Methoden zur Lebensverlängerung erfahren habe, für Experten so etwas wie Grundwissen darstellt. Aufregend nur für mich. Und darüber hinaus vielleicht in Verbindung mit dem, was rund um die „Beauty Oasis" vorgeht.

Sieh an, der „Magazin“-Geschäftsführer hat mir eine Mail geschickt. Kommt äußerst selten vor.

„Liebe Frau Valensky, mit Zufriedenheit habe ich den heutigen Agenturmeldungen entnommen, dass ich ein gewisses redaktionelles Gespür haben dürfte. Mit meiner Vermutung, dass es sich beim Tod der Nonne um eine Beziehungstat gehandelt hat, habe ich also ins Schwarze getroffen. Ich bin auf die Fortsetzung der Story über Sex und Rache im Nonnenkloster schon sehr gespannt und habe den Chefredakteur angewiesen, Sie entsprechend zu unterstützen. mfg G. J.“

An sich hat der Geschäftsführer mit dem Inhalt des „Magazin“ nichts zu schaffen. Aufgeblasener Idiot. Er wird sich noch wundern. Soll ich ihm gleich … Dann fällt mir etwas Besseres ein. Ich weiß, dass sich Klaus über die Formulierung „angewiesen“ ziemlich ärgern wird. Ich sollte ihn daran erinnern, mit wem er es zu tun hat. Steht dem Geldzähler einfach nicht zu, dem Chefredakteur etwas zu befehlen. Ich schreibe zuckersüß zurück und schicke Klaus das Ganze cc:

„Herzlichen Glückwunsch und vielen Dank für Ihre aufmunternde E-Mail. Selbstverständlich werde ich alles tun, um Ihren Erwartungen gerecht zu werden. mfg M. V.“ Klingt irgendwie ironisch. Soll es auch.

Anruf bei Oskar. Ja, ich sei wieder in Wien, noch im „Magazin“. Ich könne nichts dafür, wenn mich der Bezirkschefinspektor ins Vulkanland beordere und dann der Laborchef tot aufgefunden werde. Ja, es sei wahr, dass als Täterin eine alte Nonne vermutet wird.

„Wir können darüber beim Essen reden“, flöte ich, als er mich fragt, was ich jetzt vorhabe. „Wenn du einkaufst, kann ich etwas kochen. Eine Stunde ungefähr brauche ich noch in der Redaktion.“

„Und was soll ich einkaufen?“, lautet seine Antwort. Oskar ist ein erwachsener, erfolgreicher, entschlussfreudiger Mann. Er liebt gutes Essen und kann sogar selbst kochen. Und trotzdem fragt er mich jedes Mal, was er einkaufen soll. Ich habe jetzt wirklich keinen Kopf dafür und sage das Klassische: „Was dir unterkommt.“

Stille in der Leitung.

„Biolachs und Rotwein“, sage ich dann. Lachs gilt seit Neuestem nicht in erster Linie als fett, sondern als gesund. Zumindest wenn er nicht zu viele Antibiotika enthält. Und solange die US-Behörden

den Lachs mit dem veränderten Gen zwecks Wachstumsbeschleunigung noch nicht zugelassen haben. Was Rotwein angeht, soll der ja sogar lebensverlängernd wirken. Jedenfalls schmeckt er besser als Grünwalds Pillen, da bin ich mir sicher.

„Warum?“

„Weil ich etwas ausprobieren möchte.“ Keine Ahnung, was das sein könnte, aber darüber kann ich mir später Gedanken machen. „Hab dich lieb“, füge ich noch versöhnlich hinzu.

„Ich dich auch, Mira.“ Es klingt eher wie ein Ächzen.

Und jetzt endlich sehe ich mir an, was auf der DVD meiner Fotografin ist.

Beinahe verwunschen wirkt der große in den Hügel hineingebaute Gebäudekomplex in der Dämmerung. Keinerlei Lichter, so als wäre für alle ein langer Schönheitsschlaf angesagt. Auf dem fünften Bild sieht man am äußersten Rand zwei Lkw. Ich vergrößere das Foto. Die Aufschrift der Lkw ist trotzdem nicht zu entziffern. Auch bei hoher Pixelzahl ist irgendwann einmal Schluss. Jetzt habe ich nur noch einzelne Punkte auf dem Bildschirm. Ich zoome kleiner. Keine Chance. Auf den nächsten vierzehn Fotos sehe ich Menschen in Stecknadelkopfgröße, einige Pkw, darunter ein weißer BMW. Es könnte der Wagen des Salvadorianers sein. Allerdings: Weiße große BMW sind im Umfeld der Schönheitsklinik nicht eben selten. Wer drin sitzt, lässt sich wohl nicht einmal mit den Methoden unserer Fotoredaktion herausfinden. Nächstes Bild. Ein Lkw, der aussieht wie jene, die viele Bilder davor auf die „Beauty Oasis“ zugefahren sind. Jetzt fährt er von dort weg. Inzwischen gibt es auch schon deutlich mehr Licht. Ich zoome langsam und vorsichtig heran und endlich kann ich in verwischten Buchstaben lesen: „Beauty&Young“. Eigentlich naheliegend, dass sie die eigenen Lkw zum Abtransport des Geheimlabors verwendet haben. Klar können sie aber auch mit dem Lkw ganz zeitig in der Früh ihre Cremes geliefert haben. Ich klicke auf das nächste Foto. Kein Lkw. Noch vier Bilder. Nichts. Wo ist der zweite Lkw geblieben? Es folgen einige Detailaufnahmen. Maisstängel mit Tautropfen, dahinter, angedeutet, das Gebäude. Zoom auf die Terrasse mit dem polizeilichen Absperrband. Ist nicht ganz scharf geworden, deswegen hat sie mir das Bild wohl auch nicht in die engere Auswahl zur Veröffentlichung gestellt. Dann das Kloster im Gegenlicht der Frühsonne, so als hätte

Gott es eben erschaffen, um dem eitlen Treiben in der Schönheitsklinik ein Ende zu setzen. Warum sie mir dieses Foto nicht gezeigt hat, verstehe ich nicht. Oder doch: Ich wollte ja beide Gebäude auf einem Bild. Ich speichere das Foto auf meiner Festplatte. Es könnte eine sehr gute Illustration zu meiner nächsten Story werden. Wie hat der Geschäftsführer in seiner Mail gemeint? ‚Sex und Rache im Nonnenkloster'. Mal sehen. Nein, ich sollte gleich ganz genau hinsehen: Auch da ist ein Lkw drauf, einer, der von der Schönheitsklinik weg Richtung Bundesstraße fährt. Wieder zoome ich näher. „Beauty&Young"-Lkw Nummer zwei. Eigentlich ziemlich unwahrscheinlich, dass sie gleich mit zwei Lkw Cremes und Pillen geliefert haben. Wieder einmal schaue ich auf mein Telefon. Könnte ja sein, dass Vesna über diesen Transport schon mehr weiß. Keine Nachricht. Hat irgendjemand festgestellt, dass sie zu viel erfahren hat?

Zehn vor sieben. Es ist einfach nicht normal, dass sie sich bis jetzt nicht gemeldet hat. Ich rufe Karl Simatschek an.

„Im Fitnesscenter? Da will ich schon lange einmal hin", sagt er, nachdem ich ihm das Nötigste erklärt habe.

„Du kennst es?"

„Es gilt als das beste weit und breit. Grünwald hat dem Bezirkspolizeikommando einen Sonderpreis gemacht. Die trainieren alle dort. Zumindest die, die so etwas mögen."

„Und wie ist das mit dir?"

„Ich laufe lieber. Aber es ist kein Problem für mich, an eine Gastkarte zu kommen. Vielleicht wollte deine Freundin ja auch dorthin, um Kraft zu tanken."

„Wäre ihr schon zuzutrauen. Aber sie hätte mich angerufen." Meine Stimme klingt zu unruhig, ich muss mich zusammenreißen.

„Was ist eigentlich los?" Das kommt jetzt einigermaßen scharf.

„Na ja, sie hat offenbar als Packerin angeheuert. Es könnte gut sein, dass das verschwundene Labor in der Fabrikshalle untergebracht wurde. Mehr weiß ich aber auch nicht."

„Und du bist in Panik, weil sie sich bisher nicht gemeldet hat?"

„In Panik ist zu viel gesagt. Aber so sicher bin ich mir eben doch nicht, dass es die Nonne war", murmle ich. „Und selbst wenn: Es muss einen Grund geben, warum niemand vom Kellerlabor wissen durfte." Kann allerdings sein, dass ich den inzwischen kenne.

„Ich sollte es dir nicht sagen, aber … es sieht nicht danach aus, als ob das Labor bei ‚Beauty&Young' wesentlich vergrößert worden wäre. So einseitig sind unsere Ermittlungen wieder nicht, dass wir da nicht nachsähen. Natürlich können wir ohne genaue Tests nicht sagen, ob das eine oder andere technische Gerät auch schon letzte Woche da war. Das Labor ist eng, aber nicht überfüllt. Und wir haben auch sonst wo in der Halle keine Kisten mit Geräten gefunden."

„Ihr habt einen Hausdurchsuchungsbefehl bekommen?", frage ich erstaunt.

„Nein. Grünwald und sein Geschäftsführer hatten nichts dagegen, dass wir uns umsehen."

Wohin haben die beiden Lkw das Labormaterial gebracht? Wohin die Mäuse? Oder hat man die einfach laufen lassen?

„Bist du noch da?", fragt der Gerichtsmediziner besorgt.

„Ja. Danke. Und lass dir im Fitnesscenter nichts geben!"

„Was soll ich mir nicht geben lassen?"

„Na irgend so ein Aufputschmittel", antworte ich lahm. Zum Glück fragt er nicht weiter.

Ich stehe in unserer Küche und bastle an einem exotischen Rezept: Lachsfilet, in Rotwein poeliert. Als Vorspeise hatten wir kalte Köstlichkeiten aus dem Delikatessenladen, Oskars Spezialität. Ich könnte nicht sagen, dass mein Appetit groß gewesen wäre. Vesna hat sich noch immer nicht gemeldet. Karl auch nicht. Ich habe Begeisterung für das geheuchelt, was mich üblicherweise wirklich entzückt: zarter Rohschinken vom Reh, ausgesuchte Kapernbeeren, knuspriges Ciabatta, Entenleberterrine, Ziegenkäsebällchen in frischen Kräutern. Oskar wollte natürlich erfahren, was ich im Vulkanland gemacht habe. Ich habe freundlich abgeblockt, habe erzählt, dass ich beim stockschwulen Gerichtsmediziner übernachtet habe, von der seltsamen Pressekonferenz des steirischen Polizeichefs bei Grünwald berichtet und davon, dass die alte Nonne kurz vor der Verhaftung zu stehen scheint. Kein Grund zur Besorgnis also. Es gab Augenblicke, da habe ich selbst daran geglaubt.

Das Nudelwasser kocht. Ich habe dicke italienische Pappardelle gefunden, die kommen, nur in ein wenig Butter und Olivenöl geschwenkt, unter den Fisch. Zwei große Pastateller habe ich in den Mikrowellenherd gestellt. Ist sich gerade ausgegangen. Eine Minute, und sie sind heiß – oder zersprungen. Ich werde es riskieren. Nichts Schlimmeres als kaputte Teller soll heute noch passieren.

In eine Pfanne mit hohem Rand habe ich drei Finger hoch Rotwein gegossen. „Rotwein haben wir wirklich genug zu Hause“, hat Oskar gesagt, als ich ihn gefragt habe, welchen er mitgebracht hat. Ich habe also im Weinschrank gekramt und einen fruchtigen Zweigelt gefunden. Dazu ein großzügiges Stück Butter, einen guten Schuss Olivenöl, etwas Salz, einen Chili im Ganzen – zum Glück habe ich immer welche tiefgefroren. Ich überlege, ob ich noch mit ein wenig Kardamom würzen soll, aber der warme Wein riecht so gut, dass ich es sein lasse. Kann man zur Not auch am Tisch noch tun.

Lachs hat Oskar so viel eingekauft, als würden wir Gäste erwarten. Vesna. Sie mag Lachs. Bitte, melde dich! Ich werde nicht sauer sein, nur weil es keinen wichtigen Grund gegeben hat, dass du so lange nichts von dir hast hören lassen. Ehrlich. Ich werde dir auch Lachs nach genau diesem Rezept zubereiten – vorausgesetzt, das Experiment glückt. Aber bitte: Schick mir endlich eine Nachricht, damit ich weiß, dass es dir gut geht!

Ich ziehe dem Fisch die Haut ab, zupfe die paar Gräten, die fast immer noch drin sind, heraus, schneide das Filet in vier rund fünf Zentimeter breite Stücke. Der Wein kocht auf, ich programmiere die Induktionsplatte auf 90 Grad, 100 Watt. Zum Poelieren ist Induktion perfekt. Die Flüssigkeit wird nicht mehr kochen, nur leicht perlen. Ich lege die Fischstücke ein, beschwere sie mit einem Metalldeckel, ihre Zeit, zu schwimmen, ist vorbei. Dann decke ich die Pfanne zu. Zwei Minuten dürften reichen. Dann ist der Lachs innen noch fast roh und außen zart gar gezogen. Und, wenn mir gelingt, was ich vorhabe, von einer interessant rötlichen Farbe. Pappardelle ins Kochwasser, eine Stielpfanne mit etwas Butter, Olivenöl und Salz anwärmen.

Vier Minuten. Ich könnte zu Oskar hinüber und einen Schluck Wein nehmen. Ausnahmsweise gibt es zum Trinken nicht den gleichen Wein, wie den, der im Gericht ist. Das wäre in diesem Fall zu viel vom Gleichen. Ich habe mich für einen reifen Riesling entschieden. Aber wenn ich zu Oskar gehe … er könnte mich etwas fragen, das ich ihm nicht beantworten möchte. Weil ich nicht will, dass er sich Sorgen macht. Sorgen mache ich mir selber genug. Er wirft mir einen Blick zu. Ich winke so fröhlich wie möglich. „Gleich fertig!“, rufe ich.

Die Rotweinflasche ist noch zu einem Drittel voll. Oskar blättert in der Zeitung. Ich nehme die Flasche und mache einige schnelle Schlucke. Er hat es nicht gemerkt. Es hat gutgetan. Zumindest für den Moment. Wein zur Beruhigung. Direkt aus der Flasche. Das sollte dir nicht zur Gewohnheit werden, Mira. Eine Minute Mikrowelle. Start. Die Pappardelle sind unterdessen fertig. Ich fische sie mit einem Siebschöpfer und einer Gabel heraus und gebe sie in die Stielpfanne. Kurz schwenken. Die Mikrowelle läutet. Die Teller sind ganz geblieben. Und sind sauheiß. Ich schnappe sie mit zwei Topflappen und stelle sie auf den Anrichteplatz. Ein gutes Zeichen. Ich nehme es als gutes Zeichen. Auch Vesna ist noch ganz. Ich würde im Moment alles als gutes Zeichen nehmen. Ich verteile die Nudeln auf die Teller, decke den Fisch ab, hebe den Lachs vorsichtig heraus. Lilarosa. – Gibt es diese Farbe überhaupt? Wenn nicht, habe ich sie hiermit erfunden. Ich setze jeweils ein Stück auf die Pappardelle, begieße es mit etwas Rotweinfond. Fleur de Sel darüber. Deckel auf die beiden übrigen Lachsfilets. Sie schmecken auch kalt gut. Kann ich mir zumindest vorstellen. Servieren. Ich schreie auf. Ich habe unterschätzt, wie heiß die Teller noch sind. Brandblase. Kein Problem. Nichts Schlimmeres als eine Brandblase soll heute noch passieren. Ich nehme zwei Topflappen und trage die Teller zum Tisch.

„Das riecht ja wirklich gut“, sagt Oskar. Wirkt, als wäre er überrascht. Für einige Momente vergesse ich meine Anspannung. Ich steche mit Messer und Gabel in den Fisch. Innen glasig lachsrosa. Außen zart gegart lilarosa. Ich koste und sehe Oskar zu, wie er einen Bissen in den Mund steckt.

„Das ist dir gelungen“, sagt er geradezu beeindruckt.

Das Telefon. Es läutet. Ich habe es in der Küchenzeile liegen lassen. Ich stürze hin. „Ja?“

Es ist Vesna. Sie ruft von Karls Telefon aus an.

„Kann dir jetzt nicht alles sagen, jedenfalls es geht mir gut. Habe mein Mobiltelefon lieber kaputt gemacht, war zu kritisch, ob sie was nachsehen auf Telefon. Alles löschen war keine Zeit. Bin nicht auf Idee gekommen, sie nehmen mich ohne viel fragen gleich einen Tag zur Probearbeit. Aber habe Chance nützen müssen. Telefon war alt, Fran sagt immer, ich brauche neues.“

„Wo bist du jetzt?" Das gute Zeichen. Es hat gestimmt. Danke. Danke.

„Bin ich auf Weg zwischen ‚Oasis' und deinem Gerichtsmediziner. Ich glaube nicht, ich sollte in Schönheitsklinik bleiben. Wenn jemand sieht mich dort und dann als Packerin, man kann auf Ideen kommen. Habe ich übrigens deinen Lateinamerikaner gesehen in Fabrik, aber du auch, oder? Sonst nicht viel. Ich mache Schluss. Kann ich morgen wahrscheinlich noch einmal arbeiten, werde ich tun."

„Ja, den El-Salvador-Typen hab ich gesehen. Warst du im Fitnesscenter? Es könnte sein, dass da so etwas wie Menschenversuche …" Ich werfe einen erschrockenen Seitenblick auf Oskar. Er starrt mich an. Ich habe nicht aufgepasst. Ich war so erleichtert. Verdammt. „Ich meine, mit so neuen idiotischen Geräten und so."

„Was soll das heißen? Was ist los, Mira?" Jetzt ist Vesna alarmiert.

„Gar nichts, ich bin zu Hause", flöte ich. „Haben sie die Nonne schon verhaftet?"

„Was soll das? Oh, Oskar. Ich glaube, ich verstehe. Ich melde mich später, wenn es geht. Werde schnell auschecken in ‚Oasis'. Du mache es gut."

Ich lasse das Telefon sinken und drehe mich lächelnd zu Oskar hin.

„Was die immer wissen will …"

Oskar lächelt nicht. Der Lachs ist so gut wie unberührt.

„Für wie dumm hältst du mich? Zuerst bist du nervös, als wenn jeden Moment etwas Fürchterliches passieren könnte. Dann springst du auf, redest mit Vesna über Menschenversuche, El-Salvador-Typen."

„Die sagen alle, dass die Nonne die Täterin war", versuche ich abzuwiegeln. „Der Gerichtsmediziner hat Vesna sein Telefon geborgt. Sie fährt zu ihm, dann kannst du ihn anrufen. Er wird dir das alles bestätigen. Der Forschungschef war betäubt, bevor er erstochen wurde. Es war eine Art religiöser Ritualmord."

Oskar sieht mich wütend an. „Ist dir klar, worauf du dich da einlässt? Die Lateinamerikaner, die könnten Profikiller sein. Legen falsche Spuren. Religiöser Ritualmord, dass ich nicht lache! Die Leute von der ARENA-Partei arbeiten mit dem rechten Flügel des amerikanischen Geheimdienstes zusammen, den gibt es unter Obama immer noch, die hoffen auf andere Zeiten, die unterstützen die Rechten gern beim Aufbau einer Guerillaarmee."

„Oskar, das ist pure Fanta..."

Er packt mich am Arm. Es tut weh. „Mira, das kann schon sein. Aber: Wenn sie etwas mit dem zu tun haben, was in der Schönheitsklinik abläuft, dann sind das nicht irgendwelche Zufallsmörder. Dagegen waren die russischen Geschäftsleute, hinter denen du damals her warst, liebe Onkels. Da könnte es um monströse Projekte gehen, um das ganz große Geld, um Auseinandersetzungen, in denen du einfach nicht wichtig bist. Wenn du fragst, bist du tot. ‚Ausschalten' nennt man das dann. Und niemand wird lange ermitteln, wenn eine Journalistin mit dem Auto verunglückt oder von einem Berg gefallen ist. Auch dein lieber Gerichtsmediziner nicht. Und selbst wenn ich mein Leben lang dafür kämpfen werde, dass dein Tod aufgeklärt wird: Ich werde zum lästigen Anwalt mit einer fixen Idee, gelte als armer Trottel, der den Tod seiner Frau nicht verkraften kann und sich seither in abstrusen Verschwörungstheorien ergeht. – Ist dir das klar?" Er brüllt es.

„Und? Was wirst du tun? Mich wieder einmal verlassen, wenn ich nicht mache, was du willst?" Ich schreie auch. Als Vesna angerufen hat, habe ich gedacht, für heute sei das Schlimmste vorbei. Sieht so aus, als hätte ich mich getäuscht.

„Nein", antwortet Oskar, aber es klingt gar nicht gut. Ich nehme noch einen Bissen vom Lachs. Fantastisch. Wirklich. Ist mir gelungen. Warum isst der Idiot nicht? Er starrt mich an. Ich esse weiter. Springe auf. Idee. In meiner Tasche sind die Pressekonferenzunterlagen. Ich gebe sie ihm wortlos. Er liest.

„Du kannst auch mit Chefinspektor Knobloch telefonieren. Er wird dir mehr oder weniger das gleiche sagen. Die Lateinamerikaner haben mit den Morden nichts zu tun. Kann sein, dass die Polizei ein falsches Motiv vermutet. Ich glaube nicht, dass die Nonne getötet hat, weil Schwester Cordula ein Verhältnis hatte. Es könnte um etwas ganz anderes gehen: genetische Versuche zur Lebensverlängerung. Etwas, das gegen den Plan Gottes ist. Kein Mensch soll mitentscheiden dürfen, wann es mit ihm zu Ende geht. Es steht uns nicht zu, die Telomere wachsen zu lassen, und auf den Krebs als Rache Gottes wollte sich die Nonne dabei doch nicht verlassen. Und es steht uns nicht zu, am Bauplan der DNA herumzubasteln."

Oskar schüttelt den Kopf. „Könntest du mir bitte sagen, wovon du sprichst?"

„Von Alternsforschung und Genetik."

Den Lachs haben wir nicht aufgegessen. Die Flasche Riesling aber leer getrunken. Als es gegen Mitternacht war, hatte ich den Eindruck, Oskar halbwegs überzeugt zu haben. Und ich habe ihm klargemacht, dass er morgen ja mitfahren könne ins Steirische Vulkanland. Es sei sehr nett dort. Guter Wein, gutes Essen, beruhigende Hügellandschaft. Man müsse sich ja nicht gleich schönheitsoperieren lassen. Er hat etwas gemurmelt wie, ich wüsste ja genau, dass morgen drei Anwälte von der Partnerkanzlei aus Frankfurt kämen. – Übers Wochenende? – Ja, übers Wochenende. Er habe ein Arbeitswochenende vor sich. – Ich auch. Er schläft weit auf seiner Seite des Bettes und ich auf meiner.

[11.]

Es ist noch fast dunkel draußen, als ich den SMS-Signalton höre. Ich habe nicht tief geschlafen, von irgendwelchen gentechnisch veränderten Lachsen geträumt und von Horden von Nonnen, die betend einen Fluss hinaufziehen. Schon wieder Nonnen. Herr Psychiater, was bedeutet es, wenn man dauernd von Nonnen träumt? Oder ist es in meinem Fall ganz verständlich? Nein, ich habe heute Nacht keinen Sex gehabt. Ach so. Nein, eigentlich glaube ich nicht, dass ich ins Kloster will. Ich beschließe aufzuwachen und klappe die Augen auf. Seitenblick auf Oskar. Er scheint gut zu schlafen. Die SMS ist von Karl Simatschek. „Nur Vormittag in Fabrik, dann Zeit. Treffpunkt 13 Uhr auf Burg bei Kartenverkauf." Eindeutig Vesna, die sich wieder sein Mobiltelefon geschnappt hat. Ich sehe auf die Uhr. Kurz nach fünf. Ich rapple mich auf, tapse Richtung Toilette. Und was, wenn ich mich gar nicht mehr hinlege? Vesna ist offenbar schon Richtung Fabrik unterwegs. Ich könnte in der Früh zum Kloster. Ich will Schwester Gabriela noch so einiges fragen – vorausgesetzt, sie sitzt nicht schon in Untersuchungshaft. Vor allem, warum sie nicht gesagt hat, dass sie Medizinerin ist. Auch, was sie von genetischen Möglichkeiten zur Lebensverlängerung hält. Abgesehen davon ist es vielleicht besser, einer weiteren Diskussion mit Oskar aus dem Weg zu gehen. Natürlich meint er es nur gut … Da ist es wieder, dieses „Gutmeinen"! Er liebt mich, er macht sich Sorgen. – Das tu ich selber auch. Und die Sorgen werden sich erst auflösen, wenn ich einige Punkte geklärt habe. Zum Beispiel: Wohin ist das Labor verschwunden? Wie kann es uns gelingen, zu den Forschungsunterlagen zu kommen? Wo sind die Forscher, die Grünwald angeblich unter Druck gesetzt hat? Ich werde Natalie Veith daran erinnern, dass sie Kontakt zu ihnen aufnehmen wollte. Sicher viel einfacher, sie redet mit ihren Kollegen, als ich versuche es.

Ich dusche rasch, trinke zwei Gläser kaltes Leitungswasser, suche so lautlos wie möglich Unterwäsche, Jeans, T-Shirts zusammen. Oskar scheint noch immer fest zu schlafen. Oder tut er bloß so? In einem Anfall von Zärtlichkeit will ich schon auf seine Bettseite, ihn wenigstens auf die Wange küssen, aber dann denke ich an die Auseinandersetzung von gestern Abend. Keine neue Diskussion. Ist für uns beide besser so.

Gismo schleicht verschlafen in die Küche, streckt sich. Ist mit einem Mal munter. So etwas würde ich auch gerne können. Ich gestehe ihr eine doppelte Portion Belohnungsfutter aus den teuren Säckchen zu, streichle sie. Noch einige Zeilen für Oskar. „Guten Morgen und bis bald, vertrau mir!" Sieht irgendwie seltsam aus. Der Typ für ein aufgemaltes Herz ist er aber auch nicht. „Mira küsst dich", kritzle ich dann noch dazu. Die Kräuter auf dem Balkon gießen. Eigenartig, irgendwie ist alles wie Abschiednehmen. Ich atme durch. Unsinn. Ich fahre noch einmal kurz ins Vulkanland, bereite die Story für nächste Woche vor und dann bin ich wieder zurück.

Ein paar Tage im Veneto wären schön. Keine Ahnung, ob Oskar weg kann, vielleicht nächstes Wochenende. Ausspannen, herrlich abendessen, schwimmen in Giannis großzügigem Pool. Mist. Es ist August. Da fährt Gianni selbst ans Meer und sperrt sein Hotel zu. Ein ausgiebiger Besuch bei meiner Freundin Eva im Weinviertel. Neue Weine verkosten, in ihrem Innenhof langsam müde werden. Wer braucht ein längeres Leben? Ein gutes zu haben, darum geht es. – Dann gehe ich endgültig zur Tür, streichle noch einmal Gismo, die offenbar schon alles aufgefressen hat, schubse sie zurück in die Wohnung und sperre von außen ab.

Es ist kurz nach sieben, als ich von der Bundesstraße Richtung Kloster einbiege. Im Radiowetterbericht haben sie erzählt, dass die Hitzeperiode andauern wird. Wunderbar. Mir kann es nicht heiß genug sein. In den Nachrichten kein Wort über die beiden Morde rund um die „Beauty Oasis". Was bedeutet, dass es nichts Neues gibt. Besser so. Vor dem Kloster scheint einiges los zu sein. Ich fahre näher hin, parke am Straßenrand, nehme den Fotoapparat aus der Tasche. Ganz klar, Polizeiaktion. Außer mir keine Journalisten. Das glaubt mir keiner, dass ich zufällig zur richtigen Zeit gekommen bin. Zwei Autos mit Blaulicht. Ein Polizist in Uniform sieht mich verwundert an. Er scheint zu überlegen, ob er mich vertreiben soll. – Razzia im Nonnenkloster? Einigermaßen seltsam. Die Eingangstür ist offen. Zwei Polizisten in Uniform kommen heraus. Dann Knobloch. Neben ihm Schwester Gabriela. Sie hat die Hände gefaltet, hält einen schwarzen Rosenkranz, den Blick gegen Himmel gerichtet murmelt sie halblaut Gebete. „Heilige Maria, Mutter Gottes …“ Der Chefinspektor hält sie am Ellbogen fest, eher als ob er einen Sturz verhindern, als wie wenn er sie abführen wollte. Dahinter wieder zwei Polizisten. Scheint mächtig gefährlich zu sein, diese alte Nonne.

Ich renne hin, rufe: „Schwester Gabriela!“ Sie scheint mich gar nicht wahrzunehmen, sie betet weiter, sieht weiter hinauf zum Himmel. Ich bleibe einige Schritte von den Polizeiwagen entfernt stehen. Knobloch blickt mich verärgert an, sagt aber nichts. Einer der Polizisten öffnet die hintere Autotür, Knobloch schiebt die Nonne vorsichtig hinein, sie setzt sich, offenbar ohne zu registrieren, wo sie ist. Die Hände noch immer gefaltet. „… bitte für uns Sünder …“ Die Polizisten steigen ein, Knobloch geht ums Auto herum, ich renne hin. Sehe, dass in der Tür zum Kloster zwei Nonnen stehen. Wie Statuen. Standbilder alt gewordener Dienerinnen Gottes.

„Was ist das?“, frage ich Knobloch halblaut. „Eine Festnahme?“

„Es wird ein Statement geben“, murmelt er. Es wirkt beinahe so, als wollte er die Gebete von Schwester Gabriela nicht stören.

„Davon gehe ich aus. Waltensdorfer wird sich freuen. Und sein Freund Grünwald auch.“

Knobloch runzelt die Stirn. „Sehen Sie nicht, in welchem Zustand sie ist?“

„… gebenedeit unter den Frauen und gebenedeit ist die …“, murmelt die Nonne, die vor gar nicht so langer Zeit noch äußerst geistvoll am jenseitigen Konzept gezweifelt hat. Zumindest mir gegenüber.

„Weil Sie sie abgeholt haben. Das muss doch zu viel für sie sein!“, fauche ich den Chefinspektor an.

„Ihre eigenen Mitschwestern haben angerufen.“

„Sie hat gestanden?“, will ich wissen.

„Sie ist abgetaucht in eine andere Welt“, antwortet Knobloch.

„Sie können sie doch in diesem Zustand nicht in U-Haft …“, flüstere ich.

„Nein“, flüstert Knobloch zurück und gibt den Befehl zum Abfahren. Die Autos starten, auf dem Wagen, in dem die Nonne sitzt, wird das Blaulicht ausgeschaltet. Kein Alarmzeichen mehr notwendig. Ich stehe mit offenem Mund da und merke viel zu spät, dass ich den Fotoapparat noch in der Hand halte.

Gerade bevor die Klostertür ins Schloss fällt, springe ich hin, öffne sie. Die beiden Nonnen sehen mich erschrocken an.

„Ich hab mit Schwester Gabriela gesprochen. Gestern. Und auch schon früher. Ich bin die, die dabei war, als sie Schwester Cordula in der Sauna gefunden hat. Was ist mit ihr geschehen?“

Die beiden schütteln den Kopf. Jenseits der sechzig sind sie jedenfalls. Jetzt ist ihnen nicht nur der Nachwuchs, sondern auch noch die Leiterin abhandengekommen.

„Wissen Sie, wohin die Polizei Schwester Gabriela bringt?“, insistiere ich.

Die Dünnere schüttelt wieder den Kopf, die mit mehr Blut in den Wangen sieht mich an und sagt: „Auf die Neurologie. Hat der Inspektor wenigstens gesagt.“

„Was ist mit ihr los?“

Jetzt schütteln wieder beide den Kopf. „Sie betet“, antwortet die Dünne.

Mein Blick fällt auf den Spruch neben der heiligen Hildegard. „Disce et servi“. „Das Motto des Klosters?“, frage ich und deute darauf.

Jetzt nicken beide und die Rotwangigere sagt: „Studiere und diene. Die heilige Hildegard war eine sehr gebildete Frau, sie hat ihr Leben lang studiert.“

Mir kommt eine Idee. Schwester Cordula war Biologin, Schwester Gabriela ist Medizinerin. „Sie haben auch studiert?“

„Schwester Ernestine ist Germanistin und ich habe wie Schwester Cordula Biologie studiert. Es ist Voraussetzung, um in unseren Orden aufgenommen zu werden.“

„Und warum pflegen Sie dann Kranke?“

„Das hat mit dem Dienen zu tun.“

Kann es sein, dass Schwester Gabriela nur deswegen nicht gesagt hat, dass sie Medizin studiert hat, weil ein abgeschlossenes Studium in ihrer Klostergemeinschaft ganz normal ist? Und weil offenbar alle, egal welche Ausbildung sie haben, als Krankenpflegerinnen arbeiten? Warum ist sie verrückt geworden? Was bedeutet es, verrückt zu sein? Vielleicht ist die Versenkung ins Gebet ein wunderbarer Schutz. Was hat Schwester Gabriela gesagt, als ich sie hingestreckt vor dem Kreuz gefunden habe? „Ich habe gebetet und bin zu dem Schluss gekommen, dass ich mich wehren darf." Und plötzlich habe ich den Eindruck, dass ich dem, was Schwester Gabriela gesagt hat, vertrauen kann. Der irdischen Gerechtigkeit, wie immer die im Detail aussehen mag, etwas nachzuhelfen, kann allerdings nicht schaden.

Ich treffe mich mit Karl Simatschek auf einer Parkbank vor dem Feldbacher Krankenhaus. Er ist einigermaßen irritiert, weil ich gar nichts gegen die Einweisung der alten Nonne habe. Und weil ich zufrieden nicke, als er erzählt, dass Waltensdorfer, diesmal gemeinsam mit Knobloch, eine Presseaussendung verfasst hat, in der die „Ingewahrsamnahme" von Schwester Gabriela bestätigt wird und man allen dankt, die zur so raschen Klärung des Falles beigetragen haben.

„Ingewahrsamnahme, ein hübsches Wort", sage ich.

„Ich habe noch lange nicht alle Untersuchungsergebnisse", murmelt der Gerichtsmediziner.

„Und du erwartest noch etwas von Bedeutung?"

Er sieht mich an. „Würde ich so denken, würde ich nie etwas herausfinden. Ob etwas von Bedeutung ist, weiß ich erst, wenn ich alles, aber auch wirklich alles untersucht habe."

„Geht mir genauso", sage ich, küsse ihn auf die Wange und verabschiede mich. Ich weiß, was ich tun werde, um mir bis zum Treffen mit Vesna die Zeit zu vertreiben. Ich werde etwas für meine Fitness tun. Heute ist Samstag, da könnte „Elite Fitness" auch tagsüber geöffnet haben. Zum Glück bekomme ich alle heiligen Zeiten einen Rappel und kaufe mir eine neue Sportausrüstung. Quasi ein Anlauf voll guten Willens, der aber dann immer durch irgendetwas gebremst wird. Eine dieser Ausrüstungen habe ich in einer kleinen Tasche im Kofferraum.

Besonders viel los ist nicht im Fitnesscenter. Ich kann mich frei zwischen allen möglichen Geräten entscheiden, das Fahrrad ist mir am wenigsten anstrengend erschienen. Jetzt bin ich mir da nicht mehr so sicher. Schweiß rinnt mir von der Stirn, aber das soll ja gut sein. Jung und schön: Dafür muss man schon etwas tun. Auch wenn es in meiner Altersklasse realistischerweise eher noch um „gut erhalten“ und „in Form“ gehen kann. Quatsch: Wer sagt, dass Achtundvierzigjährige nicht schön sein können? Irgendwelche dummen Männchen, die sich lieber mit Zwanzigjährigen herumtreiben, weil die weniger widersprechen? Leider nicht nur, wie wir wissen. Ich trete noch einmal kräftig in die Pedale. Geht uns doch allen so, dass wir jung und schlank als schön ansehen. Fragt sich bloß, warum. Weil wir es gelernt haben? Aus der Werbung? Von denen, die das Sagen haben? Oder ist es so etwas wie ein Naturgesetz? Die Jungen und Fitten werden als schön empfunden, weil sie am besten zur Fortpflanzung geeignet sind? Wer sagt das? Ein wenig Fett macht widerstandsfähig. Ich schnaufe und stelle den Fahrradcomputer auf die leichteste Stufe. Ha, so geht das wunderbar. Und sieht aus, als ob ich schnell wäre. Ich sehe mich um. Zwei jüngere Männer stemmen Gewichte und unterhalten sich dabei auch noch leise. Sind sie vielleicht vom Polizeikommando Feldbach? Es wird genug andere geben, die hierher trainieren kommen. Tatsächlich ist das Fitnesscenter, soweit ich das sagen kann, ausgesprochen gut ausgestattet. Alles ist sauber, großzügig. Ich steige vom Rad, wische mir den Schweiß von der Stirn und gehe hinüber zur Theke. Die junge Frau, die mich eingewiesen und mir ein „Schnupperticket“ verkauft hat, steht dahinter und telefoniert. „Personal Trainer“ gebe es bei ihnen nur nach Voranmeldung, hat sie mir gesagt. Und am Samstagvormittag sei überhaupt nur sie da. Schade, ich hatte die Idee gehabt, mir ein paar Fitnesstipps zu holen und gleichzeitig ein wenig darüber zu plaudern, was bei der „Elite“ sonst so los sei. Neben der Theke steht ein großer Schrank mit Glasfront, darin all die Anti-Aging-Cremes und -Pillen, mit denen Professor Grünwald die Menschheit beglückt. Nicht weit von mir entfernt sitzen zwei Frauen in meinem Alter auf Barhockern, vor sich etwas, das aussieht wie Aperol Sprizz. Wahrscheinlich ist es aber nur irgendein alkoholfreier isotonischer Fruchtmix, überlege ich. Passt irgendwie besser ins Fitnessstudio als dieses modische Tussigetränk. Mir ist die Variante Prosecco-Soda-Eis-Campari viel lieber. „Grande Sprizz“ nennt das mein Freund Gianni. Man trinkt es im Veneto schon viel länger als den Aperol-Verschnitt.

„Der Professor hat gemeint, ich soll mir, wenn ich schon da bin, auch gleich die Hüften modellieren lassen."

„Dann kannst du das Fitnesscenter aber eine Zeit lang vergessen. Mit diesen Kompressionshosen …"

„Tja, das ist schon wahr. Außerdem finde ich, dass meine Hüften ganz in Ordnung sind."

Die etwas Ältere wirft einen Seitenblick auf den angesprochenen Körperteil ihrer Freundin und sagt nichts. Sie scheint sie wirklich zu mögen. Die Angestellte des Fitnesscenters telefoniert noch immer. Ich winke. Ich hätte auch gerne einen Drink. Irgendeinen.

„Sie müssen rufen. Susi kriegt gar nichts mit, wenn sie telefoniert", sagt die Frau, die ihre Hüften doch behalten will, zu mir. „Was möchten Sie denn?"

„Was haben Sie?"

Ich deute auf ihr Glas.

„Na Aperol Sprizz."

Also doch. „Ich würde auch einen nehmen." Ist zur Gesprächsfortsetzung wahrscheinlich gar nicht schlecht. Ich werde das süßliche Gesöff schon überleben.

„Drei Aperol Sprizz", ruft ihre Freundin in Düsenjägerlautstärke. Die junge Frau hinter der Theke lässt beinahe den Hörer fallen. Wenig später prosten wir drei einander zu und ich erfahre, dass sich die Freundinnen mindestens zweimal im Jahr bei Professor Grünwald einquartieren. „So eine nette Gegend", sind sie sich einig. Das kann ich bestätigen. Lange dauert es nicht und ich weiß, dass die eine Lehrerin ist und die andere einen Friseursalon betreibt. Bald gelingt es mir, ganz zufällig auf die beiden Mordfälle zu sprechen zu kommen.

„Schwester Cordula, das war ja ganz eine Nette. Ich habe sie sogar als Betreuerin gehabt nach … beim letzten Mal. Aber wissen Sie, ein wenig naiv war sie schon", sagt die Lehrerin.

„Naiv würde ich das nicht nennen, eher ein wenig abgehoben. Wahrscheinlich wird man so im Kloster", ergänzt die Friseurin.

„Aber dass sie sich einen Liebhaber nimmt … und dann auch noch den Dr. Schilling …"

„Was war an dem denn Besonderes?", frage ich und nehme noch einen Schluck. Gar nicht so übel.

„Also bitte. Es wissen doch alle, dass er immer wieder Techtelmechtel hatte, es gibt eben genug Frauen, die auf so etwas ansprechen", meint die Lehrerin mit den Hüften.

„Ihr ist das natürlich nicht aufgefallen. – Wenn, dann hätte sie schon besser zu Sam gepasst. Aber der ist immer etwas distanziert, leider. Ein Bild von einem Mann. Und diese Hände ..."

„Warum hätte sie besser zu Sam gepasst?", will ich wissen.

„Oh, er hat sich um ihre Hildegard-Produkte gekümmert. Und er ist ein sanfter Mann. Wenn auch eben sehr zurückhaltend ..." Die Friseurin schüttelt bedauernd den Kopf.

„Da wäre ich mir nicht so sicher", unterbricht ihre Freundin. „Als ich eine Nacht nicht schlafen konnte und die Nachtschwester nicht gekommen ist, bin ich los und habe sie gesucht. Es war ganz seltsam. Als ich Richtung Schwesternzimmer gegangen bin, ist mir Sam entgegengekommen, richtig außer Atem."

„Die geistlichen Schwestern sind aber in der Nacht nicht da", weiß ihre Freundin.

„Sage ich ja nicht. Nur dass ich ihn offenbar fast bei etwas ertappt hätte ..." Die beiden sehen einander an und lachen.

Na super, und für so ein Getratsche opfere ich meine Zeit. Ich sehe auf das gerahmte Foto vis-à-vis. Es zeigt einige durchtrainierte Leute, strahlend, sie haben Medaillen um den Hals und halten sie in die Kamera. Über dem Bild ein Bord mit einer Reihe von Pokalen. Das sollte mich vielleicht mehr interessieren. Andererseits: Sieht eher so aus, als würde das Doping in diesem Fitnesscenter aus Aperol Sprizz am Vormittag bestehen. Wenn ich Sam wäre, ich würde mich bei diesen beiden aufgemotzten Oldtimern auch distanziert geben. – He, Mira. Die sind nicht viel älter als du. Mir hat Sam aber wenigstens eine Sondermassage zukommen lassen. Was hat er damals gesagt? Dass er sich mit diesen Hildegard-Produkten nicht auskenne. Seltsam. Schwester Gabriela und auch die beiden da tun so, als hätte er zur ermordeten Nonne einen recht guten Kontakt gehabt und sie, wo es nur ging, unterstützt. Andererseits: Ich habe ihn mehr oder weniger gleich nach ihrem Tod nach dem Hildegard-Lavendelaufguss gefragt. Vielleicht verständlich, dass er nicht in zu engen Zusammenhang mit ihr gebracht werden wollte. Vor allem bei den vielen Menschen rundum, die Zeit genug haben, jedes Gerücht genüsslich zu verbreiten.

„Trainieren die auch hier?", frage ich und deute auf das Foto.

„Ich glaube, ich habe sie schon gesehen. Aber so oft sind wir auch wieder nicht da", erklärt die Friseurin.

Ich habe ohnehin immer mehr den Eindruck, die beiden sind in erster Linie hier, um Aperol Sprizz zu trinken und zu tratschen. Etwas, das ich ja grundsätzlich verstehen kann.

Die junge Mitarbeiterin von „Elite Fitness" mischt sich ein. „Klar, die kommen fast jeden Tag. Sind aus unserer Gegend, ein richtiges Triathletenteam, auch die Frau, die dabeisteht. Sie sind im letzten Jahr richtig spitze geworden, sogar international. Schlimm ist nur, dass der eine, der da rechts, der Harald, jetzt Krebs hat. Da denkt man, wenn einer so fit ist und so viel trainiert, dann kann so etwas gar nicht passieren. Aber ist eben doch alles Veranlagung."

Ich horche auf. Wer das Team denn sponsere. Die „Beauty Oasis"? Nein, erwidert die junge Frau. „Beauty&Young" natürlich. „Und soviel ich weiß, nehmen sie auch diese Kapseln mit dem Rotweinstoff. Soll super wirken, vor allem gegen Fett."

„Na ich weiß nicht", widerspricht die Lehrerin mit den Hüften. „Ich nehme die jetzt schon seit einem Jahr und merke gar nichts."

„Da muss man eben auch viel trainieren", erklärt die Fitnessfachkraft.

„Dann brauche ich aber keine Pillen und werde trotzdem schlank", erwidert die Grünwald-Jüngerin. Wo sie recht hat, hat sie recht.

Der Sache mit den so erfolgreichen Triathleten sollte man jedenfalls nachgehen. Was hat die Genetikerin erzählt? Der Weltklasseradfahrer soll ja auch eine Art von Gen-Krebs gehabt haben. Man weiß eben noch nicht so genau, was passiert, wenn man Zellen genetisch zu mehr Leistung stimuliert. Bloß: Wie findet man heraus, ob das jemand bei den Triathleten auf dem Foto versucht hat? Wie macht man das, wenn selbst Dopingjäger keine Chance haben? Ich sehe auf die Uhr. Höchste Zeit, mich zur Burg aufzumachen. Ich hoffe, da kann man mit dem Auto hin. Mein Bedarf an Training ist für heute gedeckt.

Immer kann man sich das mit der Fitness nicht aussuchen. Ich fahre die Straße durch das idyllische, direkt auf den Vulkankegel gebaute Dorf hinauf, passiere das erste Parkplatzschild, komme zum zweiten Parkplatz. Die Burg liegt immer noch ein ganz schönes

Stück über mir. War damals wohl von Vorteil, so weit oben, aber heute … Ich bin kein Feind, ich will auch gar nichts erobern, ich will bloß in Ruhe mit Vesna reden. Dennoch. Mir bleibt nichts anderes übrig. Ich parke und mache mich an den Aufstieg. Augustsonne. An sich mag ich die. Eine Gruppe älterer Touristen ist dabei, mich einzuholen. Nebenher reden sie auch noch laut, keiner keucht. Sie scheinen aus Bayern zu kommen. Ich gebe Gas. So ist es nicht, dass ich gar keinen sportlichen Ehrgeiz habe. Kurz vor eins bin ich auch tatsächlich oben, gehe durch den Burgbogen. Sehe mich um. Der Kartenverkauf scheint dort vorne zu sein. Er ist gerade von einem Pulk Senioren umlagert. Wie die wohl alle heraufgekommen sind? Vesna sitzt etwas abseits auf einer Steinbank. Ich setze mich neben sie. Bin für einige Momente nur froh, dass ich sie wiedersehe. Ich habe mich da gestern in etwas hineingesteigert. Oskar allerdings auch.

„Du bist zu Fuß gekommen?", fragt Vesna erstaunt.

„Wie sonst?"

„Gibt es Lift."

„Das glaube ich einfach nicht."

Sie grinst und deutet auf ein Schild. „Zur Liftstation".

„Ein bisschen Bewegung schadet nicht", bewahre ich Haltung.

„Hast aber ganz schön geschwitzt", erwidert Vesna und sieht mich an.

Na und? „Ich war heute auch schon im Fitnessstudio. Zwei Frauen aus der ‚Beauty Oasis' haben erzählt, dass Schilling für seine ‚Techtelmechtel' bekannt war. Und ich habe herausgefunden, dass es eine Triathletengruppe gibt, die seit einiger Zeit sehr erfolgreich ist. Sie wird von ‚Beauty&Young' gesponsert. Die Resveratrol-Pillen scheinen nicht unter Doping zu fallen."

Vesna nickt. „Ich habe in Fitnesscenter auch etwas gehört: Schilling hat sich sehr für Sportler engagiert, hat immer wieder Tests gemacht mit ihnen, aber auch mit Stammkunden von Schönheitsklinik."

Das würde ganz gut zu dem passen, was mir die Genetikerin erzählt hat. Vesna wird zunehmend aufgeregt, als ich die Zusammenhänge zwischen lebensverlängernden Mitteln, genetisch angehobenem Aktivitätspotenzial, Muskelwachstum, Gendoping und Menschenversuchen rekapituliere.

„Ich habe in Fabrik auch etwas gehört. Packerinnen haben erzählt, dass Fahrer sehr sauer sind. Haben Zusatzschichten in der Früh gehabt und das nur, weil sie von ‚Beauty Oasis' Kisten zu einem Hof müssen führen."

„Haben sie erzählt, was drin war?"

„Habe ich mich nur mit einem unterhalten, ist besser so. Ist ein netter Mann, kommt aus Kroatien, ich habe da keine Vorurteile, nur weil ich bin aus Bosnien."

„Und?"

„Na gut. War Futter für Tiere auf dem Hof und Möbel, die keiner mehr hat gebraucht. Und etwas in einem ganz verschlossenen Container, aber das hat andere Firma hingeliefert."

„Wo ist der Hof?"

Vesna grinst. „Ist gar nicht weit. Habe schon zwei und zwei zusammengezählt und habe angesehen, was dort ist in der Gegend. Tante hat Zimmer, gleich in der Nähe. Ist sehr ordentliche Fremdenpension, wie es aussieht. Habe zwei Zimmer für uns reserviert."

„Was für eine Tante?"

„Was weiß ich, Tante von wem. Kroatischer Fahrer hat nur von ‚Tante' geredet."

„Weiß Karl Simatschek davon?", will ich wissen.

„Von Tante?"

„Von der Lieferung."

„Du bist verrückt? Er ist sehr netter Mann, aber er ist bei Polizei, zumindest mehr oder weniger."

[12.]

Das Steirische Vulkanland ist schön. Es ist Sommer. Zwei Touristinnen aus Wien sind eben erst angekommen. Gute Freundinnen, aber sie nehmen doch lieber zwei Einzelzimmer. Es stimmt schon, selbst in dieser Gegend gibt es zentralere Plätze. Eine Viertelstunde braucht man von hier überallhin. Zur Burg, zum Schokoparadies, zur „Oasis", nach Feldbach. Früher hat man gemeint, dass sich an so einem Ort die Füchse Gute Nacht sagen. Heute gibt es Menschen, die die Abgeschiedenheit zu würdigen wissen. Drüben, gerade so weit entfernt, dass man die Schweine nicht riecht, ist der Bauernhof. Schon lange in Familienbesitz. Vor einer Generation hat es so ausgesehen, als könne man von der Landwirtschaft nicht mehr leben. Man hat nach Zusatzeinnahmen gesucht. Da ist das Haus mit den „Fremdenzimmern", wie es hier noch immer heißt, entstanden. Aber: Als Gäste sollen sie sich fühlen, die Fremden. Eigentlich sind es inzwischen ja schon zwei Häuser. Vor vier Jahren hat die Tante einen neuen Trakt drangebaut. Richtig schick, mit einigen kleinen Appartements drin. „Weinlodge" steht drauf. Und es ist ihr sogar gelungen, vier davon auf Dauer zu vermieten. Frühstück macht sie für alle Gäste, egal wie lange sie bleiben. Eine Nacht oder einen Monat oder mehr als ein Jahr. Das Frühstück allein ist Grund genug, herzukommen. Aber auch am Nachmittag fühlt man sich hier wohl. Man sitzt unter dem alten Kastanienbaum am großen, rund um den Stamm gezimmerten Tisch, schaut über die Felder auf der einen Seite, über die Hügel auf der anderen Seite, in den Wald hinter dem Bauernhof. Weiter unten auf einer großen Wiese gibt es sogar ein Schwimmbad samt Abdeckung. Wasser von Mai bis September warm.

Ich seufze und habe im Kopf den Werbeprospekt fast fertig. Schon wahr, dass der Wein vom Bruder der Tante nicht annähernd so gut ist wie der von den Winzern mit dem Weingartenhäuschen, aber was soll's. Er ist trinkbar. Und der Topfenstrudel, den uns die Tante als Willkommensgruß offeriert hat, ist ausgezeichnet. Ich werde schwimmen, in der Sonne liegen. Ich werde Oskar per MMS ein Foto schicken, damit er endgültig beruhigt ist. Vielleicht kann er morgen oder übermorgen nachkommen.

„Du weißt, warum wir sind da?", zischt mir Vesna ins Ohr.

Ich sehe sie irritiert an. Zwei Mordfälle. Dubiose Lateinamerikaner mit einem offenbar noch dubioseren Boss. Ein verschwundenes Labor samt verschwundenem geheimem Operationssaal. Forschungen zur genetischen Lebensverlängerung. Aber der angebliche Forschungschef ist tot. Warum hätten Grünwald oder seine Geschäftspartner ihn eliminieren lassen sollen? Vielleicht weil die Sache mit der Genforschung gar nicht so wichtig war? Oder war es Schilling, der dabei gar nicht so wichtig gewesen ist? Alles verrückt. War wohl doch die Nonne, die Cordula und ihren Lover ins Jenseits befördert und sich dann ins Gebet geflüchtet hat. Näher, mein Gott auch zu mir … Vesna rüttelt mich. „Aufwachen, Mira. Hier in Einöde gibt es Geheimnis!"

„Einöde? Hier ist es zauberhaft."

„Sagt ausgerechnet Stadtmensch. Gut, eigentlich natürlich. Stadtmensch weiß nicht, wann ihm Einöde begegnet. Ich kenne sie. Gibt es auch in Bosnien."

„Wir sollten es langsam angehen. Damit sie keinen Verdacht schöpft, die Tante. – Weißt du eigentlich schon, warum sie bloß ‚Tante' genannt wird?"

„Woher ich soll wissen. Der Bauernhof gehört Zulechner. Seine Tante sie kann nicht sein, dann wäre er fast Kind. Ich glaube, er ist Bruder. Als ich gefragt habe, es hat geheißen: ‚Schöne Zimmer gibt es bei der Tante.'"

Älter als vierzig ist die „Tante" tatsächlich nicht. Ein wenig füllig, aber hübsch. Keine Ahnung, ob sie Familie hat. Jedenfalls macht sie hervorragenden Strudel. Ich habe in den letzten Tagen genug Aufregung gehabt. Kann schon sein, dass es hier ein wenig einschichtig ist, aber dafür ausreichend weit weg von Plätzen, an denen jemand ermordet wurde. „Vor morgen unternehmen wir nichts", sage ich zu Vesna.

„Wir machen Abendspaziergang", erwidert sie.

„Bewegung habe ich heute schon mehr als genug gehabt", widerspreche ich.

Die Tante kommt aus dem Haus und bringt uns einen Teller mit Schinken. „Selbst gemacht. Aus den Schweindln von meinem Bruder", sagt sie. „Als Vorgeschmack auf das Frühstück."

Sieht köstlich aus.

„Ihr Bruder hat nur Schweine?", will Vesna wissen.

„Nein, auch Ziegen und Schafe und ein paar Kühe. Es ist noch ein richtiger Bauernhof. Den Wein haben Sie ja schon gekostet."

„Und warum Sie heißen ‚Tante'?", fragt Vesna.

Meine Güte, so etwas fragt man doch nicht!

Die Tante lächelt. „Ich war Kindergartentante, wie man das bei uns nennt. Ich hab schon mit nicht einmal dreißig für alle nur ‚Tante Irmi' geheißen. Als ich dann meine Weinlodge dazugebaut habe, hab ich meinen Job im Kindergarten aufgegeben. Aber das mit der ‚Tante' ist geblieben."

„Und eigene Kinder?" Meine Güte. Gleich fragt Vesna noch nach einem Mann. Oder einem Geliebten. Und ob sie vielleicht eines der Techtelmechtel des Dr. Schilling war.

„Leider nein. Ich lebe allein. Wenngleich sich das …" Sie lächelt und wird ein wenig rot.

Oh wie hübsch, eine ländliche Liebesaffäre mit der Chance auf ein Happy End. Oder jedenfalls darauf, eine glückliche offizielle Beziehung zu werden.

Ich koste vom geselchten Schinken. Saftig und würzig.

„Kaum man macht dir Idylle, du bist schon hineingefallen", grollt Vesna, als Tante Irmi wieder weg ist.

„Ich kann eben das Leben genießen, egal wie lang es dauern wird."

„Ich mache Handyfoto von dir mit Nussbaum und Schinken und Wein und wir schicken es Oskar."

Ich nicke gutmütig und gebe ihr mein Telefon. Ein paar liebe Worte dazu, ein Lagebericht, kein Wort davon gelogen oder auch nur beschönigend. Gesendet.

„So, und jetzt wir müssen überlegen", sagt Vesna.

„Sollten wir nicht Karl bitten herzukommen? Er kennt sich aus. Und er ist wirklich okay."

„Jetzt sei nicht verrückt. Ich sage dir: In verschlossenen Container sind Mäuse geliefert worden – vielleicht auch geheimer Operationstisch. Und Sachen von Labor sind auch in Bauernhof gelagert. Und: Ich kann mir gut denken, dass hier auch Forschungsberichte sind. Einschicht ist gut. Hier sucht keiner.“

Ich seufze. „Wir sollten die Polizei verständigen, wenn wir das glauben.“

„Die haben ihre Nonne.“

Ein Patent auf längeres Leben. Zumindest Forschungen in der Hoffnung, beim Rennen um das ultimative Mittel die Nase vorn zu haben. Das glaubt uns keiner. Da hat Vesna schon recht. Neben dem Neubauteil hält ein weißer BMW. Zwei uns hinlänglich bekannte Lateinamerikaner steigen aus. Jetzt plötzlich weiß ich, warum es bei mir geklingelt hat, als ich „Weinlodge“ gelesen habe. Droch hat recherchiert. Die beiden aus El Salvador. Seit einigen Wochen wohnen sie hier. Hat er mir erzählt. Damals beim Abendessen in Wien. Wie lang ist das her? Wir beugen uns über den Schinken. Die beiden sehen nicht in unsere Richtung. Sie verschwinden im Neubau. Und wir schauen, dass wir auf unsere Zimmer im rustikalen Teil der Pension kommen.

Das Idiotische ist: Jetzt würde ich ja wirklich gerne herausfinden, was da alles bei der Tante oder auf dem Bauernhof versteckt ist. Nur: Jetzt darf ich mich nicht aus dem Zimmer rühren. Der eine der Typen aus El Salvador hat mich zumindest im Büro des Geschäftsführers von „Beauty&Young“ gesehen. Wäre nicht eben gut, wenn er bemerkte, dass ich jetzt hier auftauche. „Nicht gut“, Mira? Es könnte lebensgefährlich sein. Zumindest wenn auch nur ein Teil von dem stimmt, was wir uns zusammenreimen. Aber Vesna allein losziehen zu lassen … Wobei ich immer noch nicht ganz begreife, warum der Boss von „El Centro“ sich ausgerechnet an Grünwalds Lebensverlängerungsträumen beteiligt. Laut Natalie Veith liefern sich weltweit Pharmariesen und Forschungseinrichtungen ein Wettrennen um Substanzen für ein längeres Leben. Alte Verbindungen? In der Biografie des Schönheitschirurgen steht, dass er in Südamerika und Asien Erfahrung gesammelt hat. Oder wäscht da einfach eine Hand die andere? Grünwald operiert Guerillamänner um, „El Centro“ finanziert dafür sein Labor. Wäre schon fein, wenn wir die Mäuse oder Teile des Labors fänden. Aber: Was wir wirklich brauchen, sind die Forschungsunterlagen. Oder zumindest so viel davon, dass die Genetikerin erkennen kann, woran Grünwalds Truppe momentan arbeitet. Vielleicht geht es ja auch bloß um die ultimative Verjüngungscreme und der „El-Centro“-Boss ist so eitel, sie selber als Allererster haben zu wollen. So was soll ja in den seltsamsten Politikerkreisen vorkommen, sieht man sich beispielsweise Berlusconi an …

Schilling war sicher eine Zentralfigur im Labor. Von wem außer der alten Nonne könnte er ermordet worden sein? Er hat noch am Nachmittag mit uns geredet. Aber da war nichts wirklich Brisantes dabei. Vesna und ich haben es hunderte Male durchgekaut. Was ist, wenn jemand annehmen musste, dass er auspacken würde? Wie viel Verfängliches hätte er erzählen können? Oder war es doch eine simple Beziehungstat? Wir sollten trotz allem auch an die Genetikerin denken. Sie war mit Peter Schilling zusammen. Sie hat kein überprüfbares Alibi. Aber warum sollte sie …? Rache? Unsinn. Oder ist sie doch nicht so gut und hat ihrerseits ihm Forschungsergebnisse geklaut, um sie zu verkaufen? Unwahrscheinlich. Momentan bräuchten wir jedenfalls keine Genetikexperten, sondern jemanden, der sich auf einem Bauernhof auskennt. Vielleicht hätte der eine Idee, wo man eine DVD, einen USB-Stick oder eine Mappe verstecken kann. Na super. Wo kann man einen USB-Stick verstecken? Einfach überall.

Es klopft. Ich fahre zusammen. Das gute Gefühl, hier in der Abgeschiedenheit sicher zu sein, hat nur kurz gedauert. „Bin ich“, flüstert Vesna. Kann sie das nicht gleich sagen? Ich öffne, lasse sie herein, sperre hinter ihr zu.

„Die beiden aus El Salvador, sie sind wieder weg. Ich habe kurz mit Tante geredet, habe ich gesagt: ‚So attraktive Männer!‘ Und sie hat gesagt, dass sie da Zimmer haben, vielleicht noch ein paar Wochen. Machen Geschäfte mit ‚Beauty Oasis‘. Scheinen ganz offen zu reden darüber.“

„Vielleicht ist ja auch alles legal“, antworte ich.

„Vielleicht. Aber warum hat mir Lkw-Fahrer aus Kroatien dann gesagt, dass sie in aller Früh Sachen von Schönheitsfarm zu Bauer gebracht haben?“

„Und wenn die beiden aus El Salvador nur so getan haben, als wären sie weggefahren? Wenn sie beobachten, was wir tun?“

„Ist unwahrscheinlich.“

Kommt mir ja auch so vor. Aber vieles, was heute zumindest möglich erscheint, ist mir gestern noch mehr als unwahrscheinlich vorgekommen. Ich erinnere mich an etwas, das ich die letzten Tage ganz gut verdrängt habe. „Was ist eigentlich mit deiner Waffe? Warum hast du nie gesagt, dass du eine Pistole hast?“

„Weil ich weiß, was du von solchen Dingern haltest. Sie gehört außerdem nicht mir, sondern Valentin.“

„Du hast also keinen Waffenschein?“

„Bist du von Behörde oder so?“

„Vesna: Eine Waffe zu haben und damit nicht umgehen zu können, ist doppelt gefährlich.“

„Kann ich damit umgehen. Du erinnerst dich an diese Mechaniker-Bodyguards von Autohändler Tobler? Ich habe mit ihnen Training gemacht.“

Na super. Woran ich mich vor allem noch erinnere, ist, dass mir einer von ihnen beinahe die Schulter ausgerenkt hätte. „Und wo ist die Waffe jetzt?“

„Habe sie immer mit. Ist idiotisch, man lasst sie liegen. – Ich mache Spaziergang. Ich liebe Bauernhof. Wenn du willst, du kannst mich begleiten.“

Harmlos, alles muss ganz harmlos aussehen. Trotzdem versuchen wir, der freundlichen Tante nicht in die Arme zu laufen. Zwei Touristinnen aus Wien gehen spazieren. Vesna pflückt sogar ein paar Blumen. Wie nett. Die Sonne verzieht sich hinter den Hügel. Ich sage es zu Vesna. „Das klingt, als wenn du willst sagen, sie hat Angst. Dabei sie geht nur unter“, spottet sie. Der Hof ist weitläufiger als gedacht. Warum sollten wir den Bruder der Tante nicht besuchen? Warum nicht nachsehen, ob man hier Wein kaufen kann oder wie die Schweine aussehen, aus denen der saftige Schinken gemacht wird?

Bei dem gemauerten Schuppen neben dem Bauernhaus steht ein roter Traktor. Jeder der Reifen ist so groß wie ich. Wenn so einer über dich drüberfährt …

„Wir gehen lieber hinten herum“, sagt Vesna und zieht mich um die Ecke des Schuppens.

Hier riecht es streng nach Schweinestall. So weit bin ich vom Landleben nicht entfernt, um das nicht zu erkennen. Da drüben ein Silo, also klar, dass da auch der Stall ist. Danach noch ein Schuppen. Wir gehen einfach über die Wiese, Vesna pflückt noch ein paar

Blumen. Mich macht das nervös. Keiner hält uns auf. Keiner ruft. Keiner schießt.

Den Schweinen geht es gut, sie dürfen, wenn sie wollen, auch ins Freie. „Freilaufstall“ nennt man so etwas, erinnere ich mich an eine Reportage über naturnahe Lebensmittelproduktion. Die meisten toben draußen herum, es wirkt, als spielten sie Abfangen. Sie scheinen gar nicht genug davon zu bekommen, gäbe es eine Schweinesportliga, sie wären ganz vorne mit dabei. Kräftige Tiere mit den kräftigsten Hinterbeinen, die ich je gesehen habe, sie wirken beinahe wie prall gefüllte Würste. Aus dem Schuppen blökt es. Wir kommen näher. Meine Güte, wie niedlich! Sieben, acht kleine Schafe. Daneben zwei große. Und ein Widder. An der Vorderfront ist nur ein Lattengerüst. So bekommen sie genug Luft und Licht.

„Schade, dass wir kein Brot mithaben“, sage ich zu Vesna und kraule ein Lamm an der Nase.

Daneben noch ein Gehege mit Schafen. Zwei kommen neugierig näher. Sie sind frisch geschoren. Eine seltsame Sorte. Sehr muskulös. Wer immer die Schafe geschoren hat, er scheint nicht sehr geschickt gewesen zu sein. Beide haben Schnittwunden, die offenbar sogar genäht worden sind. Trotzdem scheinen sie fröhlich zu sein, sie springen, sie blöken, sie rennen herum.

Vesna starrt die Schafe an. Ich fürchte, wir haben den gleichen Gedanken. „Die haben ziemliche Muskeln“, sage ich langsam, „und sie sind ausgesprochen aktiv. Vielleicht war es gar nicht der Schäfer, der sie bei der Schur verletzt hat.“ Vesna sieht sich um, macht dann rasch einige Fotos. Weiter, schnell. Das enttäuschte Blöken der Schafe klingt hinter uns drein. Ist zu hoffen, dass sie auch sonst bei jeder kleinen Abwechslung losschreien, sonst haben wir den Bauern und womöglich seine Forscherfreunde am Hals. Wir lehnen uns an ein altes Gebäude. Dahinter beginnt der Wald. Sieht so aus, als wären hier früher Wagen, vielleicht auch Geräte untergebracht gewesen. Groß genug wäre es dafür. Die hohen hölzernen Türflügel hängen etwas schief in den Angeln. Sie werden von einem dicken Kettenschloss zusammengehalten. Es wirkt neu. Man kann ins Innere spähen, aber der Spalt ist zu schmal, man vermag selbst mit der Taschenlampe nichts zu erkennen.

„Wir müssen schnell machen“, flüstert Vesna. „Ewig wir bleiben nicht unentdeckt.“

„Wir können gar nichts tun“, widerspreche ich ebenso leise. „Keine Chance bei diesem Schloss. Außerdem: Wer sagt uns, dass da wirklich etwas drin ist?“

„Du siehst die Spuren?“ Vesna deutet auf Vertiefungen im Gras.

„Hast du den großen roten Traktor bemerkt?“, frage ich zurück.

„Ich glaube, das war Lkw. Und außerdem: Wer hängt großes neues Schloss an Bruchbude? Zumindest neugierige Kids sollen heraußen gehalten werden. Sonst da kommen nur Hase und Fuchs gute Nacht sagen, aber bei Kids weiß man nie.“

Sie geht um die große Scheune herum. An der Rückseite steht eine alte Badewanne, in der sich etwas Regenwasser gesammelt hat. „Kann man auch als Tränke nehmen“, sagt Vesna. Ich sehe mich irritiert um. Nicht dass da womöglich auch noch Stiere unterwegs sind. Als Steak finde ich sie ja großartig, aber als frei laufendes Fleisch … Wie war das mit dem „essbaren Tiergarten“? Mhm, dort gibt es vor allem Schokolade. Wie friedlich. Dort sollten wir sein. Einige Holzplanken unter der Wanne. Vesna zieht die Wanne zur Seite. Wozu soll das gut sein?

„Früher war vor Schuppen ein Loch, das hat bis drinnen gereicht. Ich weiß nicht, was man da hat gelagert, ich kenne es von Haus von Großmutter. Schuppen war lange nicht so groß, aber sie war sehr stolz darauf.“

Vesna hebt eine der Planken an. Tatsächlich. Da ist ein Loch darunter. Vesna leuchtet mit der Taschenlampe hinein. Vielleicht zwei Meter tief. Ich kann gar nicht so schnell schauen und sie hat eine zweite Planke entfernt. Sie setzt sich an den Rand der Öffnung, lässt sich nach unten gleiten. Ich sehe, wie sie unten ankommt, steht, sich umsieht. Super, und wie kommt sie aus dem Loch wieder raus?

„Gib mir Planke“, flüstert sie.

Dabei ist Flüstern wirklich total unnötig. Dass uns jemand hört, ist hier am Rand der Zivilisation äußerst unwahrscheinlich. Selbst die Hauptgebäude des Bauernhofs sind weit weg. Außer: Man sucht nach uns. Oder verfolgt uns. Stopp. Jetzt nicht solche Gedanken. Konzentrieren. Ich schiebe die Planke nach unten, starre ins Loch. Vesna legt sie schräg an die nackte Wand, die das Kellerloch zum Schuppen hin begrenzt, balanciert nach oben, zieht sich hoch und ist im Schuppen. Sehen kann ich sie jetzt nicht mehr. Ich will ihr nach, zu ihr. Ich starre abwechselnd in das Loch und zurück zum

Bauernhof. Ich sehe, wie etwas im Schuppen aufblitzt. Beinahe hätte ich mich auf den Boden geworfen. Aber eine Pistole macht ein Geräusch. Selbst eine mit Schalldämpfer. Ich glaube nicht, dass auf Vesnas Pistole ein Schalldämpfer passt. Dazu ist sie zu klein. Außerdem liegt ihre Tasche im Gras. Und daneben der Blumenstrauß. Sollte ich nachsehen, ob die Pistole in der Tasche ist? Für alle Fälle? Wenn es keine andere Chance mehr gibt, uns zu verteidigen? Quatsch. Du kannst nicht schießen. Du bist überhaupt für solche Aktionen denkbar ungeeignet. Oskar hat recht. Ab jetzt werde ich tun, was Oskar sagt. Ich starre nach unten. Ich traue mich nicht zu rufen. Ich gehe auf alle viere, versuche, wenigstens Vesnas Beine zu sehen, irgendetwas, das mich beruhigt. Plötzlich ein Stoß. Beinahe wäre ich in das Loch gefallen. Ich werfe mich zur Seite. Die Tasche. Ich muss Vesnas Tasche kriegen. Vesna … Vielleicht glauben sie, dass ich hier allein bin. Besser. Ich weiß von nichts, war einfach nur neugierig, habe Blumen gepflückt. Ich werde möglichst laut reden, damit Vesna gewarnt wird. „Was ist?“, sage ich. „Ich habe nur …“

„Muuhuu“, macht es und ein Kalb starrt mich an. Wie gefährlich ist so ein Vieh? Jedenfalls nicht so gefährlich wie lateinamerikanische Sympathisanten einer rechtsgerichteten Guerillabewegung. Ich stehe langsam auf. Das Kalb glotzt mich an. Im Innern des Schuppens rumpelt es. Vesna. Sie ist wieder in der Vertiefung. „Was ist los?“, fragt sie leise.

„Nur ein Kalb“, antworte ich.

„Du musst mich hochziehen ein Stück.“ Vesna hat irgendetwas in der Hand. Sie legt die Planke in meine Richtung, verkeilt sie an der entgegengesetzten Wand. Die Planke reicht nur bis einen Meter unter die Kante. Vesna versucht, nach oben zu balancieren, strauchelt, fängt sich wieder. Sie hebt einen Gegenstand über den Kopf. Ich lege mich auf den Bauch, greife danach. Ein Laptop. Ich lege ihn neben mich. Gehe auf die Knie, packe Vesnas Hand. Sie zieht sich herauf, ist neben mir. Das Kalb steht noch immer da und glotzt.

„Hast du noch nie gesehen, was?“, sage ich zu ihm. Mutige Mira. Die, die mit der Kuh spricht. Okay, mit der kleinen Kuh.

„Ist Container da drinnen, war früher für Käse aus Molkerei, jetzt er ist voll mit Plastikbehältern mit Mäusen. Beim Eingang weiße Schutzkleider in Schutzhüllen, so wie für Spurensicherer. Offenbar ist wichtig, die Mäuse bleiben sauber. Und Kisten sind auch drinnen in Schuppen", flüstert Vesna. „Ich habe fotografiert. Wir nehmen lieber Weg durch den Wald. Beginnt gleich hier und gibt Deckung."

Dass hinter dem Schuppen der Wald beginnt, ist richtig. Dass da ein Weg geht, ist falsch. Wir kämpfen uns durch Büsche, über Baumwurzeln, durchs hüfthohe Gras. Inzwischen ist es dunkel geworden. Ich habe den Laptop in meine Tasche gesteckt, ich weiß schon, warum ich große Handtaschen so mag. Allerdings habe ich ihn jetzt auch zu schleppen. Den Blumenstrauß haben wir dem Kalb geschenkt. Es hat noch einmal „Muuuhuu" gemacht und dann begonnen, daran zu kauen. Irgendetwas sticht durch meine Jeans. Brombeerranken. Ich kann ihnen in der Dunkelheit nicht rechtzeitig ausweichen. „Ein Weg!", höhne ich. Vesna ist ein kleines Stück vor mir, aber auch sie kommt nicht eben schnell voran. „Wir werden uns verirren", ächze ich. Andererseits: Ich habe auch keine Lust, wieder zurück zum Hof zu gehen, zu den muskulösen und ach so aktiven Schweinen und Schafen. Wer weiß, wie viele Muskeln der Bauer hat?

Vesna wartet, bis ich ihr nachgekommen bin. Oder will sie bloß verschnaufen? „Wir müssen nur Hang hinauf und dann rechts bleiben. Wald ist zu klein zum Verirren", sagt sie. Kein Wald ist so klein, als dass ich mich nicht darin verirren könnte. Hoch über unseren Köpfen fliegt etwas auf. Gewaltiges Vieh. Wir hören Flügelrauschen. Sonst nichts.

„Eine Eule", vermutet Vesna. Frau Försterin persönlich. Welche Tiere sind eigentlich noch in diesem Wald unterwegs? Wildschweine. Sicher. Wenn sie Junge haben, greifen sie an.

„Wann kriegen Wildschweine Junge?", frage ich Vesna.

„Nicht gerade jetzt", antwortet sie.

„Aber wenn sie schon welche haben: Sie müssen sie verteidigen", versuche ich ihr zu erklären. Mira und Vesna im Dschungel des Vulkanlands. Meine Freundin zieht mich weiter. Eine kleine Lichtung. Jetzt kommen wir besser vorwärts. Bald könnten wir es geschafft haben. Ich gehe tapfer hinter Vesna durchs hohe Gras. Verwaschenes Mondlicht. Da fliegt wieder etwas auf. Dichter Schwarm. Insekten. Gelsen. Nein, nicht auch das noch. Ich schlage um mich, die Bestien haben sicher schon lange kein Opfer mehr gehabt. Sie stechen mich durch die Jeans, in die Wange, hinter das rechte Ohr.

„Geh schneller, dann du hast Viecher gleich vorbei“, keucht Vesna. Auch sie schlägt um sich. Wieder hinein ins Dickicht. Ein Teil der Blutsauger dürfte satt sein. Die Gelsen werden weniger. Aber warum hört der Wald nicht auf? Wir müssten längst bei der Wiese am Swimmingpool der Tante sein.

Inzwischen versuche ich gar nicht mehr, irgendwelche kleinere Büsche zu umgehen, ich trample einfach drüber. Weiter. Vesna ist schon wieder ein schönes Stück vor mir. Sie bleibt stehen und deutet nach vorne. Haben wir es endlich geschafft? Oder lauern dort die Wildschweine? Hat es nicht auch geheißen, dass bisweilen von Ungarn her Wölfe in die Steiermark überwechseln? Dann müssten sie allerdings auch durch ein Stück Burgenland. Oder hat sich das, was ich da mitbekommen habe, auf Slowenien und Kärnten bezogen? Nein, dort gibt es Bären. Und Politiker, die einem einen Bären aufbinden. Ich stolpere über Gestrüpp, strauchle, es gelingt mir gerade noch, nicht zu fallen. Keine Lust, in kratzige Äste und Dornen zu greifen. Meine Beine werden schlimm genug aussehen. Kann es sein, dass es heller wird? Wieder eine Lichtung? Ich hetze die paar Meter zu Vesna. Waldrand. Dahinter Wiese. Wir sind zu weit nach Westen gegangen. Das Quartier bei der Tante liegt gute fünfhundert Meter entfernt schräg unter uns. Aber das ist wirklich kein Problem. Wir haben den Laptop. Keiner hat uns verfolgt. Wir brauchen nur noch durch die vom Halbmond beschienene Wiese und können uns dann von oben her durch einige Rebzeilen unseren Zimmern nähern. Der Vorteil dieses Umwegs: Wir sehen, welche Autos auf dem kleinen Parkplatz stehen. Und kaum jemand wird annehmen, dass wir durch den Weingarten kommen.

„Ich hoffe, Laptop hat noch Akku genug. Kabel ich habe keines gefunden“, sagt Vesna, als wir vor der letzten Etappe stehen bleiben. „Falls nicht, Fran wird schon passendes Ladegerät haben.“

Ich nicke. Fran, Vesnas Sohn, kann viel mehr als ein passendes Kabel finden. Er ist ein Genie in Computerdingen, lernt gerade für den Master in „Computational Logic“.

Wir sehen die Scheinwerfer eines Autos über die Hügelkuppe leuchten. Da fährt jemand auf den Bauernhof oder auf das Haus der Tante zu. Es ist ja auch noch nicht besonders spät, gerade einmal halb zehn. Ist wohl ein Gast. Trotzdem besser, vorsichtig zu sein. Wir bleiben bei den dicht belaubten hohen Rebstöcken stehen, sie schützen uns beinahe so gut wie eine Wand. Das Auto hält tatsächlich auf dem Parkplatz der Tante. Wir schleichen etwas näher. Schwarzes großes Auto. Allrad-Mercedes. Ein Mann steigt aus. Im Eingang zum Wohnhaus der Tante wird es hell. Der Mann geht Richtung Tür, heraus kommt die Tante, sie eilt beschwingt die paar Meter auf ihn zu, küsst ihn auf den Mund. Oh, sieh an. Er schiebt sie ein wenig von sich. Sein Blick schweift vom Gästehaus zum Parkplatz und die Wiese hinunter zum Pool. Dass oberhalb des Hauses jemand sein könnte, auf die Idee kommt er nicht. Die Tante zieht ihn in unsere Richtung. Wir drücken uns noch enger an die Reben, ducken uns. Was, wenn die beiden eine romantische Weingartenwanderung vorhaben? Aber dann sehe ich, dass hinter dem Haus ein Tisch mit zwei Sesseln steht. Die beiden setzen sich. Die Tante zündet ein Windlicht an. Jetzt können wir auch eine Flasche Wein auf dem Tisch ausmachen. Zwei hohe Gläser. Und wir können erkennen, wer der Besucher ist. Grünwald. Wir nicken einander mit offenem Mund zu. Weiter nach unten können wir nicht mehr, spätestens wenn wir aus der Rebzeile kommen, würden sie uns sehen. Was also bleibt uns übrig, als zu lauschen?

„Ich bin froh, dass du es noch geschafft hast, zu kommen“, sagt die Tante.

„Du weißt, wenn es irgendwie geht … Ich will ja zu dir“, erwidert Grünwald.

Der Schönheitschirurg und das Mädchen vom Land. Das schon reife Mädchen vom Land. Mit Bauernhof-Bruder und Fremdenzimmern. Die perfekte Zuflucht mit Familienanschluss.

„Es ist eben gerade jetzt wegen der Männer …“, redet unsere Fremdenpensionstante weiter.

Grünwald nimmt ihre Hand und sagt beruhigend: „Es wird alles gut gehen. Sie sollen sie nur nicht finden, sonst bekommen meine Leute Probleme. Du weißt ja, dass die beiden Chinesen geflohen sind. Asyl bekommen sie bei uns nicht, und wenn man sie zurückschickt, sind sie tot. Und der Russe … ich weiß nicht, aber gefährlich wäre es auch für ihn.“

„Natürlich“, nickt die Tante eifrig. „Ich will ihnen ja auch helfen. Die beiden anderen hab ich nach Graz gebracht. Ich habe gewartet, bis sie abgeflogen sind. In Madrid haben sie fünf Stunden Zeit, bis ihr Flug nach San Salvador geht. Ich finde es wirklich schlimm, dass die nicht einfach bei uns arbeiten können. Wem tun sie denn etwas?"

Grünwald nickt und schenkt ein. Sie trinken. Seltsam, die beiden Salvadorianer haben ein eigenes Auto gehabt. Und sie waren gegen Abend noch da.

„Wenn wir unsere Forschungen abgeschlossen und veröffentlicht haben, dann ist es viel leichter für mich, ihnen Papiere zu besorgen", murmelt Grünwald und streichelt den Oberarm der Frau.

„Und dann … und wann können es alle wissen? Das von uns?"

Grünwald lacht zärtlich. „Spätestens dann. Wahrscheinlich schon früher. Du musst noch ein wenig Geduld haben, Irmi. Die Damen, die zu mir kommen … sie brauchen einfach das romantische Gefühl, dass ich allein bin und ganz für sie da bin. Nicht weil sie etwas von mir wollten, sondern weil sie dann den Eindruck haben, ich kann mich voll und ganz auf sie konzentrieren."

„Fast wie ein Priester", flüstert die Tante. Ist schon nicht zu fassen, was Frauen bereit sind zu glauben. Vor allem wenn sie in ein gewisses Alter kommen. In dem wir es ja eigentlich schon besser wissen müssten. Ich sehe Vesna an, sie verdreht die Augen. Wir verstehen einander. Tante Irmi redet weiter. „Aber weißt du, manchmal denk ich mir schon: Da sind so viele schöne und reiche und auch bekannte Frauen dabei. Vielleicht findest du eine Interessantere …"

Grünwald lacht leise, streichelt ihre Wange und küsst sie dann. „Du bist meine Frau, mein Jackpot. Du bist schön, so wie du bist. Nie möchte ich, dass du da irgendwie nachhilfst. Du hast das nicht nötig. Am allerliebsten bist du mir ohne jede Schminke. Nackt. Ehrlich und rein. Glaubst du, dass ich das von irgendeiner, die ich durch meinen Beruf kennenlerne, sagen kann?"

Auf mich wirkt das beinahe, als würde er es wirklich so meinen. Die weiche, die verborgene Seite des Schönheitschirurgen. Ich sehe wieder zu Vesna. Aber die kann offenbar gar nicht mehr aufhören mit dem Augenverdrehen.

„Du bist so lieb", flüstert die Tante. Das wäre mir jetzt zu Grünwald dann doch nicht eingefallen.

Nach einer halben Stunde weiterem Geturtel ist klar: Die Forscher sind bei der Tante untergebracht. Sie hält sie für Verfolgte. Sind sie vielleicht zum Teil auch. Zwei von ihnen, wohl mit Pass, sind nach Mittelamerika verschickt worden. Schade, dass Grünwald und seine Irmi kein Wort über die Morde verloren haben. Hätte vielleicht nicht so gut zur gefühlstriefenden Stimmung gepasst. Endlich sind sie ins Haus gegangen. Die Tante beschwingt, Grünwald nach einem vorsichtigen Blick rundum. Mir ist das rechte Bein eingeschlafen. Außerdem juckt es mich an den unmöglichsten Stellen. Verdammte Gelsen. Ich humple die Rebzeile hinunter, Vesna schaut, ob die Luft rein ist, winkt dann. Wir gehen eilig ums Haus herum, verschwinden im Eingang zum Gästetrakt. Hier ist auch in der Nacht nicht zugesperrt. Ein sicherer Ort. Weit weg von allem Bösen. Oder doch nur ein Ort, der so wirkt, als könnte hier nichts Böses sein? Ich denke an die Schafe und Schweine. Der Schinken, den ich am Nachmittag gegessen habe: War der von einem genetisch aufbereiteten Schwein? Wer weiß, was das für Auswirkungen hat? Na ja, wenn ich dann herumrennen könnte wie die und mir ein paar Muskeln wachsen würden, wäre das nicht weiter störend.

Vesna geht mit auf mein Zimmer, wir müssen sehen, ob wir gute Beute gemacht haben. Ich klappe den Laptop auf, starte ihn. Ein neues Modell, hochwertige Marke. Etwas Saft scheint er jedenfalls noch zu haben. Windows 7 fährt hoch. Auf dem Bildschirm das Icon des Internet Explorers, sonst nichts. Ich greife hin, will den Startbutton … Aber Vesna schubst mich weg. Nur weil ihr Sohn was von Computern versteht … Okay, ich muss zugeben, sie ist mir inzwischen auf diesem Gebiet um einiges überlegen. Hat eben einen guten Lehrmeister. Aber sie kann auch nichts anderes machen, als ich getan hätte. Sie forscht nach Dokumenten. Da sind keine. Da ist kein einziges. Auch kein Bild. Sie startet das große Suchprogramm und gibt „.docx" ein. Der Laptop arbeitet. Der Akku soll, wenn die Anzeige stimmt, noch für zwei Stunden reichen.

„Jetzt wir wissen wenigstens, wo Forscher sind", murmelt Vesna. „Und warum sie da sind untergebracht. Wie kann man sein so naiv."

„Ich glaube, Grünwald mag die Tante wirklich."

Vesna sieht mich an. „Du bist romantisch. Und: Schon möglich, er mag sie auch. Sie ist sicher zwanzig Jahre jünger und ganz hübsch und eine, die nicht viel fragt. Das mögen viele. Jedenfalls er nützt sie aus."

„Er wird ihr das Haus gebaut haben. Oder sie dabei unterstützt haben", werfe ich ein.

„Und? Was macht das für Unterschied?"

Der Laptop ist mit seiner Suche fertig. Kein Ergebnis. Wir probieren es dann noch mit anderen Dateiendungen. Aber es sieht so aus, als hätte Grünwald alles löschen lassen, bevor das Labor geräumt wurde. Oder hat das zur Routine gehört? Anderswo speichern. Auf der Festplatte löschen. So kann keiner zu viele Daten sammeln und alles bleibt in einer Hand. Und vor Spionen aller Art ist man auch geschützt. Mist. Pech für uns.

„Fran hat Möglichkeit, er kann gelöschte Datei wiederherstellen", tröstet mich Vesna. Klingt allerdings so, als würde sie sich damit auch selbst trösten wollen.

„Immer geht das nicht", werfe ich ein.

„Da du hast leider recht. Aber: Wir haben Fotos von Labormäusen und Kisten mit Laborsachen. Und wir haben Grünwald an Ort belauscht, wir hätten nie gedacht."

Die Bilder, die Vesna im Schuppen gemacht hat, sind sehr gut geworden. Ich spiele sie auf meinen Laptop und speichere sie dann auch noch auf einem USB-Stick. Sie an meine Redaktionsadresse zu verschicken, traue ich mich nicht. Mäuse mit Knopfaugen und langen Barthaaren starren aus Kunststoffbehältern.

„Fahren wir", sage ich dann.

„Wir übernachten hier", erwidert Vesna. „Du kannst dich erinnern? Du wolltest unbedingt hervorragendes Tantenfrühstück."

„Und wenn Grünwald und die aus El Salvador auch am Frühstückstisch sitzen?"

„Ist mehr als unwahrscheinlich. Bis jetzt sind Lateinamerikaner noch nicht zurück."

Es ist Vesna gelungen, mich zu überzeugen. Die Vorstellung, schon wieder mitten in der Nacht nach Wien zu fahren, hat mich ohnehin nicht begeistert. Selbst wenn wir ein Auto dagelassen hätten. – Mein Auto. Es steht noch immer auf dem Parkplatz beim Vulkanfelsen. Angeblich besteht ja keine große Gefahr, dass er Lava speit. Besonders gut geschlafen habe ich nicht. Im Morgengrauen höre ich vom

Bauernhof her einen Hahn krähen, irgendwo muht eine Kuh. Oder ist es unser gestriges Kalb? War der große Operationstisch im Kellerlabor für die Schweine und die Schafe oder reicht es, ihnen Proben zu entnehmen? Werden sie irgendwann einmal auf die herkömmliche Art geschlachtet und wird ihr Fleisch analysiert? Und macht die Tante aus den Teilen, die die Wissenschaft nicht braucht, Würste und Schinken? Ich sollte an etwas anderes denken. An Topfenstrudel zum Beispiel. – Ob sie auch Experimente an Kühen durchführen? Und was ist mit den Versuchen, die sie vielleicht an Menschen machen? Forscher aus China und aus Russland. Ob wir sie zu Gesicht bekommen? Natalie Veith hat auch von einem Italiener geredet. Können wir herausfinden, wie sie heißen? Es dauert, bis ich wieder wegdämmere.

Ich fahre hoch. Klopfen. Wer? Was?

„Mira!", ruft Vesna vor der Tür. Sie sollte wirklich leiser sein. Ich öffne. „Es ist acht vorbei", sagt Vesna mit vorwurfsvollem Blick.

„Warum hast du keine SMS geschickt?", frage ich verschlafen, tappe zur Tür und lasse sie rein.

„Sieh auf Telefon. Sind gleich paar SMS darauf. Hast sie nicht gehört. Dass du da so gut kannst schlafen …"

„Erst nachdem die Sonne aufgegangen ist", murmle ich.

Vesna berichtet, dass noch immer kein weißer BMW auf dem Parkplatz stehe. Und dass Grünwald um zwei in der Nacht wieder gefahren sei.

„Du hast die ganze Zeit den Parkplatz beobachtet?", sage ich mit leisem Schuldgefühl. Während ich mich im Bett herumgewälzt habe, füge ich im Geist hinzu und suche nach einem frischen T-Shirt.

„Mein Zimmer, es liegt gut, nahe zu Parkplatz. Ich habe gelesen und etwas gelauscht. Bin ich gewöhnt, so etwas."

„Du meinst wirklich, wir sollen frühstücken gehen?", frage ich dann. Mein Magen knurrt. Aber um zu überleben, bin ich bereit, das zu ignorieren. Wie war das mit der Kalorienrestriktion? Soll aktiv machen. Mich macht Hunger immer müde.

„Wenn wir normalen Touristeneindruck machen wollen, wir frühstücken. Wir lassen Sachen da, nehmen kleine Tasche, reden von Ausflug. Und am Abend wir sind zurück."

Ich nicke. Ich bin ohnehin noch zu verschlafen, um zu widersprechen. Bauernfrühstück ... Moment mal, der Schinken ... die Schweine ...

„Also los, unter die Dusche! Aufwachen!“, treibt mich Vesna an.

Das Frühstück gibt es in einem hellen Zimmer mit geöffneten Glastüren ins Freie. Glücklicherweise hat man von hier einen guten Blick auf den Parkplatz und den Eingang zur Weinlodge. Die Tante kommt und lächelt uns freundlich an. Sie sieht jung aus und strahlend, Grünwald scheint ihr gutzutun. Oder die Illusion, die ihr dieser Schönheitschirurg macht. Eigentlich ziemlich mies, dass wir ihr die womöglich nehmen müssen. Wie viel weiß sie? Wer bin ich, so ins Leben anderer Menschen einzugreifen?

Ein Korb mit frischem Bauernbrot steht auf dem Tisch, daneben ein großes Stück Butter, Käse, Aufstrich, Schinken, frische Paradeiser, Marmelade.

„Hätten Sie vielleicht gern eine Eierspeis?“, fragt die Tante. Ich nicke begeistert. Und denke: Genversuche mit Hühnern werden sie wohl kaum machen. „Wenn Sie Weckerln wollen, die habe ich auch. Muss sie nur schnell aufbacken.“ Sieh an, die Aufbackkultur hat sich selbst hier durchgesetzt. Nein, danke. Das Brot riecht hinreißend.

Wir sind die einzigen Gäste im Frühstücksraum und ich vergesse beinahe, warum wir hier sind und was wir gestern entdeckt haben. Frisches Schwarzbrot mit Bauernbutter. Köstliche Rühreier mit Schnittlauch darüber. Ich lächle Vesna an. „Das ist noch so, wie man es sich vorstellt!“

Vesna kaut an ihrem Butterbrot herum und sieht mich amüsiert an. „Von Schinken du isst aber lieber nicht.“

Hm. Irgendwie bin ich im zeitweiligen Ausblenden unschöner Randerscheinungen des Lebens ganz gut. Warum auch nicht? Ganz abgesehen davon: Vielleicht sind die Schweine ihres Bruders einfach nur fröhlich und kräftig?

Die Tante scheint Vesna gehört zu haben, sie kommt zu uns und meint zu mir: „Schmeckt Ihnen der Schinken nicht?“

Ich sehe sie ertappt an und murmle dann: „Ich bin Vegetarierin.“

Tante Irmi schaut überrascht drein. „Komisch, waren Sie gestern noch nicht, oder?“

Oje. Ich Idiotin. „Bin ich immer nur bis nach dem Mittagessen", versuche ich mich zu retten. Vesna verschluckt sich beinahe.

Zum Glück wird die Tante durch zwei neue Gäste abgelenkt. Chinesen. Einer dürfte über fünfzig sein, der andere noch keine vierzig. Kommen Grünwalds Forscher tatsächlich jeden Tag zu den Mahlzeiten? Okay, essen müssen sie auch. Die Tante scheint sie jedenfalls gut zu kennen, weiß, was sie mögen. Ich stelle fest, dass auf ihrem Tisch kein Schinken steht. Vielleicht sind sie ja wirklich Vegetarier. Ich nehme mir noch Brot und beobachte die beiden unauffällig. Sie wirken ernst, aber nicht gehetzt. Sie reden leise aufeinander ein. Dass sie nicht total entspannt sind, ist kein Wunder. Nach zwei Morden, einem eilig verfrachteten Geheimlabor und dem Gefühl, dass ihnen die Polizei vielleicht doch auf den Fersen ist. Es dauert keine zehn Minuten, und ein dritter Mann kommt. Mitte vierzig, schlank. Er winkt den beiden Chinesen zu, setzt sich dann aber an einen anderen Tisch und bestellt auf Englisch „das Übliche". Sein Akzent ist eindeutig russisch.

Sind die nächsten vier Gäste auch Wissenschaftler? Sie sind jedenfalls aus Österreich, wohl aus der Salzburger Gegend. Sie sind vom Frühstück begeistert und unterhalten sich laut über die Walkingstrecke, die sie heute schon hinter sich haben.

Die beiden Chinesen sehen auf die Uhr, bedanken sich ausgesprochen höflich bei Tante Irmi, ihr „Danke" klingt wie „Tante", sie stehen auf.

„Wir sollten auch …", sage ich.

Vesna lächelt. „Vielleicht. Aber ich habe köstliche selbst gemachte Marmelade noch nicht probiert."

Ich werfe ihr einen überraschten Blick zu. Seit wann ist sie es, die sich durch gutes Essen ablenken lässt?

Der Russe, der bloß viel Kaffee getrunken und dazu ein Stück Topfenstrudel gegessen hat, steht auch auf. Kann es sein, dass sie, obwohl Sonntag ist, jetzt zu dritt zur Arbeit fahren? Fällt das nicht auf? Wem? Den Salzburgern sicher nicht. Sie können ja auch einen Ausflug machen. Zu gerne würde ich wissen, wohin sie wollen. Aber Vesna kaut noch an ihrem Marmeladebrot und verdreht, diesmal genussvoll, die Augen. „Ist einfach fantastisch!", ruft sie der Tante zu.

Wir beobachten, wie zwei Autos vom Parkplatz wegfahren. Ein roter Golf und einer der ununterscheidbaren Mittelklassewagen in Silber.

„Oh, jetzt hätte ich fast Zeit übersehen!“, ruft Vesna und springt auf. „Haben heute noch viel vor.“ Schon ist sie bei der Tür. Ich wickle das angebissene Käsebrot in eine Serviette, danke, hetze hinter ihr drein. Die Tasche mit dem Laptop. Beinahe hätte ich sie vergessen. Ich eile zurück, packe sie.

Vesna sitzt schon hinter dem Steuer. „Müssen schnell sein, wenn wir sie einholen wollen“, murmelt sie konzentriert. „Ich denke, wir fahren Richtung ‚Oasis‘. Ist heute Sonntag, Fabrik ist zu.“

[13.]

Es ist uns zwar nicht gelungen, die Wissenschaftler einzuholen, aber auf dem Parkplatz der „Beauty Oasis" haben wir beide Autos wiedergefunden. Vesna hat mir noch während der Fahrt eine große Sonnenbrille in die Hand gedrückt. „Bist bekannt wie bunter Hund", hat sie gemeint. Ich setze die Brille auf und Vesna wendet. „Du musst Autonummern aufschreiben!"

„Dann musst du langsamer umdrehen."

Ich kneife die Augen zusammen, Vesna stellt sich beim Reversieren deutlich ungeschickter an als üblich. Okay. Eine Nummer mit Grazer und eine mit Feldbacher Kennzeichen sind notiert.

Auf der Autobahn gibt Vesna Gas. Fran war gar nicht begeistert davon, dass er sich um unseren erbeuteten Laptop kümmern soll. Er habe ausgemacht, mit Freunden surfen zu gehen. Warum kann Vesnas Sohn nicht wie ein echter Streber den ganzen Tag vor dem Computer hocken? Wenn wir bis Mittag in Wien seien, werde er warten, hat er dann aber doch versprochen.

„Dass die Forscher auch am Sonntag arbeiten …", überlege ich.

„Ich glaube: Für nix zahlt Grünwald nix. Außerdem: Wenn Programm weitergehen soll, sie haben viel zu tun. Schilling ist tot. Und zwei von ihnen sind in El Salvador."

„Ob es den Italiener noch gibt, von dem mir die Genetikerin erzählt hat?", rede ich weiter.

„Kann sein, dass er nicht frühstückt. Oder frei hat und noch schlaft. Oder dass er einer war, der nach Salvador geflogen ist. Kann alles Mögliche sein", murmelt Vesna.

Der Tacho steht auf hundertsiebzig. Ich weiß, dass ihr alter

Renault zu viele PS hat, aber dass er so schnell geht … Ich versuche mein mulmiges Gefühl zu ignorieren. Stimmt schon, dass ich manchmal auch ordentlich Gas gebe, wenn ich es eilig habe. Aber wenn es andere tun … Ich bin sehr gespannt, ob Fran etwas auf dem Laptop findet. Dass die Windowsoberfläche noch laufe, sei ein recht gutes Zeichen, hat er am Telefon zu Vesna gemeint.

„Dass sie die Wissenschaftler einfach bei der Tante unterbringen … Immerhin sieht es so aus, als wären zumindest einige von ihnen illegal im Land." Ich sollte nicht mit Vesna reden, wenn sie so schnell fährt. Aber irgendwie beruhigt es mich.

„Du kannst Leute nicht gut für lange Zeit verstecken, das fallt auf", erwidert Vesna. „Tante ist ideal. Touristen kommen in dieser Gegend höchstens für ein paar Tage. Dann sind wieder andere da. Warum sie sollen sich um Chinesen oder Russen kümmern, die auch da sind? Gibt es die jetzt ja immer häufiger, auch als Touristen."

Da ist was dran. Mir fällt etwas ein, worüber ich bereits heute Nacht nachgedacht habe. „Hätten die Grünwald-Leute den Mord an Schwester Cordula geplant, sie hätten das Geheimlabor schon früher und in aller Ruhe räumen können."

Vesna wirft mir einen raschen Seitenblick zu. Bitte schau auf die Straße. Und geh vom Gas. „Vielleicht sie haben geglaubt, das Labor im Keller wird nicht entdeckt."

„Wenn du einen Mord begehst, dann musst du einkalkulieren, dass alles gründlich untersucht wird. Also hätten sie das, was verdächtig war, entfernt."

„Kommt mir logisch vor", erwidert Vesna. „Aber was, wenn Mord schnell gehen muss? Wenn die Nonne gesagt hat, sie erzählt von Geheimlabor, weil sie mit Gengeschichten nichts zu tun haben will?"

„Wir haben eines vergessen", sage ich langsam. „Schwester Cordula war drei Tage in der Sauna. In dieser Zeit hätten sie das Labor jedenfalls räumen können."

„Ja. Es war kein Minutenmord." Vesna verstummt, nimmt die Kurven über den Wechsel in Rennfahrerqualität. Hoffentlich hält ihr Auto da mit.

„Sie haben vom Tod erst erfahren, als Schwester Gabriela ihre Mitschwester gefunden hat. Und da wollten sie so wenig Aufmerksamkeit wie möglich auf das Kellerlabor lenken. Sie konnten nur noch hoffen, dass es nicht entdeckt wird."

„Und als wir haben entdeckt, sie haben sehr schnell wegräumen müssen", ergänzt Vesna. „Ist nur Theorie, aber ganz logisch. Bald wir werden wissen, ob Zeit genug war, Computer ganz sauber zu machen."

Fran wartet in Vesnas Büro und knurrt etwas Unverständliches, als wir gegen halb zwölf eintreffen.

„Du sollst dich benehmen!", faucht Vesna. „Ist nicht oft, dass wir brauchen Gefallen von dir!"

Fran, fast einen Kopf größer als seine Mutter, runzelt die Stirn und murmelt: „Ich wohne ja schon fast in deinem Büro. Dauernd ist was. Und wenn ich mich dann ausnahmsweise einmal mit Freunden verabrede ..."

„Tag ist noch lang, Herr Sohn", antwortet Vesna.

Ich habe unterdessen den Laptop auf ihren Schreibtisch gestellt und gestartet. „Und deine Mutter ist ohnehin gefahren wie die berühmte gesengte Sau", füge ich hinzu.

Fran grinst. „Das kenne ich. Ich hoffe, du hast dich schon erholt."

„Ach was", sagt Vesna. „Ich habe einfach gutes Tempo fahren gewollt, das ist alles."

Fran nähert sich dem Computer, sieht sich die Rückseite an. „Ladekabel ist wirklich kein Problem. So eines hab ich da." Er kramt in seiner grünen Umhängetasche, holt eines heraus und schließt es an. Wir beobachten ihn interessiert.

„Lieber wär mir, ihr geht auf einen Kaffee und ich sage euch dann, ob ich etwas habe retten können."

„Wir haben gerade gefrühstückt", antworte ich. Kommt mir tatsächlich wie gerade eben vor. Und bevor ich sehe, ob Natalie Veith auch am Sonntag irgendwo erreichbar ist, sollte ich wissen, was ich sie fragen kann. Gut, da gibt es schon jetzt einiges. Wir können ihr die Wissenschaftler beschreiben, vielleicht haben wir Glück und es ist noch einer von der ersten Labormannschaft dabei. Ich könnte die Zeit aber auch nützen, um Oskar anzurufen. – Und ihm zu sagen, dass ich ganz kurz in Wien bin, weil wir einen Laptop geklaut haben und seinen Inhalt kennen wollen? Außerdem sind seine Anwaltspartner aus Frankfurt da. Ein kleiner Stich. Da war auch einmal eine Frau dabei … Aber die hat die Kanzlei längst verlassen. Und geheiratet hat sie auch schon vor Jahren. – Ob das allerdings alles ändert?

Fran hackt bereits in die Tasten. Er scheint uns inzwischen vergessen zu haben. Ein Grunzen. Vesna sieht ihm von hinten über die Schulter. Zeichen. Worte. Tabellen. Diese seltsamen zarten Strichcodes in Pastellfarben.

Er dreht sich zu uns um und lächelt: „Das war ganz einfach. Sie haben nur die Dateien gelöscht und das war es dann." Und zu Vesna meint er: „Du hättest nur die versteckten Dateien einblenden müssen, dann hättest du schon gemerkt, dass da noch was übrig geblieben ist. Kannst du ja, hab ich dir gezeigt."

„Oh", antwortet Vesna. „Daran ich habe nicht gedacht."

Fran nickt gnädig. „Nehmt das Kabel ruhig mit, ich brauche es momentan nicht. Um den Inhalt müsst ihr euch selbst kümmern, davon verstehe ich nichts. Ich stelle euch die Dateien in drei Verzeichnisse: Bilddateien, Textdateien und eine Tabellendatei. Außerdem mache ich von der Festplatte eine Kopie und nehme sie mit." Er schließt ein externes Laufwerk an. Ich bin gerade erst dabei, die Nummer der Wissenschaftlerin herauszusuchen, da sagt er schon: „Und jetzt ruft der Neusiedler See."

„Du bist mit Freunden?", fragt Vesna, nachdem wir ihm gedankt und ihn geküsst haben.

„Hab ich doch schon gesagt."

„Und Freundinnen sind keine dabei? Ich meine von Uni oder so, die auch studieren."

Er grinst. „Sind auch welche dabei."

„Und?", fragt Vesna.

„Wird sicher nett", antwortet ihr Sohn, gibt ihr noch einen Kuss und eilt davon.

„Warum er kann nicht sagen …?", schüttelt Vesna den Kopf.

„Weil du immer alles wissen willst", erwidere ich.

Von der Genetikerin Natalie Veith wollen wir etwas ganz anderes wissen: Sind auf dem Laptop irgendwelche Forschungsergebnisse, die uns weiterbringen? Hoffentlich geht sie an ihr Mobiltelefon. Ich habe inzwischen ja mitbekommen, dass sie keine ist, die es ununterbrochen mit sich herumschleppt, um rund um die Uhr erreichbar zu sein. Glück gehabt. Nach dem dritten Läuten hab ich sie dran. Heute am späten Nachmittag könnten wir uns treffen.

„Und wie wäre es mit jetzt sofort?", frage ich.

„Ich wollte gerade essen gehen. Ich war eineinhalb Stunden joggen und habe nicht gefrühstückt."

„Und wenn ich für Sie koche?" Unser „Ausflug" von den Fremdenzimmern der Tante sollte nicht zu lange dauern. Außerdem habe ich das Gefühl, dass uns die Zeit davonrennt. – Wird es dieses Gefühl auch noch geben, wenn wir alle doppelt so alt werden? Sicher. Hat ja nichts mit der Gesamtzeit, sondern immer mit der Momentzeit zu tun. Mit dem kleinsten Teilchen der Zeit, dem Augenblick. Alle unmessbaren Augenblicke zusammen wären womöglich die beste Annäherung an die Unendlichkeit, hat Schwester Gabriela gesagt – sollte sie „Unendlichkeit" nicht anders definieren?

„Okay", antwortet Natalie Veith. „Ich habe die Freundin, mit der ich essen gehen wollte, noch nicht angerufen. Und ich bin neugierig."

Wir geben ihr die Adresse von Vesnas Büro, besser, wir bleiben hier. Ich weiß nicht, ob Oskar seine Geschäftspartner nicht auf unsere Terrasse einlädt. Neben Vesnas Büro ist ihre frühere Wohnung. Seit einem Jahr soll das Haus abgerissen werden, aber nichts ist passiert. Wahrscheinlich geht es ohnehin bloß um ein Spekulationsgeschäft: Wer bekommt wann wie viel für dieses Grundstück in einer ruhigen Seitenstraße innerhalb des Gürtels? Jana, Frans Zwillingsschwester, lebt hier. Aber sie ist für zwei Wochen auf Urlaub. Vesna sperrt auf und sieht sich kritisch um. Anders als ihr Bruder, ist Jana nicht eben ordentlich. „Dabei sie kann gar nicht schlecht putzen, wenn sie bekommt Geld dafür", murmelt Vesna, Eigentümerin der Firma „Sauber! Reinigungsarbeiten aller Art".

Während ich die Vorräte durchsehe, macht sich Vesna daran, die Küche aufzuräumen. „Wie können Kinder nur sein so verschieden?", stöhnt sie. „Dabei sie waren sogar gleichzeitig in meinem Bauch."

„Weil genetische Disposition eben doch nicht alles ist", sage ich weise.

Vesna nickt. „Da habe ich wirklich Beweis."

Natalie Veith hat Hunger. Ich kenne ihr Essverhalten nicht. Doch ich weiß: Ich möchte, dass sie sich möglichst schnell mit dem

Laptop beschäftigt. – Was Jana eingekauft hat, hat nichts mit traditioneller Vorratshaltung zu tun. In ihrem Kühlschrank gibt es außer Haltbarmilch, einer Packung Passionsfruchtsaft und einem Stück eingeschweißtem Pressschinken gar nichts. Ich sehe auf das Ablaufdatum des Schinkens: Ende Oktober. Hinweise auf eine Menge Zusatzstoffe. Eher das Gegenteil von einem Bauernprodukt. Dafür aber vielfach geprüft. Wobei man diese Substanzen, mit denen man die Muskelbildung anregt, offenbar gar nicht nachweisen kann. Gilt das eigentlich nur für Menschen oder auch für Schinken? Ich hätte bei der Tante ein paar Blätter einpacken sollen. Im Tiefkühlfach gammelt bloß eine halbe Pizza herum.

Wenigstens gibt es Olivenöl. Ansonsten scheint Jana Tomaten zu mögen: Es gibt getrocknete Tomaten, Tomatenfleisch im Tetrapak und Ketchup. Und jede Menge Dosenfisch: Von Nuri-Sardinen über Tintenfisch in Lake bis Thunfisch in Öl und geräucherte Austern ist alles da. Nudeln. Daneben ein Paket Couscous. Okay, das könnte gehen.

„Wenn sie will Wein, ich habe einen im Büro“, sagt Vesna. Ihre Tochter scheint für Alkohol nicht viel übrig zu haben. Auch kein Fehler. „Wenn auf Laptop wirklich Nachweis von Genforschung ist, wir sind einen großen Schritt weiter. Bis dort man muss vorsichtig sein, sehr vorsichtig. Kann sein, niemand von Grünwald-Leuten hat Schwester Cordula in die Sauna gesperrt, und dass es alte Nonne war, ist überhaupt nicht sicher. Wir können nicht einmal wissen, ob es nicht Forscherin war, die gleich kommt.“

„Wir sind zu zweit“, sage ich und es klingt wie ein Stoßgebet.

Inzwischen habe ich getrocknete Tomaten in feine Streifen geschnitten und in einer Mischung aus Tomatenfleisch und Passionsfruchtsaft aufgekocht. Etwas Neugewürz, Vesna hat es vor Jahren aus der Karibik mitgebracht, aber es riecht immer noch intensiv, Salz, Cayennepfeffer dazu. „Irgendwann einmal hast du Kräuter auf dem Fensterbrett gehabt“, sage ich zu Vesna.

„Irgendwann einmal habe ich da mit kleinen Zwillingen und Mann gewohnt.“

„Ist lange her.“

„Eben.“

Ich öffne eine Dose Thunfisch, zupfe das Fischfleisch in große Stücke und gebe sie auf einen Teller. Die Tintenfischtuben lasse ich ganz, aber die Lake spüle ich gründlich ab. Dann eine Dose Nuri-Sardinen. Gräten heraus. Das Öl ist würzig fein, das werde ich dazugeben. Und zwei Dosen geräucherte Austern. Janas Vorräte werden natürlich wieder aufgefüllt. Und vielleicht werde ich noch einige Sachen darüber hinaus mitbringen …

Es läutet, Vesna geht zur Tür.

„Wir hätten uns auch eine Pizza kommen lassen können", höre ich Natalie Veith sagen. „Ich wollte Sie nicht so überfallen."

„Mira mag solche Überfälle. Am liebsten sie kocht spontan", antwortet Vesna.

Na ja. Da ist schon etwas dran, aber schön langsam sehne ich mich wieder nach einem Abendessen mit Zeit und ausführlicher Vorbereitung. „Ist gleich fertig", sage ich und schütte vorsichtig nicht zu viel Couscous in die dickliche Flüssigkeit. Ich warte, bis alles aufkocht, drehe die Herdplatte ab und lasse das Getreide zugedeckt fünf Minuten quellen. Wenn Couscous weiterkocht, wird er zur breiigen Pampe.

Vesna erzählt der Wissenschaftlerin von ihrer Reinigungsfirma. Was sie sonst noch so macht, erzählt sie nicht. Wir haben uns darauf geeinigt, ihr möglichst wenig darüber zu sagen, wie wir zu diesem Laptop gekommen sind. Vor allem solange sie nicht fragt.

„Soll ich mir die Dateien vor dem Essen ansehen?", fragt die Wissenschaftlerin.

„Ich bin gleich fertig", antworte ich und teste, ob auch Vesnas alte Suppenteller eine Minute in der Mikrowelle aushalten. Vesna und Dr. Veith sitzen am Küchentisch und beobachten es gespannt. „Versuche gibt es eben überall", grinse ich. Ein Knall. Und die Teller sind gesprungen. Alle.

„Braucht sowieso keiner mehr", sagt Vesna und zuckt mit den Schultern.

Okay, dann lasse ich einfach heißes Leitungswasser über tiefe Teller laufen, das wärmt sie auch vor. Die fünf Minuten Quellzeit sind um, ich nehme die vorbereiteten Meerestiere und ziehe sie unter den Couscous. Jetzt noch das Öl von den Nuri-Sardinen dazu. Ich koste. Ganz okay. Klar wäre frischer Fisch besser, aber gerade die geräucherten Austern geben dem Ganzen einen interessanten Ton.

Ich habe der Wissenschaftlerin ungefähr doppelt so viel auf den Teller gegeben wie uns. Immerhin haben wir ausgiebig gefrühstückt, erkläre ich ihr. Sie seufzt und findet, sie solle ohnehin nicht so viel essen, aber sie sei hungrig. Und sie liebe Meerestiere. Und sie müsse unbedingt das Rezept haben. – Kann so ein Mensch mit den zwei Morden rund um die Schönheitsklinik zu tun haben?

„Sagt Nat zu mir", lächelt sie, als sie wenig später den Laptop hochfährt. „Wir sind eigentlich alle per Du, kommt wohl vom Englischen her. Und dann ist es ganz komisch, zu Menschen, die einem sympathisch sind, Sie zu sagen."

Ich erkläre ihr, wo Fran was abgespeichert hat. „Ein Computerexperte?", meint Nat. „So jemanden könnten wir immer wieder brauchen. Könntet ihr ihn fragen, ob er an einem Nebenjob interessiert ist?"

„Mache ich", antwortet Vesna. „Auch wenn ich brauche Fran in meiner Firma."

„In der Reinigungsfirma? Ist es nicht besser, er kontrolliert Computerprogramme, als er putzt Fenster?"

„Na ja, nicht nur in klassische Reinigungsfirma." Offenbar hat Vesna zu Nat Vertrauen gefasst. Aber die hört ohnehin nicht mehr zu. Sie runzelt die Stirn, tippt etwas in den Laptop. Sie öffnet eine Datei, dann noch eine. Sie sieht auf die seltsamen zarten Strichmuster.

„Wir haben etwas", sagt sie dann und strahlt uns an. „Ich muss natürlich noch alle Dateien durchsehen, aber was auf diesem Computer jedenfalls drauf ist, ist eine Testreihe mit einer Substanz, die Sirtuine beeinflusst. Sie scheint ganz gut verlaufen zu sein. Ich habe da DNA-Sequenzierungsergebnisse. Sieht so aus, als wären die Forscher auf einem interessanten Weg."

„Und wovon reden wir da?", frage ich. „Hat das doch nichts mit einem Präparat zur Lebensverlängerung zu tun?"

Nat sieht mich irritiert an. „Doch, natürlich. Es geht um ein Molekül, das diesem Stoff im Rotwein ähnelt, von dem ich erzählt habe. Es täuscht vor, dass der Körper weniger Kalorien bekommt als normal, wodurch ein Programm angeschaltet wird, das mehr Kräfte mobilisiert, um zu überleben. Eine zweite Substanz könnte den Körper dazu bringen, dass er sich vormacht, alles tun zu müssen, um ausreichend Nahrung zu finden. Diese Substanzen sollen dem Körper auch suggerieren, dass er kein Fett für schlechte Zeiten einlagern, sondern in erster Linie Muskeln für die Futtersuche aufbauen soll. Wenn alles richtig läuft, sollten alle Zellen robuster werden und deshalb weniger schnell altern. Es könnte so auch gelingen, dass die Telomere stabil bleiben und sich nicht verkürzen. Aber dafür sehe ich hier keine Ansätze … Da sind wir unter anderem gerade dran. Außerdem sind sicher nicht alle Ergebnisse auf einem Laptop. Grünwald war da immer schon extrem vorsichtig."

Die Genetikerin arbeitet sich durch weitere Dateien, Tabellen, DNA-Sequenzen. Vesna wäscht so leise wie möglich ab. Ich stehe einfach da und schaue abwechselnd aus dem Fenster und zum Laptop und warte. Wir haben also tatsächlich den Beweis, dass es Grünwald und seinen Forschern nicht nur um Anti-Aging-Cremes, sondern auch um Substanzen zur Lebensverlängerung, am besten wohl gleich um das erste patentierbare Mittel dazu, geht.

„Es deutet einiges darauf hin, dass sie nicht nur Versuche an Säugetieren machen, sondern auch an Menschen", murmelt Nat. „Dazu gibt es hier allerdings nur Querverweise. Und da ist noch etwas Seltsames: Es gibt noch andere Querverweise. Es scheint gemischte Testreihen zu geben. Offenbar testet man nicht nur Aktivitätspegel und Muskelwachstum, sondern auch noch etwas anderes."

„Zwei Substanzen, jeweils unter der Nachweisgrenze, die einander verstärken", erwidere ich und bin stolz, das schon begriffen zu haben.

„Das sowieso", sagt die Wissenschaftlerin unbeeindruckt. „Das meine ich nicht. Da gibt es Verweise auf parallele Testreihen. ‚Psy' steht da. Ich kenne kein solches genetisches Kürzel." Sie runzelt die Stirn. Offenbar mag sie es gar nicht, wenn sie etwas nicht deuten kann. „Aber da war etwas …", fährt sie dann fort. „Ich habe vor gar nicht langer Zeit einen Artikel in einer Fachzeitschrift gelesen … Es ging um die ethischen Grenzen von Genversuchen. Und um Spekulationen, dass Eingriffe ins Muster der DNA mit bewusstseinsverändernden Präparaten gekoppelt werden könnten. Das ist dann vergleichbar mit Gehirnwäsche, man sagt dem Gehirn, was man will, und der Körper wird durch genetisch wirksame Substanzen darauf programmiert, das auch ausführen zu können." Sie sieht uns nachdenklich an.

„Das heißt, man gibt Menschen Befehl und sie können ihn mit maximaler Aktivität und maximalen Muskeln erfüllen", überlegt Vesna.

„Wirkt so, als könnte man auf die Art selbst Krieger heranzüchten“, murmle ich und merke, dass ich Gänsehaut habe.

„Das klingt vielleicht etwas dramatisch, aber in diese Richtung könnte es gehen“, antwortet die Genetikerin. „Ich glaube nicht, dass die Forschung daran sehr interessiert ist. Wir wollen ein Mittel, das Menschen länger und vor allem gesünder leben lässt. Wobei die Pharmariesen da sicher nicht bloß aus edlen Motiven dran sind, sondern weil man damit sehr viel Geld verdienen kann.“

„Doch was wäre, wenn jemand eine Guerillaarmee aufbauen möchte?“

Nat nickt langsam. „Dann sagt nicht nur das Gehirn ‚kämpfen‘, der Körper kann es durch die genetische Stimulation auch viel besser.“

„Grünwald könnte also an der Erzeugung von menschlichen Kampfmaschinen arbeiten“, fasse ich zusammen. Ich sehe ihn vor mir, gestern Abend hinter dem Haus. Wie er seiner Freundin über die Wange streichelt. Mira: So etwas machen auch böse Menschen. Es ist nur die Frage, was sie sonst tun.

Natalie Veith schüttelt langsam den Kopf, wie um sich selbst zu überzeugen. „Erstens ist das alles blanke Spekulation. Wir haben nichts weiter als einen Hinweis auf parallele Testreihen und das Kürzel ‚Psy‘. Zweitens verstand Grünwald nicht viel von Genetik. Ich glaube kaum, dass sich das geändert hat. Und: Selbst wenn wir mit unseren Schlussfolgerungen recht haben – er muss gar nichts davon wissen. Es reicht, wenn einer der Forscher daran Interesse hat, parallel zu den klassischen Forschungen zur Lebensverlängerung an der Optimierung von Guerilleros zu arbeiten.“

„Oder wenn es ein Auftraggeber will“, füge ich hinzu. „Zu Grünwald passt die Suche nach einem Mittel für ewige Jugend viel besser. Die Frage ist natürlich, ob er als Nebenprodukt die genetische Aufrüstung von Kämpfern in Kauf nimmt. Vielleicht weil die Leute aus El Salvador bereit sind, dafür sehr viel Geld auszugeben.“

Eine halbe Stunde später finden wir im Internet einen weiteren Hinweis: „El Centro“ führt tatsächlich Psychopharmaka in El Salvador ein. Ich erinnere mich dunkel, dass auch Droch von so etwas gesprochen hat. „El Centro“ ist überdies an zwei Unternehmen in São Paulo beteiligt, die pharmazeutische Produkte herstellen. Und der Boss von „El Centro“, Francisco de Torres, hat der neuen Führung des Landes den Kampf auf allen Ebenen angesagt. Dass er einer der Finanziers von Grünwald sein könnte, war uns schon länger klar. Was, wenn Schilling in diese ganz besonderen parallelen Testreihen nicht eingeweiht war, dann aber dahintergekommen ist … wenn sie angenommen haben, dass er uns alles erzählen wollte … dass ich darüber im „Magazin" schreiben würde ...

„Wir sollten andere Ergebnisse mit Psychotests finden", sagt Vesna so leise wie selten.

Ich nicke. Trotzdem. Es geht mir etwas im Kopf herum, das nicht ganz zu unserem Wissen und zu unseren Theorien passt: Natürlich kann auch Schwester Cordula als Biologin einiges herausgefunden haben, vielleicht verstand sie mehr von Genetik, als alle angenommen haben. Aber warum haben die Leute rund um Grünwald und „El Centro" sie ausgerechnet durch langsames Garen in der Sauna getötet? Als abschreckendes Beispiel? Für wen? Und wenn es so war: Warum haben sie dann nicht in diesen drei Tagen das Geheimlabor geräumt? Warum hatten sie nicht einmal Zeit, alle verräterischen Dateien restlos zu beseitigen?

[14.]

Es ist schon später Nachmittag, als wir unseren Plan so weit fertig haben. Natalie Veith wird mit uns ins Steirische Vulkanland fahren. Sie ist die Einzige, die Testreihen und Ergebnisse entschlüsseln kann. Und sie würde sehr gerne mit den Leuten auf dem Foto im Fitnesscenter sprechen, die seit einem Jahr so erfolgreich sind. Sie will wissen, ob an ihnen irgendetwas getestet wurde, ob sie nicht zugelassene Substanzen bekommen haben, wer sie betreut hat. Warum? Weil sie Interesse daran habe, dass die Genforschung nicht in Verruf komme. Vesna hat daraufhin das Gesicht verzogen. „Ein gutes Image haben wir sowieso nicht“, hat die Wissenschaftlerin hinzugefügt. „Das hat aber vor allem mit Unwissen und der Panikmache gewisser Medien zu tun. In Afrika hat es Stämme gegeben, die haben Flugzeuge für Götterzeichen gehalten. Inzwischen fliegen ihre Chiefs selbst.“ Außerdem, sie hat es zugegeben, sei sie einfach gespannt, was bei Testreihen mit Menschen herauskommen könne. Sofern es sie gegeben habe. Und sofern sich da überhaupt in der kurzen Zeit etwas Signifikantes nachweisen lasse. Natürlich wolle sie sich auch die munteren Muskelschafe ansehen, aber Versuche an Tieren gebe es auch anderswo.

Es sieht so aus, als würde sie keinen der drei Forscher kennen, die wir beim Frühstück getroffen haben. Trotzdem sind wir lieber vorsichtig. Nat wird sich irgendwo anders ein Quartier suchen. Und wir? Können Vesna und ich es riskieren, bei Tante Irmi zu bleiben? Andererseits: Für die Grünwald-Leute scheint die Pension so etwas wie eine gefahrlose oder zumindest gefahrenarme Zone zu sein. Solange wir Grünwald und den beiden Männern aus El Salvador ausweichen, sind auch wir dort womöglich besonders gut aufgehoben.

Den Meldezettel hat nur Vesna ausgefüllt. Mit ihrem richtigen Namen. Vesna Krajner. In der „Beauty Oasis" ist sie als „Vera Freitag" abgestiegen, samt ihrer neuen Adresse bei Valentin. Tante Irmi hat es nicht für notwendig erachtet, dass auch ich einen Meldezettel abgebe. Ein bisschen was an den Tourismusbeamten und an der Finanz vorbeizuleiten, gehört wohl einfach dazu. Ein Glück für mich. „Mira Kellerfreund" gefällt mir nicht. Es war immer klar, dass ich bei der Hochzeit meinen Namen behalte.

Wir haben mit Nat beratschlagt, wo Grünwald weitere Forschungsergebnisse versteckt halten könnte. Sie kennt ihn doch um einiges besser als wir und hat seine „Geheimniskrämerei" selbst miterlebt. Bloß: Die Schönheitsklinik ist mehr als groß. Dazu kommt das Gelände seiner Irmi-Tante-Freundin, vielleicht auch noch der Bauernhof. Gar nicht zu reden davon, dass die beiden Wissenschaftler, die nach Mittelamerika geschickt wurden, einiges mitgenommen haben könnten. Datenträger werden immer kleiner. Auf einen USB-Stick mit sechzehn Gigabyte geht eine Menge an Informationen drauf. Und er lässt sich in einem Brillenetui ebenso unterbringen wie in einem winzigen Spalt eines Bettgestells, eines Nachtkästchens, eines Stuhls. Die Genetikerin hat sich daran erinnert, dass sie Grünwald einmal dabei beobachtet hat, wie er eine DVD mit Forschungsergebnissen unter die Lade mit Operationsbesteck geschoben hat. USB-Sticks hat es ja damals noch nicht mit entsprechendem Speichervolumen gegeben.

Den geklauten Laptop will die Wissenschaftlerin noch rasch in ihr Forschungszentrum bringen, dort sei er wohl am besten aufgehoben. Abgesehen davon könne sie einen ihrer Kollegen morgen früh um die genauere Auswertung der Daten bitten. Auf meine Frage, ob die Ergebnisse der Grünwald-Leute ihnen am Institut etwas brächten, hat sie mich groß angesehen: „Alles bringt irgendwas, aber ich habe nicht vor, in die Suche nach einem kommerziellen Mittel zur Lebensverlängerung einzusteigen. Großes Pfadfinderinnenehrenwort." Ich bin mir ganz schön dumm vorgekommen.

Vesna holt ihr Fernglas und beobachtet vom Küchenfenster aus, was sich in der Gasse tut. Kein Hinweis auf irgendwelche Verfolger. Trotzdem war es ihr lieber, Nat fährt mit Slobo und Bruno, Vesnas bosnischen Freunden für spezielle Aufträge, ins Labor. Die beiden haben sich ein Taxi ausgeborgt, Bruno läutet, die Wissenschaftlerin geht und wir sehen sie eine Minute darauf einsteigen.

Wir selbst sind zwei Stunden später wieder in der Abgeschiedenheit von Tante Irmis Pension. Nur dass uns das Blöken, das vom Bauernhof herdringt, heute alles andere als idyllisch vorkommt. Ja, wir hätten einen sehr spannenden Ausflug gemacht, nein, wir seien eigentlich nur müde und wollten bald schlafen gehen. Wir beantworten die Fragen der Tante kurz, freundlich und so nebulös wie möglich. Ist sie wirklich so harmlos, wie sie wirkt? Nicht einmal ich habe besonderen Hunger heute Abend. Wir trinken einen leichten Rotwein aus der Produktion ihres Bruders, gekühlt schmeckt er recht gut. Wir lassen uns von ihr Aufstrichbrote machen und sind knapp nach neun auf unseren Zimmern.

Vesna hat vor, noch eine Zeit lang den Parkplatz zu beobachten. Bis jetzt kein weißer BMW in Sicht. Ich schreibe in meinen Laptop, was wir wissen: Zwei Morde. Genforscher mit illegalem Aufenthalt in Österreich bei Grünwald. Testreihen über Substanzen, die eine Kalorienrestriktion vortäuschen und so den Aktivitätspegel anheben und das Muskelwachstum anregen. Psy. Was versteckt sich hinter diesem Kürzel? – Was wir an Beweismaterial haben: Fotos von Labormäusen – zuerst in einem geheimen Kellerlabor, dann in dem Container in der Scheune auf einem Bauernhof in ruhiger Lage. Fotos von überaus munteren und muskulösen Schweinen und Schafen. Einen Laptop samt Forschungsergebnissen. Was wir vermuten: Geschäfte zwischen Grünwald und dem Boss von „El Centro“. Gendoping an einer Reihe von Sportlern, um Substanzen in Richtung Lebensverlängerung zu testen. Einsatz von Psychopharmaka, die – in Kombination mit Substanzen, die Aktivität und Muskelwachstum fördern – Menschen in regelrechte Kampfmaschinen verwandeln könnten.

Und was ist, wenn mein Laptop gestohlen wird? Wenn jemand dahinterkommt, was die beiden harmlosen Touristinnen aus Wien wirklich treiben? Ich sollte die Datei auf einen USB-Stick spielen, ihn sicher verwahren und die Daten vom Computer entfernen. Dummerweise bin ich keine Computerexpertin. Und dass es mit dem simplen Löschen einer Datei nicht getan ist, habe ich ja heute erfahren. Ich spiele die Datei trotzdem auf den Stick und lösche sie auf meiner Festplatte. Gehen wir einmal davon aus, dass weder Grünwald noch die Typen aus El Salvador einen akademischen Grad in Computerlogik haben.

Um halb zehn läutet mein Telefon. Ich zucke zusammen. Wenn ich so schreckhaft bin, sollte ich mit allen Unterlagen gleich zur Polizei. – Und dann tritt der Oberpolizist Waltensdorfer auf den Plan. Keine Ahnung, ob er Beweismittel verschwinden lassen würde. Aber wir können davon ausgehen, dass er sehr viel täte, um zumindest abzuwiegeln und seinen Freund Grünwald zu schützen.

„Wo seid ihr hinverschwunden?", fragt Karl Simatschek.

„Ist das ein dienstlicher Anruf?" Ich rede leise, flüstere fast.

„Es ist Sonntagabend", antwortet der Gerichtsmediziner.

„Ein Ermittler ist doch immer im Dienst", spöttle ich.

„Warum redest du so leise? Was ist los?"

„Muss am Telefon liegen." Ich gehe ins Badezimmer und drehe den Wasserhahn auf. Habe ich einmal in einem Film gesehen, erschwert das Abhören.

„Und was ist das jetzt?" Karl Simatschek wirkt nicht eben begeistert.

„Badezimmer. Es ist spät. Ich putze mir vor dem Schlafengehen regelmäßig die Zähne."

„Du hast mir erzählt, dass du nie vor Mitternacht zu Bett gehst."

Was muss der Gerichtsmediziner aber auch so ein gutes Gedächtnis haben. „Gibt es was Neues? Hat eure Nonne gestanden?"

„Du glaubst nicht, dass sie es war."

„Ich glaube nicht, dass sie hinter allem steckt. Hat vielleicht auch damit zu tun, dass sie selbst an so einigem zweifelt, an das sie glauben sollte."

„Bist du in Wien?"

„Ich verspreche es, du bekommst deine Mole." Vielleicht schon bald. Vielleicht gelingt es uns, bald einiges zu klären, und mir, dann wieder ruhig zu schlafen. Und mich auf Kulinarischeres zu konzentrieren als auf Gensubstanzen.

„Die Nonne will mit dir sprechen."

„Waaas?", antworte ich nicht eben besonders intelligent. Was will Schwester Gabriela von mir? „Betet sie nicht mehr? Und was machst eigentlich du bei ihr? Sie ist ja noch nicht tot, sondern bloß festgenommen", füge ich hinzu.

Der Gerichtsmediziner seufzt. „Sie ist nicht in U-Haft. Sie ist auf der Neurologie in Graz, zu ihrer eigenen Sicherheit. Mir hat einiges keine Ruhe gelassen, ich hab sie heute Nachmittag besucht. Sie betet übrigens immer noch."

„Ach, und da hat sie dann gesagt: ‚Heilige Mira, komm', und du hast gewusst, was zu tun ist."

„Wenn du mich fragst, dann betet sie nur, weil sie das Gefühl hat, es ist das Beste, was sie momentan tun kann. Sie ist nicht im Geringsten verwirrt. Natürlich bin ich kein Experte auf diesem Gebiet, aber … Ich bin bei ihr gesessen und sie hat vor sich hin gebetet, ich habe ihr einige Fragen gestellt und keine Antwort bekommen. Und plötzlich hat sie, ohne aufzuschauen, ohne die Stimmlage zu verändern, gesagt: ‚Sorgen Sie dafür, dass mich Mira Valensky besucht. Und dass Ihre Vorgesetzten nichts davon erfahren.'"

„Und das soll ich dir glauben? Könnte es nicht auch so sein, dass Knobloch dich vorgeschickt hat, um herauszufinden, wo wir stecken?"

„Dazu reicht eine Vorladung aufs Polizeikommando."

Womit er recht hat. „Ich soll sie heute noch besuchen?"

„Wo denkst du hin? Da wäre die ganze Neurologie in Aufruhr. Nein, wir treffen uns ganz gesittet morgen Vormittag in der Grazer Landesnervenklinik."

„Und ich komm da einfach so rein?"

„Das ist kein Hochsicherheitstrakt. Außerdem ist sie in einer neurologischen Abteilung, nicht in der Psychiatrie. Und ich werde dich als Assistentin ausgeben."

„Als Kollegin."

Simatschek seufzt theatralisch. „Als Kollegin. Der Chef der Neurologie ist übrigens ein Studienfreund von mir."

„Er war früher Pathologe?"

„Erstens sind Gerichtsmedizin und Pathologie zwei verschiedene Paar Schuhe und zweitens liegt vor der jeweiligen Fachausbildung ein gemeinsames Grundstudium, Frau Kollegin."

Wir verabreden uns für morgen um elf. Dass ich ohnehin im Steirischen Hügelland bin, sage ich ihm nicht. Sicher ist sicher. Bald, bald soll er es erfahren. Wenn wir selbst ein wenig mehr wissen.

„Und jetzt kannst du das Wasser wieder abdrehen", sagt Simatschek am Ende unseres Gesprächs. „Sei vorsichtig!"

Als ob ich das nicht vorhätte. Warum will die Nonne mit mir sprechen?

Ich höre durch die Wand, dass nun Vesnas Telefon läutet. Was will Simatschek von ihr? Was soll das Ganze? Woher hat er die Nummer des Wertkartentelefons, das sie aus ihrem Büro mitgenommen hat? Ich halte mein Ohr an die Wand. Ich habe an sich ein sehr gutes Gehör. Ich kann trotzdem kein Wort verstehen. Als ich das Gefühl habe, dass das Gespräch beendet ist, gehe ich zur Tür und lausche in den Gang hinaus. Niemand zu hören. Dann ziehe ich den Schlüssel ab, öffne die Tür vorsichtig. Niemand zu sehen. Ich klopfe so leise wie möglich bei Vesna. Wenn die Polizeibehörden sogar die Nummer ihres Ersatztelefons kennen, vielleicht hören sie uns dann auch ab. Vesna kommt sehr rasch und öffnet. Ich sperre mein Zimmer zu und schlüpfe in ihres.

„Woher weißt du …", beginnt sie verblüfft.

„Mir hat er gesagt, dass Schwester Gabriela mit mir reden will", flüstere ich.

„Fran? Woher kennt der die? Hast du schon geschlafen?" Offenbar glaubt sie, dass bei mir schön langsam Traum und Wirklichkeit durcheinanderkommen. Den Eindruck habe ich zwar selbst schon ein paarmal in der letzten Zeit gehabt, aber: „Dich hat Fran angerufen?"

„Ja, natürlich. Er hat sich Festplattenkopie von Laptop gerade noch einmal angesehen. Sagt, sieht so aus, da war schon jemand anderer in Computer. Hacker oder so. Das hinterlasst Spuren, wenn man nicht ist sehr vorsichtig. Vielleicht Spionage. Hinter Substanzen zu Lebensverlängerung sind viele her. Vielleicht auch hinter Forschungen für Kampfmenschen."

Traue ich es Schwester Gabriela zu, dass sie Daten von einem Laptop kopiert? Ja. Tue ich. Und Schwester Cordula: Die war erst achtunddreißig, sie hat sicher schon während des Studiums am Computer gearbeitet. Jetzt erzähle ich Vesna von dem Anruf, der mich erreicht hat.

Fünf Minuten vor elf stehe ich vor der Landesnervenklinik Sigmund Freud. Das Eingangsgebäude ist mit riesigen Buchstaben in Kurrentschrift geschmückt. Auszüge aus einem Brief des Begründers der Psychoanalyse. Ich kann die Worte nicht entziffern. Geht vermutlich mehreren so, die hier eintreten. Ich weiß inzwischen mit einiger Sicherheit, dass Grünwald in der vergangenen Nacht keinen Tantenbesuch gemacht hat. Vesna hat aufgepasst. Das wird auch heute ihre Aufgabe sein: Aufpassen, ob sich rund um die Pension der Tante und den Bauernhof etwas tut. Wir wollen nicht noch einmal riskieren, dass sie quasi unter unseren Augen ein Labor samt Mäusen verschwinden lassen. Die Forscher haben wir beim heutigen Frühstück übrigens nicht gesehen. In der Nacht standen ihre Autos allerdings auf dem Parkplatz. Ich weiß, dass Natalie Veith gut angekommen ist und ein Quartier nahe der „Beauty Oasis" gefunden hat. Ich sehe auf die Uhr. Jetzt hat Karl Simatschek schon fünf Minuten Verspätung. Und was, wenn unser Treffen hier doch eine Art von Falle, von polizeilicher Finte ist? Traue ich das dem Gerichtsmediziner zu? Hätte ich Grünwald mehr zugetraut, als Patientinnen aufzuschneiden, aufzufüllen, abzusaugen, anzuätzen und damit eine Menge zu verdienen?

Endlich. Karl Simatschek scheint keinen Stress zu haben. Richtig gemächlich biegt er in den Parkplatz ein, hält, steigt aus.

Oh, sorry, er habe einfach ein Problem, pünktlich zu sein. Stimme schon, schneller Autofahrer sei er keiner, er wolle nicht nackt vor seinen Kollegen auf dem Tisch liegen. War das jetzt der berüchtigte Gerichtsmedizinerhumor?

Wir gehen durch das Eingangsgebäude. Dahinter gesichtslose Häuser. Wenn man einmal hier war und es geschafft hat, wieder fortzukommen, kann man zumindest die Bauten sehr schnell vergessen. Wenig später haben wir den Leiter der Neurologie an unserer Seite. Er selbst will uns zu Schwester Gabriela bringen. Bei ihnen gebe es ja so einiges, aber so etwas sei eigentlich noch nie vorgekommen: Dauerbeten. Ich sehe mich auf unserem Weg vorsichtig um. Es ist ruhig, der Gang ist hell. Keine Irren, die herumgehen und einen anstarren. Kein Stöhnen hinter den Türen, kein Schreien. Oder sind die alle niedergespritzt? Mira, allein dieser Gedanke ist alles andere als politisch korrekt. Sollte ich Karls Studienkollegen wohl doch nicht fragen. Jedenfalls nicht so direkt, wenn ich tatsächlich zur Nonne vorgelassen werden will. Zwei ältere Männer im Rollstuhl kommen uns entgegen, sie sind auf sich konzentriert, sehen uns nicht an.

„Was behandeln Sie hier üblicherweise?", frage ich meine beiden Begleiter leise.

„Wir sind spezialisiert auf Schlaganfälle, in der Sonderabteilung haben wir zwei Drittel Patienten, die nicht ohne fremde Hilfe gehen können. Und wir checken mittels neurophysiologischem Monitoring, inwieweit Hirn- und Nervenströme funktionieren. Hier sind es nicht so viele, die einen Rollstuhl brauchen. Aber es ist doch recht häufig, dass mit Hirnfunktionen wie Denken, Fühlen, Wahrnehmen auch motorische Fähigkeiten versagen", erklärt mir der Chef der Neurologie.

Eine dünne Pflegerin um die fünfzig wartet bereits vor einer glatten weißen Tür. Sie sperrt auf, wir sind offenbar in einer Art Besuchsraum. Ein Tisch, vier Sessel. Großes geschlossenes Fenster. Gummizelle scheint das jedenfalls keine zu sein. Schwester Gabriela wirkt zerbrechlich, sie steht am Fenster, den Blick Richtung Himmel. Sie betet leise. Karls Studienfreund und die Pflegerin gehen. Sollte irgendetwas sein, sie warte draußen, lässt uns die Pflegerin noch wissen. Was sollte sein? Schwester Gabriela scheint uns gar nicht wahrzunehmen. Vielleicht hatte sie bloß einen hellen Moment, als der Gerichtsmediziner bei ihr war. Vielleicht hat Gott ihr in der Zwischenzeit gesagt, dass sie mir auf keinen Fall etwas erzählen soll. Ich gehe langsam auf die alte Klosterfrau zu.

„Ich bin's, Schwester Gabriela." Keine Reaktion.

„Vielleicht solltest du gehen", sage ich zu Karl Simatschek.

„Glaub ich weniger", murmelt er.

„Sie sollen gehen", tönt es auf einmal ganz klar. Ich kann gar nicht glauben, dass das von der Nonne gekommen ist. Auch Karl starrt in ihre Richtung.

„Heilige Maria, Mutter Gottes, bitte für uns Sünder …" Das Beten hat übergangslos wieder eingesetzt.

„Also?", sage ich.

Der Gerichtsmediziner schüttelt den Kopf, trabt aber trotzdem brav Richtung Ausgang. „Ich warte draußen. Bleibt mir wohl nichts anderes übrig."

Schwester Gabriela geht mit sicheren Schritten zum Tisch, setzt sich. Den Rosenkranz hat sie mit einer raschen Bewegung in die Tasche ihres dunkelblauen Habits gesteckt. Ich setze mich ihr vis-à-vis.

„Beten ist ein wunderbarer Schutz. Vor allem wenn man nicht weiß, was man machen soll", erklärt mir die Nonne dann. „Ich will nicht gestehen, was ich nicht getan habe. Ich will aber auch nicht das nächste Opfer sein. Ich gebe zu, ich lebe immer noch gerne. Ich bin zu feige, um auf eigene Faust nachzuforschen. Und wohl auch schon zu schwach."

„Warum haben Sie mir nicht gesagt, dass Sie Medizinerin sind?", frage ich die Nonne.

Sie sieht mich verblüfft an. „Ich bin nicht auf die Idee gekommen, dass das wichtig ist."

„Und warum wollten Sie mit mir und nicht mit der Polizei sprechen?"

„Sie haben ja gesehen, was dieser Polizeidirektor für ein Mensch ist. Und die anderen stehen hierarchisch unter ihm. Die Polizei war immer militärisch aufgebaut, das Gehorsamsprinzip ist da ganz wichtig. Und was solche Prinzipien angeht, bin ich Expertin, das können Sie mir glauben. Jesus war ein Basisdemokrat, aber seine angeblichen Nachfolger und ihre Freunde … Na ja, lassen wir das. Der werfe den ersten Stein, der selbst ohne Schuld … Das muss ich mir immer wieder sagen. Selbstgerechtigkeit ist die größte aller Sünden, davon bin ich überzeugt."

„Und … gibt es etwas, durch das Sie im Zusammenhang mit den beiden Toten ... Schuld auf sich geladen haben?"

Die Nonne blickt sich vorsichtig um. Beinahe glaube ich, dass sie gleich wieder den Rosenkranz herausholen und weiterbeten wird. Aber dann flüstert sie: „Ich fürchte, ich habe Schwester Cordula nicht ernst genug genommen." Sie sieht zum Fenster hinaus, scheint weit weg zu sein. Was haben die Messungen ihrer Hirnströme ergeben? Oder hat vielleicht langes Beten diesen Effekt? Nennt man das in anderen Religionen nicht das Streben nach dem Nichts?

„Am Abend bevor sie verschwunden ist, ist Schwester Cordula zu mir gekommen und hat mir erzählt, dass sie sich womöglich in einem ‚lieben Menschen getäuscht' hat."

„Sie haben sie gefragt, wer dieser ‚liebe Mensch' sei?"

„Natürlich. Aber sie wollte es mir nicht sagen. Sie wollte noch ein wenig darüber nachdenken. Sie war ein wenig husch-husch, wenn Sie verstehen, was ich meine. Sehr freundlich, sehr gläubig, aber ziemlich weit weg von der realen Welt. Obwohl sie die Jüngste von uns war. Ich habe das ohnehin schon einige Male festgestellt: Wir Alten sind die Realistischeren."

„Was hat Schwester Cordula gemacht, bevor sie damit zu Ihnen gekommen ist?"

„Sie war drüben in der ‚Beauty Oasis'. Sie ist bei der Klostertür hereingekommen und gleich in mein Büro. Sie hat etwas von der Ringelblumencreme gesagt und dass da etwas drin war, das nicht hineingehöre. Sie war im Labor, das weiß ich. Sie wollte den Lavendelextrakt analysieren und nachsehen, warum sich unsere Ringelblumencreme manchmal verfärbt. Es hatten sich ein paar Kunden beschwert. Grünwalds Gäste sind manchmal ziemlich anspruchsvoll."

Ich sehe die Nonne irritiert an: „Was könnte in der Creme drin gewesen sein?"

„Ich dachte an irgendeine Verunreinigung. Oder dass sie sich eben ungeschickt ausgedrückt und gemeint hat, sie wisse jetzt, woher die Verfärbung komme. – Sie scheint das mit dem ‚lieben Menschen' mehr beschäftigt zu haben als die Sache mit der Creme. Als ich sie nach der Creme gefragt habe, hat sie so etwas gesagt wie: ‚Er hat sich so geärgert. Kann es sein, dass ein lieber Mensch nicht der ist, der er vorgibt zu sein?' Ich hab leider nicht gut genug zugehört."

Wen kann sie damit gemeint haben? „Können Sie sich vorstellen, dass sie das auf Grünwald bezogen hat?"

Die Nonne wiegt den Kopf. „Auszuschließen ist es nicht. Sie hat eigentlich alle Menschen für lieb gehalten. Mir selbst würde das zu ihm nicht gerade einfallen."

Ich schüttle den Kopf. Und doch: Auch seine Freundin hat es gesagt: „Du bist so lieb." Was, wenn auch Schwester Cordula mit ihm … Unsinn.

„In den letzten Tagen bin ich auf eine andere Idee gekommen. Der Mensch, von dem sie am meisten erzählt hat, war der Energetiktrainer. Dieser Sam Miller, der den Wellnessbereich leitet. Und ich habe nachgesehen. Wir hatten im Kloster gar keine Ringelblumencreme mehr. Sie war uns ausgegangen. Wahrscheinlich wollte sie sie nachproduzieren, aber vorher eine verfärbte Creme analysieren.

„Wenn die Ringelblumencreme im Kloster aus war: Wo könnte sie gesehen haben, dass da was drin war, das nicht hineingehörte?", will ich wissen.

Die Nonne seufzt. „Natürlich könnte sie selbst noch Ringelblumencreme gehabt haben. Die ist dann allerdings verschwunden. Gefunden habe ich keine bei ihr. Die Polizei hätte sie wohl kaum mitgenommen. Wer interessiert sich schon für eine Creme? Dann könnte es sie noch in der ‚Beauty Oasis' geben: an der Rezeption, wo sie alles verkaufen, was im Glasschrank ausgestellt ist, oder im Fitnessbereich bei Sam Miller. Außerdem natürlich noch bei Gästen, die sich die Creme gekauft haben. Und bei Kunden, die sie übers Internet bestellt haben."

Ich sehe die Nonne an: „Wenn ich Ihnen so eine Creme bringe, in der etwas drin ist, das nicht hineingehört: Können Sie herausfinden, was Schwester Cordula gemeint haben könnte?"

„Vielleicht. Sicher bin ich nicht. Ich hab auch schon daran gedacht, dass es nicht um die Verfärbung ging, über die sich einige beschwert haben. Dass Schwester Cordula einfach einen Fremdkörper in einem Tiegel mit Creme entdeckt hat. Eine Fliege. Ein Minimikrofon. Einen Ring, der ihr bekannt war." Sie seufzt. „Es gibt so viele Dinge, die in einen Cremetiegel passen."

„Einen USB-Stick", sage ich, bevor ich es noch fertig gedacht habe.

„Einen USB-Stick?", wiederholt die Nonne. Ich will ihr schon erklären, was das ist, als ich begreife, dass sie das natürlich weiß. „Aber den hätte sie wohl mitgebracht und mir gezeigt."

„Da ist leider etwas dran. Aber wenn sie ihn bloß gesehen und daraufhin den ‚lieben Menschen' zur Rede gestellt hat?"

„Sie scheint ihn gar nicht darauf angesprochen zu haben."

„Und warum sollte der ‚liebe Mensch' dann sauer geworden sein?"

Schwester Gabriela runzelt die Stirn. „Ich weiß leider nicht mehr exakt, wie sie sich ausgedrückt hat. Sie hat so etwas Ähnliches gesagt wie: ‚Ich hab bloß gefragt, was er im Labor tut.' Und dann hat sie erzählt, dass sich der ‚liebe Mensch' darüber sehr geärgert habe. Und sie hat mich gefragt, ob sie sich in ihm so getäuscht haben könnte." Sie seufzt. „Ich habe dem Ganzen keine besondere Bedeutung beigemessen. Wie gesagt: Schwester Cordula war häufig ein wenig verwirrt, wenn sie auf die Welt draußen getroffen ist."

„Labor. Das spricht für Grünwald. Oder für Schilling", überlege ich. „Auf alle Fälle hat sie ‚er' gesagt."

„Das habe ich mir auch schon überlegt. Aber das ‚er' könnte sich auch bloß auf ‚der Mensch' bezogen haben. Und: Dass Schilling im Labor war, hätte sie wohl nicht gewundert. Außer sie hätte gewusst, dass er eigentlich ganz woanders sein sollte. Und was Grünwald angeht ... ich habe mir erst vor Kurzem gedacht, dass er oft zu den unmöglichsten Zeiten an den unmöglichsten Orten auftaucht. Bis vor einigen Monaten war er kaum woanders als in seinem Büro und in den Operationssälen zu finden, aber in letzter Zeit war er überall unterwegs, so als ob er hinter etwas her wäre. Oder alles heimlich kontrollieren wollte."

Ich seufze. „Natalie Veith hat uns erzählt, dass er rund um seine Forschungsdaten einen richtiggehenden Geheimhaltungskult betrieben hat." Mir kommt eine Idee: „Was ist, wenn er Schilling verdächtigt hat, ihm Forschungsunterlagen zu klauen? Immerhin sieht es so aus, als hätte der vor ein paar Jahren Natalie Veith Ergebnisse gestohlen."

„Aber Schilling war bei den Forschungen doch selbst dabei", wirft die Nonne ein.

„Die Frage ist, ob er in alles eingeweiht war."

Schwester Gabriela sieht sinnend aus dem Fenster. „Der ‚liebe Mensch' Grünwald wird von Cordula ertappt, als er im Labor irgendetwas Seltsames tut. Er bekommt es mit der Angst, bestellt sie in einen Raum in der Nähe der alten Sauna, betäubt sie und schaltet den Saunaofen ein. Schilling bekommt etwas davon mit oder versucht gar, ihn zu erpressen, oder er hat tatsächlich wichtige Unterlagen gestohlen, Grünwald muss auch ihn loswerden, er legt es als Ritualmord an, damit der Verdacht auf mich fällt."

„Wenn Schilling Unterlagen gestohlen haben sollte: Was wollte er damit? Sie veröffentlichen?"

Die Nonne sieht mich beinahe mitleidig an. „Wie wäre es mit verkaufen? Ich habe den Eindruck, Schilling hatte einen Hang zu Geld. Und zu Geltung. Grünwald hat ihn eher wie einen Laboranten behandelt. Also nimmt er mit einem der Pharmariesen Kontakt auf. Industriespionage. Wenn Cordula da etwas mitbekommen hat, dann war vielleicht doch Schilling der ‚liebe Mensch'."

Klingt gar nicht unplausibel. Und Grünwald hat sich gerächt. Oder ist die alte Nonne gerade wieder einmal dabei, mich zu manipulieren? „Und wenn der ‚liebe Mensch' einer von Schwester Cordulas Patienten war?", frage ich.

„Dann wird es schwierig“, lautet die trockene Antwort. „Natürlich können wir herausfinden, wen sie in letzter Zeit gepflegt hat, das wird auch die Polizei schon überprüft haben. Aber irgendwie geht mir die Sache mit der Creme nicht aus dem Sinn. Ich möchte, dass Sie nachsehen, ob es an der Rezeption oder im Wellnessbereich noch Ringelblumencreme gibt“, sagt Schwester Gabriela und schweigt dann lange. Ich will sie nicht stören. Überlege. Wenn Schilling der ‚liebe Mensch‘ gewesen ist: Immerhin ging das Gerücht, er und die Nonne hätten etwas miteinander gehabt. Okay, es scheint vor allem durch ihren Tod angeregt worden zu sein. Aber zumindest war es Schilling, der ihr erlaubt hat, die Laboreinrichtungen zu benutzen.

„Wenn Sie noch mit Sam Miller reden wollen, sollten Sie das übrigens rasch tun. Er will für einige Wochen in die USA. Besuch bei seiner Familie. Ich glaube, er fährt morgen oder übermorgen. Hat mir die Heilmasseurin erzählt.“

„Haben Sie vielleicht eine Ahnung, wo Grünwald vertrauliche Daten aufgehoben haben könnte?“ Die Idee ist mir gerade gekommen.

Die alte Nonne schüttelt langsam den Kopf. „Ich weiß nur, dass er mir unruhig vorgekommen ist. Schon vor den beiden Mordfällen.“

„Wie lange davor?“

„Ach, seit ein, zwei, drei Monaten vielleicht. Die Zeit ... sie spielt bei uns nicht so eine Rolle. Ich hoffe, ich habe Ihnen mit dem, was ich weiß, nichts Zusätzliches aufgebürdet“, sagt die Nonne dann besorgt. „Wenn Sie es für richtig halten, dann können Sie auch der Polizei davon erzählen. Zumindest dieser Gerichtsmediziner scheint ein anständiger Kerl zu sein. Ich glaube, ich habe es ihm zu verdanken, dass ich hier und nicht in Untersuchungshaft oder in der Psychiatrie gelandet bin. – Kann es sein, dass Sie mit ihm ...“

Sieh an, die Klosterfrau ist neugierig. – Ist das nicht auch eine Sünde? Ich neige meinen Kopf näher zu ihrem. „Keine Chance. Er ist stockschwul.“

Die Nonne schüttelt bedauernd den Kopf: „Dass aber auch die besonders Netten so häufig ...“ Da klopft es und es dauert keine drei Sekunden und sie hat wieder ihren Rosenkranz in der Hand und betet weiter. „... der Herr ist mit Dir, Du bist gebenedeit unter den Frauen ...“

Wie lange sie das noch tun will? Vielleicht bis es uns gelungen ist, den „lieben Menschen“ zu finden.

[15.]

Wir sitzen im Gastgarten eines gemütlichen Cafés in der Grazer Herrengasse. Die Stadt hat südliches Flair, es wird durch die Hitze dieses späten Augusttages verstärkt. Touristen drängen sich zwischen barocken Gebäuden, zwei Männer beugen sich über einen Kinderwagen. „Wünschst du dir eigentlich Kinder?“, frage ich Karl Simatschek.

Er sieht mich verwundert an. „Hat das mit dem zu tun, was dir die Nonne erzählt hat?“

„Nein, überhaupt nicht.“

„Klar wünsche ich mir Kinder, aber selbst wenn ich einen Partner finde, es geht in Österreich nicht. Keine Adoptivkinder, keine Pflegekinder. Und austragen kann ich ja keins.“

„Ich werde dir bald alles erzählen. Ich möchte nur nicht, dass du mit Knobloch in Konflikt kommst. Hast es ohnehin nicht leicht.“ Ich nehme einen Schluck Cappuccino.

„Leicht genug. Was hat die Nonne gesagt? Ohne mich wärst du nie zu ihr gekommen.“

„Ohne mich hätte sie nie geredet“, mache ich ihm klar. „Ihr Problem ist: Sie wollte zu viel auf eigene Faust klären. Und da ist jemand auf die Idee gekommen, ihr die Morde in die Schuhe zu schieben.“

„Irgendwie hab ich sie mir nie als Täterin vorstellen können. – Warum wollte sie eigentlich mit mir nicht reden?“

Ich lächle. „Sie findet dich sehr nett. Aber sie hat etwas gegen die militärische Organisation der Polizei und gegen hierarchische Gehorsamspflichten.“

„Das muss gerade sie als Kirchenfrau …“, fährt er auf.

„Eben. Sie wisse, wovon sie rede, hat sie gemeint.“

Ich finde Vesna in einem Liegestuhl am Pool. „Das nennst du überwachen?", spöttle ich.

„Muss ja ganz harmlosen Eindruck machen. Und von hier ist Blick auf Bauernhof gar nicht schlecht. Nat war übrigens bei Friseur. Hat ganz kurze blonde Haare. Rote waren ihr Markenzeichen, mit anderer Farbe sie wird weniger leicht erkannt, selbst wenn sich jemand in ‚Oasis' noch erinnert, hat sie gemeint. Ich habe ihr Fotos von Schafen und Schweinen gezeigt. Einfach hingehen und noch einmal ansehen ist, ich denke, zu gefährlich. Am Abend will sie ins Fitnesscenter. Und die beiden Autos von Forschern gehören einmal Tante Irmi und einmal Exfrau von Grünwald. Also nichts Aufregendes."

Das, was ich ihr dann erzähle, findet sie allerdings aufregend genug. Am liebsten würde sie sofort zur „Beauty Oasis" fahren, alle Tiegel mit Ringelblumencreme evakuieren und jeden fragen, ob er oder sie ein ‚lieber Mensch' sei. Doch es gelingt mir, ihr klarzumachen, dass es besser ist, wenn ich nachsehe, zumindest im Wellnessbereich. „Sam war sehr nett zu mir, er weiß, wie ich die Massage genossen habe. Wenn ich ihm begegne, dann tue ich einfach so, als möchte ich einen neuen Massagetermin ausmachen. Er kann ja nicht ahnen, dass ich weiß, dass er ab morgen oder übermorgen auf Urlaub ist."

„Und wenn doch er ‚lieber Mensch' ist, du kommst gleich dran und er dreht dir Hals um."

Mich schaudert kurz. Wie er mir die Nackenwirbel gedrückt hat … „Ich lasse mich nicht massieren und ich werde auch aufpassen, dass er mich nicht sieht."

„Wenn er nach Amerika fahrt ... wir dürfen keine Zeit verlieren."

„Grünwald soll in letzter Zeit mächtig nervös sein", erzähle ich weiter.

„Kein Wunder bei zwei Mal Mord, selbst wenn er es nicht war."

„Er soll überall herumschnüffeln, alles kontrollieren."

„Ist seine Klinik, außerdem: Wenn er wirklich Industriespionage vermutet, kein Wunder, dass er will alles kontrollieren. Macht es natürlich nicht einfacher, das mit den Cremes zu prüfen – wobei auch sein kann, dass die junge Nonne war ein wenig wirr. Ich werde herausfinden, wann Sam Miller auf Urlaub geht. Und wen Nonne Cordula gepflegt hat. Und wo Cremes noch sind. Und dann wir haben Treffen mit Genetikerin. Wenn es brennt, wir müssen heute Nacht noch in ‚Oasis' und nachsehen ..."

„Tagsüber ist es deutlich weniger verdächtig. Wer weiß, ob sie in der Nacht nicht Überwachungskameras laufen haben." Vielleicht hätte ich dem Gerichtsmediziner doch alles erzählen sollen und darauf vertrauen, dass er die richtigen Schritte unternimmt.

Auf dem Zimmer schreibe ich Oskar eine lange E-Mail. Ich versichere ihm, dass ich ihn liebe und dass zum Erhalt der Liebe auch „gegenseitige Freiheit" gehöre. Klingt irgendwie nach sexuellen Abenteuern. Ich streiche die zwei Wörter. „Verständnis und Vertrauen". Pfff. Ist erstens eh klar und zweitens schwülstig. Weg damit. „Respekt" klingt, als wäre ich seine Mutter. Ich lösche bis auf den ersten Satz alles und beschreibe die Pension der Tante in leuchtenden Farben. Wahr. Aber doch auch gelogen. Hat er sich nicht verdient. Wieder weg damit. „Ich liebe dich und komme bald wieder. DEINE Mira." Senden. Kurz, dafür nicht gelogen. Hoffentlich. Ich will heim. Bald. Weg aus dieser zauberhaften, aber explosiven Gegend.

Gegen zehn am Abend stößt Nat zu uns. Wir sitzen in der Buschenschank mit der schönen Aussicht und den viel zu großen Portionen. Außer unserem sind nur noch zwei Tische besetzt, alles überschaubar. Gut so. Ich hätte Nat fast nicht wiedererkannt. In kurzen Hosen, Tanktop und mit dieser Frisur sieht sie aus wie eine dreißigjährige Amazone, ein modernes Bondgirl. Nie im Leben wie eine anerkannte Wissenschaftlerin und die Leiterin des Österreichischen Instituts für Genforschung. Sie war mehr als zwei Stunden im Fitnesscenter, erzählt sie uns und macht sich hungrig über eine mehr als üppige Brettljause her.

„Wenn alles klappt, dann treffe ich morgen Harald Fandl, den Triathleten, der Krebs hat. Ich habe ein wenig gelogen und gesagt, dass ich an der Entwicklung einer Blutkrebstherapie beteiligt bin. In gewissem Sinn stimmt das auch. Resveratrolartige Substanzen könnten die Wirkung von herkömmlichen Präparaten der Chemotherapie verstärken und Blockaden auflösen."

„Ich weiß, warum ich habe lieber Rotwein als Weißwein", sagt Vesna und nimmt einen Schluck.

Nat lacht. „Seit international an solchen Substanzen geforscht wird, ist der Rotweinkonsum kräftig angestiegen. Zumindest in den Forschungseinrichtungen. – Einiges habe ich aber schon heute herausgefunden: Die Sportler erzählen zwar nichts über Doping, aber sie erzählen, dass sie mit Grünwald zusammenarbeiten und dass der für sie spezielle Trainingsprogramme habe erarbeiten lassen. Sie werden auch regelmäßig von ihm persönlich in der ‚Beauty Oasis' untersucht."

„Ob sie wissen, worauf sie sich einlassen?", frage ich.

Nat schüttelt zweifelnd den Kopf. „Die Grünwald-Leute werden ihnen etwas spritzen. Und die Sportler werden schon vermuten, dass das nicht ganz legal ist. Wichtiger ist ihnen aber, dass sie plötzlich mehr Ausdauer haben, schneller sind. Wofür sie da als menschliche Versuchskaninchen genau herhalten, wissen sie sicher nicht. Dass Harald Krebs hat, scheinen sie nicht im Geringsten in Zusammenhang mit Grünwalds Spezialprogramm zu bringen."

Den Dienstagvormittag verbringe ich damit, meinem Chefredakteur telefonisch klarzumachen, dass ich vielleicht einen Blattaufmacher habe. Wenn die Story aufgehe, dann mit einem Knaller. Wenn nicht … bin ich es dann, die abgeknallt wird? Nein, über den Inhalt könne ich noch nichts sagen. Nicht einmal von Vesnas nicht registriertem Wertkartentelefon aus. Zwischen eigenartig verunreinigter Ringelblumencreme, „lieben Menschen" und Industriespionage ist alles drin. Vielleicht gibt es auch längst Abhöranlagen, die nicht einmal Experten mehr auffallen, weil sie inzwischen mikroskopisch klein sind. Wann ich mehr wisse, will mein Chefredakteur erfahren. Heute. Morgen. Spätestens. Er stöhnt. „Liebste Mira, übermorgen ist Redaktionsschluss. Wo immer du bist, du kommst und wir reden darüber." Ich mache ihm klar, dass ich nicht weg kann. Er hat wirklich viel Vertrauen zu mir. Er gibt mir tatsächlich Zeit bis morgen. Vielleicht auch eine kleine Wiedergutmachung dafür, dass er sich vorige Woche auf die Seite des Geschäftsführers geschlagen hat. Vorige Woche. Das muss viel länger her sein.

Ich habe nicht die Ruhe, einfach abzuwarten. Andererseits: Wir dürfen keine Fehler machen. Vesna ist in der „Beauty Oasis" unterwegs, um zu klären, ob es noch Ringelblumencreme gibt. Wenn ja, wird sie sie einfach kaufen. Ein Fan der Hildegard-Produkte. Und sie wird herausfinden, wie lange Sam noch da ist. Dann bin ich an der Reihe: Cremes ansehen, mit Sam reden. Hätte ich längst machen sollen, immerhin scheint er ein Vertrauter von Schwester Cordula gewesen zu sein. Wer weiß, was sie ihm alles erzählt hat. Und dann müssen wir warten, was Nat aus den Triathleten herausbekommt. Warten. Wie ich das hasse. Ich könnte auch gleich zu Sam … Aber besser, Vesna besorgt zuerst die Ringelblumecreme. Entspanne dich, Mira. Du liebst die Sonne. Du legst dich jetzt an den Pool. Die Lateinamerikaner werden schon nicht kommen und dich massakrieren, während du die Augen zuhast. Die Lateinamerikaner ... wie passen die nun ins Bild? Ich ziehe ein langes T-Shirt über den Bikini und trabe über die Wiese zum Pool. Keiner da außer mir. Handtuch über die Liege. Ist doch wunderbar hier, oder? Was, wenn die beiden aus El Salvador etwas in die Creme gegeben haben? Aber die hätte Cordula wohl doch nicht als ‚liebe Menschen' bezeichnet. Außerdem: Sie hat in der Einzahl gesprochen. Hat zumindest Schwester Gabriela so erzählt. Sie hat uns schon viel erzählt. Und noch mehr verschwiegen. Wenn Nat es schafft, heute mit dem Triathleten zu reden, dann haben wir ein Puzzleteilchen mehr.

Plötzlich etwas über mir, es wirft seinen Schatten auf mein Gesicht. Ich reiße die Augen auf. Und blicke in das Gesicht meiner Freundin. „Hast ausgesehen, wie wenn du bist tot", sagt Vesna. „Wenigstens für Augenblick."

Ich will gar nicht wissen, wie ich da aussehe. Ich rapple mich auf und ziehe den Bauch ein. Neben Vesna komme ich mir immer fett vor. Ich sollte keinen Bikini tragen. Ein Badeanzug verbirgt … Doch die Sonne auf dem Bauch, die tut gut. Also: Wer mich nicht ansehen will, soll es nicht tun. Punkt. Und wenn ich mich nicht ansehen will, muss ich es auch nicht tun. Na ja – nennt man das „in Würde altern"? Aber ich kann es ja noch lernen, so alt bin ich schließlich noch nicht.

„Ringelblumencreme in Rezeption von ‚Beauty Oasis' ist aus", berichtet Vesna. „Sie haben nur mehr Ausstellungsstück in Schaukasten, aber das wird nicht verkauft. Sam Miller fliegt übermorgen nach USA, das habe ich von Fitnesstrainerin. Ob er noch irgendwo Cremes hat, sie hat nicht gewusst. Und ihn selbst ich habe nicht fragen wollen, ist zu auffällig. Das kannst dann du. Morgen ist letzte

Gelegenheit, wenn du willst mit ihm reden. Ich habe Bademantel für dich. War kein Problem, liegen in Stapeln in Raum mit Bettwäsche und Seifen und so. Dann war ich in Gang bei Labor, aber plötzlich sind chinesische Forscher gekommen, ich habe umgedreht, dumm, wenn mich die als Gast in Tante-Pension wiedererkennen. – Und was hast du gemacht?"

„Ich hab meinen Chefredakteur auf morgen vertröstet", murmle ich. Hört sich im Vergleich zu dem, was Vesna getan hat, nicht eben nach viel an.

„Kann ich nicht mehr lange bleiben", sagt Vesna ungeduldig. „Im August bei mir in Firma ist zwar nicht viel los, aber muss man doch organisieren."

„Und ich muss morgen meinem Chefredakteur so viel liefern, dass er entscheiden kann, ob die Story einen Aufmacher wert ist."

„Schon alleine Mäusefotos sind gut", tröstet mich Vesna.

Aber zu wenig.

Es dauert jedoch nicht lang und wir wissen, dass wir mehr erfahren werden. Wir haben es Nat zu verdanken. Sie hat sich mit Harald Fandl, dem Triathleten, getroffen. Und sie hat ihn davon überzeugt, dass es besser sei, er erzähle seine Geschichte nicht nur ihr, sondern auch uns. Zuvor will er allerdings noch mit seinen Kollegen aus dem Team sprechen. Ist verständlich. Hoffentlich überreden sie ihn nicht, doch zu schweigen. Aber: Krebs ist ein verdammt gutes Argument, mit dem Doping Schluss zu machen. Vor allem könnte es ihm gelingen, seinen Mitsportlern klarzumachen, dass es auch sie treffen kann.

Es ist gegen acht, als Nat uns noch einmal anruft. Wir sollen zu der Garage kommen, in der das Triathlon-Team die Räder eingestellt hat. Neben Harald Fandl werden noch zwei aus der Mannschaft da sein. Vesna programmiert ihr Navi – was haben wir früher bloß ohne GPS gemacht? – und wir fahren los. Prognostizierte Fahrzeit: sechzehn Minuten. Unter einer Viertelstunde ist von unserem Platz hinter den Hügeln, oder wie Vesna meint, „von Hintern von Vulkanwelt", nichts erreichbar.

Nat sitzt mit den drei Triathleten an einem Heurigentisch vor der Garage. Sie könnte locker als Mitglied des Teams durchgehen. Die drei Männer tragen dunkelgrüne Kappen mit der Aufschrift: „Beauty&Young". Nicht zu erkennen, wer der Krebspatient ist. Ja, man sei übereingekommen, alles, was man wisse, zu erzählen. Kein Problem, ich könne es aufnehmen. Und falls wir ein Foto machen wollten: Die Kappen hätten sie extra dafür aufgesetzt. Zum letzten Mal.

„Ich habe mich natürlich erkundigt. Ich weiß, wer Dr. Natalie Veith ist. Und dass ich dem trauen kann, was sie sagt", meint ein Mann um die fünfunddreißig und lächelt Nat an. Sieht aus, als hätte er auch abseits der Triathlonstrecke einiges zu melden.

„Herr Hager ist bei der Bezirksverwaltung. Er ist Jurist", erklärt Nat.

Dass sich so einer auf dubiose Spritzenkuren einlässt?

Er scheint Gedanken lesen zu können. „Ich wollte endlich weiterkommen. Wir waren alle echt gut, haben auch wie die Irren trainiert, aber es hat nie ganz gereicht. Sport war mir immer extrem wichtig. Und nach der Scheidung noch einmal mehr. Ich hatte so viel Zeit. Und Willen, hineinzubeißen und mich zu quälen. Bis zum Sieg."

„Und gewonnen haben Sie viel", meint Vesna. „Ich habe nachgesehen."

„Wir waren Idioten", murmelt der jüngste der drei Männer. Er ist sicher nicht älter als fünfundzwanzig. „Jeder nimmt doch heute irgendwas, heißt es. Und das wird schon wahr sein. Aber auf die Idee, dass dieser Professor mit uns etwas ganz Besonderes probiert, sind wir nicht gekommen. Ich schwöre es."

„Muss einem doch zu denken geben, wenn man plötzlich deutlich mehr Ausdauer und Kraft hat", sagt die Wissenschaftlerin ungerührt.

„Ja, doch", murmelt der Dritte und jetzt sehe ich, dass er keine Haare hat. „Aber Grünwald hat uns gesagt, dass das vor allem die Resveratrol-Kapseln sind. Wir haben im Internet eine Menge Spannendes darüber gelesen. Er hat gemeint, er möchte sie durch so etwas wie einen Proteincocktail ergänzen, das würde die körpereigenen Fähigkeiten stimulieren. Leider dauere es eben lange, bis man so etwas offiziell machen könne, also hat er uns gebeten, darüber nichts zu erzählen. Wir wollten ohnehin nicht, dass andere davon erfahren."

„Wir sind zigmal auf Doping getestet worden", ergänzt der Jurist. „Nichts. Warum hätten wir Grünwald nicht glauben sollen?"

Ich nicke. Vesna fragt weiter: „Sie waren die Einzigen mit so einer Sonderbehandlung?"

Der Jüngste schüttelt den Kopf. „Wir waren offenbar die einzigen Leistungssportler. Aber ich glaube, er hat seine Mittel auch an einigen anderen aus dem Fitnesscenter getestet. Er hat uns regelmäßig in der ‚Beauty Oasis' untersucht. Als ich einmal gewartet habe, habe ich gehört, wie eine Frau zu einer anderen gesagt hat, dass die ‚Aufbaukur' von Professor Grünwald ganz toll wirke. Sie habe viel mehr Ausdauer und auch schon mehr Muskeln."

„Wer hat Ihnen eigentlich die Spritzen gegeben? Professor Grünwald?"

„Aber nein, das war einer der Fitnesstrainer."

„Ein Amerikaner?", frage ich hoffnungsfroh.

„Warum ein Amerikaner? Es war ein Student aus Graz", zerstört der Jurist meine Theorie.

„Ich habe mit den dreien schon über mögliche Folgeschäden geredet. Und ich weiß alles über die Frequenz, in der sie die Mittel bekommen haben, und über die Untersuchungen. Wir haben vereinbart, dass sie mit mir nach Wien kommen und sich einer Reihe von Tests am Genetikinstitut der Medizinuni unterziehen", meint Nat.

„Für Sie ist es wahrscheinlich ziemlich interessant, was Grünwald mit uns angestellt hat", sagt Harald Fandl.

Natalie Veith nickt. „Natürlich. Sinnlos, das abzustreiten. Ich hoffe, wir bekommen relevante Ergebnisse und können daraus unsere Schlüsse ziehen. Ist übrigens zu Ihrem Besten. Vielleicht gibt es durch diese Menschenversuche eine gewisse Chance, herauszufinden, wie Telomere auf bestimmte Substanzen reagieren und wann sie, unwissenschaftlich gesagt, auszucken. Und was es bedeutet, wenn gewisse DNA-Abschnitte ihre Muster ändern. Ich arbeite ja nicht an einem Gendopingpräparat oder einem Elixier zur Lebensverlängerung. Mich interessieren die Grundlagen, das Verhalten unseres Genoms. Und natürlich will ich, dass wir durch diese Erkenntnisse mehr im Kampf gegen Krebs tun können."

„Das klingt alles so umsichtig", sagt Harald Fandl. „Wenn Sie irgendetwas haben, das Sie testen wollen und das mir helfen könnte: Bitte sagen Sie es mir. Ihnen vertraue ich."

„Sie haben schon zu oft vertraut", sagt Vesna trocken.

„Es hat schon seinen Grund, dass wir nicht einfach alles an Menschen testen", antwortet die Genetikerin. „Aber wenn ich meinen Kollegen an der Medizinuni richtig verstanden habe, haben Sie eine ziemlich gute Prognose. Dazu kommt: Ihr Krebs ist weder durch Umweltbedingungen noch durch genetische Veranlagung entstanden, sondern durch eine ganz bestimmte Behandlung mit genaktivierenden Stoffen. Die Substanzen sind jetzt abgesetzt. Wir werden sehen, was das bedeutet."

„Wir werden Professor Grünwald natürlich anzeigen", macht der Jurist klar.

Natürlich. Ist ja klar. Warum bin ich nicht schon heute bei Grünwald und bei Sam gewesen? Wenn Knobloch eine Anzeige des Juristen von der Bezirksverwaltung gegen Grünwald auf den Tisch bekommt, dann wird er sich von seinem Chef wohl nicht verbieten lassen zu ermitteln. Sollte Waltensdorfer das unter diesen Umständen überhaupt noch wollen.

„Sie warten damit noch einen Tag, ja?", sagt Nat und lächelt in die Runde. „Grünwald hat einflussreiche Freunde. Wir brauchen etwas Zeit, um noch an wichtiges Material zu kommen." Ich sehe sie dankbar an. Überzeugender und seriöser geht es nicht. Vesna nickt zustimmend, aber ich sehe, dass sie dabei die Stirn runzelt. Ist Nat vielleicht zu gut zu uns? Was steckt dahinter? Oder vermuten wir jetzt schon hinter jeder Ringelblume einen gentechnisch veränderten Kampfstoff?

Das duftende Bauernbrot, die köstliche Butter. Heute ist alles an mir verschwendet. Ich habe keinen Hunger und trinke nur zwei Tassen Kaffee. Oder vielmehr ein Heißgetränk, das entfernt an abgestandenen Kaffee erinnert. Egal. Die zwei Chinesen sind vor zehn Minuten abgefahren. Ich muss darauf achten, ihnen nicht in der „Beauty Oasis" zu begegnen. Den Russen hat Vesna dabei beobachtet, wie er ganz zeitig in der Früh hinunter zum Bauernhof gegangen ist. Tiere spritzen? Mäuse füttern? Oder ist er auf der Suche nach dem Laptop? Sie müssen die Daten anderswo abgespeichert haben. Der Laptop war leer. Zumindest für solche, die keine Computerexperten sind. Und: Schläft Vesna nie? „Schlafe bloß zu richtigem Zeitpunkt", hat sie geantwortet und sich noch ein Marmeladebrot geschmiert. Mein Auto haben wir gestern Nacht vom

Burgparkplatz geholt und in einer ruhigen Seitenstraße gleich beim Wald geparkt. Ich bin nervös. Ich gebe es zu. Eigentlich haben wir Material genug. Sowohl um es der Polizei zu präsentieren als auch um daraus eine „Magazin"-Story zu basteln, die viele verblüffen wird. Aber: Noch immer ist nicht klar, wer Schwester Cordula und Schilling ermordet hat. Wer ist der „liebe Mensch", der doch keiner war?

Natalie Veith will noch heute mit den Triathleten nach Wien fahren und auf der Medizinuni erste Checks machen. Vesna fährt mich zu meinem Auto, küsst mich beim Abschied auf die Wange. Ich sehe sie erstaunt an.

„Ist nur zum Glückwünschen", murmelt sie dann. Sie wird etwas später starten und versuchen in meiner Nähe zu bleiben. Mit mir verbunden durch einen kleinen Sender, den ich in der Hosentasche habe. Und durch ein noch kleineres Mikrofon am Hosenbund. Mein weites T-Shirt sollte alles gut verdecken.

„Im schlimmsten Fall werde ich massiert", antworte ich und versuche ein Lächeln. Meine Nackenmuskeln verspannen sich.

Ich fahre den mir inzwischen wohlbekannten Weg entlang. Maisfelder und Weinhügel und Obstgärten, Blumen am Wegrand, Menschen auf Rädern, die Burg, die schon seit Jahrhunderten über dem Vulkanland steht. Großes Hinweisschild mit: „Beauty Oasis", ganz kleines Hinweisschild mit: „Kloster der Hildegard-Schwestern".

Ich fahre am Klostergebäude vorbei, die Tür ist zu, die Gartentür auch. Niemand zu sehen. Ich biege auf den Parkplatz der „Oasis" ein. Ich bin die Journalistin Mira Valensky, der niemand verbieten kann, sich nach all der Aufregung der letzten Tage eine Massage zu gönnen. Ein weißer BMW in der letzten Reihe, halb verdeckt durch einen überhängenden Busch. Ich setze die große dunkle Sonnenbrille auf. Sieht in dieser Umgebung gar nicht seltsam aus. So laufen hier fast alle herum, die sich rund um die Augen haben verjüngen lassen. Ich nehme meine Tasche, hänge sie um, steige aus und verbiete mir, zum BMW zu gehen und nachzusehen, ob das Kennzeichen passt. Ist jetzt nicht so wichtig. Ich gehe Richtung Foyer, beobachte eine Frau mit mindestens gleich großen Brillengläsern, wie ich sie habe, die sichtlich beschwingt die Klinik verlässt. Hinter ihr der Hausdiener mit einem Wagen voller Gepäck. Ist sie so gut gelaunt, weil sie Grünwalds Oase hinter sich hat oder weil sie jetzt, runderneuert, Eindruck machen wird? Sie kommt mir bekannt vor. Ich und mein mieses Personengedächtnis … Trotzdem, ich bin beinahe sicher: Das ist doch die Witwe dieses Großindustriellen. Treibt sich die nicht sonst vor allem am Wörthersee herum? Wäre ich eine Paparazza oder auch nur so dienstbeflissen, wie ich es als „Magazin"-Redakteurin sein sollte, ich würde versuchen, von ihrem Auszug aus der Schönheitsklinik ein paar Fotos zu schießen. Aber es ist eine andere Story, die mich interessiert. Ich betrete die Halle, biege vor dem Empfangsdesk rechts ab Richtung Lift. Natürlich hält mich niemand auf. Frau mit großer Brille, ein Gast, der seinen Schlüssel hat und aufs Zimmer will. Oder an die Bar. Oder eben in den Wellnessbereich. Trotzdem bin ich erleichtert, als ich allein in der Klimt-Liftkabine stehe und den Knopf für das Stockwerk minus zwei drücke. Jetzt muss es schnell gehen: Tasche auf, Frotteemantel mit „Beauty-Oasis"-Logo heraus, überziehen. Die Lifttür geht auf, ich atme durch, bin im Gang, binde den Bademantel zu. Ich habe es in meinem Pensionszimmer ausprobiert: Der Mantel ist so groß, dass man meine halblange Hose und das ausgeschnittene kurzärmlige T-Shirt nicht sieht. Was ich nicht bedacht habe: Über dem Mikro ist jetzt eine dicke Lage Frottee. Ich kann nur hoffen, dass es trotzdem sendet. Oder ich muss es anderswo festmachen … Die Expertin für so etwas ist Vesna.

Zwei Frauen, ebenfalls in cremefarbenem flauschigem Bademantel, kommen mir entgegen, offenbar haben sie ihre Wellnessstunde bereits hinter sich. Ist Vesna schon in der Nähe? Das andere Problem mit meinem Sender ist: Sie kann zwar mich hören und angeblich auch orten, aber ich sie nicht. Eine junge Frau in weißem Arbeitskittel biegt aus einem Massagezimmer und geht vor mir durch die weit geöffnete Doppeltür in den Wohlfühlbereich. Sechs Leute im zentralen Raum, von dem aus weitere Massagezimmer, das Hallenbad, der Kosmetiksalon, der Whirlpool zu erreichen sind. In der Mitte ein Brunnen mit „mineralisiertem Wasser", in einer schicken Kühlbox aus Plexiglas Säfte zur freien Entnahme, ein Obstkorb, getrocknete Früchte und eine Schale mit Nüssen. Rattanmöbel. Links, gegenüber der Tür zum ersten Massageraum, ein Regal mit Büchern über Wellness, mit Schönheitsratgebern von Professor Christoph F. Grünwald und einigen der sicher segensreichen Erzeugnisse von „Beauty&Young", daneben Produkte des Hildegard-Klosters. Die

Ringelblumencreme ist nicht dabei. Mist. Also gibt es sie auch hier nicht mehr. „Verkauf an der Rezeption“, steht auf einer Tafel. Sam Miller ist nicht zu sehen. Eine junge Frau in weißem Hosenanzug mit „Beauty-Oasis“-Logo holt zwei ältere Frauen im Flauschbademantel ab. Wellnessbehandlung. Sanfte Ergänzung zu den Methoden des Schönheitschirurgen. Niemand scheint sich um mich zu kümmern. Der Zeitpunkt ist günstig. Ich weiß, dass Sam Miller ein kleines Büro hat, es liegt hinter der Tür neben dem Regal. Mein Herz klopft eine Art Cha-Cha-Cha. Viel zu schnell. Der Mann, der sich gerade eine Handvoll Nüsse in den Mund gesteckt hat, sieht interessiert zu mir herüber. Idiot. Irgendwo, wahrscheinlich ohnehin bei uns im „Magazin“, habe ich gelesen, dass sich Wellnessfarmen wunderbar dazu eignen, einsame Herzen zueinanderzuführen. Nimm lieber noch eine Ladung Nüsse und schwirr ab. Bist mir zu alt. Und zu fett. Ich will zu Oskar. Und das sofort. Muss gewirkt haben, der Mann sieht zweifelnd zum Hallenbadeingang und geht dann Richtung Lift. Jetzt aber. Keiner sieht her zu mir. Ich habe die Hand schon fast an der Klinke, da geht die Tür zum Massageraum auf. Mein Herz tut einen bösen Sprung. Ich mache einen Schritt hinter den großen Ficus Benjamini, aber richtig verstecken kann ich mich da nicht. Plan B. Wenn mich Sam Miller bemerkt, frage ich nach einer Massage. Jetzt ist die Tür zum Massageraum ganz offen. Heraus kommt eine Frau um die dreißig, kein Gast, sondern eine Mitarbeiterin. Leicht am weißen Hosenanzug zu erkennen. Sie trägt ein Flipboard und eilt geschäftig davon. Ich atme durch. Jetzt, sofort. Ich geh zur Tür, bin darauf gefasst, dass Sam Miller im Raum ist, habe meinen Spruch von der Massage schon auf den Lippen. Das kleine Zimmer ist leer. Du hast Glück Mira, Riesenglück! – Aber wo soll ich zu suchen anfangen? Was, wenn mich jemand entdeckt? Dann kann ich mich nicht mehr so einfach herausreden. Creme. Wo hebt man Creme auf? Ich ziehe an der obersten Schreibtischschublade. Unversperrt. Kugelschreiber, ein unbeschriebener Notizblock, Kaugummi. Lade zwei. Ebenfalls unversperrt. Schere, ein Locher. Na super. Ich sollte raus hier. „Da ist nichts“, flüstere ich in Richtung Hosenbund. Weiß nicht, ob mich Vesna hören kann. Jedenfalls ist die Vorstellung, dass ich mit ihr verbunden bin, ganz beruhigend. Einer dieser Fliegerkoffer. Er steht halb offen neben dem Schreibtisch. Sam packt offenbar. Ich ziehe einige Zeitschriften aus dem ersten Fach, Wellness, Gesundheit, nichts, was mich unmittelbar interessiert. Ein Tiegel mit Massagegel. Rascher Blick zur Tür. Nichts. Ich schraube den Tiegel auf, wer weiß, was da drin ist, und es kommt mir gleich darauf lächerlich vor. Halb durchsichtige geleeartige Masse. Sonst nichts. Ich schraube den Tiegel wieder zu, stelle ihn zurück in den Koffer. Raus hier. Die Nonne hat mich wieder einmal zum Narren gehalten. – Hat sie? Sie hat mich bloß gebeten nachzusehen, ob es noch Ringelblumencreme gibt. Die Tür. Ich habe zu lange gebraucht. Eine Welle Blut steigt mir in den Kopf. Ausrede. Du bist gut in Ausreden, sagt Oskar immer. Sam ist es nicht, der in der Tür steht. Es ist die junge Frau in dem weißen Hosenanzug, die ich vorher im zentralen Raum des Wellnessbereichs gesehen habe. Sie sieht mich fragend an.

„Ich habe Sam gesucht", sage ich, so als ob er sich in diesem kleinen Zimmer versteckt halten könnte.

„Er fährt auf Urlaub, er ist unterwegs, muss noch einiges erledigen."

Die Ringelblumencreme. „Hat er vielleicht noch etwas von der Hildegard-Ringelblumencreme?"

Jetzt sieht mich die Frau in Weiß doch an, als wäre ich nicht ganz bei Trost. „Wir verkaufen die nicht. Die gibt es an der Rezeption."

„Ja, aber da ist sie aus." Ich brauche eine bessere Idee. „Professor Grünwald hat mich geschickt. Er hat gesagt, vielleicht hat Sam noch welche, dann soll ich sie mitnehmen. Sie können ihn anrufen …" Hoffentlich tut sie das nicht. Irgendwann fallen mir keine Ausreden mehr ein. Wenn Vesna mich hören kann ... Sie hätte alles viel besser geplant, da bin ich sicher.

Die „Beauty-Oasis"-Mitarbeiterin sieht mich an. „Tut mir leid. Wir haben keine."

„Ja dann ..." Nichts wie raus hier. Bevor Sam doch noch kommt. „Danke! Ich werde es ihm ausrichten!" Und schon bin ich an ihr vorbei, durch die Tür, finde mich neben dem Springbrunnen mit „mineralisiertem Wasser" – was immer das sein soll – wieder. Rascher Blick rundum. Zwei junge Mädchen kommen aus dem Hallenbad, sie sind so sehr mit sich beschäftigt, dass ich auch ein Science-Fiction-Monster sein könnte, und sie würden mich nicht wahrnehmen. Die Tür des Massageraums geht auf. Zwei rasche

Schritte hinter den Ficus. Sam Miller. Ob er beobachtet hat, dass ich aus seinem Zimmer gekommen bin? Er scheint jemanden zu suchen. Er geht Richtung Whirlpool. Ich schaue zurück. In der Tür zu seinem Zimmer steht die junge Frau in Weiß und sieht mich irritiert an. Lächeln, immer lächeln, Mira. Daran denken, dass hier drin wahrscheinlich ohnehin einige nicht ganz dicht sind. Und: Auf keinen Fall rennen. Ich schlendere, nehme im Vorbeigehen sogar noch eine Paranuss. Und bin draußen.

Lift nach oben. Wieder nur ich und die Frauen von Klimt. Und jetzt? Ich sehe mich im Foyer um. Mission Ringelblumencreme gescheitert. Mira unversehrt. Ich sollte den Bademantel ausziehen. Die Sonnenbrille dürfte hier wohl als Tarnung reichen. Ich glaube nicht, dass ich die beiden Rezeptionistinnen schon gesehen habe. Sie sind mit Gästen beschäftigt. Offenbar reisen heute einige ab. Sie brauche ich nach der Creme nicht mehr zu fragen, das hat Vesna schon gemacht. Ob ich mich ins Labor verirren soll? Ich kann mich erinnern, dass Grünwald in seinem Büro alle möglichen Cremes hatte. Aber wohl nur die von „Beauty&Young". Und hier, im Glasschrank neben den Sitzgruppen, sind bloß die Ausstellungsstücke. Wahrscheinlich nur Verpackungen. Moment mal: Wie hat Schwester Cordula gesagt? In der Ringelblumencreme sei etwas drin gewesen, das nicht hineingehöre. Vielleicht hat sie gemeint, dass das Etwas in der Verpackung gewesen ist? Ich schlendere zum Schrank. Heute sitzt niemand in den Fauteuils. Fläschchen, Cremetiegel. Nahrungsergänzungsmittel „nach der bewährten Professor Grünwald Methode". Karotin, Zink, Eisen. Anti-Aging Night Serum, Rejuvenation Balm. Und in der letzten Reihe die Hildegard-Produkte: Lavendelöl, Galgantpaste, Ringelblumencreme. Und Glas davor. Und dahinter. Rascher Blick durchs Foyer. Kein Grünwald. Keine Lateinamerikaner. Die Rezeptionistinnen noch immer eifrig. Die Gäste sowieso mit sich selbst beschäftigt. Was kann mir schon passieren? Ich versuche das Glas zur Seite zu schieben. Nichts. Vielleicht lässt sich der Schrank von der hinteren Seite öffnen. Wieder nichts. Irgendwo muss ein Schloss sein. Ich sehe keines. Es würde mir auch nichts nützen. Vielleicht nicht schieben, sondern ... Ich entdecke einen winzigen Griff und ziehe und die Glastür schwingt auf. Hildegard-Ringelblumencreme in die große Tasche. Glastür zu.

Noch einmal ein rascher Blick rundum. Ruhig bleiben, Mira. Du hast es geschafft. Ich versuche, in normaler Geschwindigkeit die Toilette zu erreichen. Rein. Jetzt aber endlich Mantel runter. In die Tasche stopfen. Noch einmal durchs Foyer. Ich bin darauf gefasst, dass mir jemand eine schwere Hand auf die Schulter legt. „Wir haben Sie beobachtet. Sie bleiben hier. Sie haben gestohlen. Grünwald wartet auf Sie im Säurezimmer." Nichts. Ich gehe durch die Eingangstür, zum Auto. Starte. Fahre ab. Zumindest ist mir nichts geschehen. Allein das erzeugt ein Hochgefühl.

Dumm nur, dass Nat schon heute früh mit den Sportlern nach Wien gefahren ist. Sie hätte die Creme analysieren können. Schwester Gabriela könnte es vielleicht auch, aber die betet noch und ist außerdem in Graz. Ich parke, wie vereinbart, bei unserer Buschenschank, sie hat noch zu. Keiner zu sehen. Ich werde etwas warten müssen. Ob der Sender funktioniert hat? Gesehen habe ich Vesna jedenfalls nirgendwo. Sollte ich auch nicht. Die Cremeschachtel hat sich eigentlich nicht leer angefühlt. Ich könnte ja inzwischen einmal nachsehen ... Etwas klopft an die Scheibe. Ich zucke zusammen. Ich sollte mir endlich abgewöhnen, so leicht zu erschrecken, sonst lande ich noch in der Klapsmühle. Natürlich ist es meine Freundin. Sie setzt sich auf den Beifahrersitz. „Wollte dich nicht überraschen, deswegen ich habe angeklopft. Sache mit Sender war gut, ich war in Auto und habe zumindest mitbekommen, dir ist nichts passiert."

Ich nicke. So kann man meine aufregende letzte Stunde auch zusammenfassen. Dann ziehe ich die Ringelblumencreme aus der Tasche. „Das war das einzige Exemplar, das noch da war. Ausstellungsstück im Foyer. Die Glastür war nicht versperrt." Ein bisschen loben könnte mich Vesna jetzt schon.

„Mache nicht so spannend, packe endlich aus."

Na ja. Ich öffne die Schachtel. Da ist doch ein Tiegel drin. Soll ich jetzt froh sein oder enttäuscht? Ich hebe ihn heraus. Ich schraube ihn auf. Sehe hinein. Ist ja super, ein Präservativ oder so etwas. Vesna nimmt mir die Creme aus der Hand, schaut selbst.

„So was wie eine Jagdtrophäe?", frage ich. „Kein Wunder, dass sich Schwester Cordula geärgert hat. Sie findet die letzte Packung und dann das."

Vesna holt das Gummiding mit spitzen Fingern heraus. „Ist etwas drinnen." Sie drückt herum. Es ist ein USB-Stick, klein und silberfarben, der ihr in den Schoß fällt.

Ich habe meinen Laptop dabei. Wollte ihn lieber nicht in der Pension lassen. Ich fahre ihn hoch, Vesna ist in der Zwischenzeit ausgestiegen. Sie will sehen, ob wir hier sicher sind. Aber ich bin überzeugt davon, dass sie bloß nicht mehr still sitzen kann. Okay. Laufwerk F starten. Eine lange Reihe von Files. Ich öffne das vierte. Ich sehe das Muster, das ich jetzt schon gut kenne, aber immer noch nicht zu entschlüsseln vermag: zarte Striche in Pastellfarben. Ich klicke auf eine andere Datei. Tabellen mit irgendwelchen Werten. Noch eine Datei. Hier gibt es endlich Text. Auf Englisch. Ich lese irgendwo in der Mitte: „… FOXO3A is associated with secondary acute leukemia. Downregulation of FOXO3A activity is therefore …" Es geht um das berühmte Altersgen. Und um Leukämie. Wer hat die Forschungsdateien auf den Stick gespielt? Und wer hat ihn in der Hildegard-Creme versteckt? Eigentlich ein genialer Ort, der Schauschrank im Foyer. Grünwald mit seinem Verfolgungswahn. Sie haben das Kellerlabor geräumt und ihre Forschungsergebnisse vom Laptop auf einen Stick gespielt. Wovor hatte er Angst? Dass die Kriminalpolizei seine Daten entdeckt? Samt den Versuchen an Menschen?

„Wir können nur herausfinden, wenn wir fragen", sagt Vesna wenig später.

Mein Telefon läutet. Der Chefredakteur. Es gelingt mir, noch einige Stunden Zeit zu schinden. Die Dateien sind zu umfangreich, als dass wir sie der Genetikerin einfach per E-Mail schicken könnten, es wäre wohl auch zu unsicher. Aber vielleicht kann ich einige aussuchen und ihr schon einmal zukommen lassen. Es wäre wichtig, zu wissen, ob hier etwas über eventuelle Parallelversuche mit Psychosubstanzen verzeichnet ist. Schon allein, um die richtigen Fragen stellen zu können.

„Ich muss zu Grünwald", sage ich dann. „Wenn die Polizei von all dem erfährt, wird er nicht mehr reden, schon gar nicht mit einer Journalistin. Ich muss zu ihm, bevor er merkt, dass der Stick fehlt. Ich hätte die Verpackung stehen lassen sollen."

„Wäre wahrscheinlich gut gewesen", stimmt Vesna trocken zu. „Wenn man Kostbares hat, man schaut ab und zu auf Verpackung.

Du kannst mit dem, was du weißt, nicht einfach zu Professor. Sind schon zwei Menschen gestorben."

Ich schüttle den Kopf. Vielleicht macht mich der Umstand mutig, dass heute Vormittag alles gut gegangen ist, dass wir den Stick gefunden haben. Vielleicht ist es aber auch die Erinnerung an das Gesicht des Triathleten mit Blutkrebs. „Wir haben den Sender. Er funktioniert. Du kannst auf mich aufpassen."

„Grünwald wird nicht mit dir reden. Hat er schon früher nicht wollen", ergänzt Vesna.

„Wenn er weiß, was ich habe, wird er reden", widerspreche ich.

Vesna nickt langsam.

[16.]

Gar nicht lange her, dass ich durch dieses Foyer gegangen bin. Die Rezeptionistinnen sind noch dieselben. Ich nicke ihnen freundlich zu. Bin dankbar für meine große dunkle Sonnenbrille. Am liebsten hätte ich eine Brille, die mich komplett verdeckt. Die Ringelblumencremeschachtel habe ich ganz oben in meiner Tasche. – Mist! Gleich neben dem Schrank sitzen zwei Frauen auf dem Sofa und trinken Kaffee. Dann weiter. Ich bin wie auf Schienen unterwegs. Nicht zu viel denken, schon gar nicht sich vorauseilend fürchten, dafür ist einfach keine Zeit. Vesna hat geklärt, dass Professor Grünwald im Haus ist. „Hallo, hier Valentina vom kroatischen Fernsehen. Ich weiß, es ist Überfall, aber hätte Professor Grünwald einige Minuten für uns? Wir drehen Serie über Gegend und haben von berühmtem Schönheitschirurgen und fantastische ‚Oasis' erfahren. Oh, genau wir können nicht sagen, wann wir sind da. Geht es um fünf? Oh, wunderbar, ja, kann sein, wir schaffen es auch früher."

Ich gehe zum Lift, zwei Leute warten. Die Frau hat wohl vor kürzerer Zeit eine der berühmten Grünwald-Nasen bekommt. Sie sieht aus wie ein Boxer nach einem K. o. Es muss auch eine Treppe geben. Ich will nicht gemeinsam mit anderen im Lift sein, was weiß ich, warum. Vesnas Sender würde niemand bemerken. Wir haben ihn getestet, er funktioniert immer noch. Sie will auf die Terrasse, bloß einen Gang von Grünwalds Büro entfernt. So ist sie mir näher als auf dem Parkplatz. Sie wird sich in die Sonne setzen und Radio hören. Natürlich mit Kopfhörern. Keiner kommt auf die Idee, dass sie etwas mithört und mitschneidet. Und sollte es eng werden, ist sie durch die immer offene Terrassentür in höchstens zwanzig Sekunden bei mir. Und falls es noch schlimmer kommt: Die Nummer von Karl Simatschek und die vom Bezirkspolizeikommando Feldbach hat sie auf dem Mobiltelefon gespeichert.

Hinter dieser Tür ist die Stiege. Gut so. Ich sehe mich um, niemand da. Ich werde übermütig. „Einen schönen Nachmittag, Vesna, schau, dass du keinen Sonnenbrand kriegst." Hat sie mich gehört? Keine Ahnung. Ich muss mich konzentrieren. Wir haben genau besprochen, was ich der Sekretärin sagen werde, um zu Grünwald durchzukommen. Genug, damit er mit mir redet. Zu wenig, als dass er erkennen könnte, wie viel wir schon wissen.

Ich klopfe an die Tür seiner Sekretärin, trete sofort ein. Es wäre schön, wenn sie, so wie beim letzten Mal, nicht da wäre. Pech. Sie sitzt mit dem Rücken zu mir am Schreibtisch und dreht sich um. Der Gesichtsausdruck des blonden Engels wechselt von serviceorientierter Freundlichkeit zu blanker Ablehnung. Offenbar erkennt sie mich trotz meiner Brille. „Der Herr Professor ist nicht zu sprechen."

Das haben wir alles geahnt. Ich lächle. „Ich habe Informationen, die ihn interessieren werden."

„Sagen Sie, worum es geht, und ich kann versuchen, einen Termin für Sie zu kriegen." Der Engel öffnet einen Terminplaner von der Größe des Buchs des heiligen Petrus. Sie blättert und blättert und ist beinahe schon beim Jüngsten Tag.

„Ich möchte jetzt sofort mit ihm sprechen. Ich weiß, dass er da ist. Stichworte: Elite-Triathleten und Bauernhof Zulechner."

„Das geht so nicht." Der Engel sieht mich empört an.

„Er wird wütend sein, wenn Sie ihm das nicht ausrichten, dafür kann ich garantieren."

„Er ist ... bei einer Operation. Ich kann ihn nicht stören."

Oh Mist, an das Naheliegende haben wir nicht gedacht. Wenn es denn wahr ist und mich sein Engel nicht bloß loswerden will. Andererseits: Vesna hat alles mitgehört. Wir werden das Gespräch eben bis unmittelbar nach der Operation verschieben. Ich diktiere der Sekretärin, was sie ihrem Chef ausrichten soll, sobald sie ihn sieht. Und ich gebe ihr meine Telefonnummer. „Wenn Sie vergessen, ihm das zu sagen, kommt er in große Schwierigkeiten", bläue ich ihr ein. Sie nickt ausdruckslos. Oder hat er ihr erste Fältchen mit Botox weggelähmt? Ich verlasse das Büro.

Und wohin jetzt? Zumindest scheint Grünwalds Sekretärin heute nicht das Gefühl zu haben, dass sie mich bis zum Ausgang begleiten muss. Oder gibt es eine Videoanlage? Und wenn schon. Am besten, ich passe Grünwald gleich nach der Operation ab. Er hat in diesem Stockwerk kleinere Behandlungsräume für weniger schwere Eingriffe und einen richtigen Operationssaal. Hat geklungen, als wäre er im großen Saal. Ich gehe langsam den Gang entlang. Zwei weltliche Schwestern schieben ein Krankenbett mit einer schlafenden bleichen Frau zum Lastenaufzug. Ich nicke ihnen freundlich zu, sie sehen mich ein wenig irritiert an.

Operationssaal. Allerdings ohne Rotlicht. Kann sein, dass die Operation schon vorbei ist und ich dem Opfer gerade begegnet bin. Opfer. Die wollen das, Mira. Ich stecke meinen Kopf vorsichtig in die Tür. Vorraum. Bank. Großes Waschbecken, Einweghandtücher, Fenster. Nebenraum. „Anästhesie" steht auf dem Schild. Kasten, Tropfgalgen, medizinische Geräte. Keiner da. Aufwachraum. Leer. Operationssaal. Ganz langsam öffne ich die Tür. Grünwald. Er starrt mich an. Ein böses Grinsen in seinem allzu glatten Gesicht. Einen übergroßen Wattebausch in der Hand. Ich schüttle den Kopf. Meine idiotische Fantasie. Es ist keiner zu sehen.

„Professor Grünwald?", rufe ich leise.

Keine Antwort.

„Triathleten. Der Bauernhof von Zulechner. Wir müssen reden. Sofort."

Keine Antwort. Verdammt. Der ist wirklich nicht da. Sein blöder Engel ... Allerdings: Es gibt noch einen Operationssaal. Unten, wo das Labor ist. Ich husche durch den Vorraum, wieder zurück auf den Gang. Ich schlucke. Ich will eigentlich nicht nach minus drei. Da ist auch der stillgelegte Wellnessbereich. Mira, mach dich nicht verrückt. Grünwald weiß nicht, dass du kommst. Wenn seine Sekretärin mit ihm redet, und ich glaube, dass sie das tun wird, dann wird er dich anrufen. Solltest du ihn aber überraschen, bist du im Vorteil. Ich steige in den Lift. Jetzt fährt er wieder bis nach minus drei. Die polizeilichen Ermittlungen rund um die Sauna scheinen vorbei zu sein.

In diesem Stockwerk muss ich besonders vorsichtig sein. Was ist, wenn einer der Wissenschaftler auf die Toilette muss? Oh, ist das nicht die Touristin aus der Pension der Tante? Was macht die bei uns? Alarm. Übermacht. Da könnte nicht einmal Vesna mehr helfen. Vesna. Sie ist zwar in der Nähe, kann mich aber nicht sehen. „Ich bin bei Operationssaal zwei im dritten Untergeschoß. Ich schaue nach, ob Grünwald hier operiert."

Ich bin wie unter Strom. Oder als hätte mir jemand eine Dosis Psycho-Kampfstoff verabreicht. Brauche ich nicht. – Nat ist mit den Sportlern in Wien. Wir haben Ergebnisse, die kann der Polizeichef nicht einfach ignorieren. Es wird Zeit, meinem Chefredakteur einiges zu erzählen. Er wird Augen machen. Und die Idioten in der „Magazin"-Geschäftsführung auch. Ich schleiche am Labor vorbei, drei Türen, die in ehemalige Seminarräume führen. Die dicke Brandschutztür vor dem alten Wellnessbereich ist heute geschlossen. Ob sie auch versperrt ist? Ich werde nicht nachsehen. Die Aufschrift: „Operationssaal 2". Hier gibt es gar keine Warnlampe. Ich drücke die Klinke. Die Tür geht auf. Vorsichtiger Blick. Vorraum. Waschbecken, Bank, vier Metallspinde. Ich bin beinahe sicher, dass auch hinter der nächsten Tür niemand ist. Ohne viel Vorsicht öffne ich sie. Vielleicht finde ich ja hier wenigstens die Geräte aus dem Operationssaal neben dem geräumten Kellerlabor. Ich starre hinein, schiebe die Tür wieder zu. Da liegt jemand auf dem Operationstisch. Ein anderer beugt sich über ihn. Ist bei einer Operation eigentlich ganz normal. Aber abgesehen davon, dass der Operateur kein keimfreies Outfit trägt … passt da so einiges nicht. Oder hat mich wieder einmal meine Fantasie genarrt? Ich öffne die Tür erneut einen Spalt. Ich höre ein Keuchen.

„Damit kommen Sie nie durch! Sofort aufhören! Ich befehle …" Grünwalds Stimme.

„Wo ist der Stick? Du gibst mir den Stick und du bist mich los!" Die Stimme von Sam Miller.

Kann Vesna das mithören? Keine Ahnung, wie empfindlich das Mikrofon ist.

„Wie lange spionieren Sie schon? Für wen haben Sie die Daten geklaut?" Das ist wieder Grünwald. Dann ein langer, gequälter Schrei. „Nein! Aufhören!" Stöhnen.

Was macht der „nette Mensch" mit Grünwald?

„Ich werde Sie nicht verraten! Hören Sie auf! Ich werde gelähmt! Mein Rückenmark! Botox! Keiner kennt die Folgen einer Über… Nein! Nicht noch eine Dosis!" Wieder ein Schrei, ein Brüllen. Ich muss rein. – Grünwald helfen? Ich kann ihn nicht so liegen lassen. Und selbst drankommen? Ich öffne die Tür etwas weiter. Sam Miller steht mit einer Spritze über Grünwald. Der falsche Professor ist auf den OP-Tisch gebunden. Sam Miller kommt dem Gesicht von Grünwald näher. Vesna wird die Polizei alarmiert haben. Karl Simatschek. Ich fische mit zitternden Fingern mein Telefon heraus. Tippe: „Mole. OP-Saal 2. Geschoß – 3." Senden.

„Wo ist der Stick? Sie haben herumgeschnüffelt. Sie haben mir eine Handlangerin geschickt. Sie hat nach der Creme gefragt", knurrt Sam Miller.

„Ich habe keinen Stick. Oder doch: Ich gebe Ihnen alle Sticks. Aber Sie dürfen nicht ..."

Ich sehe, wie sich Sam dem Gesicht des Professors nähert, der wirft den Kopf hin und her, Sam packt den Kopf mit der linken Hand, drückt ihn auf die Seite, sticht mit der Spritze in seine Wange. Ein Aufschrei, noch gequälter als die bisherigen.

„Ich habe mehr als genug Botox", keucht Sam. „Hier ist keiner. Ich werde so lange spritzen, bis ich den Stick wiederhabe."

„Ich habe geahnt, dass jemand hinter unseren Ergebnissen her ist, aber Sie ...", jammert Grünwald. „Ich habe den Stick nicht ..."

Sam geht zu einem fahrbaren Tischchen, zieht eine neue Spritze auf.

„Das ist Nervengift! Wenn Sie mir das noch spritzen, kann ich Ihnen nichts mehr sagen! Das ist viel zu viel!"

Sam geht langsam auf den Operationstisch zu. Er klingt ganz ruhig. „Ja. Diese Dosis ist höher. Und ich habe mir erlaubt, die Konzentration anzuheben. Sie haben nur noch eine kleine Chance. Dann ist es vorbei."

Ich schaue hinter mich. Da ist noch immer keiner. Sam hat Grünwald die Dateien gestohlen. Er wollte damit nach Amerika. Ob er zurückgekommen wäre? Wohl kaum, nach zwei Morden. Ich kann nicht zulassen, dass Sam Grünwald umbringt. Ich bin es, durch die sich alles zugespitzt hat. Der Energetiktrainer mit den sanften Händen ... Wer ist er in Wirklichkeit? ... Jedenfalls einer, der Muskeln und Knochenbau sehr gut kennt ... Er hat mich massiert, er hätte mich damals töten ... Er kommt Grünwald mit der Spritze näher. Sam Miller ist voll konzentriert. Das ist eine Chance. Ich darf nicht riskieren ... Ich sehe mich gehetzt nach irgendeinem schweren Gegenstand um, irgendetwas, das ich dem Amerikaner auf den Kopf schlagen kann. Für wen hat er die Daten geklaut? Industriespionage? Gibt es eine Pharmafirma, die über Leichen geht? Im ganz wörtlichen Sinn? Im Vorraum lehnt eine hohe Flasche aus Metall. Ein Gasbehälter. Narkosesubstanz, Sauerstoff. Egal. Ich packe die Flasche. Sie ist schwer, aber ich kann sie schwingen. Ich bin sicher, dass ich das kann. Ich muss. Ich muss ihn mit dem ersten Schlag treffen, sonst … Warum ist Vesna noch nicht da? Sam ist mit der Spritze jetzt ganz nahe am Gesicht Grünwalds. Grünwald winselt: „Ich kann Ihnen alles geben. Unsere ganzen Forschungsunterlagen, es gibt noch mehr, ich verspreche es. Meinen Maserati. Ich habe sehr viel Geld, es geht Ihnen doch ums Geld, oder? Ich kann mehr zahlen als jede Firma. Ich habe Konten, von denen keiner weiß, ich schwöre, Sie machen Ihr Glück …“

„Das dauert alles viel zu lang. Ich lasse mich nicht hinhalten. Ich will wissen, wo der Stick ist“, antwortet Sam. „Glaubst du wirklich, ich bin so dumm?“

„Nicht!!!!!!!!!!“, schreit Grünwald. Sam dreht sich ein wenig und ich sehe, wie die Spitze der Nadel Grünwalds Unterlippe berührt.

Jetzt. Los. Ich drücke die Tür auf, renne die paar Schritte auf Sam zu, die Flasche ist viel schwerer als gedacht, er dreht sich erschrocken um, ich schwinge die Flasche, er duckt sich. Ich habe ihn an der Schulter getroffen, bloß an der Schulter. Die Flasche rollt über den Boden. Sam geht zu Boden, er rappelt sich wieder auf, ich muss raus hier! Grünwald brüllt: „Da! Sie bleiben da! Sie müssen mich befreien!“ Als ob er noch etwas zu sagen hätte. Ich hetze durch den Raum, schiebe einen Wagen mit Operationszubehör zwischen Sam und mich. Er packt mich am Arm, will mich über den Wagen ziehen, er keucht. Es gelingt mir, ihn abzuschütteln. Zur Tür! Ich muss zur Tür! Sie ist auf der anderen Seite des Raumes, ich komme hier nicht durch. Ein Skalpell. Sicher gibt es hier irgendwo ein Skalpell. – Liegt so etwas offen herum? Dort drüben ist ein Kasten … Sam kommt langsam näher. Die Spritze in der linken Hand, die rechte in meine Richtung gestreckt, bereit, mich zu packen. Zwischen uns jetzt der Operationstisch mit Grünwald. Er stöhnt. Ich darf mich nicht ablenken lassen. Muss Zeit gewinnen, bis Vesna kommt. Zeit! Das ist der Witz schlechthin. Das Mittel für ein längeres Leben! Ich muss Sam fixieren. Darf keine Bewegung übersehen. Grünwald muss zwischen uns bleiben. Ein kleiner Schritt Richtung Tür. Und wenn es mir gelingt, ihr näher zu kommen ... Sam Miller macht einige rasche Schritte. Nicht her zu mir, sondern zu einem Regal. Was hat er vor? Ich sehe ihn grinsen. Ich muss mich täuschen. Wenn die Tür nicht so weit weg wäre ... Er hat einen Behälter in der Hand. Irgendwann habe ich so einen schon einmal gesehen. Braunes Glas. Grünwald stöhnt auf. „Nein!" Miller kommt mit dem Glasbehälter näher, wirft den Verschluss zu Boden, dumpfes Rollen wie von einer Kegelkugel, er bricht nicht.

„Säure!", schreit Grünwald. Sekundenbruchteile, und ich weiß, woher ich das Gefäß kenne. Chemisches Peeling. Sam sieht nicht so aus, als würde er das Mittel vorsichtig auftragen. Ich sehe, wie er die Zähne bleckt. Ich stoße mich vom Operationstisch ab, will zur Tür, die Säure, im selben Moment schwingt Sam Miller die Flasche in meine Richtung, die Flüssigkeit spritzt heraus, ein ganzer Schwall kommt auf mich zu, die Tür, ich muss ... Ein fürchterliches Brennen ... Die Tür, sie ist nahe, ich sehe nur noch ihre Umrisse, ich falle. Schraubstockgriff um meinen rechten Knöchel. Ich versuche mein verätztes Gesicht mit dem linken Arm zu schützen. Ein Knall. Bin das ich? Geborsten? Ist das die Flasche? Zu Boden gefallen und zersprungen? Ist das Grünwald? Durch Botox geplatzt? Der Griff. Er hat nachgelassen. Laut. Es ist so laut. Rennt Sam Miller über mich drüber?

„Hier bin ich", brüllt Grünwald. Ich rapple mich auf, nehme den Arm von meinem Gesicht. Es brennt immer noch höllisch. Ich kann nur dunkle Schatten erkennen, er hat meine Augen ... Die Brille. Der linke Bügel drückt gegen mein Ohr, sie ist verrutscht, aber ich habe die Brille noch auf. Ich nehme sie ab. Ich blinzle. Ich sehe. Ich könnte weinen, so glücklich bin ich. „Hierher", keucht Grünwald auf seiner Liege. „Er hat mir viele Dosen Botox gespritzt. Ich kenne die Konzentration nicht. Es kann ins Rückenmark und mich lähmen. Keiner weiß, wie es aufs Rückenmark wirkt." Seine Stimme wird wieder zu einem Winseln. Knobloch steht mit einem Polizisten in Uniform im Eingang. Beide mit der Waffe im Anschlag. Ich rapple mich auf, sehe zu Sam Miller. Er liegt neben mir am Boden. Er stöhnt. Blutlache, sie scheint sich von der Schulter her auszubreiten. Jemand zieht mich ohne viel Rücksicht auf die Beine. Jemand schlingt die Arme um mich. Karl Simatschek. Mein

Gerichtsmediziner. „Ich hab Säure im Gesicht“, krächze ich. Knobloch steht neben dem Operationstisch, schnallt Grünwald ab.

„Jetzt reicht es“, faucht eine Stimme von draußen. „Polizeiaktion ist egal. Ich muss durch.“ Und da ist Vesna, schwer atmend. So aufgelöst, dass ich lächeln muss. Es geht, die Haut fällt nicht ab. „Du bist, ohne zu sagen, in anderes Stockwerk. Habe zu spät gemerkt, ich habe dich verloren.“

„Doch nicht ganz“, sage ich und kann mit dem Lächeln gar nicht mehr aufhören.

„An sich bin ich für deine Wunden nicht zuständig“, sagt Simatschek. „Zum Glück, fast wär ich es ...“ Dann schiebt er mich in die Arme von Vesna. Er will sich über Sam Miller beugen, bemerkt die zersprungene Flasche. Er schaut aufs Etikett, dann auf mich. „Das ist Alpha-Hydroxycarbonsäure.“ Er schaut zu Grünwald hinüber. Der stöhnt, versucht sich aufzusetzen. Simatschek geht zu Grünwald, packt ihn ohne jedes Mitleid bei der Schulter. „Was ist da genau drin? Wie stark ist die Säure? Was kann man gegen Verätzungen tun?“

Grünwald schüttelt den Kopf, stammelt dann: „Peeling, nur an der Oberfläche, Fruchtsäure, hilft nicht viel gegen tiefe Falten ... Er hat mir so viel Botox ...“

Zwei Sanitäter drängen uns zur Seite. Ich will hin zu ihnen, aber sie knien bei Sam nieder.

„Sie müssen sich um mich kümmern“, ächzt Grünwald.

Karl Simatschek kommt zu uns herüber. „Du hast eine Menge Glück gehabt. Ohne Brille ... deine Hornhaut wäre sozusagen auf Nimmerwiedersehen weg gewesen.“ Hat wirklich eine nette Art, sich auszudrücken, dieser Gerichtsmediziner. Er blickt mir aufmerksam ins Gesicht. „Ansonsten bist du ein wenig rot im Gesicht. Das wird sich legen.“

[17.]

Ich stehe in unserer Küche und koste den Hühnerfond. Er ist kräftig geworden und duftet. In der jüdischen Küche heißt es, dass man mit einer ordentlichen Hühnersuppe sogar Tote wieder lebendig machen kann. Das wird mir, fürchte ich, doch nicht gelingen. Und trotzdem sind sie irgendwie bei uns, die gutgläubige Cordula von den Hildegard-Schwestern und der Wissenschaftler Schilling, der nicht genug kriegen konnte. Es war Knobloch, der Sam Miller gestoppt hat. Schuss in die Schulter. Inzwischen wissen wir auch, dass er Mediziner ist, spezialisiert auf Biogenetik. Sieht so aus, als hätte er für den „Sanoartis"-Konzern spioniert. Den drittgrößten Pharmakonzern der Welt. Natürlich will man ihm dort nie einen Auftrag gegeben haben. Selbstverständlich hat man ihn dort nie für illegale Informationen bezahlt. Sam Miller sei ein ehemaliger Mitarbeiter, man habe den Medizingenetiker aus disziplinären Gründen entlassen müssen, hat ein Konzernsprecher mitgeteilt. Details unterlägen der bei Forschungsprojekten üblichen Geheimhaltung. Knobloch und seine Leute sind noch am Ermitteln. Aber jedenfalls dürfte „Sanoartis" ausreichend Druckmittel gegen Sam Miller haben. Er leugnet, für sie spioniert zu haben, er gibt an, er habe die Ergebnisse in den USA an den Meistbietenden verkaufen wollen. Die beiden Morde hat er gestanden. Kann gut sein, dass „Sanoartis" ihm einen besonders guten Rechtsanwalt zahlen wird – vorausgesetzt, er hält weiter dicht. Klar ist, was es mit dem Lavendelduft in der Sauna auf sich hatte: Der „liebe Mensch" Sam Miller ist wütend geworden, als ihm Schwester Cordula Fragen gestellt hat. Aber sie war schon zu nah dran. Also hat er so getan, als wolle er sich für sein schlechtes Benehmen entschuldigen. Er hat sie in den stillgelegten Wellnessbereich gebeten, um den Hildegard-Aufguss zu testen, hat ihr gesagt, er möchte, natürlich in allen Ehren, ausprobieren, wie er in der heißen Sauna rieche. Cordula hat ihm einmal zu oft vertraut. Er schwört, dass er sie betäubt hat, dass sie nicht hat leiden müssen.

Die entbeinten Hühnerteile habe ich zur Seite gelegt. Es war Karl Simatschek, der die Hühner mitgebracht hat. Zwei stattliche steirische Exemplare, genau so, wie ich sie mir gewünscht habe. Keine blassen Zwerggrillvögel aus dem Supermarkt.

„Wir brauchen nächste Flasche Rotwein", sagt Vesna hinter mir. „Ist gut, und wenn wir schon nicht jünger werden dadurch, wir werden zumindest lustig."

Ich lächle. Fruchtiger junger Merlot aus dem Weinviertel. Wird auch hervorragend zu den Vulkanhühnern in Mole passen. Auf Schweine- und Lammfleisch kann ich momentan verzichten, die Bilder der Versuchstiere sind noch zu frisch. Irmi, unsere freundliche Pensionswirtin, tut mir leid. Ich gebe es zu. Aber besser, ihr Traum vom Menschenfreund Grünwald platzt jetzt als später. Dennoch: Es ist nicht schön, so desillusioniert zu werden. Oder schätze ich sie falsch ein? Nur weil sie ein so gutes Frühstück und so großartigen Topfenstrudel macht? Wie viel hat sie zumindest geahnt? Ihr Bruder, der Bauer Zulechner, tut, als hätte er von gar nichts gewusst. Die von der „Beauty Oasis" hätten ihn gebeten, etwas im großen Schuppen unterstellen zu dürfen. Der sei ohnehin fast leer gewesen. Nur seltsam, dass er den Großteil seiner Tiere in den letzten Jahren weder tot noch lebendig verkauft hat. Grünwald hat ihm wohl deutlich mehr gezahlt als den miesen marktüblichen Kilopreis für Schlachtfleisch. Natalie Veith wertet mit zwei Kollegen von der Wiener Medizinuniversität im Detail aus, was die resveratrolartigen Substanzen bei den Tieren bewirkt haben. Angesichts der Daten, die auf dem Stick waren, meint sie aber, dass Grünwalds Forschertruppe wohl doch nicht gar so weit gekommen sei. Das mit dem Muskelwachstum habe nur teilweise funktioniert, das mit dem Aktivitätspegel besser, aber die ersten DNA-Sequenzierungen deuten offenbar darauf hin, dass es Nebenwirkungen gibt. Ich habe nicht alles verstanden, es geht um Musterverschiebungen bei Genen oder Genabschnitten. Zu einem patentierbaren Mittel für längeres Leben sei es eben noch ein weiter Weg, hat unsere neue Freundin gemeint.

Jetzt sitzt sie auf unserer Terrasse und hält ihr Gesicht in die Nachmittagssonne.

Ich gebe etwas Schweineschmalz in eine große Pfanne und röste vorsichtig zwei grob geschnittene Zwiebeln und verschiedene Chilischoten an. Echte mexikanische Mole ist ja eine Wissenschaft, ähnlich kompliziert wie Genetik, und besteht aus beinahe hundert Zutaten. Als ich in New York gelebt habe, kannte ich eine Mexikanerin, die darüber nur gelacht hat. „Als ob wir so viel Zeit hätten!" Man nehme scharfe Chilis und brauche auch milde mit einem süßlichen, würzigen Geschmack. Nicht nötig, ewig lang nach den klassischen vier Sorten zu suchen. Knoblauch dazu, Sesamkörner dazu.

Peter Schilling musste letztlich wohl sterben, weil er sich mit uns getroffen hat. Sam Miller hat einen Teil unseres Gesprächs auf der Bank unter der Burg belauscht. Er war nicht sicher, wie viel Schwester Cordula dem Wissenschaftler erzählt hatte. Er hat ihr Zimmer durchsucht und den Spind in der „Beauty Oasis". Da war ein Zettel mit der Telefonnummer von Schilling und Hinweisen auf ein Treffen. Er hat ihn dort liegen lassen und die Polizei hat den falschen Schluss gezogen, nämlich dass Cordula und Peter ein Verhältnis gehabt hätten. Wenn Schilling dem Spion Miller wirklich auf die Schliche gekommen ist: Warum hat er uns nichts davon erzählt? Wir werden es wohl nie erfahren. Nat jedenfalls würde ihm zutrauen, dass er Miller erpressen wollte. Aber was Schilling angeht, ist Nat nicht besonders objektiv.

Ich rühre die enthäuteten, entkernten Tomatenstücke ein und nehme die Hitze zurück. Endlich wieder einmal ein Gericht, für das ich Oskars großen Steinmörser verwenden kann. Eine Handvoll ungeröstete Erdnüsse, eine Handvoll Mandeln, Nelken, Anissamen, alles möglichst fein mahlen.

Die roten Flecken auf meinem Gesicht sind schon vor zwei Tagen verschwunden. Was passiert wäre, wenn ich keine Brille aufgehabt hätte ... ich darf gar nicht daran denken. Dass die Haut nach der Säureattacke jünger aussähe, kann ich übrigens nicht sagen. Allerdings muss ich zugeben, dass Grünwald und Co bei ihren Behandlungen etwas vorsichtiger sind, als Miller es war. Grünwald ist nach seiner Rettung noch richtig hysterisch geworden. Vor allem als ihm der Polizeiarzt eine Beruhigungsspritze verpassen wollte. Er hat Panik vor den unbekannten Langzeitwirkungen von Botox. Eigentlich bedauert ihn keiner von uns. Karl Simatschek hat erzählt, dass das Gesicht des falschen Professors gespenstisch aussehe: wie eine aufgeblasene Maske, die sprechen kann – auch wenn die Dosis in den Spritzen keinesfalls ausgereicht hätte, um ihn wirklich umzubringen. Es wird eine Zeit lang dauern, bis sich das legt und er wieder zum schönen Schönheitschirurgen wird. Zum Mann, dem die Reichen, die Prominenten und alle, die sein wollen wie sie, vertrauen. Zum Helden, der ihnen ein wenig Jugend zurückgibt. Wenn ihm überhaupt jemals wieder jemand vertraut. Grünwald streitet ab, etwas von den Menschenversuchen gewusst zu haben. Das sei wohl Schilling gewesen, wie tragisch, dass er ihm freie Hand gelassen habe. Ihm sei es bei den genetischen Forschungen nur um Fortschritt zum Besten der Menschheit gegangen. Um längeres Leben, darum, dass Menschen die Chance haben, so jung auszusehen, wie sie sich fühlen, um Gesundheit, Glück und natürlich darum, Mittel gegen Krebs und andere Krankheiten zu finden. Die gengedopten Sportler freilich sagen etwas anderes. Pech auch, dass er sie persönlich untersucht hat.

Gemörserte Nüsse und Gewürze dazugeben, weiterrühren. Oskar kommt und küsst mich hinter das Ohr. Oh, wie ich das mag. Und was ich immer noch für ein schlechtes Gewissen habe. Ich hätte auf ihn und Droch hören sollen. Andererseits wäre Sam dann wohl unbehelligt in die USA geflogen. Alles ist freilich noch immer nicht geklärt. Welche Aufgabe hatten die beiden Männer aus El Salvador in der „Beauty Oasis" wirklich? Außer wenigen kryptischen Querverweisen auf dem Stick gibt es keine Anhaltspunkte dafür, dass Grünwald, gemeinsam mit „El Centro", tatsächlich in Richtung einer genetisch und psychopharmakologisch aufrüstbaren Kampftruppe geforscht hat. Allerdings ist El Salvador weit. Und die Annahme, dass es dem Boss von „El Centro" auch um genmodifizierte Superguerilleros gehen könnte, zumindest plausibel. Offiziell heißt es: Die beiden Geschäftsleute von „El Centro" seien legal in Österreich, der Konzern habe eine Minderheitsbeteiligung an einer der Grünwald-Firmen, man bedaure sehr, was im Umfeld der „Grünwald-Group" geschehen sei, und überlege, sich zurückzuziehen. Zwei von Grünwalds Forschern sind vor Kurzem nach El Salvador geflogen. Gut möglich, dass sie ihren Partnern von „El Centro" die Testergebnisse mitgebracht haben. Knobloch versucht ihre

Spur aufzunehmen. Mit Amtshilfe ist in diesem Fall allerdings nicht zu rechnen. Und Dienstreisen nach El Salvador bekommt man bei der österreichischen Polizei auch nicht so ohne Weiteres. Selbst wenn es so aussieht, als wäre die Freundschaft zwischen dem Polizeichef und dem Schönheitschirurgen deutlich abgekühlt.

„Wo ist die Schokolade?", fragt Oskar. Wir haben vor, morgen Nachmittag endlich wieder einmal für einige Tage ins Veneto zu fahren. Ausruhen, lesen, schwimmen, gut essen, vergessen. Ich deute auf die Tafeln mit der hundertprozentigen Vulkan-Couverture. „Kommt erst später hinein. Null Zucker."

Er küsst mich noch einmal und geht zurück zu Vesna und Nat und Karl. Ich gieße die Sauce mit Hühnerfond auf, gebe noch einen Spritzer Limettensaft dazu und bröckle die Schokolade ein. Schwarz wie Lava. Induktion auf 80 Grad, 100 Watt. Das reicht. Deckel drauf.

Grünwalds illegale Wissenschaftler haben es offenbar geschafft, unterzutauchen. Ist zu hoffen, dass sie nicht an der Abwasch eines Chinalokals landen. Gencocktails ... Was mich interessieren würde: Wenn die Chinesen und der Russe eine Chance gehabt hätten, legal in Österreich zu leben, hätten sie sich dann trotzdem auf die zwielichtigen Genforschungen von Grünwald eingelassen? Vielleicht nicht. Vielleicht aber doch, Schilling war auf jeden Fall freiwillig dabei. Das Geld, der mögliche Ruhm, die verrückte Vorstellung, zu einer Art von modernem Gott zu werden. Zumindest waren das wohl Grünwalds Träume. Na gut, immerhin hat er es auf das Titelblatt des „Magazin" geschafft. Den Kopf hoch erhoben, den Blick aus den allzu blauen Augen in die Ferne gerichtet, braun gebrannt, das Gesicht mit Botox und Ähnlichem nur in dem Maß verändert, wie es ihm offenbar gefallen hat. Die Nase eine Werbung für seine Firma, die weltweit gleich designte Knorpel vertreibt. Ich finde ja, er sieht schon so schaurig genug aus.

„Der gefallene Gott", lautet die Schlagzeile. Donnerstagmittag ging die Story vorab über die Austria Presse Agentur an alle Medien: Unerlaubte Genforschung, Menschenversuche samt Doping, die Suche nach ewiger Jugend, nach längerem Leben mit allen Mitteln.

Natürlich haben wir auch Schwester Gabriela zu unserem heutigen Treffen eingeladen. Sobald ihr Karl Simatschek über seinen Studienfreund hat mitteilen lassen, dass der „liebe Mensch" Sam Miller sei und dass Grünwald und seine Mannschaft endgültig aufgeflogen seien, hat sie den Rosenkranz in ihrer Tasche verstaut und ist zurück ins Kloster. Sie will in den nächsten Wochen überlegen, wie es mit den Hildegard-Schwestern weitergehen soll. Sie habe auf der Neurologie so eine Idee gehabt: Lavendel wirke doch gleichzeitig anregend und beruhigend. Vielleicht wäre es gut, wenn sie sich auf diese eine Blüte konzentrierten und einen neuen Anlauf zur Vermarktung starteten? Sie hat mir heute übrigens eine E-Mail geschickt: „Gott sieht doch alles. Und wenn nicht, helfen wir ihm."

Ich rühre um, die Schokolade ist inzwischen geschmolzen. Die Sauce kommt in einen hohen Becher. Mein Stabmixer hat Kraft und püriert sie ganz fein. Die Pfanne wische ich nur mit einem Stück Küchenrolle aus, dann noch einmal etwas Schweineschmalz hinein. Ich brate die Hühnerteile rundum bei großer Hitze an, gieße die Mole darüber. Jetzt soll das Ganze bei 100 Grad und wenig Watt eine halbe Stunde köcheln. Was für ein Duft.

Sonntagnachmittag über den Dächern von Wien. Die letzten Sonnenstrahlen. Zeit für ein Glas Rotwein, einfach weil es schmeckt. Menschen mit freundlichem Gesicht, die sich mir zuwenden. Kann schon sein, dass es letztlich immer der Augenblick ist, der zählt. Und dass wir ohnehin ewig leben, eine unmessbare Anzahl von Augenblicken lang.

[Danke!]

… an Günter Lepperdinger, „meinen" Spezialisten zum Thema Alternsforschung, auch für die großartigen Anmerkungen. Wissenschaft und Witz sind kein Gegensatz, das hat er mir bewiesen. Er hat es geschafft, selbst mir etwas über die geheimnisvolle Welt der Gene und der DNA beizubringen. – Herzlichen Glückwunsch zur Berufung nach Heidelberg! Seine für mich exklusiven E-Mail-„Vorlesungen", Anregungen und Korrekturen der Erstfassung von „Unterm Messer" wären es wert, in einer eigenen Publikation gesammelt zu werden, hier nur einige Ausschnitte:

Lepperdinger 1: *Das Gelee dient als Nährboden für Bakterien, die die Würmer fressen – passt wahrscheinlich in dieser Form nicht zu den kulinarischen Ausflügen im Text … oder vielleicht doch. Jedenfalls ist die Gallerte ziemlich fest und relativ glatt, sodass das Umrühren etwas später unten im Text nicht viel Sinn ergibt … Vielleicht kann man die Spezialspachtel zum Abernten bzw. Isolieren der Würmer verwenden.*

Lepperdinger 2: *Es gibt zurzeit eine ganze Menge an genetisch manipulierten Wurmlinien, die fluoreszierende Proteine in bestimmten Organen oder Zellen bilden. Unter Blaulicht erstrahlen die Proteine dann meist in hellem Grün, unter grünem Licht meist strahlend Rot. Wenn man im web „c. elegans" und „gfp" googelt, dann gibt's dazu jede Menge tolle Beispielbilder.*

Lepperdinger 3: *Nun, im Hirn kommt Kalorienreduktion so an, dass der Trieb, Futtersuche zu betreiben, maximal unterstützt wird und interessanterweise gerade die ausgehungerten Tierchen wie die Wiesel herumflitzen … Vielleicht kann man den Umstand bei den Triathleten später noch anbringen, denn bei denen ist ja Muskelmasse nicht so toll, weil meist schwer. Wenn man sich die Triathleten oder auch die Radler in echt ansieht, dann sind das alles ausgezehrte Männchen, irre zäh, kein Gramm Fett, aber auch nicht nur Muskeln wie der Arnie. Das mit der KR und dem Futtersuchgerenne könnte man da stimmig reinpacken …*

Lepperdinger 4: *Wenn Zellen vergreisen, sterben sie nicht, sondern leben weiter und betreiben Stoffwechsel. Was sie aber nicht mehr tun, ist sich teilen. Also die vergreiste Zelle (seneszente Zelle) ist, wenn man so will, das gute Gegenstück zur Krebszelle, die sich wie wild teilt und alles überwuchert. Daher ist das Konzept der Seneszenz sozusagen von der Natur erfunden worden, nämlich um unbegrenztes oder entkoppeltes Wachstum in Schach zu halten. Man kann natürlich die Krebszellen gleich in den Tod treiben, aber ebenso apart ist, wenn man sie vergreisen lassen könnte und dann das Immunsystem dieser Zellen aus dem Verkehr zieht. – Also bevor sie sterben, vergreisen, dann sind sie mal nicht mehr teilungsfähig, und dann die alten killen … (Zellen natürlich!).*

… an Martin Polz für seine Tipps und die Kontakte zu Genetikern sowie Instituten, die sich speziell mit Altersgenen beschäftigen. Ich kannte den österreichischen Vorzeigewissenschaftler ja schon, als er „bloß" der Sohn meines damaligen Chefredakteurs Hermann Polz (ein brillanter Denker, manchmal zynisch, fast immer witzig, ich hoffe, es gibt sie noch, diese Art von Chefredakteur …) war und sich für ein Stipendium in Harvard beworben hat. Seither hat er eine rasante Karriere hingelegt und ist inzwischen ordentlicher Professor am MIT in Cambridge für Civil and Environmental Engineering – und noch immer ein unkomplizierter, sympathischer Typ, mit dem ich mich jederzeit gern auf einen Gespritzten treffe …

… an Josef Zotter, der mich nicht nur mit seiner Schokolade, sondern vor allem mit seinem Ideenfeuerwerk und mit seiner damals mutigen Umstellung auf „Fairtrade" beeindruckt. Sein Konzept des „essbaren Tiergartens" ist so gut, dass ich es einfach in den Krimi einbauen musste … Eine Spezialführung durch sein Schokoparadies ist ein Erlebnis. Und an gewissen süßen Verführungen kommen nicht einmal Mira und ich vorbei … www.zotter.at

… an das Weingut Eibel für einen unvergesslichen Sommerabend in großer Runde in ihrem wunderbaren Hof – so schön kann Recherchieren sein … Ihr Weingartenhäuschen war Vorbild für jenes, in dem Mira übernachtet, und der Wein von Eibel schmeckt auch dann, wenn man ihn nicht im Steirischen Vulkanland trinkt! www.eibel.at

… an Herta und Alois Gölles, die das, was im Vulkanland wächst, zu edlem Schnaps und Essig verfeinern. Ihr Genusshotel „Riegersburg" hat mich inspiriert – natürlich hat es (außer einer ähnlichen Architektur) nichts, was es mit der „Beauty Oasis" verbindet. Hier braucht man sich nicht aufschneiden, absaugen, anätzen lassen, um sich besser zu fühlen … Dass Herta Gölles auch noch eine Menge für Bücher übrig hat und seit vielen Jahren in der Bücherei Riegersburg mitarbeitet, finde ich besonders schön. www.goelles.at

… an Hans Peter Fink, den ehemaligen Küchenchef des Hotels „Sacher", der sich auf seine heimatlichen Wurzeln besonnen hat und jetzt das Gasthaus „Haberl" betreibt. Um seine Küche zu genießen, sind wir ins Steirische Vulkanland gefahren. Daraus hat sich die Erneuerung meiner Beziehung zu dieser spannenden Gegend ergeben – und ein Krimi. Ganz in der Nähe, in Großsteinbach, haben meine Großeltern gelebt, ein Ausflug nach Ilz oder gar auf die Riegersburg gehörte zu den Höhepunkten unserer Fahrten zu Oma und Opa. www.haberl-finks.at

… an Irene und Richard Elsensohn für ihre jährliche Gastfreundschaft in Zürs am Arlberg, die inzwischen zu viel mehr, nämlich zu einer echten Freundschaft, geworden ist. Ohne die Einladung, bei ihnen zu lesen, hätte ich wohl nie an der Talstation eines Sessellifts das Porträt eines bekannten Schönheitschirurgen entdeckt, der damit für seine Klinik wirbt. www.hotelenzian.com

… an Professor Werner Mang, der natürlich keinerlei Ähnlichkeit mit „meinem" Professor Christoph Grünwald und ganz sicher auch kein geheimes Kellerlabor hat. Ich habe mich unter anderem mit seinen Büchern (wie: „Verlogene Schönheit – Vom falschen Glanz und eitlen Wahn") auf das Thema des Krimis vorbereitet und durfte ihn dann bei einer „Club-2"-Sendung über Schönheitschirurgie als gewandten Diskutanten kennenlernen. Meine Nase würde ihn schon interessieren, hat er damals live gemeint. – Sorry, aber ich mag meine Nase, wie sie ist! Das hab ich ihm auch dort gesagt …
www.bodenseeklinik.de

… an Elisabeth Fandler, Psychologin, Psychotherapeutin und vor allem meine Schwester. Sie arbeitet mit Kindern und Jugendlichen am LKH Graz und hat mich bei diesem Krimi entsprechend beraten.

… an Folio, „meinen" Verlag, bei dem ich jetzt schon so viele Jahre meine Krimis veröffentliche. Es tut einfach gut, nicht nur mit Profis, sondern auch mit Freundinnen und Freunden zu arbeiten! Und: Hier habe ich als Autorin – anders als bei vielen Medienkonzernen – noch die Möglichkeit, alles Wichtige selbst zu bestimmen. www.folioverlag.com

… an Eva Maria Widmair, meine einzigartige Lektorin, ohne deren liebevolle und genaue Arbeit Mira, Vesna sowie Leserinnen und Leser über so manche Unachtsamkeit und Schlamperei stolpern würden. Ihre bis in die feinsten Feinheiten reichende Kenntnis der deutschen Sprache fasziniert mich immer wieder. Manchmal hat sie es mit mir gar nicht leicht. So wäre es ihr viel lieber gewesen, wir hätten das „Magazin" je nach Fall abgewandelt. Hier nur ein kleiner Auszug aus unserer Korrespondenz über Sprachliches und Gefühltes. Im Text steht:

Über die gegarte Nonne in der Schönheitsoase zu schreiben, lasse ich mir sicher nicht verbieten – selbst wenn es vielleicht nicht gerade die Story ist, die die Geschäftsführung des ‚Magazin' wollte. Eine nackte Nonne. Okay, in der Sauna sind wohl auch Nonnen nackt. Wer war sie?

Eva Maria hat hinter „des ‚Magazin'" eines ihrer Blümchen* und ein „s" gesetzt und dazu den Kommentar:

Eva, kann ich dich gar nicht mit der Flexion des Mediumnamens anfreunden? Weil es einfach falsch ist so, und es stört mich immer dermaßen, wenn ich so etwas in der Zeitung lese. Duden sagt: „Man sollte den Zeitungsnamen immer beugen, auch dann, wenn er in Anführungszeichen steht: das Titelbild der ‚Frankfurter Neuen Illustrierten' (nicht: der ‚Frankfurter Neue Illustrierte')." Am Ende entscheidest du, aber ich würde mir als Leserin hier denken: Na, Frau Lektorin …

Ich habe ihr trotzdem geantwortet:

Bitte lassen!!!!! Wir müssen „Magazin" unflektiert lassen, weil ja sonst irgendein Magazin gemeint sein könnte, und schreibt man: des „Magazins", klingt das für mich so, als ginge es um ein angebliches Magazin, eines, das gar keines ist und deswegen in Anführungszeichen steht …

Danke, Eva Maria, dass wir trotz deiner Bedenken auf die Flexion des „Magazin" verzichtet haben, dass du es aushältst, mitunter dein Wissen hinter mein Sprachempfinden zu stellen … www.widmair-lektorat.at

… an Claudia Müller und das Lübbe-Team für die hervorragende Betreuung der Taschenbuchausgaben meiner Krimis. Ich habe großes Glück, dass sich (vor inzwischen auch schon vielen Jahren) ausgerechnet Lübbe als erster namhafter Verlag für die Paperback-Lizenzen interessiert hat. Lübbe ist noch ein Privatverlag und schätzt Autorinnen und Autoren, Mitarbeiterinnen und Mitarbeiter mindestens ebenso wie Gewinnzahlen. Meine Taschenbuchlektorin Claudia Müller ist nicht nur ein Vollprofi, sondern auch von einer seltenen Herzlichkeit. Und sie spricht beeindruckenderweise gleich eine Reihe nordischer Sprachen. Wer kennt schon wen, der Isländisch gelernt hat?

www.luebbe.de

… an Rotraut Schöberl von der Buchhandlung „Leporello" in Wien, als einen Menschen, der mich seit Jahren motiviert, freundschaftlich begleitet und mit seinem Fachwissen verwöhnt … Sie steht hier stellvertretend für die vielen engagierten Buchhändlerinnen und Buchhändler – wo wäre ich ohne sie?

www.leporello.at

… an Manfred Buchinger und die „Alte Schule“, sein Weinviertler Vorzeigegasthaus, wo ich mich noch immer in der Küche herumtreiben darf … Bei „uns“ in Riedenthal ist alles regional, manches rustikal und Manfred Buchinger … einfach unbeschreiblich. Die Zusammenarbeit mit ihm und dem ganzen Team der „Alten Schule“ ist der perfekte Ausgleich zum manchmal doch recht einsamen und langwierigen Prozess des Schreibens. Action, Zusammenarbeit, Kreativität und: In zehn Minuten ist alles gegessen …

www.buchingers.at

… an Gerda und Joschi Döllinger für jahrelange Freundschaft, viele schöne gemeinsam verbrachte Stunden – und für ihren inspirierenden Wein. Dass jetzt auch Matthias voll im Weingut mitarbeitet, ist großartig! Ich kann mich noch gut daran erinnern, wie er zwei Jahre alt war und wir alle zusammen an einem landwirtschaftlichen Nutzfahrzeug vorbeigefahren sind. „Was ist das?“, hat Joschi seinen Sohn gefragt. „Lesewagen“, kam es, wie aus der Pistole geschossen. So gesehen hat er schon 19 Jahre lang Fachwissen gesammelt – und eine große Zukunft als Winzer vor sich … www.doellinger.at

… an Romana Bartl, meine Freundin, die ich leider viel zu selten sehe – eine eigene Werbefirma ist eben kein Nine-to-five-Job. Sie beweist, dass es auch intelligentes Marketing geben kann. Nebenbei ist Romana eine großartige Köchin und begeisterte Esserin, die Mole ganz besonders liebt …

romana.bartl@bartlsmost.at

… wie immer an Ernest, meinen Mann – es ist schön, dass Wesentliches auch Bestand haben kann. Er war wieder Erstleser, Erstlektor, meine erste Ansprechperson ist er sowieso. Ich habe großes Glück, er akzeptiert mich, wie ich bin (auch mit der einen oder anderen Falte …). Wer wissen möchte, was er so denkt, sollte sich übrigens dringend seinen Blog ansehen. www.ernesthauer.at

SPANNUNG BEI FOLIO

Eva Rossmann
Die Mira-Valensky-Krimis

Wahlkampf
Gebunden mit Schutzumschlag, 252 S., ISBN 978-3-85256-332-9

Ausgejodelt
Gebunden mit Schutzumschlag, 228 S., ISBN 978-3-85256-139-4

Freudsche Verbrechen
Gebunden mit Schutzumschlag, 283 S., ISBN 978-3-85256-163-9

Kaltes Fleisch
Gebunden mit Schutzumschlag, 283 S., ISBN 978-3-85256-220-9

Ausgekocht
Gebunden mit Schutzumschlag, 262 S., ISBN 978-3-85256-251-3

Karibik all inclusive
Gebunden mit Schutzumschlag, 247 S., ISBN 978-3-85256-283-4

Wein & Tod
Gebunden mit Schutzumschlag, 385 S., ISBN 978-3-85256-311-4

Verschieden
Gebunden mit Schutzumschlag, 244 S., ISBN 978-3-85256-345-9

MillionenKochen
Gebunden mit Schutzumschlag, 262 S., ISBN 978-3-85256-378-7

Russen kommen
Gebunden mit Schutzumschlag, 277 S., ISBN 978-3-85256-444-9

Leben lassen
Gebunden mit Schutzumschlag, 269 S., ISBN 978-3-85256-496-8

Evelyns Fall
Gebunden mit Schutzumschlag, 243 S., ISBN 978-3-85256-528-6

„Mira Valensky ermittelt wieder, und ganz Österreich steht auf dem Prüfstand."
Salzburger Nachrichten

„Ein wahrer Leckerbissen für eingefleischte Krimi-Gourmets." *Brigitte*

„Aufregend bis zur letzten Seite." *Brigitte*

Das Kochbuch zu den Krimis

Mira kocht. Ein Mira-Valensky-Kochbuch
Gebunden mit Schutzumschlag, 189 S., ISBN 978-3-85256-358-9

„Das Kochbuch gehört zu den fundiertesten Rezeptsammlungen der vereinigten Schnüfflerlandschaft." *Profil*

SPANNUNG BEI FOLIO

Giancarlo De Cataldo

Romanzo Criminale

Aus dem Italienischen von Karin Fleischanderl
575 S., ISBN 978-3-85256-508-8

Macht, Sex und Drogen – ein italienischer Politthriller zwischen Realität und Fiktion. Spannung pur.

Rom in den 1970er und 1980er Jahren. Eine Gruppe Jugendlicher aus den Elendsvierteln – die Magliana-Bande – steigt in großem Stil in das Geschäft mit Rauschgift, Prostitution und Glücksspiel ein.

„Das Rom in Romanzo Criminale ist eine Stadt der Luxusbordelle, der Spielhöllen, des Wuchers, der Geschäftemacherei, der Turnhallen und der Attentate; die Halbwelt, die in den Palästen ein- und ausgeht, besteht aus Anwälten, Richtern, Dienstboten, Kriminologen, Journalisten, Polizisten, Links- und Rechtsterroristen.“ *Diario*

„Welch großer Erzähler!“ *Andrea Camilleri*

Schmutzige Hände

Aus dem Italienischen von Karin Fleischanderl
376 S., ISBN 978-3-85256-554-5

Italien 1992: Bomben und gute Geschäfte – das organisierte Verbrechen greift nach der Macht.

„Kalte Machtwesen im großen Kampf, jeder gegen jeden. Ein mitreißendes Buch.“ *Der Spiegel*

„De Cataldo erzählt mit allen Mitteln der Ironie, des Sarkasmus, der analytischen Schärfe und des klaren Blicks auf die realen Verhältnisse extrem kurzweilig und brillant. Wenn die Welt schon nicht schön ist, Anlass für große Literatur ist sie schon.“ *Thomas Wörtche*

„Bravourös, notwendig.“ *Tobias Gohlis, KrimiZeit-Bestenliste*